FJB

Kate Dylan

STRANDED

Das Versprechen des Meeres

Aus dem Englischen
von Tanja Hamer

FJB

Aus Verantwortung für die Umwelt hat sich der S. Fischer Verlag zu einer nachhaltigen Buchproduktin verpflichtet. Der bewusste Umgang mit unseren Ressourcen, der Schutz unseres Klimas und der Natur gehören zu unseren obersten Unernehmenszielen.

Gemeinsam mit unseren Partnern und Lieferanten setzen wir uns für eine klimaneutrale Buchproduktion ein, die den Erwerb von Klimazertifikaten zur Kompensation des Co_2-Ausstoßes einschließt.

Weitere Informationen finden Sie unter:
www.klimaneutralerverlag.de

FSC® www.fsc.org
MIX
Papier aus verantwortungsvollen Quellen
FSC® C083411

Deutsche Erstausgabe

Erschienen bei FISCHER FJB

Satz: C.H.Beck.Media.Solutions, Nördlingen
Druck und Bindung: CPI books GmbH, Leck
Printed in Germany
ISBN 978-3-8414-4028-0

Für Pieter, den großartigsten Landbewohner,
der je auf der Oberfläche gewandelt ist.

Kapitel eins

»Tritt auf die Bremse!« Caleb stützte sich mit den Händen am Armaturenbrett ab. »Bremse! Tritt auf die Bremse!«

Mellie stieg mit beiden Füßen auf das mittlere Pedal, und das Auto kam kurz vor einer der Eichen, die die Straße säumten, zum Stehen.

»Verdammt nochmal, Scout.« Er ließ den Hinterkopf an die Kopfstütze sinken. »Hast du den Baum nicht gesehen?«

»Ich habe Augen im Kopf, Caleb. Natürlich habe ich den Baum gesehen.«

»Aber wieso hast du dann noch Gas gegeben?«

»Eigentlich wollte ich die Kupplung treten.«

»Die Kupplung trittst du mit dem linken Fuß. Linker Fuß Kupplung, rechter Fuß Bremse und Gaspedal, so schwer ist das doch nicht. Weißt du was, mir reicht es jetzt.« Caleb riss die Beifahrertür auf. »Rutsch rüber. Die Fahrstunde ist beendet.«

Mellie unterdrückte ein Grinsen, während sie auf den Beifahrersitz wechselte. »Muss ich dich daran erinnern, dass das *deine* Idee war?«

Vor einer Woche waren die offiziellen Papiere endlich angekommen, um die ihre Mum sich bemüht hatte. Mellie besaß jetzt eine Geburtsurkunde und einen Ausweis, Schulzeugnisse, eine Krankenversicherung und eine vorläufige Fahrerlaubnis für Fahranfänger; alles, was man brauchte, um als echter Landbewohner durchzugehen. Und als sie Caleb von ihrer neuen gefälschten Identität erzählt hatte, war er ganz aufgeregt gewesen und hatte verlangt, ihr das Autofahren beibringen zu dürfen. Offenbar machte man das als siebzehnjähriger Landbewohner so.

»Mag sein, aber ich habe meine Meinung eben geändert«, murmelte Caleb und schlüpfte auf den Fahrersitz. »Meerjungfrauen und Autofahren passen eindeutig nicht zusammen.«

»Dann habe ich wohl Glück, dass ich eine Wandlerin bin und keine Meerjungfrau«, zischte Mellie. Sie hätte nie erlauben dürfen, dass er dieses Wort benutzte. Meerjungfrauen waren ein dummer Mythos der Landbewohner. Sie trugen lächerliche Muschel-BHs, schliefen in leeren Riesenmuscheln, freundeten sich mit sprechenden Fischen an und lockten Seeleute mit ihrem Gesang in den Tod. Ausgerechnet mit *Gesang*. In einer Liste der zehn besten Filmmonster würden sie es nicht mal auf den letzten Platz schaffen.

»Nein, du bist ein bevorstehender Verkehrsunfall.« Caleb ließ den Motor wieder an. »Soll ich dich nach Hause fahren?«

Die Bedeutung des Worts *Zuhause* war in letzter Zeit ziemlich kompliziert geworden. Früher bezog es sich auf Astria, den See und den Wald und Nächte unter Wasser, in denen sie in ihrem weichen Seegrasbett schlief. Aber Mellie lebte jetzt an der Oberfläche. Mit ihrer Mum. In einer angesichts des wackeligen Zustands ihrer Beziehung komplizierten Lebenssituation.

Es war kompliziert, weil Mellie sich noch nicht an David gewöhnt hatte und es unmöglich war, dem Landbewohner-Ehemann ihrer Mutter in seinem eigenen Haus aus dem Weg zu gehen, und weil Rynn auch dort wohnte, was bedeutete, dass Mellie ihn jeden Tag sehen musste. Tagtäglich saß sie ihm beim Frühstück gegenüber und spürte den spitzen Schmerz des Verrats in ihrer Brust.

Sie hatten seit dem Tag, als Rynn sie in die Falle des Captains hatte laufen lassen, kaum miteinander gesprochen. Er hatte es immer wieder versucht, doch sie hatten sich nur jedes Mal angeschrien, und das war vielleicht noch schlimmer, als sich anzuschweigen. Noch nie in den zwölf Jahren, die sie jetzt befreundet waren, hatten sie sich so gestritten. So, als könnte es tatsächlich nie wieder besser werden. Als gäbe es keinen Weg zurück.

»Lass uns lieber zu dir fahren und einen Film schauen«, schlug Mellie vor. Sie war noch nicht bereit, sich der Realität ihres neuen Zuhauses zu stellen.

»Klingt gut.« Caleb wendete den Pick-up-Truck. »Aber ruf bitte deine Mum an und sag ihr Bescheid. Ich glaube nämlich, sie hasst mich langsam.«

»Sie hasst dich nicht.«

»Eines Tages wird sie noch die Polizei rufen und mich wegen Entführung ihrer Tochter verhaften lassen.«

»Quatsch, wird sie nicht.«

»Ich meine es ernst, Scout, ich würde im Knast nicht lange überstehen. Ich weiß nicht mal, wie man aus einer Zahnbürste eine Waffe schnitzt.«

»Das ist doch lächerlich.«

»Und du zierst dich. Ruf deine Mutter an.«

»Ruf du doch meine Mutter an.«

»Na schön, aber dann musst du *meine* Mutter anrufen.«

»Bei den Göttern, du nervst vielleicht.« Mellie griff in ihre Tasche. Wenigstens musste sie am Telefon nicht das enttäuschte Gesicht ihrer Mutter sehen, das diese immer aufsetzte, wenn sie ihr sagte, dass sie den Abend bei Caleb verbringen wollte. Trotz allem, was sie miteinander durchgemacht hatten, war es Mellie noch nicht gelungen, einen Weg zu finden, ihrer Mum näherzukommen. Sie gab sich wirklich Mühe, machte jedoch nur schleppende Fortschritte. Als würde man gegen eine unnachgiebige Strömung anschwimmen, und das nicht einmal mit Flossen, sondern nur mit Beinen.

»Sie geht nicht ran, aber ich habe ihr eine Nachricht geschickt«, sagte Mellie. »Zufrieden?«

»Äußerst zufrieden. Worte können nicht beschreiben, wie viel Spaß es mir bereitet, euch beide dazu zu zwingen, miteinander zu reden.« Caleb warf ihr einen hämischen Blick zu. »Apropos, gibt es schon einen Termin für unser großes Kanada-Abenteuer?«

Mellie verschränkte die Arme vor der Brust und starrte ihn finster an.

»Sorry, sorry. Hat deine Mutter schon gesagt, wann unser super ernsthafter, nicht-von-mir-zu-veralbernder-oder-mit-einem-dummen-Landbewohner-Namen-zu-betitelnder Ausflug zur Wandlersiedlung in Kanada stattfinden soll?«

Na ja, das war fast besser.

»Noch nicht«, erwiderte sie seufzend. »Quinn versucht immer noch, das restliche Quorum zu überreden, uns zu empfangen, aber bisher …« Bisher hatten sie sich Zeit gelassen und immer neue Ausreden gefunden. Wenn sie ehrlich war, glaubte Mellie nach über einem Monat nicht mehr wirklich daran, dass sie ihre Zustimmung noch geben würden.

»Mach dir keine Sorgen, Scout. Das klappt schon.« Caleb lächelte sie an. »Captain Meerjungfrau wird sie schon davon überzeugen, das Richtige zu tun.«

Mellie wünschte, sie wäre nur halb so zuversichtlich wie Caleb. Aber von den fünfzehn Soldaten, die seit dem Krieg in Kanada lebten, hatten nur Quinn und seine Frau Niya auf ihren Hilferuf reagiert, und jetzt, da sie wieder nach Hause zurückgekehrt waren, noch dazu, waren die anderen umso weniger bereit, sich einzumischen.

»Und wenn er das schafft …«, fuhr Caleb fort, ganz offensichtlich darum bemüht, ihre Stimmung zu heben, »… werden wir endlich unseren kleinen Ausflug machen können.«

Klar. Wir. »Ich habe immer noch keine Ahnung, warum du vorhast, mitzukommen.«

»Das liegt an deinem Mangel an Phantasie.«

»Mit meiner Phantasie ist alles in Ordnung.«

»Na, dann stell dir mal vor …«

»Grrr, bei den Göttern. Bitte, nicht schon wieder.« Mellie stöhnte auf.

Er ignorierte sie. »In zehn, vielleicht fünfzehn Jahren, wenn die Meerjungfrauen die Weltherrschaft übernommen haben …«

»Nur fürs Protokoll, die Meerjungfrauen haben das nicht vor.«

»Und dennoch, *falls* sie es tun sollten, werde ich sagen können, dass ich von Anfang an dabei gewesen bin. Und natürlich werde ich als der Landbewohner, der geholfen hat, es zu ermöglichen, eine bedeutsame Position an eurem Hof erhalten.«

»Habe ich erwähnt, dass du dich total lächerlich machst?« Mellie verdrehte die Augen. Caleb war mit dem wahren Grund noch nicht herausgerückt, warum er darauf bestand, sie zu begleiten, obwohl ihm bewusst sein musste, dass sie einen Großteil der Zeit unter Wasser verbringen würden. Stattdessen tischte er ihr diese offensichtlich ausgedachten Geschichten auf, die mit jedem Mal absurder wurden. Zuerst wollte er mitkommen, weil irgendein Kerl namens Tim Horton dort eine bestimmte Sorte Donuts verkaufte, die angeblich »das Leben für immer verändern« konnten. Als nächsten Grund für die Reise gen Norden hatte er angebracht, ein Wesen namens Bigfoot aufspüren zu wollen, das nun, wo er wusste, dass es Meerjungfrauen gab, ebenfalls existieren konnte. Und jetzt wollte er ihr offenbar helfen, die Herrschaft der Meerjungfrauen einzuläuten.

Mellie vermutete einen wesentlich einfacheren Grund hinter seinem Anliegen. Einen, der mehr damit zu tun hatte, wer noch mitkam, als mit der Weltherrschaft oder der Jagd nach einem übergroßen Affenmenschen. Aber sie wollte sich nicht beklagen. Calebs Anwesenheit war das Einzige, was diesen vermaledeiten Ausflug erträglich machen würde.

»Würden wir nach Kanada fliegen?«, fragte er.

»Nur, wenn ich bis dahin den Verstand verliere.«

Caleb schielte zu ihr rüber. »Du weißt schon, dass das Risiko, bei einem Flugzeugabsturz zu sterben, statistisch gesehen gegen null geht.«

»Mein Risiko, bei einem Flugzeugabsturz zu sterben, ist tatsächlich gleich null«, entgegnete Mellie, »da ich nicht vorhabe, überhaupt erst in eines zu steigen.«

»Jetzt mal im Ernst, Scout, es ist etwa hundertmal wahrscheinlicher, bei einem Autounfall zu sterben. Wenn du fährst, eher tausendmal wahrscheinlicher.«

»Jetzt bringst du mich nur dazu, auch nie wieder in ein Auto zu steigen.«

»Ich sage ja nur, dass die Fahrt ein bisschen zu lang ist, als dass du deinen Sturkopf durchsetzen kannst.«

Ja, stimmte Mellie stumm zu. *Lang und unangenehm.* Elf Stunden, eingesperrt in ein Auto mit ihrer Mum und Rynn. Da das Quorum auch zu seiner Rolle im Verlauf der Ereignisse Fragen stellen würde, sollte er ebenfalls mitkommen.

»Na ja, vielleicht bin ich eben gern ein Sturkopf«, erwiderte Mellie.

»Hey, du kannst so stur sein, wie du willst, solange du auf dem Beifahrersitz bleibst.«

»So schlecht bin ich jetzt auch nicht gefahren, Caleb.«

»Ja, klar. Vielleicht nicht im Vergleich zu deinen Kochkünsten oder zu Horrorfilmen aus den Neunzigern.«

Mellie warf ihr Handy nach ihm. »Idiot.«

Caleb grinste. »Meerjungfrau.«

Abgesehen vom endlosen Vorrat an Popcorn und Filmen – und Calebs Gesellschaft natürlich – war der größte Vorteil von Calebs Hütte die Nähe zum See. Nachdem ihr Versuch, unbemerkt nach Astria zu gelangen, kläglich gescheitert war, hatte Mellie befürchtet, den See nie wieder zu sehen. Rynn hatte zwar bei allen Göttern geschworen, dem Captain nichts von Caleb erzählt zu haben, aber trotzdem waren sie sich alle einig gewesen, dass Caleb dem Wald eine Weile fernbleiben sollte.

Er hielt es drei Tage aus.

Drei Tage zu Hause bei seinen Eltern, bis der erste große Streit über seine Zukunft ausbrach; bis er das tat, was er immer tat, wenn die Lage zu angespannt wurde: Er sprang in sein Auto und fuhr zu seiner Hütte. Zwei Vampirfilme später hatte sich Caleb so weit beruhigt, dass ihm wieder einfiel, warum er nicht dort sein sollte.

Ab da wurde er vorsichtiger.

Er überprüfte sorgfältig, dass auch nichts verändert worden war, seit sie die Hütte verlassen hatten. Er bewahrte seine Pistole im Haus anstatt im Auto auf und durchkämmte die umliegende Gegend, um Anzeichen irgendwelcher Aktivitäten zu entdecken. Er installierte sogar eine kleine Kamera über der Haustür.

Bis zum Ende der Woche hatte Caleb endlich das Gefühl, sich in der Hütte sicher fühlen zu können. Noch ein paar Tage später konnte Mellie ihre Mum endlich überreden, ihn dort besuchen zu dürfen.

Der See war natürlich tabu, aber der dichte Wald, der den See umgab, war seit dem Tag ihrer ersten Verwandlung Mellies zweites Zuhause gewesen. Und dorthin zurückzukehren gab ihr das Gefühl, ihrem alten Leben wieder etwas näher zu sein, auch wenn sie sich versteckt halten musste. Sie hatte die Tage an der Oberfläche damit verbracht, zwischen diesen Bäumen zu patrouillieren und die Schutzanker intakt zu halten, die den See verbargen und die Landbewohner davon abhielten, die auf seinem Grund verborgene Stadt zu entdecken. Zumindest hatte sie das immer geglaubt.

Inzwischen wusste Mellie es besser; sie hatte die wahre Macht der Schutzanker am eigenen Leib zu spüren bekommen. Und sobald sie das Quorum überzeugt hatte, ihr zu helfen, würde sie dafür sorgen, dass auch alle anderen Wandler Astrias die Wahrheit erfuhren.

Anders als das Haus ihrer Mum verströmte Calebs Hütte eine warme, bewohnte Atmosphäre. Zu Hause konnte Mellie sich nie entspannen; David hielt das Haus stets zu sauber, zu perfekt aufgeräumt. Sie hatte das Gefühl, allein durch ihre Anwesenheit die Deko zu ruinieren, ein Fleck auf einer ansonsten schneeweißen Leinwand zu sein. Calebs Hütte war im Vergleich dazu gemütlich. Angefangen bei den nicht zusammenpassenden Möbeln und der alten, durchgesessenen Couch bis zu den Bergen von Krimskrams, der sich in allen Ecken türmte, fühlte sich alles irgendwie echt an. Und was noch wichtiger war, es fühlte sich nach ihm an. Würde man Caleb in ein Haus verwandeln, würde es genauso aussehen wie diese Hütte.

»Ich hoffe, du weißt, dass ich den Film aussuchen darf, weil du beinahe mein Auto geschrottet hast«, bemerkte Caleb und winkte sie hinein.

»Klar, als ob du mich sonst den Film hättest aussuchen lassen«, murmelte sie. Caleb hatte ihr bisher nur ein einziges Mal die Verantwortung für ihre Abendunterhaltung überlassen, doch als sie aus Versehen eine der Selbsthilfe-DVDs seiner Mutter ausgewählt hatte, war sie ihre Entscheidungsgewalt ganz schnell wieder losgeworden. Was Mellies Meinung nach völlig unfair war. Wie hatte sie denn ahnen sollen, was auf der DVD drauf war? Immerhin hieß der verdammte Film *Breaking the Dawn*. Sie war davon ausgegangen, es ginge um Vampire und Sonnenlicht.

»Holla, immer schön langsam, mein Junge.« Caleb taumelte ein paar Schritte zurück, als sein Hund im Flur auf ihn zugestürzt kam wie ein pelziger Blitz aus Pfoten und braunem Zottelfell. Doch anstatt wie üblich freudig zu bellen, knurrte Sammie bedrohlich.

»Ich weiß nicht, warum du mich anknurrst.« Caleb ging in die Hocke und kraulte den Hund hinter den Ohren. »*Sie* ist der Grund, warum wir fast draufgegangen wären.«

»Hör nicht auf ihn, Sammie.« Mellie schnappte sich einen Keks vom Esstisch und warf ihn dem Hund hin. Sammies Loyalität zu Caleb war unerschütterlich – außer es ging um etwas zu essen. Ein Keks würde ihn sicher zum Verstummen bringen.

Allerdings ignorierte Sammie die Leckerei heute völlig. Wenn überhaupt, wurde sein Knurren nur noch lauter.

»Was ist denn los, mein Junge? Bist du verletzt?« Caleb folgte dem Hund ins Wohnzimmer. Sammie schien nicht zu hinken, und sein Futternapf war noch halb gefüllt, er war also auch nicht hungrig.

»Vielleicht ist wieder ein Waschbär auf dem Dach?«, überlegte Mellie. »Wahrscheinlich will er nur raus und spielen.«

»Weißt du was, Scout, wenn das ein Horrorfilm wäre, wärst du das Mädchen, das die offensichtlichen Warnzeichen ihres treuen, alten Hundes in den Wind schlägt.« Auch wenn Calebs Tonfall scherzhaft klang, blieb die Sorge in seinem Blick bestehen.

»Ja, aber das ist kein Horrorfilm«, erwiderte Mellie. Selbst wenn er noch so gern mal in einem mitspielen würde. »Aber wo wir schon von Horrorfilmen sprechen, ist heute Vampirabend oder Sumpfmonsterabend?« Sie ging zu den hohen Regalen, in denen er seine DVD-Sammlung untergebracht hatte. Caleb besaß wirklich eine beeindruckende Menge an Filmen, alle chronologisch sortiert, angefangen bei – in seinen Worten – den Schwarz-Weiß-Klassikern aus der Zeit vor dem Farbfilm bis hin zu den effektbeladenen Schauerwerken der vergangenen Jahre.

»Weder noch. Ich hatte heute eher an Godzilla gedacht. Das heißt, falls ich in nächster Zeit herausfinde, was mit diesem verrückten Tier los ist«, fügte Caleb hinzu, als Sammie zum Fenster lief und begann, an der Scheibe zu kratzen. »So was macht er sonst wirklich nie.«

Da hat er recht. Mellie wurde plötzlich flau im Magen. Sie hatte

Sammie schon Dutzende von Waschbären durch den Wald jagen sehen, er hatte sogar mal eine Viertelstunde lang versucht, einen Baumstamm hochzuklettern, weil er ein Eichhörnchen verfolgen wollte. Aber er tat das immer auf eine verspielte, gutmütige Art, niemals aggressiv.

Außer, er fühlte sich bedroht.

»Du hast doch heute Morgen nichts Besonderes bemerkt, oder?« Ihre Nackenhaare stellten sich auf. Als Sammie das letzte Mal auch nur halb so aufgeregt gewesen war, hatte es an Menschen und nicht an einem Tier gelegen. Aber Menschen verirrten sich während des Winters nicht hier raus. Zumindest keine Landbewohner. Wandler dagegen ...

»Nur wenn zwei sich jagende Opossums als etwas Besonderes zählen«, meinte Caleb. »Warum?«

Sammie fing an zu heulen wie ein Wolf.

Da wusste Mellie Bescheid.

Der erste Schuss fiel, ehe sie überhaupt reagieren konnte, und riss ein Loch in die Holzwand.

»Was zum ...«

»Runter!« Sie konnte ihn gerade noch zu Boden ziehen, als ein weiterer Kugelhagel die Fensterscheibe durchschlug und rasiermesserscharfe Glassplitter auf sie niederregnen ließ. Ein scharfer Schmerz in ihrer Handfläche brachte Mellie zum Fluchen.

»Scout?« Caleb brauchte nur einen kurzen Moment, um die Lage zu erfassen. Mit einer beherzten Bewegung rollte er sie beide hinter die Couch und drückte Mellie flach gegen das Polster. »Bist du verletzt?«

Mellie zog sich den Ärmel bis über die Hand. »Alles in Ordnung.« Sie wollte viel mehr sagen; sie wollte ihm mitteilen, wer da draußen war und warum und mit wem sie es zu tun hatten. Aber die Worte blieben ihr vor lauter Herzklopfen im Hals stecken. Captain Ferricks Männer hatten sie gefunden. Sie hatten ihren letzten Zufluchtsort im Wald entdeckt.

»Wir müssen es zum Auto schaffen.« Calebs Stimme war ein gepresstes Flüstern, kaum hörbar über das Klingeln in ihren Ohren und den Lärm der Schüsse. »Bleib unten, okay?«

Sie warteten eine Feuerpause ab, obwohl Mellie wusste, dass jede Atempause nur von kurzer Dauer sein würde. Sie konnte die Stimmen der Soldaten draußen noch hören. Zwei unterschiedliche Stimmen, die lachten und scherzten, während sie die Hütte umrundeten. Die beiden hatten offensichtlich Spaß an ihrer grausamen Arbeit.

Ganz langsam krochen Mellie und Caleb zwischen den Möbeln hindurch, wobei sie sich dicht beieinander und nah am Boden hielten. Sammie trottete neben ihnen her.

»Moment.« Caleb drehte sich um, als sie den Couchtisch passierten, und verließ kurz die Deckung, um seinen Laptop zu retten.

»*Ernsthaft?*«, zischte Mellie.

Sammie bellte kurz auf, als wollte er ihr zustimmen.

»Mein gesamtes Leben befindet sich auf dem Ding.« Caleb duckte sich wieder neben sie. »Ich werde den Computer nicht zurücklassen.«

Bei den Göttern, das konnte doch nicht …

Das gegenüberliegende Fenster barst, als ein weiterer Kugelhagel über sie hereinbrach. Caleb zog sie schnell zu Boden und schützte sie mit den Armen vor den Scherben.

»Mann, diese Typen geben aber auch nicht auf.«

»Nein.« Das wusste Mellie aus Erfahrung. Die Männer, die dem

Captain loyal ergeben waren, folgten ihm blind. Sie führten seine Anordnungen ohne Zögern und ohne Zweifel aus, egal wie falsch oder tödlich sie waren.

»Also, das ist der Plan«, sagte Caleb. »Wenn wir es zur Tür geschafft haben, nehme ich meine Pistole, um sie abzulenken, und du lässt in der Zeit den Motor an.«

»*Das* ist dein Plan?«

»Hey, ich habe nie gesagt, dass es ein guter Plan ist.« Er brachte ein schwaches, humorloses Lächeln zustande. »Aber wir müssen hier irgendwie rauskommen, und zwar, bevor sie die Hütte dem Erdboden gleichmachen.«

Dagegen konnte Mellie nichts einwenden, nicht, solange ihnen die Kugeln um die Ohren flogen.

»Ich sollte diejenige sein, die sie ablenkt«, erwiderte sie, während sie sich kriechend einen Pfad in den Flur bahnte. Die Soldaten waren immerhin ihretwegen gekommen.

»Jetzt komm schon, Scout, hast du überhaupt schon mal eine Waffe in der Hand gehalten?«

»Nein, aber …«

»Dann gibt es kein Aber. Du nimmst Sammie und läufst zum Wagen.«

»Caleb …«

»Es wird alles gut werden, Scout. Ich bin direkt hinter dir.« Er drückte ihr die Autoschlüssel in die Hand, wobei seine Finger kurz auf ihren liegen blieben, ehe er sie zurückzog. »Und du bist schön brav, okay, mein Junge?« Er wandte sich Sammie zu. »Bleib bei Mellie. Kein Quatsch jetzt.«

Sammie bellte einmal und stellte sich mit gefletschten Zähnen neben Mellie.

Caleb schnappte sich seine Pistole. »Bereit?«

Bei den Göttern, kein bisschen. Mellie biss sich auf die Innenseite der Wange. Sie hätten niemals hierherkommen dürfen. Sie hätte wissen müssen, dass der Captain sie früher oder später finden würde, dass er die Suche nach ihr nicht aufgeben würde, egal, wie lange sie auch dauerte. Und sie hätte genau das auch zu Caleb sagen sollen, als sie seine Textnachricht bekommen hatte, dass er in seine Hütte zurückgekehrt war. Stattdessen hatte sie geantwortet: *O Mann, ich wünschte, ich wäre jetzt auch dort.* Wie bescheuert von ihr.

»Scout?«

»Ich bin bereit.« Mellie verdrängte die reumütigen Gedanken. Dafür würde sie später noch genug Zeit haben. Vorausgesetzt, sie würden den Hinterhalt überleben, der sie draußen erwartete.

»Dann sehen wir uns gleich im Auto.« Caleb stürzte in den Wald, wobei er wie wild in die Luft schoss. Mellie folgte ihm mit Sammie auf den Fersen. Es war nicht weit zu Calebs Pick-up-Truck, gerade weit genug, um ihr einen kurzen Blick auf die Angreifer zu ermöglichen, als sie um die Ladefläche herumlief. Den Vorschriften entsprechend hatte sie nie eine engere Verbindung zu den Soldaten aufgebaut, weshalb sie diese beiden auch nicht erkannte, aber sie musste weder ihre Namen noch ihre Gesichter kennen, um zu wissen, dass es sich um Wandler handelte. Sie trugen die gleichen schlecht sitzenden Kleider, die das Korps allen Wandlern zur Verfügung stellte: Jeans mit Metalldruckknöpfen an der Seite, dünne Baumwoll-T-Shirts, trotz der Kälte keine Jacken. Und um den Hals hing die verräterische schwarze Schnur, an der sie ihren Anhänger trugen, der ihnen auch nach Sonnenuntergang noch ermöglichte, sich im See zu verwandeln.

Ferricks Männer hatten ebenfalls keine Probleme, sie zu erkennen. Auch wenn Mellies Färbung an der Oberfläche nicht so ausgeprägt war, verriet sie ihr helles weißblondes Haar auf den ersten Blick. Sobald die Soldaten sie entdeckt hatten, verhärtete sich ihr Gesichtsausdruck, und sie schossen mit verstärkter Inbrunst, als würde Mellies Anwesenheit allein sie anspornen. Als hätten sie nicht damit gerechnet.

»Beeil dich, Scout!«, rief Caleb, der hinter einem Holzstapel in Deckung gegangen war.

Mellie riss die Beifahrertür auf, und eine Kugel prallte am Metall ab. »Sammie, spring rein!«, forderte sie den Hund auf, ehe sie die Tür hinter sich schloss und den Körper dicht auf den Sitz drückte. Irgendwie schaffte sie es trotz ihrer zitternden Hände, den Schlüssel beim ersten Versuch ins Zündschloss zu stecken und den Motor anzulassen. Jetzt musste Caleb sich nur noch beeilen und zu ihnen ins Auto kommen.

Los, los, los. Das Rauschen des Blutes in ihren Ohren wurde immer lauter. Außerhalb des Autos hallte ein erneuter Schusswechsel durch den Wald. Dann noch einer und noch einer, so dass der Pick-up-Truck wackelte, als die Kugeln um das Führerhaus zischten. Und immer noch kein Caleb in Sicht.

Bei den Göttern, wo steckst du? Mellie riskierte einen Blick über das Armaturenbrett. Caleb kauerte hinter dem Holzhaufen, die Pistole lag zu seinen Füßen. Vermutlich war ihm die Munition ausgegangen, was bedeutete, dass er sich nicht mehr verteidigen konnte. Und dass er die Soldaten nicht mehr ablenken konnte, die ihm den Fluchtweg verstellten.

»Sieht so aus, als müssten wir ihn abholen.« Mellie bedeutete Sammie mit einer Handbewegung, dass er auf die Rückbank springen sollte, während sie auf den Fahrersitz rutschte und den Sitz nach vorne schob. »Linker Fuß Kupplung, rechter Fuß Bremse und Gas«, murmelte sie vor sich hin, während sie den ersten Gang einlegte. »So schwer ist es wirklich nicht.« Mellie trat mit beiden Füßen auf die Pedale, und der Wagen machte einen Satz nach vorne und schoss auf die Soldaten zu, als wäre er vom Teufel besessen. Nur einer von ihnen schaffte es, rechtzeitig aus dem Weg zu hechten. Der andere streifte den Kotflügel mit einem unschönen Krachen und brach auf dem Boden zusammen. Mellie blendete sein schmerzerfülltes Stöhnen aus und beugte sich schnell nach vorne, um Caleb die Tür zu öffnen. »Steig ein!«

»Ich hätte nie gedacht, dass ich mal froh sein würde, dich auf dem Fahrersitz zu sehen.« Als er ins Auto sprang, sah sie, dass er Holzsplitter in den Haaren und einen schmalen Schnitt über einem Auge hatte. Die Verletzung mochte nur oberflächlich sein, aber sie brachte Mellies Blut dennoch in Wallung. Sie zu verfolgen war eine Sache, aber ihn anzugreifen … dazu hatte der Captain kein Recht.

»Schnall dich an«, befahl sie und legte selbst den Sicherheitsgurt an. Bei der Bewegung schoss ihr ein stechender Schmerz durch den Arm, aber Mellie ignorierte ihn. Nur eins war jetzt wichtig: so schnell wie möglich von hier wegzukommen. Alles andere konnte warten.

»Scout …« Caleb versteifte sich neben ihr, als der unverletzte Soldat auf sie zugerannt kam, die Pistole im Anschlag.

»Ich sehe ihn!« Sie legte mühsam den Rückwärtsgang ein und trat aufs Gaspedal, so dass das Auto nach hinten sauste.

»Jetzt bremsen!« Caleb packte das Lenkrad, als sie tat wie geheißen, und brachte den Wagen in die richtige Position. Dann übernahm er den Schaltknüppel. »Du lenkst, ich schalte.«

Mellie nickte und trat weiter auf die Kupplung, während er wieder in den ersten Gang wechselte.

»Drück aufs Gas!«

Ihr Fuß gehorchte dem Befehl, und sie rasten mit quietschenden Reifen durch die Bäume davon. Hunderte massiver Eichen sausten verschwommen an ihnen vorbei, viel zu nah für ihren Geschmack. Mellie hielt den Blick starr auf die Straße vor ihnen gerichtet und traute sich kaum zu blinzeln, aus Angst, die Kontrolle zu verlieren und den Wagen in den Graben zu steuern. Caleb rief ihr die ganze Zeit Anweisungen zu, seine Bewegungen ergänzten ihre wie ein choreographierter Tanz, der sie davon abhielt, den Motor abzuwürgen.

Sie hatten den Waldrand fast erreicht, als er sich erneut versteifte und die Kiefer aufeinanderpresste.

Bei den Göttern, was ist jetzt wieder? Mellie folgte seinem Blick zum Rückspiegel. »Was ist los?«

»Ich weiß es noch nicht.« Caleb drehte sich auf seinem Sitz, um besser nach hinten sehen zu können. »Aber ich dachte, ich hätte …« Das letzte bisschen Farbe wich aus seinem Gesicht. »Scout, bitte sag mir, dass die Mörder-Meerjungfrauen mit den Pistolen nicht auch SUVs besitzen.«

»Es-Ju-Was?«

»Autos, Scout, haben sie Autos?«

»Natürlich haben sie keine Autos.« Sie wischte die Vorstellung als unsinnig weg. Astrias Läufer verbrachten ihre Tage damit, zu den Märkten zu laufen, wobei sie jedes Mal ihr Leben riskierten, wenn sie die langen Wanderungen antraten. Warum sollten sie das tun, wenn der Captain eine Fahrzeugflotte bereitstehen hatte, die sie jederzeit benutzen konnten? Wenn sie einfach *fahren* konnten?

Weil er das nicht will. Die Antwort kam ganz plötzlich. Selbst wenn der Captain irgendwo einen geheimen Fuhrpark versteckt hatte, würde er das seine Wandler nie wissen lassen. Zumindest nicht die Wandler, die nicht zu seinen engsten Vertrauten zählten, zu denen, die in die Wahrheit eingeweiht waren. Denn wenn er den Wandlern Zugang zu Autos gewährte, würden sie vielleicht auf die Idee kommen, sie dazu zu benutzen, die Gegend zu erkunden. Das Meer zu finden. Herauszufinden, dass die Grenzen, die er ihrer Fähigkeit, sich zu verwandeln, gesetzt hatte, nichts als willkürliche Erfindungen waren, Horrorgeschichten, die sie einschüchtern und gefügig machen sollten.

»Und du bist dir da ganz sicher?«, fragte Caleb, als könnte er ihre Zweifel spüren.

»Ich …« Sie war sich früher sicher gewesen. Bevor eine zufällige Begegnung an der Oberfläche ihr ganzes Leben auf den Kopf gestellt hatte. Aber jetzt … »Nein«, antwortete Mellie und wagte einen weiteren Blick in den Rückspiegel, wo tatsächlich ein grünes Ungetüm von einem Auto in der Ferne aufgetaucht war, das schneller und aggressiver zu fahren schien, als es normale Touristen tun würden. »Bei den Göttern, wie haben sie uns gefunden?«

»Es gibt nur eine Straße, die in den Wald rein und raus führt«, sagte Caleb. »Sie hatten eine Fifty-fifty-Chance, die richtige Richtung zu wählen.«

Und die Chancen standen sogar noch besser, wenn sie über mehr als ein Auto verfügten. In Wahrheit hatte Mellie keine Ahnung, wie weit der Arm des Captains reichte oder über welche Ressourcen er verfügte. Sie bezweifelte, dass selbst Quinn oder ihre Mum von sich behaupten konnten, das zu wissen.

»Was soll ich jetzt tun, Caleb?« Ihre Hände am Lenkrad begannen zu zittern. Sie waren immer noch Kilometer von der nächsten Stadt entfernt und auf einem verlassenen Straßenabschnitt ohne Abzweigungen oder Verkehr, unter den sie sich mischen konnten.

»Gib Gas«, verlangte er, als die Soldaten näher kamen. »Jetzt, Scout!«

Doch selbst mit bis zum Boden durchgedrücktem Gaspedal schloss der SUV unerbittlich zu ihnen auf, und das Röhren seines Motors schwoll an, bis Mellie zu spüren meinte, wie das Geräusch in ihren Knochen vibrierte.

»Caleb!« Sie schrie auf, als der Wagen ihre hintere Stoßstange rammte und sie beide nach vorne geschleudert wurden.

»Verdammt …« Er packte das Lenkrad und half ihr, das Auto wieder auszurichten, ehe er sich zu Sammie umdrehte. »Himmel. Nicht langsamer werden, okay? Wir werden etwas echt Dummes versuchen müssen.«

»*Caleb …*«

»Wir haben keine Wahl, Scout. Sie werden uns nicht einfach davonfahren lassen.«

Er hatte natürlich recht. Der SUV hatte sich vielleicht für einen kurzen Moment zurückfallen lassen, aber Mellie konnte schon hören, wie er sich für die nächste Attacke bereit machte. Die Scheinwerfer im Rückspiegel wurden immer größer. Das waren nicht dieselben Männer, die versucht hatten, sie in der Hütte zu töten, bemerkte sie, als die Gesichter im Rückspiegel erkennbar wurden. Die Soldaten, die sie über den Haufen gefahren hatten, mussten Verstärkung gerufen haben.

Was bedeutet, dass noch mehr kommen können.

»Okay, dann los.« Mellie ließ sich in ihren Sitz sinken und überließ Caleb die Kontrolle. Sie mussten hier dringend weg.

»Auf drei nimmst du den Fuß vom Gas«, befahl er. »Nicht ganz, aber ein bisschen, verstanden?«

Mellie nickte, und ihr war plötzlich bewusst, wie viel Anstrengung es sie kostete, ihren zitternden Fuß überhaupt auf dem Pedal zu halten.

»Eins …«

Sie drückte eine Hand auf ihr Knie, um das Bein zu stabilisieren.

»Zwei …«

Der SUV war schon fast wieder an sie herangerückt, so nah, dass sie die Wut in den Augen der Soldaten sehen konnte.

»*Drei!*«

Mellie zog den Fuß nach oben, genau in dem Moment, als Caleb das Lenkrad zur Seite riss und den Truck auf die Gegenfahrbahn steuerte. Hinter ihnen versuchte der SUV zu bremsen, aber es war zu spät. Der Wagen sauste an ihnen vorbei, und während er sie passierte, drehte Caleb das Lenkrad erneut, so dass sie das Auto seitlich rammten – mit genug Kraft, um die Soldaten von der Straße zu fegen. Caleb rief ihr schon wieder zu, Gas zu geben, als der SUV gegen einen Baum krachte und die Verfolgungsjagd zu einem jähen Ende kam.

Keiner von ihnen sagte ein Wort, bis der Wald nur noch ein blasser Schatten am Horizont war. Sie wurden erst langsamer, als sie ihn schon lange nicht mehr sehen konnten.

»Alles okay?«, fragte Caleb schließlich.

»Ja, ich … ich glaube schon.« Mellie zwang sich, die hochgezogenen Schultern zu entspannen. Sie hatte Caleb erst ein einziges Mal derart erschüttert erlebt, und zwar an dem Tag, als die Männer des Captains versucht hatten, sie im See zu ertränken. Damals hatte er beobachtet, wie sie mit ihrer Mum aus dem Wasser aufgetaucht war, blutig vom vorangegangenen Kampf und geschwächt, weil sie beinahe gestorben wäre. Er hatte wieder diesen versteinerten Blick; seine blauen Augen waren dunkel vor Wut. Seine Finger umklammerten den Schaltknüppel so fest, dass seine Knöchel weiß hervortraten.

»Wir sollten rechts ranfahren«, sagte er.

»Nein, wir sollten weiterfahren.« Mellies Hände blieben wie ans Lenkrad geklebt. Sie waren bisher nur ein paarmal abgebogen; die Soldaten konnten sie immer noch einholen.

»Scout, du bist blutüberströmt. Wir müssen anhalten.«

»Was? Nein, ich ...« Mellie sah an sich runter, um festzustellen, dass ihr rechter Ärmel bis zum Ellenbogen blutgetränkt war. »Oh.« Sie hielt den Wagen am Straßenrand an. »Das ist bestimmt nichts Ernstes.«

»Das würde ich nicht sagen«, entgegnete Caleb, während er ihr half, sich aus dem Stoff zu schälen. Ein tiefer Schnitt durchzog ihre Handfläche, ein großer Glassplitter steckte immer noch in der Wunde.

»Du machst dir zu viele Sorgen.« Sie biss die Zähne zusammen und zog die Scherbe mit einem Ruck heraus. Es blutete mehr, als sie erwartet hatte. Und tat auch mehr weh. Ihre ganze Hand brannte, als stünde sie in Flammen. Mellie gab einen zischenden Laut von sich und presste die Hand an den Oberschenkel.

»Und das klang auch definitiv nicht so, als wäre es nichts Ernstes.« Er sprang aus dem Auto und lief um das Fahrerhaus herum, um sie dann auf den Beifahrersitz zu scheuchen.

»Lass uns einfach zu meiner Mutter fahren, okay?«, schlug sie vor, während sie ihm Platz machte. »David bekommt das wieder hin.«

»Gute Idee.« Calebs Stimme hatte eine ungewohnte Schärfe angenommen. »Vielleicht kann er uns auch helfen, der Sache auf den Grund zu gehen.«

»Auf welchen Grund?«

Er lenkte das Auto zurück auf die Fahrbahn, die Augen zu Schlitzen verengt. »Woher zum Teufel wussten diese Kerle, wo sie uns finden würden?«

Kapitel zwei

»Wie oft muss ich das denn noch sagen? Ich habe Ferrick nichts erzählt … weder von dir noch deinem Hund oder deiner dummen Hütte«, zischte Rynn und warf Caleb einen hasserfüllten Blick zu.

»Wieso haben dann gerade zwei Soldaten die Hütte unter Beschuss genommen?« Caleb erwiderte seinen Blick. Sobald sie beim Haus ihrer Mum angekommen waren, hatte er – nicht gerade leise – verlangt, dass Rynn seinen ›verlogenen Meerjungfrauenhintern‹ nach unten bewegte, um zu erklären, wie die Männer des Captains sie gefunden hatten. Bisher lief das Gespräch in etwa so erfolgreich, wie Mellie es erwartet hatte.

»Woher zum Teufel soll ich das wissen?« Rynn fuhr sich mit einer Hand durch die zu langen Haare; er brauchte dringend mal wieder einen Haarschnitt. »Vielleicht haben sie dich im Wald gesehen. Du bist nicht wirklich vorsichtig, wenn du mit diesem Ding Gassi gehst.«

Am anderen Ende der Küche stand Sammie auf und knurrte Rynn an. Caleb bekam ihn gerade noch am Halsband zu fassen, ehe der Hund deutlicher werden konnte. »Ich soll also wirklich glauben, dass diese Killer einfach so entschieden haben, *ohne Grund* bei meiner Hütte aufzutauchen? Sie müssen gewusst haben, dass Scout dort ist.«

»Tja, wenn sie das wussten, dann sicher nicht von mir.«

»Woher in Gottes Namen sollten sie es denn sonst erfahren haben?«

»Caleb, ich glaube nicht …«, wollte Mellie dazwischengehen, doch sie wurde von Davids lautem, schrillen Pfiff unterbrochen.

»Das reicht jetzt, ihr zwei.« Es kam selten vor, dass der Mann ihrer Mutter die Beherrschung verlor, doch der lautstarke Streit der beiden war offenbar sogar für ihn zu viel. »Sich zu streiten bringt uns doch nicht weiter. Und was dich angeht, Kleines …« Er führte ihre Hand vorsichtig zum Tisch zurück. »Du musst unbedingt stillhalten, damit ich die Wunde ordentlich vernähen kann.«

»Sorry.« Mellie zuckte zusammen, als die Nadel sich wieder in ihre Handfläche bohrte. Bei den Göttern, wie hielten die Landbewohner es nur mit einer derart primitiven Art von Medizin aus?

Mellies Mum stand neben David und beobachtete mit finsterer Miene, wie er die frische Verletzung ihrer Tochter verarztete. »Ich kann verstehen, dass du gern jemanden verantwortlich machen würdest, Caleb«, schaltete sie sich ein, »aber Ferrick ist nicht dumm. Selbst wenn Rynn ihm nicht erzählt hat, wo Mellie sich aufgehalten hat …«

»Was ich *nicht* getan habe.«

»… hätte er sich doch ausmalen können, dass sie in den ersten paar Wochen irgendwo im Wald Unterschlupf gefunden haben muss. Wenn er seine Männer zu einer gründlichen Suche ausgeschickt hat, können sie die Hütte durchaus einfach so gefunden haben. Vielleicht hatten sie auch keine Ahnung, dass Mellie dort war. Die meisten Hütten in der Umgebung sind seit Jahrzehnten verlassen. Wenn die Soldaten gesehen haben, dass deine noch bewohnt ist, haben sie möglicherweise auch einfach nur beschlossen, dich zu verjagen. Es wäre nicht das erste Mal, dass der Titan so etwas angeordnet hätte.«

Das stimmt. Mellie biss sich auf die Lippe, als David den nächsten Stich setzte. *Gerüchten zufolge hatte er befohlen, ein paar der näher am See gelegenen Hütten anzugreifen, um die Landbewohner zu vertreiben,* fiel ihr Quinns Erzählung ein. Dass die Soldaten geschickt worden waren, um Caleb zu verscheuchen, war nicht nur eine einleuchtende Erklärung, sondern auch die wahrscheinlichste. Besonders wenn der Captain mit Ärger rechnete und versuchte, kein zusätzliches Aufsehen zu erregen.

»Warte mal, hast du gesagt, es waren zwei?« Rynn spie die Frage regelrecht aus.

»Was?«

»Soldaten. Waren da nur zwei Soldaten?«

»Reicht dir das nicht? Wäre es dir lieber gewesen, wenn noch ein paar mehr auf uns geschossen hätten?«

»Ehrlich gesagt hätte er *dir* von mir aus eine ganze Truppe auf den Hals hetzen können. Aber wenn Ferrick gewusst hätte, dass Mellie dort war, hätte er mehr als zwei Soldaten geschickt.«

»Hast du denn überhaupt nicht zugehört?«, brüllte Caleb. »Er hat *mehr* geschickt – sogar einen verdammten SUV, der uns in den Graben rammen sollte!«

»Ja, aber erst *nachdem* sie Mellie gesehen hatten. Die anderen kamen erst danach.«

Da hat er recht. Je länger Mellie darüber nachdachte, desto mehr ergaben Rynns Worte Sinn. Als der Captain beim letzten Mal über ihren Aufenthaltsort informiert gewesen war, hatte er nicht weniger als vier seiner Männer geschickt, um sie festzunehmen, und weitere drei als Verstärkung. Warum sollte er dann heute nur zwei schicken? Und warum sollten diese Männer nur blind durchs Fenster schießen, wenn sie doch viel Schlimmeres hätten anrichten können? Sie hätten jeden Zentimeter der Hütte mit Kugeln durchlöchern können. Sie hatten erst zu drastischeren Maßnahmen gegriffen, als sie wussten, dass Mellie dort war. Erst dann hatten sie Verstärkung gerufen.

»Rynn hat recht.« Ihre Mum war offensichtlich zu demselben Schluss gekommen. »Ferrick hätte etwas so Wichtiges nicht dem Zufall überlassen. Meine Hauptsorge ist im Moment das Auto, das euch verfolgt hat. Wenn es dieses eine gibt, können wir davon ausgehen, dass er noch weitere zur Verfügung hat. Ich werde Quinn anrufen und ihn fragen, ob er weiß, welche Überraschungen Ferrick noch für uns bereithalten könnte. Bis dahin ist es unnötig zu erwähnen, dass du natürlich nicht dorthin zurückkehren kannst, Liebes.«

Angesichts der heftigen Reaktion ihrer Mutter, als sie und Caleb vorhin im Haus aufgetaucht waren, beide blutend und mit einem völlig verstörten Sammie im Schlepptau, der jeden Schatten anknurrte, wunderte es Mellie fast, dass sie so lange für diese Aussage gebraucht hatte. »Caleb auch nicht«, fügte sie hinzu. Wenn der Captain verzweifelt genug war, unschuldige Landbewohner zu töten, konnte Mellie sich nur zu gut ausmalen, was er mit einem tun würde, der sie versteckt gehalten hatte.

»Von wegen.«

»Caleb …«

»Mellie.« David seufzte und zog ihre Hand erneut auf die Tischplatte zurück. »Du musst mir hier kurz helfen«, verlangte er sanft.

Dann knotete er mit geschickten Fingern die Fäden des letzten Stiches zu und drückte eine Kompresse auf die Wunde.

»Dich zu bitten, die Hand trocken zu halten, ist vermutlich zu viel verlangt, aber versuch es wenigstens, okay? Wenigstens, bis wir das nächste Mal die Bandage wechseln.«

Mellie nickte und stand schon von ihrem Stuhl auf. »Du kannst nicht ernsthaft daran denken, in deine Hütte zurückzukehren, Caleb.« Sie wusste, wie viel ihm die Hütte bedeutete, aber er musste es doch einsehen. Schon beim ersten Mal war es fahrlässig gewesen, dorthin zurückzugehen. Dieses Mal wäre es schlicht dämlich.

»Diese Hütte ist mehr mein Zuhause als das Haus meiner Eltern, Scout. Ich werde nicht zulassen, dass mich ein paar übergroße Fische mit Pistolen daraus vertreiben.«

»Caleb …«

»Ich meinte natürlich die. Das sind Fische. Du nicht.«

»Das wollte ich doch gar nicht …«

»Keiner sagt, dass du niemals zurückkehren kannst, Caleb«, schaltete sich ihre Mum ein. »Aber es wäre klug, sich ein paar Wochen nicht dort blicken zu lassen. Wirklich *gar* nicht«, betonte sie in strengerem Tonfall. »Lass sie in dem Glauben, sie hätten dich endgültig verjagt.«

Einen Moment lang verfiel Caleb in Schweigen, doch das Bedürfnis, weiter zu streiten, stand ihm ins Gesicht geschrieben. »Scout, können wir … Ich muss mal kurz mit dir reden.« Er packte sie am Arm und zog sie ins Nachbarzimmer, wo er flüsternd weitersprach. »Und was ist, wenn ich gerade nicht nach Hause gehen kann?«

»Wegen deines Dads?«, riet Mellie. Selbst nach seiner Rückkehr in die Hütte waren die Streits mit seinen Eltern weiterhin eskaliert. Er sprach nicht oft darüber, aber Mellie kannte inzwischen die Anzeichen; die wütenden Anrufe, die häufiger wurden und bis spät in die Nacht andauerten; die depressive Stimmung, in die ihn diese Gespräche versetzten; die besorgte Art, wie er sein Handy anschaute, als würde er befürchten, es könnte spontan in seiner Hand explodieren.

»Ja.« Caleb ließ sich gegen die Wand sinken. »Das neue Semester fängt in ein paar Wochen an. Wenn ich jetzt nach Hause gehe … Scout, sie werden mich so lange bearbeiten, bis ich zustimme, wieder aufs College zu gehen. Sie werden mich überreden, dass es das ist, was ich will. Und ehe du dich versiehst, bin ich ein unglücklicher Firmenanwalt, lebe in einer völlig überteuerten Wohnung in irgendeiner Großstadt, die ich hasse, mit einer Frau, die ich nie zu Gesicht bekomme, und … o Mann, was rede ich denn da?« Caleb rieb sich mit einem Handrücken über die Augen. »Siehst du, das ist genau der Grund, warum ich mich ihnen jetzt nicht stellen kann. Noch nicht. Ich *kann* einfach nicht.«

»Dann bleib doch hier«, schlug Mellie vor. Eine von Kugeln durchlöcherte Holzhütte im Wald musste nicht seine einzige Option sein.

»Hier?«

»Klar, warum nicht? Platz haben wir schließlich genug.«

»Na ja … aber was ist mit deiner Mum? Und David?«

»Was soll mit ihnen sein?«

»Meinst du nicht, das würde ihnen etwas ausmachen?«

»Ich habe so lange bei dir gewohnt, da ist das doch wohl nur fair«, erwiderte Mellie achselzuckend.

»Und … Rynn?« Caleb richtete sich auf und verschränkte die Arme vor der Brust. »Er ist nicht gerade mein größter Fan.«

Nun, das war eine Untertreibung. Obwohl Rynn auch nicht gerade viele Fans in diesem Haus vorweisen konnte. Nicht nach allem, was er getan hatte. Nach dem, was sein Verhalten sie fast gekostet hatte.

»Mach dir wegen Rynn keine Sorgen.« Mellie schob den Gedanken beiseite. »Er ist der Grund, warum wir überhaupt in diesem Schlamassel stecken, und wird damit klarkommen müssen.«

An diesem Abend schliefen sie beide im Wohnzimmer ein, wo sie noch viel zu lange auf Calebs Laptop Filme geschaut hatten. Obwohl es keiner von ihnen aussprach, wusste Mellie, dass er aus dem gleichen Grund nicht schlafen gehen wollte wie sie: Nach dem, was in der Hütte passiert war, hatte sie Angst, die Augen zu schließen und von den Ereignissen zu träumen. Dabei hatte sie eigentlich auch so schon genügend Material für Albträume.

Doch dann war es gar kein Albtraum, was sie weckte, sondern eine Hand, die sich auf ihren Mund drückte.

»Psst, ich bin es nur«, raunte Caleb ihr zu, als sie hochfuhr, und ihre Blicke trafen sich im Dunkeln.

»Caleb, was ist …«

Er brachte sie mit hastigem Kopfschütteln zum Schweigen. »Es ist jemand im Haus.«

Da hörte Mellie es auch. Neben Sammies Bellen im Garten war auch ein leises Rascheln aus Davids Büro zu vernehmen. Ein flackernder Lichtschein sickerte unter der Tür durch, als würde jemand mit einer Taschenlampe herumleuchten.

»Bei den Göttern, was machen wir denn jetzt?«

»Uns verstecken«, flüsterte Caleb. Dann zog er sie möglichst geräuschlos von der Couch und durch die Küche, wo er die Tür hinter ihnen schloss.

»Wir können uns doch nicht einfach hier verstecken«, wisperte Mellie. »Wir müssen sie aufhalten!«

»Und was ist, wenn sie bewaffnet sind?« Caleb stellte sich ihr in den Weg. »Das Letzte, was wir heute gebrauchen können, ist, von einem Einbrecher mit dem Messer angegriffen zu werden. Oder Schlimmeres. Ich würde vorschlagen, wir überlassen das der Polizei.«

»Was? *Nein!* Du kannst doch nicht die Polizei rufen!«

»Warum denn nicht?«

»Weil ...« *Die Polizei kann und wird euch in einen Käfig stecken*, konnte sie die Stimme ihres alten Truppenführers hören. *Sie ist um jeden Preis zu meiden.* »Weil das Haus voll ist mit *Meerjungfrauen*!«

»Ach, komm schon, Scout. Es ist doch nicht so, als wärst du noch eine illegale Meerjungfrau. Du hast Papiere und alles!« Calebs Flüstern war stetig lauter geworden. »Jetzt gib mir dein Handy.«

»Mein Handy?« Sie blinzelte ihn an. »Ich habe mein Handy nicht dabei.«

»Warum denn nicht?«

»Du hast mich vor gerade mal zehn Sekunden aufgeweckt! Wo ist denn dein Handy?«

»Das habe ich natürlich im Wohnzimmer vergessen.« Er fluchte in sich hinein und schaute sich suchend in der Küche um. »David hat nicht zufällig einen Festnetzanschluss?«

»Der ist ebenfalls im Wohnzimmer«, erwiderte Mellie. »Und in seinem Büro.«

»Das hilft uns also auch nicht weiter.« Caleb rieb sich die Schläfen, als wollte er auf die Art eine Lösung heraufbeschwören. »Ich schätze, dann müssen wir wohl anfangen zu schreien«, sagte er schließlich. »Um alle anderen aufzuwecken.«

»Nein, warte, ich habe eine bessere Idee.« Mellie schnappte sich den gefalteten Flyer eines Lieferservice, der am Kühlschrank hing, und schaltete den Gasherd an, um das Papier anzuzünden.

»Du willst ein Feuer legen?«

»Kein Feuer ohne Rauch«, erwiderte sie und hielt das brennende Papier in Richtung Zimmerdecke. Mellie hatte schon einmal Bekanntschaft mit dem Rauchmelder gemacht, als sie versucht hatte, sich Toast zu machen, und das Brot versehentlich zu lange in der Pfanne gelassen hatte. Der Gestank verbrannter Brotkruste hatte noch Stunden später in der Luft gelegen. Und obwohl der Flyer nicht ganz so eifrig qualmte wie ihr Frühstück, fing der Alarm kurz darauf an zu piepen.

Sofort brach im Haus Unruhe aus. Vom Piepen überrascht, flüchteten die Einbrecher, die Schritte ihrer schweren Stiefel hallten auf dem Holzboden wider. Gleichzeitig kamen David und Mellies Mum hektisch wie ein Schwarm Putzfische die Treppe runtergelaufen, während sie sich noch die Bademäntel anzogen. Rynn folgte ihnen auf den Fersen, das T-Shirt, das er sich offenbar anziehen wollte, noch in der geballten Faust.

»Was zum Teufel ist hier los?« David flutete das Haus mit Licht und steckte den Kopf aus der offen stehenden Haustür. Das Auto der flüchtenden Einbrecher machte einen solchen Lärm, als es die Straße hinabschoss, dass hinter ein paar Fenstern der Nachbarhäuser Licht anging. Mellie konnte es nicht deutlich erkennen, ehe es um die nächste Ecke bog, aber der kurze Blick, den sie hatte erhaschen können, genügte, um ihr das Blut in den Adern gefrieren zu lassen.

Das Auto sah verdächtig nach einem grünen SUV aus.

Niemand ging mehr davon aus, dass es sich um stinknormale Einbrecher gehandelt hatte. Die Wahrscheinlichkeit, dass eine Landbewohnerdiebesgang in einem grünen SUV bei David auftauchte, und das ausgerechnet an dem Tag, an dem die Männer des Captains sie in einem nahezu identischen Wagen verfolgt hatten ... das konnte einfach kein Zufall sein.

»Wie haben sie uns wohl gefunden?«, stellte Mellie schließlich die Frage, die keiner auszusprechen wagte.

»Ich weiß es nicht.« Ihre Mum nahm ihr nervöses Auf- und Abschreiten wieder auf. »Ein zweites Team könnte euch hierher gefolgt sein. Oder die Soldaten haben sich das Kennzeichen von Calebs Auto gemerkt und einen Weg gefunden, es aufzuspüren. Ferrick hatte immer gute Verbindungen an der Oberfläche. Es könnte sein, dass seine Macht weiter reicht, als wir befürchtet hatten.« Sie ließ sich neben David aufs Sofa fallen und fuhr sich mit einer Hand durch das zerzauste Haar. »Wie dem auch sei, wir können jedenfalls nicht hier bleiben.«

Mellie hatte damit gerechnet, dass sie das sagen würde. Die Soldaten mochten heute Nacht vielleicht abgezogen sein – vermutlich, weil es für zu viel Aufsehen gesorgt hätte, in einem ruhigen Landbewohnerwohngebiet eine gesamte Familie auszulöschen. Aber das nächste Mal würden sie sich vielleicht nicht so leicht verscheuchen lassen. Sie konnten das Haus beobachten, einen günstigen Moment abpassen; einen nach dem anderen ins Visier nehmen. Blieben sie hier, wären sie leichte Beute.

»Wo sollen wir denn hin?« Eine Welle von Schuldgefühlen überrollte Mellie. Die Soldaten hatten heute schon Caleb aus seinem Zuhause vertrieben; es war nicht fair, dass jetzt auch noch David sein Haus verlassen musste.

»Mach dir darüber mal keine Sorgen, Kleines«, sagte David. »Hier in der Gegend gibt es genügend Hotels und Ferienwohnungen. Ich werde schon einen sicheren Ort für uns finden.« David klang überhaupt nicht wütend oder verärgert über das erneute Unglück, das seine frisch erworbene Familie schon wieder angezogen hatte.

»Das ist eine gute Idee.« Ihre Mum drückte seinen Arm. »Aber in der Zwischenzeit fahre ich mit Mellie und Rynn nach Kanada. Angesichts dessen, was Ferricks Männer eventuell herausgefunden haben, kann sich das Quorum nicht länger weigern, uns zu empfangen.«

Sie bezog sich auf die Dokumente in Davids Büro; der andere Grund, warum sie sicher waren, dass der Einbruch nicht das Werk irgendeines Gelegenheitsdiebs gewesen war.

Diebe stehlen in der Regel etwas und schnüffeln nicht herum.

Aber die Männer des Captains hatten nichts mitgenommen, zumindest nichts Wertvolles. Allerdings hatten sie das Büro völlig verwüstet. Der Boden war mit Papieren übersät, alle Schubladen waren herausgezogen und der Computer eingeschaltet worden. Und das war das eigentliche Problem. Denn irgendwo unter all diesen Dokumenten befand sich das gesamte Wissen ihrer Mum über die kanadische Wandlersiedlung. Alte Recherche-Aufzeichnungen, die Korrespondenz mit Quinn, Reiseinformation … Nichts, was besonders ins Detail ging, denn sie hatte sich die genaue Adresse der Siedlung nie aufgeschrieben, nur die grobe Gegend, kleine Hinweise, die allein wenig Sinn ergaben, sondern erst, wenn man sie alle zusammen betrachtete. Sie konnten nicht sagen, wie viel Information die Männer des Captains hatten sammeln können. Das Quorum hatte zuvor vielleicht wenig Interesse daran gehabt, ihnen zu helfen, doch jetzt, da ihr *eigenes* Zuhause ebenfalls in Gefahr war, sah die Sache vermutlich anders aus.

»Ich werde Quinn gleich morgen früh Bescheid sagen, dass wir kommen.« Ihre Mum lehnte sich auf dem Sofa zurück. »Bis dahin will ich, dass ihr beide eure Sachen packt. Alles, was ihr die nächsten paar Tage braucht«, sagte sie und sah dabei erst Mellie und dann Rynn an. An Caleb gewandt fuhr sie fort: »Du solltest das Gleiche tun, wenn du immer noch vorhast, uns zu begleiten. Dein Reisepass ist nicht in der Hütte, hoffe ich?«

»Nein, der ist bei meinen Eltern«, antwortete Caleb. »Ich kann ihn abholen.«

»Moment mal, er kommt mit? Nach *Kanada*?« Im Augenwinkel sah Mellie, wie Rynn die Schultern straffte. »Warum das denn?«

Ihre Mum hatte die gleiche Frage gestellt, als Mellie ihr das erste Mal gesagt hatte, das er mitkommen wollte, doch es hatte nicht viel Überzeugungsarbeit gebraucht, damit sie zustimmte. Sie sagte gerade eigentlich zu fast allem Ja, weil sie mit einem Nein nicht die wacklige Beziehung zu ihrer Tochter gefährden wollte. Als ob da noch eine Verschlechterung möglich wäre.

Bei Rynn dagegen war zu erwarten gewesen, dass er die Nachricht schlecht aufnehmen würde, was genau der Grund war, weshalb Mellie das Thema noch nicht aufgebracht hatte. Wenn sie ihn jetzt so sah, wünschte sie sich allerdings, es früher und vielleicht mit ein bisschen weniger Publikum getan zu haben.

»Weil ich will, dass er mitkommt.« Obwohl die Worte wahr waren – besonders weil sie Caleb damit außer Reichweite des Captains schafften –, konnte Mellie Rynn dabei kaum in die Augen sehen. Sie wusste, was sie in seinem Blick entdecken würde, und nach einem Tag wie diesem konnte sie das nicht auch noch verkraften.

Kapitel drei

Früh am nächsten Morgen brachen sie zu viert nach Kanada auf. Mellie hatte gehofft, Calebs Anwesenheit würde den Trip etwas erträglicher machen, aber selbst mit ihm neben ihr auf dem Rücksitz war die Fahrt immer noch genauso lang und unangenehm, wie er es vorhergesagt hatte.

Schon kurz nach dem Aufbruch senkte sich betretenes Schweigen über sie. Keine entspannte, familiäre Stille, sondern eine aufgeladene, die sich so anfühlte, als könnte ein einziger Funke – oder ein falsches Wort – das ganze Auto in Flammen aufgehen lassen.

Ihre Mum musste es auch gemerkt haben, denn sie versuchte alle paar Minuten, ein Gespräch anzufangen, allerdings immer mit ihr, Rynn oder Caleb, aber nie mit allen, denn ein echtes Gespräch hätte ja erfordert, dass sie tatsächlich miteinander redeten. Glücklicherweise gab sie den Versuch ziemlich schnell wieder auf und schaltete stattdessen das Radio an, so dass sie in zuckersüßen Landbewohnerballaden ertränkt wurden. Doch selbst diese übertrieben hoffnungsvollen Lieder hatten einen bedrohlichen Unterton an sich, die wachsende Furcht, dass jeden Moment ein grüner SUV den Verkehr durchbrechen und ihrem großen Kanada-Abenteuer ein Ende setzen konnte.

Der Wagen muss nicht mal grün sein. Der Gedanke ließ Mellie schwer schlucken. Soweit sie wussten, konnte der Captain eine gesamte Flotte an SUVs zur Verfügung haben. Es war gut möglich, dass sie seine Männer gar nicht kommen sahen.

Als sie die Stadt erreichten, wechselten sie zum ersten Mal das Auto. Das ihrer Mutter ließen sie bei David am Krankenhaus stehen und gingen von dort zu Fuß zur Autovermietung. Quinns Anweisung folgend wiederholten sie das noch zweimal, in jeder der größeren Städte, die sie passierten. In diesen ersten Stunden schaute ihre Mum ständig in den Rückspiegel und warf verstohlene Blicke über die Schulter, um sicherzugehen, dass Ferricks Soldaten nicht doch die Verfolgung aufgenommen hatten. Erst als die Straßen ruhiger wurden, entspannte sie sich sichtlich. Und das Gute daran war, dass Mellie spürte, wie sich ihre eigene Anspannung ebenfalls löste. Angst war offenbar so ansteckend wie Schuppenfäule.

Ein paar Kilometer vor der Grenze hielten sie an, um in einem grell beleuchteten Schnellimbiss mit klebrigem Fußboden und noch klebrigeren Speisekarten zu Mittag zu essen. Ihre Mum saß mit Blick auf das große Fenster und hielt weiterhin Wache, während sie an einer Tasse Kaffee nippte und an ihrem Thunfischsandwich knabberte. Caleb war der Einzige, der es wagte, etwas Ausgefalleneres als ein Sandwich zu bestellen, und das tat er eigentlich auch nur, um ihnen etwas zu beweisen.

»Es mag jetzt nicht danach aussehen, aber das Essen in diesen Läden ist gar nicht so schlecht«, hatte er behauptet. Doch sobald er sich über seine Mahlzeit hermachte, musste er zugeben, dass dieses Restaurant vielleicht die Ausnahme der Regel darstellte. Er schaffte kaum die Hälfte seines matschigen Burgers, ehe er erklärte, keinen Hunger mehr zu haben, und Mellie ließ den Großteil des viel zu fettigen Käsetoasts auf dem Teller zurück. Rynn machte sich nicht einmal die Mühe, so zu tun, als hätte er Interesse an seinen Pommes frites. Als die Kellnerin kam, um den Tisch abzuräumen, reichte er ihr den unberührten Teller.

Das bisschen, das sie gegessen hatte, lag Mellie dann noch schwer im Magen, als sie die Grenze erreichten, die zu ihrer Überraschung aus nichts weiter als einer Reihe kleiner Kontrollhäuschen mit rotweiß gestreiften Flaggen, in deren Mitte ein rotes Ahornblatt prangte, bestand. Ganz und gar nicht die unüberwindbare Kluft, die sie sich als Trennlinie zwischen den beiden Ländern vorgestellt hatte.

»Bereit für euren ersten offiziellen Trip außer Landes?«, fragte Caleb, als ihre Mum den Wagen anhielt.

»Ist das echt schon alles?«, fragte Mellie und musterte die lächerliche Schranke vor ihnen abschätzig. »Wir … fahren einfach da durch?«

»Klar.« Er zuckte mit den Achseln. »Sobald sie eure Pässe kontrolliert haben.«

Unsere Pässe. Richtig. Mellie beobachtete nervös, wie ihre Mum dem Landbewohner in dem Häuschen die kleinen Heftchen reichte. Was, wenn der Mann sofort erkannte, dass die Dokumente gefälscht waren? Was, wenn er die Magie unter ihrer Haut spüren konnte? Oder einen Blick auf ihre »seltsamen« kupferfarbenen Augen werfen und sie als Meerjungfrau entlarven würde? Dann würde sie den Rest ihres Lebens in einem Käfig verbringen oder, noch schlimmer, in einem Labor. Seziert im Namen der Wissenschaft.

»Entspann dich, Scout«, raunte Caleb ihr zu und löste ihre verkrampften Finger aus dem Sitzpolster. »Er wird nur misstrauisch, wenn du ihm einen Grund dazu gibst.«

»Sorry.« Sie lehnte sich wieder zurück. Und tatsächlich, eine lange Minute später öffnete der Landbewohner die Schranke und winkte sie mit einem Nicken und einem höflichen *Schönen Aufenthalt* hindurch.

Die nächsten Stunden verbrachte Mellie zusammengekauert vor dem Fenster, die Nase an die Scheibe gepresst, und beobachtete die sich verändernde Landschaft, die an ihnen vorbeiflog. Landbewohnerstädte aus Stahl und Glas erschienen und lösten sich in Nichts auf, getrennt durch lange, monotone Straßenabschnitte. Wälder voller kahler Eichen wurden immer grüner, die Täler tiefer, und der Horizont sah zunehmend felsiger aus, so dass die Straße sich gezwungenermaßen durch die hügelige Landschaft schlängelte. Etwa nach sechs Stunden Fahrtzeit verlor die Landschaft völlig an Farbe, weil sie unter einer frischen Schneeschicht verschwand.

Zu Hause war das Wetter bereits milder geworden, die Kälte in der Luft nicht mehr so beißend und der Frühling dem Winter dicht auf den Fersen. Doch je weiter sie nach Norden fuhren, desto kühler wurde es. Das hatte wohl irgendetwas mit den Polen, der Erdumlaufbahn und dem Stand des Planeten zur Sonne zu tun. Caleb hatte versucht, es ihr zu erklären, aber Mellie hatte kapituliert, als er ihr mit Geschichten über den Weltraum und atmosphärische Kaltfronten gekommen war. Ihr Leben hatte sich so viele Jahre um den See und den Wald gedreht, und die Bergkette in der Ferne hatte das Ende ihrer Welt dargestellt. Jetzt war da plötzlich diese gewaltige, abstrakte Vorstellung namens Erde, die viel größer und komplexer war, als sie es sich je hätte vorstellen können. Sie bekam schon Kopfschmerzen, wenn sie bloß daran dachte.

Mellie rutschte auf ihrem Sitz herum und versuchte, den Blutfluss in ihren Beinen wieder in Gang zu bringen. Dieser Ausflug hätte Spaß machen und nicht die reinste Qual sein sollen, dachte sie und warf Rynn einen verstohlenen Blick zu. Sie beide erlebten Dinge, von denen die meisten Wandler nicht mal zu träumen wagten. In Astria hatten sie alles Wichtige gemeinsam erlebt: den ersten Schultag, den ersten Tag im Korps, den ersten Arbeitstag an der Oberfläche. Die erste Nacht, nachdem ihre Mutter gestrandet war, den ersten großen Streit mit seinem Dad, weil Rynn mit Mellie befreundet war, das erste Mal, als er sie schlaflos in ihrer Koje gefunden hatte, weil irgendein blödes Mädchen sie in der Schule fertiggemacht hatte.

Aber alle wichtigen Dinge an der Oberfläche hatte Mellie mit Caleb erlebt. Die erste Nacht außerhalb des Sees, die erste Fahrt in einem Auto, sogar das erste Mal im Meer schwimmen – all die Dinge, die sie zu gern mit Rynn geteilt hätte. Sie hätte zu gern sein Gesicht gesehen, wenn er das erste Mal einen Schluck Tee probierte oder in einem Film sah, wie ein Vampir sich an einem hübschen Mädchen satt trank. Sie hätte ihm zu gern die Sterne gezeigt. Stattdessen hatte sie Rynn all diese Dinge allein erleben lassen. Weil sie es nicht ertrug, ihn anzusehen.

Mellie bezweifelte, dass sie die vergangenen Monate mental so unbeschadet überstanden hätte, wenn Caleb nicht gewesen wäre. So ähnlich wie die Schutzanker Astrias war seine Anwesenheit wie ein Anker, der ihre Einsamkeit in Schach hielt und verhinderte, dass die Landbewohnerwelt sie hoffnungslos überwältigte.

»Scout.« Sein Flüstern riss sie aus den trägen Gedanken. Er hielt sein Handy in die Höhe und warf ihr einen Blick zu, der sagte: *Schau mal auf deins.* Mellie angelte ihr Telefon aus der Tasche.

Na, das ist doch mal eine lustige Fahrt, oder? Caleb grinste, als sie die Nachricht las.

Hat »lustig« an der Oberfläche vielleicht noch eine andere Bedeutung, die ich nicht kenne?, schrieb sie zurück.

Soweit ich weiß nicht.

Dann hätte ich ein anderes Wort gewählt.

Zum Beispiel »anstrengend«?

Zum Beispiel »mega-anstrengend«.

Das sind aber zwei Worte.

Deshalb ist es nicht weniger wahr.

Ich wiederhole mich nur ungern, aber ich habe dir gleich gesagt, dass wir fliegen sollten. Wir könnten uns schon seit Stunden an einem kanadischen Strand den Arsch abfrieren.

Mellie streckte ihm die Zunge raus. Sie konnte allerdings nicht umhin, sich einzugestehen, dass Caleb recht hatte. Ein Flugzeugabsturz hätte wenigstens ein schnelles Ende bedeutet.

Als sich die Fahrt weiter hinzog, wurde der Himmel vor der Fensterscheibe allmählich dunkler, und die Dämmerung brach an. Noch vor gar nicht allzu langer Zeit hätte Mellie sich vor der Dunkelheit gefürchtet, als sie noch glaubte, auf dem Trockenen zu stranden würde ihren sicheren Tod bedeuten. Dabei war das gar nicht so, zumindest nicht aus den Gründen, die man Mellie beigebracht hatte. Gestrandete Wandler fielen nach Einbruch der Dunkelheit weder irgendwelchen wilden Tieren zum Opfer, noch verloren sie ihre Fähigkeit, sich zu verwandeln. Stattdessen wurden sie von den Männern des Captains gejagt und ermordet. Dessen verzweifelte Bemühungen, sie alle unwissend und gefangen zu halten, hatten mehr Wandler das Leben gekostet als irgendeine andere Gefahr an der Oberfläche.

Als ihre Mum auf den leeren Parkplatz einbog, auf dem sie mit Quinn verabredet waren, war Mellie drauf und dran, sich aus dem fahrenden Auto zu werfen, oder vielleicht sogar davor. Sie entschied sich dann doch für Möglichkeit Nummer eins und riss die Autotür auf, sobald ihre Mum den Motor ausschaltete.

Quinn hätte sich wirklich keinen verlasseneren Ort als Treffpunkt aussuchen können. Ob die Reihe kleiner Läden, die den Parkplatz säumten, nur bereits für den Abend geschlossen waren oder gar nicht mehr betrieben wurden, konnte Mellie nicht ausmachen. In keinem der Fenster brannte Licht, die Gebäude wirkten verlassen; einige der Ladenfronten waren sogar vernagelt. Trostlos war das Wort, das die Szenerie am besten beschrieb. Wie ein frostiger Friedhof.

Quinn wartete in der Mitte des Parkplatzes auf sie, an die Kühlerhaube seines Jeeps gelehnt, sein Umriss scharfgezeichnet von den Autoscheinwerfern. Er hatte den Ort bestimmt deshalb gewählt, weil er so abgelegen war – und so ungeschützt. Außer der einen Straße gab es weit und breit nur offenes Gelände. Keine Möglichkeit für ein Auto, sich unbemerkt zu nähern. Und, noch wichtiger, kein Wasser in Sicht. Nicht einmal eine Pfütze.

»Die Fahrt verlief problemlos, hoffe ich?«, fragte Quinn anstelle einer richtigen Begrüßung. Mellie hatte es noch nie erlebt, dass der Soldat ein Gespräch mit *Hallo* begann.

»Wir haben alle erforderlichen Vorsichtsmaßnahmen getroffen«, erwiderte ihre Mum. »Es ist uns niemand gefolgt.«

»Gut.« Als Quinn ihr einen Blick zuwarf, wich Mellie seinem Blick aus und straffte die Schultern. Ihr ganzer Körper schmerzte von der Reise, jeder Muskel war verspannt und verkrampft. Allerdings quälte sie auch ihr schlechtes Gewissen. Wenn sie und Caleb nicht zurück zu seiner Hütte gefahren wären, würde Quinns Zuhause jetzt nicht in Gefahr schweben.

Rynn war nicht ganz so höflich. »Wo ist das Wasser?«, fragte er gereizt.

»Wir sind noch etwa eine Stunde von der Küste entfernt«, erklärte Quinn, »aber da auf der Straße kein Schnee geräumt wird, solltet ihr lieber mit mir weiterfahren.« Er zeigte auf die Reifen des Jeeps, um die schwere Ketten gewickelt waren. Mellie hätte fast laut aufgestöhnt. Schon wieder Autofahren. Und dieses Mal musste sie den Rücksitz sogar mit Caleb *und* Rynn teilen.

Wenigstens brach Quinns Anwesenheit das Schweigen. Er und ihre Mum hatten genügend Gesprächsstoff, nicht nur was die Theorien über den Einbruch bei David anging, sondern sie tauschten auch andere Neuigkeiten aus. In den vergangenen Wochen hatte Mellie herausgefunden, dass ihre Mum eine aktive Rolle in der weltweiten Wandlergemeinschaft spielte. Bei ihrer Suche nach Informationen über Astria war sie viel in der Welt herumgekommen und mit zahlreichen Wandlern, die sie auf ihren Reisen kennengelernt hatte, in Kontakt geblieben. Ab und zu meldeten sich auch welche bei ihr, wenn sie Hilfe oder Vorräte brauchten. Ihrer Mum zufolge unterschieden sich die Siedlungen in Größe und Ideologie, doch in einer Sache waren sich alle einig: dass sie ihre Existenz unbedingt geheim halten mussten. Zwar waren nicht alle Landbewohner Ungeheuer, wie Mellie es ihr Leben lang geglaubt hatte, sie stellten aber dennoch eine Gefahr dar. Niemand wollte, dass sie auf die Idee kamen, aktiv nach Wandlern zu suchen. Oder, noch schlimmer, sie zu jagen.

Quinns Jeep bretterte durch die Nacht, während die Straße immer unwegsamer und vereister wurde. Schließlich erreichten sie, elf Stunden, nachdem sie aufgebrochen waren, die Küste. Das Meer wirkte wie ein dunkler Fleck im Mondlicht, wie schwarze Tinte, die entlang des hellen Strands ausgelaufen war. Sobald es in Sicht kam, ließ Rynn das Fenster runter, um den Salzgeruch ins Wageninnere zu lassen. Er vermisste das Wasser; das wusste Mellie, auch ohne dass sie miteinander sprachen. Sie spürte es in seinem Schweigen und daran, wie er geistesabwesend seine rechte Schulter kratzte, wo sich sonst ein Schuppenflecken befand.

Obwohl ihre Mum sie jeden zweiten Tag zum Strand fuhr – oft genug, um keine Entzugserscheinungen zu bekommen – war es nicht annähernd genug für Rynn. Er tat sich schwer damit, sich an das Leben an der Oberfläche anzupassen. Die raue Luft, das fremde Essen, die langen Stunden, die sie zurückgezogen im Haus verbrachten, das alles forderte seinen Tribut. Und er konnte nicht schlafen; Mellie wusste das, weil es ihr genauso ging. Im Schlaf tauchten zu viele schlechte Erinnerungen auf. Von Soldaten, dic sie in den See zerrten und ihr mit kaltem Blick zuschauten, wie das Leben sie verließ. Von Wasser, das ihr die Kehle versengte, aufschlitzte und verbrannte, ihre Lunge flutete. Und die ganze Zeit hallte ihr die Stimme des Captains durch den Kopf, dessen Worte noch schneidender als das Wasser waren. *Sie hätte dich wegmachen sollen, als wir es ihr befohlen haben, und wir hätten sie loswerden sollen, als sie es nicht getan hat.*

Anfangs hatten die Träume Mellie auch im Wachzustand verfolgt. Als sie am Tag nach dem Angriff zum Strand gefahren waren, hatte ihr Körper noch die äußeren Zeichen von Ferricks Grausamkeit gezeigt. Ein gebrochenes Handgelenk, geprellte Rippen und die wunde Kehle, weil sie fast ertrunken war. An jenem Tag brauchte sie über eine Stunde, um es durch die Brandung zu schaffen. Vom Kopf her wusste sie, dass sie in der Lage sein würde, sich im Meer zu verwandeln. Dort gab es keine Schutzanker, keine böse Magie, die sie in ihrer menschlichen Form gefangen hielt. Doch der Verstand konnte es mit der Macht der Angst nicht aufnehmen, und so war Mellie am Strand auf und ab gegangen und hatte so getan, als erkunde sie die Gegend, obwohl sie in Wahrheit einfach zu viel Angst hatte, sich dem Wasser zu stellen.

Glücklicherweise hatte diese Angst seitdem nachgelassen. Es war sowieso dumm; Mellie war eine Wandlerin, das Wasser war ihr Zuhause.

Doch die Träume blieben.

Nur die langjährige Erfahrung im Unterdrücken ihrer Emotionen hielt Mellie davon ab, nachts laut loszuschreien. Stattdessen wachte sie in kalten Schweiß gebadet auf, in ihr Laken verwickelt, nach imaginären Händen auf ihrer Haut greifend. Danach konnte sie stundenlang nicht wieder einschlafen, wälzte sich nur herum, zu verängstigt, die Augen zu schließen, und hörte durch die Wand, wie Rynn im Nachbarzimmer fernsah oder in ganz schlimmen Nächten nervös auf und ab tigerte. In ihrem früheren Leben wären sie schon hundertmal dabei erwischt worden, beim anderen in die Koje geschlüpft zu sein, um die ganze Nacht zu reden oder sich auch nur aneinanderzukuscheln. Jetzt hielten sie jedoch Abstand zueinander und blieben mit ihren Albträumen allein.

Doch Rynn beschwerte sich nicht. Er war vermutlich froh, überhaupt bei ihnen aufgenommen worden zu sein, nahm Mellie an. Es war nicht so, als wären Mellies Mutter oder David zu irgendetwas verpflichtet gewesen, nicht, nachdem sein Verhalten sie beinahe das Leben gekostet hatte. Aber es war nie ein Thema gewesen, ihn der Gnade des Captains zu überlassen oder ihn wegzuschicken.

Er war nach dem Vorfall einfach ins Auto gescheucht und mit zu Davids Haus genommen worden. Und wenn es David etwas ausmachte, dass er nun gleich zwei griesgrämige Teenager auf einmal geerbt hatte, verbarg er diese Tatsache gut. Er hatte ihrer Mum einfach geholfen, ein Zimmer für Rynn herzurichten, und damit hatte sich die Sache. Auf einmal waren sie eine Familie. Eine derart dysfunktionale, dass sie schon wieder echt sein konnte.

Quinn lenkte den Jeep in Richtung Wasser, wobei er einem unsichtbaren Pfad folgte, der sich am Fuß des Kliffs entlangschlängelte. Mellie bemerkte, wie er immer wieder in den Spiegel sah und wie üblich wachsam und auf der Hut blieb. Doch falls die Männer des Captains ihnen gefolgt waren, mussten sie schon seit langem ihre Spur verloren haben, und die Informationen, die sie aus dem Haus gestohlen hatten, würden sie erst nach einiger Zeit zusammensetzen können. Zumindest für den Moment schienen sie sicher zu sein.

Sie folgten der Küstenlinie ein paar Kilometer, bis die Straße eine scharfe Kurve machte und wieder ins Landesinnere führte. Geradeaus führte ein schmaler Weg zu einer versteckten Bucht, die sich an einen riesigen Felsen schmiegte. Und am Rand dieser Bucht stand eine einzelne Hütte; vom Salz glatt geleckt, vom Wind gebeutelt und aus aschgrauem Stein gebaut. Sie war größer als Calebs Hütte, obwohl sie vor der sie überragenden Felswand winzig erschien. Quinn stellte den Jeep hinter der Hütte ab.

»Den Eingang zu Simmia zu finden ist ein bisschen kompliziert, besonders im Dunklen«, erklärte er und stieg aus dem Auto. »Wir bleiben heute Nacht hier und fahren morgen früh raus.«

»Simmia?« Mellie stutzte, als sie den Namen hörte. »Ihr habt eure Stadt nach der dreizehnten Hölle benannt?« Sie hatte im vergangenen Monat oft mit ihrer Mutter über diesen Ausflug gen Norden gesprochen, doch irgendwie war der Name nie zur Sprache gekommen. Wahrscheinlich, weil Mellie sich angewöhnt hatte, sie die kanadische Meerjungfrauenstadt zu nennen, was Caleb zu verdanken war. Ihr war bisher noch nichts eingefallen, womit sie ihm diese nervige Angewohnheit heimzahlen konnte.

Quinn lächelte und öffnete die Tür der Hütte. »Das ist so eine Art Insiderwitz.«

Natürlich. Ein Witz. Ein netter, blasphemischer Witz. Das lieben die Götter besonders.

»Ihr habt dreizehn Höllen?«, raunte Caleb ihr zu. Klar, dass er sich daran hochzog.

»Mal sehen, wie gut ihr in der Schule aufgepasst habt«, sagte Quinn, als er sie ins Haus führte. »Die dreizehnte Hölle wird Simmia genannt, aber sie hat noch einen anderen Namen. Wisst ihr noch welchen?«

»Fegefeuer.« Rynn würdigte Quinn kaum eines Blickes. »Es ist die Übergangshölle.«

»Nun ja, Astria zu verlassen, fühlte sich für uns an wie unser persönliches Fegefeuer. Versteht mich nicht falsch, wir wussten mehr über die Welt als der durchschnittliche Wandler, und wir hatten genügend Vorräte, die wir vor unserem Weggang gesammelt hatten. Aber trotzdem sahen wir uns mit der Aufgabe konfrontiert, eine Stadt aus dem Nichts aufzubauen. Sie musste versteckt sein und sich selbst versorgen können, und wir hatten keine Natürlichen dabei, wir waren also quasi magisch gehandicapt. Damals erschien uns Fegefeuer als eine passende Beschreibung, und als das nicht mehr zutraf, hatte sich der Name schon durchgesetzt. Dieses Haus haben wir vor ein paar Jahren gekauft.« Quinn deutete auf den schlichten Wohnbereich. »Wir benutzen es als Pförtnerhaus.«

Verglichen mit der eleganten Kultiviertheit des Hauses ihrer Mutter oder dem unbändigen Chaos in Calebs Hütte war die Einrichtung der Hütte ziemlich karg. Der Boden bestand aus nacktem Stein, die Wände waren schmucklos und teilweise rissig. Die wenigen Möbelstücke sahen uralt aus, und es gab gerade genug davon, um das Haus bewohnt erscheinen zu lassen, was es noch lange nicht gemütlich machte. Ein niedriger Tisch, ein paar klapprige Stühle, eine Couch, die für das Zimmer viel zu klein war. Der staubige Teppich im Flur sah so abgewetzt und dünn aus, dass Mellie befürchtete, er könnte beim nächsten Betreten zu Staub zerfallen, und sie hätte wetten können, dass die Hälfte der Küchenschränke leer war. Es wirkte, als hätte jemand ein Landbewohnerhaus nachahmen wollen, ohne jemals in einem gewesen zu sein.

»Ist das Wasser sicher?«, wollte Rynn wissen, der offenbar mehr Interesse am Schwimmen hatte als an einer Geschichtsstunde.

»Ja, das ist es.« Quinn nickte. »Aber schwimm nicht zu weit vom Strand weg. Man kann sich hier sehr leicht verirren.«

Wortlos sauste Rynn aus der Tür.

»Warum gehst du nicht auch ein bisschen schwimmen, Mädchen?«, schlug Quinn ihr vor. »Ist bestimmt angenehm nach der langen Fahrerei.«

»Macht es dir etwas aus?«, fragte Mellie Caleb. Nach den elf Stunden im Auto war der Gedanke an das Meer tatsächlich sehr verlockend. Wie eine Sehnsucht, die sie bis in die Knochen spürte. Aber wenn sie schwimmen ging, bedeutete das, dass sie Caleb mit ihrer Mutter und Quinn allein lassen musste.

»Ehrlich gesagt hatte ich vorgehabt, ihn zu einem kleinen Besorgungsgang loszuschicken«, schaltete sich Quinn ein. »Normalerweise haben wir hier niemanden länger als ein paar Stunden zu Gast, und ihr hättet bestimmt gern etwas anderes als trockene Cracker zu essen. Bist du schon mal bei Schnee Auto gefahren?«

Caleb nickte. »Meine Familie fährt regelmäßig nach Vermont zum Skifahren.«

»Gut. Etwa dreißig Kilometer entfernt liegt eine Tankstelle. Folge der Straße nach Norden, dann kannst du sie nicht verfehlen.« Quinn warf ihm die Autoschlüssel zu.

Es konnte auch nur der Versuch sein, sie voneinander zu trennen, oder eher, sie und Rynn ein letztes Mal zusammenzubringen, ehe sie auf das Quorum trafen. So fühlte es sich aber nicht an. Wenn überhaupt machte es eher den Anschein, als wollte er sie alle drei aus dem Haus bekommen.

Wie auch immer, dachte Mellie und folgte Caleb nach draußen. Sie wusste, dass sie besser gehen sollte, wenn sie unerwünscht war.

»Ich kann auch mitkommen, wenn du magst«, bot sie an, als sie beim Auto standen. Es erschien ihr ein wenig unfair, ihn allein fahren zu lassen.

»Quatsch, geh dich ruhig ein bisschen im Wasser austoben. Meerjungfrauen brauchen das Wasser. Ich glaube, das habe ich irgendwo in einem Buch gelesen.«

»Sehr witzig.«

»Im Ernst, Scout, es macht mir nichts aus.« Caleb konnte sein Grinsen kaum unterdrücken, als er auf dem Fahrersitz Platz nahm. Mellie hatte den Eindruck, er wäre sogar freiwillig zum Mond gefahren, wenn das bedeutete, mit Quinns Monster-Jeep spielen zu dürfen. *Landbewohner und ihre lächerliche Besessenheit von Autos.*

Rynn war schon längst im Wasser, als sie am Ufer ankam. Mellie konnte ihn in der Dunkelheit zwar nicht sehen, aber seine Kleider lagen in einer Linie auf dem Sand verstreut. Ein Teil von ihr hätte ihm gern Gesellschaft geleistet, um mit ihm zusammen diesen neuen Teil der Welt zu erkunden. Stattdessen wandte sie sich in die andere Richtung.

Kapitel Vier

Quinns Jeep war noch nicht wieder da, als Mellie zurück an die Oberfläche kam, was bedeutete, dass Caleb noch unterwegs sein musste. Rynn war zwar früher als sie zur Hütte zurückgekehrt, doch anstatt hineinzugehen, saß er mit geschlossenen Augen im gefrorenen Blumenbeet neben der Tür und hatte den Kopf an die Wand gelehnt.

»Was tust du da?« Mellie konnte nicht anders, als ihn das zu fragen. Vielleicht hatte der Sauerstoff ihm wirklich den Verstand vernebelt.

Rynn brachte sie mit einem »Psst« zum Verstummen und zeigte auf das Fenster über ihm. »Quinn und deine Mum streiten sich.«

Ach, er lauscht. Der Gedanke brachte sie fast zum Lächeln. So wie sie es früher immer getan hatten, wenn seine Eltern wichtige Dinge zu besprechen hatten, die den Rat betrafen. So hatten sie auch herausgefunden, dass das Korps vorhatte, die Dauer ihrer Dienstmonate zu verlängern, noch bevor es offiziell verkündet wurde, und dass der Rat das wahre Ausmaß der Wandlerkrise verheimlichte.

»Wegen des Einbruchs?« Mellie ließ sich ebenfalls auf dem Boden nieder, allerdings in gewissem Sicherheitsabstand.

»Bin mir nicht sicher.« Rynn tat so, als wäre es ihm nicht aufgefallen. »Sie sind aber beide ziemlich wütend.«

Nun, das erkläre, warum Quinn sie vorhin alle drei aus dem Haus gescheucht hatte. Damit er und ihre Mutter sich in aller Ruhe anschreien konnten.

»… hättet das schon vor Wochen tun sollen«, hörte Mellie ihn mit vorwurfsvoller Stimme sagen.

»Lass es gut sein, Quinn«, zischte ihre Mum zurück. »Das ist meine Privatsache.«

»Damit ist es vorbei, seit du uns um Hilfe gebeten hast.«

»Diese Diskussion ist beendet.«

»Ist sie nicht«, polterte er und klang dabei wie der Soldat, der er mal gewesen war. »Die anderen wissen Bescheid, Laura. Über alles.«

Eine lange Pause folgte, ehe sie weitersprach: »Du hattest kein Recht, es ihnen zu erzählen. *Keins.*« Der Zorn ihrer Mutter drang durch das offene Fenster nach draußen.

»Diese Art von Geheimnis haben wir im Quorum nicht voreinander.«

»Das geht das Quorum nichts an!«

»Natürlich geht es das Quorum etwas an. Sie haben das Recht zu erfahren, auf was sie sich einlassen. Und du belügst dich selbst, wenn du glaubst, es wird in Simmia nicht zur Sprache kommen. Du kannst das arme Mädchen da nicht unvorbereitet reinschwimmen lassen. Du musst es ihr sagen.«

Mellie rutschte das Herz in die Hose. Ihre Mum verheimlichte ihr etwas. Mal wieder.

»Sie ist meine Tochter, Quinn. Ich werde es ihr sagen, wenn die Zeit gekommen ist.«

Den Teufel wirst du tun. Mellie sprang auf. *Du wirst es mir jetzt sofort sagen.*

»Mel, warte …« Rynn wollte sie am Arm packen, doch Mellie war schneller und rannte schon zur Tür.

»Was willst du mir sagen?«, fiel sie sprichwörtlich mit der Tür ins Haus.

Quinn und ihre Mum erstarrten bei ihrem Anblick.

»Mellie …«

»Was willst du mir sagen, Mum?« Sie verschränkte die Arme vor der Brust und starrte ihre Mutter an. Das war die universelle Körpersprache für: *Ich warte.*

»Die Zeit ist gekommen, Laura«, erklärte Quinn. »Entweder sagst du es ihr jetzt, oder ich tue es. Und ich denke, wir wissen beide, dass sie es von dir hören sollte.«

»Dann gib uns ein bisschen Privatsphäre«, verlangte ihre Mum in unwirschem Tonfall. Doch sobald Quinn in eines der Schlafzimmer verschwunden war, sank sie in sich zusammen, so dass sie sich an den Küchentresen lehnen musste. Ihre Wut schien verflogen, ersetzt durch etwas anderes, das Mellie nur als Angst beschreiben konnte.

»Wovon redet er, Mum? Was verheimlichst du mir?«

»Liebling …« Die Stimme ihrer Mutter bebte. Sie holte tief Luft und war sichtlich um Fassung bemüht.

»Bei den Göttern, Mum, spuck es schon aus.«

Es dauerte noch einen Moment, bis sie so weit war. »Erinnerst du dich, wie ich dir erzählt habe, dass Ferrick gegen meine Beziehung zu deinem Vater war?«

Mellie nickte und spürte, wie sie nervös wurde. Dieses Thema hatten sie erfolgreich vermieden. Ehrlich gesagt hatte Mellie es selbst umgangen. Was auch immer ihre Eltern getan hatten, um den Zorn des Captains heraufzubeschwören, sie hatten ihn damit wütend genug gemacht, dass er von ihrer Mutter verlangte, die Schwangerschaft abzubrechen. Zu erfahren, dass sie nie hätte geboren werden sollen, hatte Mellies Neugier doch ziemlich gedämpft.

»Du hast mich gefragt, warum er dagegen war, dass ich mit einem Läufer ausging, aber so war das eigentlich gar nicht, denn …« Ihre Mum brach ab und umfasste die Arbeitsplatte so fest, dass Mellie befürchtete, das Holz könnte splittern. »Dein Vater war kein Läufer, Mellie«, fuhr sie schließlich fort. »Und sein Name war auch nicht Silas. Sein Name ist Arion Samphire, aber du kennst ihn als …«

»*Titan*?« Mellie riss die Augen auf.

»Ja.«

Ja? Was in allen Höllen meinte sie mit *Ja*? Wie konnte das eine passende Antwort sein?

»Mein Vater ist der Titan?« Mellie sprach die Worte versuchsweise aus. Sie klangen absurd. Es war absurd.

»Ja.«

Wieder dieses *Ja*. »Nein, das ist nicht … Es ist … *Was*?« Mellie mochte die letzten paar Wochen damit verbracht haben, das Thema zu meiden, doch das bedeutete nicht, dass sie nicht viel darüber nachgedacht hatte. Was sie sich am ehesten hatte vorstellen können, war, dass ihr Dad irgendein Verbrechen begangen oder zu viele Befehle missachtet hatte. Dass er ein Unruhestifter war; davon gab es in jeder Truppe welche. Wandler mit Ideen, die über ihre Position hinausgingen, die glaubten, sie hätten das Recht auf ein Leben außerhalb des Korps. Die diese Meinung auch öffentlich äußerten.

Mellie war sogar so weit gegangen, sich zu fragen, ob zwischen dem Captain und ihrer Mum vielleicht etwas Romantisches gewesen war, das ihr Dad gestört hatte. Und auch wenn diese Vorstellung alles andere als angenehm war, ergab sie doch mehr Sinn als *das*.

»Es gab damals Gerüchte, dass Arion gern mit Wandlerinnen … *plantschte*«, sagte ihre Mum. »Ich habe es nie geglaubt. Bis er mich eines Abends in seinen Palast holen ließ. Er hatte mich bei einem seiner Besuche im Annex gesehen und mochte meine Färbung.«

»Aber er ist so …« *alt*, hatte Mellie sagen wollen. Und nicht nur »er ist viel zu alt für dich« oder »er ist doppelt so alt wie du«. Natürliche lebten viel länger als Wandler – und alterten auch viel langsamer, aber dennoch war der enorme Altersunterschied zwischen ihnen schwer zu übersehen. »… verheiratet«, beendete Mellie den Satz stattdessen. Es erschien ihr die sicherste Wahl. Der naheliegendere Einwand.

»Ich weiß.« Ihre Mum senkte den Blick auf ihren Ehering. »Ich bin nicht stolz auf diesen Teil meiner Vergangenheit, Mellie, aber ich war jung, und er hat mir das Gefühl gegeben, etwas Besonderes zu sein. Du kannst dir das sicher nicht vorstellen, weil du etwas anderes über ihn gehört hast, aber Arion war der charmanteste Mann, den ich je getroffen hatte.« Ihre Stimme klang belegt, als sie sich erinnerte. »Wir haben uns abends nach meinen Besorgungsgängen heimlich getroffen, und an meinen freien Tagen habe ich Stunden mit ihm im Palast verbracht, verborgen in seinem privaten Garten. Er war der erste Natürliche, der mit mir wie mit einer Ebenbürtigen gesprochen hat. Und wenn er etwas sagte … Bei den Göttern, es ist unmöglich zu beschreiben, wie selbstbewusst er war … wie überzeugt von seinem Plan für Astria. Wie logisch es alles klang. Seine Worte ließen mich die Oberfläche mehr fürchten als alles, was Ferrick je zu mir gesagt hatte, und gleichzeitig fühlte ich mich sicher. Diese Macht hatte er über mich.

Ich habe nie wirklich über die Konsequenzen unserer Affäre nachgedacht, obwohl ich das vermutlich hätte tun sollen. Ferrick hatte mich zu Beginn gewarnt, dass es einen Kodex für Arions *Gespielinnen* gab.« Der Ausdruck schien einen bitteren Nachgeschmack auf ihrer Zunge zu hinterlassen. »Das waren Regeln, denen ich zustimmen musste: Verschwiegenheit, Diskretion … Ferrick legte sogar ein Zeitlimit fest, wie lange die Affäre dauern durfte. Er wollte verhindern, dass eins von uns dummen Mädchen am Ende noch Gefühle entwickelte und Ärger machte. Doch als Arion beschloss, mich danach auch weiterhin zu sehen, konnte Ferrick nicht viel dagegen tun. Für die Schwangerschaft wollte er jedoch nicht einstehen. Arion hatte keinen offiziellen Erben, und das Letzte, was er brauchte, war ein uneheliches Kind, das die Blutlinie gefährdete. Also stellte mich Ferrick vor die Wahl: Entweder brach ich die Schwangerschaft ab, oder er würde dafür sorgen, dass mein nächster Gang an die Oberfläche mein letzter sein würde.«

Diesen Teil kannte Mellie, obwohl es immer noch weh tat, es so direkt zu hören.

»Aber ich habe mich geweigert, dich aufzugeben«, fuhr ihre Mutter fort, »und Arion, nun ja … Ich war eine seiner Lieblingsfrauen.«

Eine seiner Lieblingsfrauen. Mellie spürte, wie ihr die Galle hochkam. Eine von vielen.

»Ich wusste damals noch nicht, was er wirklich war.« Die Miene ihrer Mum verfinsterte sich. »Zu welchen Grausamkeiten er fähig war. Ich ging zu ihm und flehte ihn an, mich das Baby behalten zu lassen, und er stimmte zu, doch unter einer Bedingung: nur, wenn du Wandlerin warst.«

Denn Wandler hatten kein Anrecht auf den Thron. Ein Wandler war keine Bedrohung.

»Und wenn ich mich nicht verwandelt hätte?«, fragte Mellie.

Das Schweigen ihrer Mutter war Antwort genug.

»Oh.« Sie sank auf der kleinen Couch zusammen, erdrückt vom Gewicht dieses letzten Geständnisses. Arion Samphire, der Titan von Astria, war ihr Vater. Und er hatte sie nur unter einer Bedingung am Leben gelassen.

»Mellie ...« Ihre Mum machte einen Schritt auf sie zu, doch sie hielt sie mit ausgestreckten Handfläche davon ab, näher zu kommen.

»Nein ... nicht ... Bei den Göttern, lass mich kurz nachdenken.« Es war nicht so, dass es nicht zusammenpasste; die Puzzleteile hatten alle die richtige Form und Größe. Alles, was ihre Mum gesagt hatte, war *theoretisch* möglich. Aber als Mellie die Teile zusammensetzte, sah das Gesamtbild irgendwie falsch aus. Der Titan war ihr Vater. Der Titan war ihr Vater? Wie konnte das denn sein?

Aus Gewohnheit wanderte ihre Hand an ihren Hals, auf der Suche nach dem Silberdollar an der Kette, die sie früher immer getragen hatte. Klick. Wieder rutschte ein Teil an seinen Platz. *Diese Münze stammt von der Oberfläche, Mellie. Und wenn du sie während der Landprüfung trägst, verwandelst du dich garantiert, solange es das ist, was du willst.* Als Kind war Mellie naiv genug gewesen, um zu glauben, dass ihre Mutter diese Art von Versprechen geben konnte. Sie hatte zugelassen, dass ihre Worte sie trösteten.

Mellie war kein Kind mehr.

»Du wusstest schon vor meiner Landprüfung, dass ich mich verwandeln würde, oder?«, fragte sie jetzt.

»Ja.«

Dieses Ja hatte sie erwartet, aber es verletzte sie dennoch. So lange Mellie denken konnte, hatte sie davon geträumt, eine Wandlerin zu sein. Sie und Rynn hatten Stunden damit verbracht, sich die Landprüfung auszumalen und sich vorzustellen, wie es sich anfühlen würde, wenn sie sich verwandelten. Immer *wenn*, niemals *falls*. Damals hatte Mellie noch an Wunschdenken geglaubt.

An dem Tag, als Rynns Dad eines ihrer Gespräche mitbekommen hatte, war es zu ihrem ersten heftigen Streit gekommen. Es war das erste Mal, dass Ayer Rynn erklärte, wie er sich seine Zukunft vorstellte.

»Keiner meiner Söhne wird dem Korps beitreten.« Als Ayer ihm die Worte um die Ohren haute, fühlte es sich an, als würde das Wasser um sie heißer werden und sie bei lebendigem Leib kochen. »Du bist ein Staghorn, Rynn, und dieser Name bringt eine gewisse Verantwortung mit sich«, sagte er, als hätte Rynn eine Wahl. Als könnte er etwas so Unvorhersehbares wie die Verwandlung kontrollieren.

Nach diesem Streit wurde Mellie bewusst, dass die Welt sich tatsächlich gegen sie verschwören und auseinanderbringen konnte. Denn wenn sich keiner von ihnen verwandeln sollte, würde sie immer noch nicht zu den gleichen Kreisen zählen wie Rynn. Sie mussten sich beide verwandeln, um zusammenzubleiben. Jahrelang hatte sie die Angst verfolgt, sich nicht zu verwandeln. Und diese ganze Zeit hätte ihre Mum ihr die Angst nehmen können. Stattdessen hatte sie Mellie im Unklaren gelassen.

»Wann hast du es herausgefunden?«, wollte Mellie wissen.

»Wir haben dich schon als Baby an die Oberfläche gebracht«, gestand ihre Mum. »Ferrick hielt es für unklug, bis zur Landprüfung zu warten.«

Das wunderte Mellie nicht. Es war wesentlich einfacher, ein Baby um die Ecke zu bringen als eine Zehnjährige. Zehnjährige hatten Lehrer und Freunde, sie konnten nicht einfach spurlos verschwinden.

»Ich hätte nicht zugelassen, dass sie dir etwas antun, Mellie«, sagte ihre Mutter schnell, als hätte sie ihre Gedanken gelesen. »Ich hätte einen Weg gefunden, dich da rauszuholen.«

Und wie?, hätte Mellie am liebsten geschrien. Sie hatte am eigenen Leib erfahren, wie der Captain mit Wandlern umging, die sich nicht an seine Regeln hielten. Wäre diese günstige Laune der Natur nicht gewesen, hätte er sich einfach ihrer beider entledigt, und ihre Mum hätte rein gar nichts dagegen tun können.

»Ich … ich verstehe es immer noch nicht«, brachte Mellie hervor und fuhr sich mit den Fingern durch die Haare. »All diese Jahre … Wie hast du ein solches Geheimnis bewahren können? Und wer bei den dreizehn Höllen ist Silas?« Sie meinte die Frage als Herausforderung. Ihr ganzes Leben lang hatte Mellie immer diese eine Geschichte erzählt: Ihr Vater Silas war ein paar Monate vor ihrer Geburt bei einem Unfall an der Oberfläche ums Leben gekommen. Und niemand hatte das je hinterfragt. Niemand hatte je gesagt: *Ich kann mich nicht erinnern, dass deine Mutter mit einem Wandler namens Silas ausgegangen ist.* Oder: *Kein Wandler namens Silas ist je bei einem Unfall an der Oberfläche umgekommen.* Bei allen Höllen, Mellie hatte sogar ihre Färbung von dem Kerl geerbt, seine sandfarbenen Schuppen ergaben mit den kupferfarbenen ihrer Mutter ihren Goldton.

Zwei und zwei ergab vier, nicht fünf. Irgendwas passte hier nicht zusammen.

»Silas war ein guter Freund von mir.« Das Gesicht ihrer Mutter überschattete sich. Sie zog einen der wackeligen Stühle vor die Couch und nahm darauf Platz. »Er war auch ein Läufer …«, fing sie an und faltete nervös die Hände im Schoß.

War. Vergangenheit.

»Und mein Partner, bis zu dem Tag, als er …«

Starb, erriet Mellie das Wort, das ihre Mum nicht über die Lippen zu bringen schien. Also stimmte dieser Teil der Geschichte schon mal.

»Wir standen uns sehr nahe. Wahrscheinlich so nah wie du und Rynn … früher«, fuhr ihre Mum fort. »Er war der Einzige, dem ich je von der Affäre erzählt habe. Ich hätte es eigentlich niemandem anvertrauen dürfen, aber ich wusste damals noch nicht, was für ein Monster Ferrick wirklich ist und wie weit er gehen würde, um Arions Geheimnis zu bewahren. Ich weiß bis heute nicht, woher er wusste, dass Silas eingeweiht war. Vielleicht hat er Silas auch einfach benutzt, um mich einzuschüchtern, damit ich die Klappe halte. So oder so, drei Tage, nachdem ich die Abmachung mit Arion getroffen hatte, kehrte Silas nicht von der Oberfläche zurück. Ferrick hat nie ausdrücklich die Verantwortung übernommen, aber er machte mir deutlich, dass sowohl dein als auch mein Leben davon abhingen, dass ich die anderen Wandler davon überzeugte, dass Silas dein Vater sei. Die Geschichte war nicht schwer zu verkaufen, da er und ich so viel Zeit miteinander verbracht hatten, dass sowieso der halbe Annex davon ausging, wir wären ein Paar. Doch ich habe nie wieder in Frage gestellt, wie weit Ferrick gehen würde, um die wahre Identität deines Vaters zu verheimlichen.«

Mellie hatte es die Sprache verschlagen. Sie wusste nicht, ob ihre Wut oder ihr Mitleid stärker waren – Mitleid mit ihrer Mum, weil sie so viel verloren hatte, und Wut auf sie, weil sie Mellie so lange angelogen hatte.

Am Ende gewann die Wut die Oberhand.

»Wie konntest du mir das verheimlichen?«

»Ich durfte kein Risiko eingehen«, erwiderte ihre Mum. »Hätte Ferrick herausgefunden, dass du es weißt, hätte er uns beide töten lassen, und Arion hätte keinen Finger gerührt, um es zu verhindern. Er konnte nicht zulassen, dass diese Neuigkeit herauskam, erst recht nicht vor Kiras Geburt und ihrer Landprüfung. Ohne legitimen Thronfolger würde die Herrschaft seiner Blutlinie nicht fortgeführt. Vermutlich wäre die Hälfte der Natürlichenfamilien in der Stadt hinter dir her gewesen, wenn sie die Wahrheit erfahren hätten. Sie hätten nicht wissen können, dass du kein Anrecht auf den Thron hast, und wenn Arion unerwartet gestorben wäre, hätte sicher keiner von ihnen gewollt, dass du die adelige Thronfolge durchbrichst und sie um ihre Chance bringst, selbst die Macht zu ergreifen.«

Das reicht mir nicht. Mellie nahm ihr die Antwort nicht ab, sondern hielt sie für eine Ausrede – und keine besonders geschickte. Sie war zwölf gewesen, als der Captain ihre Mum stranden ließ, alt genug – verantwortungsbewusst genug –, um mit der Wahrheit umgehen zu können.

»Und wenn nichts davon passiert wäre, hättest du es mir dann erzählt?«

»Nein.« Ihre Mum musste nicht einmal darüber nachdenken.

»*Nein?*«

»Nein. Du warst so besser dran. Du warst glücklicher.«

»Ich dachte, mein Dad wäre tot!«

»Und du hast ihn nie gekannt, also konntest du ihn auch nicht vermissen!« Zum ersten Mal seit ihrer Rückkehr schien ihre Mutter kurz davor zu sein, die Beherrschung zu verlieren. »Erinnerst du dich noch, als du vier Jahre alt warst und ich dich zur großen Parade des Titans mitgenommen habe?«

»Wechsle nicht einfach das Thema …«

»Das tue ich nicht, Mellie. Der Festzug ist genau an uns vorbeigegangen, weißt du noch? Wir waren schon früh bei den Gärten, weil du den Titan sehen wolltest, und wir standen direkt an der Absperrung. Doch als Arion uns erblickte – mich erblickte –, wandte er sich ab und den Leuten auf der anderen Seite des Platzes zu. Erinnerst du dich daran?«

Mellie hatte keine Erinnerung daran. Sie erinnerte sich gut an die jährlichen Festzüge und wie die Stadt dafür zum Leben erwachte. Die Magier hüllten für den Anlass alles in Gold – das einzige Mal im Jahr, dass die Gilde einen so verschwenderischen Umgang mit ihrer Magie erlaubte. Keine Ecke von Astria blieb davon unberührt. Jedes Haus, jeder Stein und jede Koralle; selbst die Fischschwärme, die herumschwammen, erstrahlten in goldenem Glanz.

Doch Mellies erste richtige Erinnerung an die Festlichkeiten stammten aus der Zeit, als sie etwa neun Jahre alt war und Rynn sie eingeladen hatte, die Parade mit ihm anzuschauen. Ein paar prominente Natürlichenfamilien hatten eigene für sie reservierte Bereiche in den Gärten, wo die Leute nicht so dicht gedrängt standen und der Titan tatsächlich stehen blieb, um ein paar Worte mit den Würdenträgern zu wechseln. In dem Alter war Mellie nicht mehr so leicht zu beeindrucken gewesen. Sie und Rynn waren hoch über der Menge geschwommen und hatten sich über die griesgrämigen Leibwächter des Titans lustig gemacht und über den lächerlichen Haarschmuck seiner Frau.

An diesem Tag hatte Rynn mehr als einmal angemerkt, wie ähnlich Mellies Färbung der des Titans war, die gleichen goldenen Schuppen, das gleiche helle Haar – obwohl ihres noch heller war, fast schon weiß und nicht goldblond.

»Wie fühlt es sich an, königliche Schuppen zu tragen?«, hatte Rynn sie geneckt.

»Zumindest sind meine Schuppen alle dort, wo sie hingehören«, hatte sie schnippisch erwidert.

Und falls der Titan seine Tochter bemerkt hatte, wie sie im Hintergrund mit dem Sohn eines Ratsmitglieds kicherte, hatte er sich nichts anmerken lassen.

»Du warst am Boden zerstört, Mellie«, fuhr ihre Mum fort. »Du hast den ganzen Heimweg geweint. Du hast mich immer wieder gefragt, warum er dich nicht treffen wollte, und es brach mir das Herz, weil ich den Grund dafür kannte, ihn dir aber nicht verraten konnte. Ich *wollte* ihn dir nicht verraten, weil ich wusste, dass er dich als Vater immer nur enttäuschen würde. Er würde dir stets das Gefühl geben, nicht gewollt zu sein.«

»Na ja, wenigstens hat er mich nie angelogen.« Mellie sprang auf. Sie konnte nicht länger still sitzen und ihrer Mum dabei zuhören, wie sie ihre falschen Entscheidungen verteidigte. In den vergangenen fünf Jahren hatte sie gelernt, mit ihrer Wut zu leben, sie zu unterdrücken und zu kontrollieren. Mit Pflichtbewusstsein. Mit harter Arbeit. Im verzweifelten Bedürfnis, sich zu beweisen. Aber jetzt rauschte diese Wut unkontrolliert durch Mellies Adern und drohte, durch ihre Haut nach außen zu blubbern. Wieder und wieder hatte ihre Mum ihr die Wahrheit versprochen, doch jedes Mal, wenn Mellie wieder eine Lüge aufgedeckt hatte, schienen zwei neue an deren Stelle aufzutauchen. Und diese Lüge traf sie härter als alle anderen. Sie stellte in Frage, wer sie war.

Ungewollt.

Ein Fehler.

Bei den Göttern. Mellie ballte die Hände zu Fäusten und stürmte in Richtung Haustür. Sie musste unbedingt aus diesem Haus raus. Sofort. Sonst würde sie es noch dem Erdboden gleichmachen.

»Liebling …«

»Folge mir *ja* nicht.« Mellie warf die Tür so fest ins Schloss, dass die Fensterscheiben klapperten. Es hatte wieder angefangen zu schneien, so dass der Strand mit einer weißen Puderschicht bedeckt war, die unter ihren Füßen knirschte. Sie lief direkt aufs Wasser zu, weil sie sich nichts sehnlicher wünschte, als ins Meer zu springen und sich von den Wellen davontragen zu lassen, an einen Ort, wo sie etwas anderes sein konnte als die Tochter einer Lügnerin und eines Königs. Nur dass dann das Wasser für immer mit *diesem* Gefühl verknüpft wäre. Also lief Mellie einfach weiter. Bis sie nur noch Schnee und Dunkelheit um sich herum sehen konnte. Bis ihre Beine unter ihr nachgaben und sie auf dem Sand zusammenbrach. Sie versuchte nicht einmal, wieder aufzustehen.

Der Himmel hier war endlos, unverstellt von Bergen, Bäumen oder den hohen Gebäuden der Landbewohner. Doch zum ersten Mal brachte der riesige Teppich aus Sternen, die zwischen den Wolken hervorlugten, sie nicht zum Staunen über die Größe der Welt, sondern gab ihr einfach nur das Gefühl, selbst sehr klein zu sein.

Hinter ihr durchbrach das Geräusch leichter Schritte, die sich langsam näherten, die Stille. Allerdings waren sie nicht leise genug, um unbemerkt zu bleiben.

»Ich habe dir doch gesagt, dass du mir nicht folgen sollst.« Sie fuhr herum, um ihre Mutter anzuschreien, doch stattdessen stand Rynn vor ihr. »Oh, du bist es.«

»Sorry.« Sein Gesichtsausdruck war im Dunkeln schwer zu deuten. »Ich dachte, du hättest vielleicht gern etwas Gesellschaft. Ich kann aber auch wieder gehen, wenn dir das lieber ist.«

»Ich nehme an, du hast alles gehört?« Mellie wischte sich schnell mit dem Ärmel über das Gesicht. Sie hatte nicht daran gedacht, das verdammte Fenster zu schließen.

»Genug, um dir das hier zu bringen.« Er reichte ihr eine Flasche aus Milchglas mit langem Hals.

»Was ist das?«

»Keine Ahnung.« Rynn ließ sich neben ihr nieder. »Aber bei uns zu Hause gibt es nur eine Sache, die mein Dad versteckt hält.«

Mellie schraubte die Flasche auf und schnupperte vorsichtig daran, ehe sie zurückzuckte. Es roch so beißend, dass ihr Tränen in die Augen traten. *O ja, das hilft bestimmt.* Sie nahm einen tiefen Schluck. Die klare Flüssigkeit war nicht so süß wie fermentierter Seeigel, aber so, wie sie in der Kehle brannte, wusste Mellie, dass sie eine ähnliche Wirkung haben würde.

»Du hattest recht«, sagte sie zu Rynn. »Ich hätte ihr nie vertrauen sollen.« Vor nicht allzu langer Zeit – als ihre Mutter das erste Mal wieder in ihr Leben geplatzt war –, hatte er sie davor gewarnt, dass das passieren und ihre Mum sie nur wieder enttäuschen würde. Dass sie nichts anderes konnte. »Bei den Göttern.« Mellie nahm noch einen Schluck, ehe sie ihm die Flasche anbot.

»Gerade, als ich dachte, meine Familie könnte nicht noch kaputter werden.« Ungebetene Tränen liefen ihr heiß über die Wangen.

»Es tut mir so leid, Mel.« Rynn legte ihr einen Arm um die Schultern und nahm selbst einen Schluck. »Igitt.« Er hätte sich fast daran verschluckt. »Das Zeug ist ja furchtbar.«

»Jep.« Mellie streckte die Hand wieder nach der Flasche aus. Es war ihr egal, wie schlecht es schmeckte, sie wünschte sich nur die Erleichterung, die der Alkohol versprach. Sie wollte die hässlichen Wahrheiten ihrer Mutter wegbrennen.

Sie blieben noch eine Weile so sitzen und reichten die Flasche hin und her, mit nichts als dem fernen Geräusch der Wellen in den Ohren. Der Schnaps war bereits zur Hälfte getrunken, als Rynn schließlich das Schweigen brach. »Es ändert sich nichts dadurch, das weißt du, oder? Du bist immer noch dieselbe Person.«

Ja. Genau.

»Du hast leicht reden, deine Eltern sind auch normal.« Okay, sie waren aufdringliche, überhebliche Snobs, aber sie liebten ihren Sohn, und sie hätten ihn nie auf eine solche Weise angelogen und damit verdammt. »Wenn das rauskommt, werde ich mich nie wieder im Annex blicken lassen können.« Mellie setzte erneut die Flasche an. Die anderen Wandler glaubten daran, dass Verrat erblich war. Mellie konnte sich nur zu gut vorstellen, was sie sagen würden, wenn sie herausfanden, dass ihr Vater ein Tyrann und Mörder war.

Rynn nahm ihr die Flasche ab und stellte sie beiseite.

»Hey …!«

»Du bist nie so gewesen, wie sie behaupten, Mellie.« Er zwang sie sanft, den Kopf zu heben. Im Mondlicht bestand sein Gesicht nur aus Schatten und scharfen Linien, wie ein Foto, dem die Farbe entzogen worden war. »Und sobald das alles vorbei ist und sie die ganze Wahrheit kennen, werden sie das auch verstehen. Dann werden sie endlich sehen, was ich sehe.«

Gute Götter. Mellie hatte vergessen, dass er immer genau wusste, was er sagen musste. Nicht einmal, seit ihre Mum damals verschwunden war, hatte Rynn sie mitleidig angesehen. Nicht einmal hatte er sie für die Dinge verantwortlich gemacht, an denen sie keine Schuld trug, oder ihr das Gefühl gegeben, dass sie es verdient hatte.

Plötzlich war es ihr egal, wie wütend sie auf ihn war oder dass sie ihm aus gutem Grund aus dem Weg gegangen war. Mellie beugte sich vor und drückte ihre Lippen auf seine.

»Mel ...« Rynn wich zurück und packte sie an den Schultern.

»Ich will nicht mehr reden«, knurrte sie ihn schon fast an. Worte konnten mehr weh tun als Messer. Ein Messer konnte man herausziehen, und mit der Zeit würde die Wunde heilen. Aber Worte konnten einen sofort zerstören. Sie gruben sich tief in einen hinein und nagten an der Seele.

Falsche Worte hatten sie und Rynn entzweit.

Mellie schob diesen Gedanken beiseite. Sie wollte jetzt nicht an seinen Verrat denken oder an die hundert kleinen Lügen, die er erzählt hatte. Ihr Geist war vernebelt vom Alkohol, und sie sehnte sich nach dem Trost seiner Arme und Lippen. Sie wollte eine Ablenkung.

Rynn musste nicht lange überredet werden. In dem Moment, als Mellie sich wieder an ihn schmiegte, küsste er sie, und zwar nicht gerade zaghaft. Als hätte er einen Schalter umgelegt und sein Zögern wie auf Knopfdruck in Verlangen verwandelt. Mellie spürte den Funken ebenfalls, obwohl sie nicht wusste, wie viel davon dem Alkohol geschuldet war. Es war ihr auch nicht so wichtig; denn wenn sie sich küssten, stritten sie immerhin nicht. Ihr fiel auf, dass das ein schrecklicher Grund war, jemanden zu küssen, doch sie hatte bestimmt nicht vor, deshalb damit aufzuhören. Rynn wusste genau, wie er ein Mädchen dazu bringen konnte, alles außer seinen Lippen und seinen Händen zu vergessen. *Jahrelange Übung*. Mellie verdrängte den Gedanken, so schnell sie konnte. Sie würde mehr als eine halbe Flasche Schnaps brauchen, um sich *damit* auseinanderzusetzen.

Rynn zog sie nach unten, so dass sie sich im Sand gegenüberlagen, die Beine ineinander verschlungen. Der Schnee drang durch Mellies Kleidung und fühlte sich kalt auf ihrer Haut an, ein starker Kontrast zur Hitze seiner Hände an ihrer Taille und seines Mundes auf ihrem. Im Ausschnitt seines Shirts blitzte etwas Metallisches. Rynn trug die Kette mit dem Silberdollar-Anhänger schon seit Wochen. Er musste die Kette aus der Ecke in Calebs Hütte gerettet haben. *Ich wollte etwas von dir, das ich bei mir tragen kann.* Mellie riss den Blick davon los, denn sie war nicht daran interessiert, schon wieder an die Lügen ihrer Mutter erinnert zu werden – oder an seine.

Mit einem Stöhnen drückte sich Rynn enger an sie, bis kein bisschen Platz mehr zwischen ihnen war, keine Luft außer ihres geteilten Atems. Sein Kuss wurde hungriger, gierig nach Zuneigung. Es fühlte sich so an, als brauchte er das genauso sehr wie sie, was gut so war, denn Mellie hatte keine Ahnung, was sie bei einer Zurückweisung getan hätte. Vermutlich wäre sie völlig zusammengebrochen.

An diesem Abend schlief sie so ein, wie sie es schon so oft zuvor getan hatte, damals, als sie noch ein Team und keine Fremden gewesen waren – an Rynn gekuschelt, den Kopf auf seiner Brust, seine Arme um sie geschlungen. Und zum ersten Mal seit einem Monat konnte sie gut einschlafen, während das rhythmische Geräusch seines Atems ihr in der Dunkelheit Trost spendete.

Doch die Zufriedenheit, die sie empfand, war bloß eine Illusion, so als würde man im Auge eines Sturms Schutz suchen, wo der blaue Himmel trügerisch war und nicht lange anhielt. Genau wie die Wirkung des Alkohols.

Es war ein Albtraum, der sie weckte, nicht die Morgendämmerung. Der gleiche wie immer, von Geisterhänden, die sie in die Tiefe des Sees zogen. Hände, die genauso gut Rynns hätten sein können. Immerhin hatte er sie in die Falle gelockt. Kein Alkohol und keine Küsse der Welt konnten Mellie das vergessen lassen.

Sie ließ Rynn am Strand zurück, noch bevor die Sonne aufging.

Kapitel fünf

Der nächste Morgen war geprägt von allgemeinen Spannungen. Quinn und Mellies Mum sprachen zwar wieder miteinander, aber die paar Worte, die sie tauschten, fühlten sich seltsam gezwungen und formell an. Mellie ignorierte ihre Mum standhaft, und Rynn, nun ja … das war die nächste Baustelle. Er versuchte während des aus süßen Cornflakes bestehenden Frühstücks immer wieder, ihren Blick aufzufangen. Mellie tat so, als würde sie es nicht bemerken. Sie hatte keinerlei Erklärung für ihren völligen Mangel an Urteilsvermögen. Was hatte sie sich dabei gedacht, ihn auf diese Art zu küssen, wo sie es gerade kaum ertragen konnte, auch nur im selben Zimmer mit ihm zu sein? Wenn es um dumme Fehler ging, übertraf die vergangene Nacht so ziemlich alles. Vielleicht hätte sie als Teenager ihre Mum gebraucht, um ihr beizubringen, dass es nur Ärger bedeuten konnte, die Nacht mit einem Jungen und einer Flasche Alkohol zu verbringen.

Caleb beobachtete sie vom anderen Ende der Küche aus und versuchte offensichtlich, sich einen Reim aus der neuen, noch angespannteren Atmosphäre zu machen. Eine Minute später vibrierte Mellies Handy in ihrer Hosentasche.

Ich hab gestern Abend was verpasst, oder?

Und obwohl sie wusste, dass er wahrscheinlich nicht die Küsse meinte, spürte sie, wie ihr die Röte ins Gesicht stieg.

Irgendwie schon, schrieb Mellie zurück.

Alles okay?

Ja. Bloß Mum-Zeug. Sorry, dass du heute nicht mitkommen kannst, wechselte sie das Thema.

Kein Ding, kam Calebs Antwort. *Du könntest mir gar nicht genug zahlen, um mich in dieses eiskalte Wasser zu bekommen.*

Was hast du vor, während wir weg sind? Wenn andere dabei waren, war es einfacher, sich auf diese Weise zu unterhalten. Privater.

Das ist streng geheim. Er zwinkerte ihr zu. *Apropos, ich muss unbedingt die Namen dieser dreizehn Höllen wissen, die ihr da habt, und was sie im Einzelnen bedeuten.*

Mellie war sich nicht sicher, ob das »Apropos« an der Stelle wirklich gerechtfertigt war, aber aus Dankbarkeit für die Ablenkung schrieb sie ihm trotzdem schnell eine Liste.

Nach dem Frühstück ließen sie Caleb im Pförtnerhaus zurück und gingen in eisigem Schweigen auf die Klippen zu; die Wellen im Hintergrund und ihre Schritte auf dem gefrorenen Sand waren die einzigen Geräusche, die man hören konnte. Quinn zufolge gelangte man nur durch ein kompliziertes Netzwerk aus tief unter dem Fels gelegenen Höhlen zum Eingang nach Simmia. Aus diesem Grund hatten die Soldaten diesen abgelegenen Ort für ihr neues Zuhause ausgewählt, damit die Natur selbst ihnen dabei half, es zu verstecken.

Bei Ebbe lag der Pfad zu den Höhlen außerhalb des Wassers,

obwohl sie trotzdem aufpassen mussten, wo sie hintraten, wenn sich der Weg gefährlich nah an der Brandung befand. Ein beiläufiger Beobachter hätte sie für eine verrückte Touristengruppe gehalten, die ohne passende Ausrüstung einen Winterspaziergang machte. Allerdings hielt sich hier keine Menschenseele auf. Kilometerweit konnte Mellie nichts anderes sehen als Klippen und den Ozean. Selbst die Straße war praktisch verschwunden, wie ausradiert vom über Nacht gefallenen Schnee.

»Ab hier müsst ihr richtig vorsichtig sein«, warnte Quinn sie, als sie sich dem Höhleneingang näherten, »es kann ziemlich rutschig werden.« Sobald sie die Grotte betreten hatten, fiel die Temperatur genauso rapide, wie die Helligkeit abnahm, so dass sie schnell von frostiger Dunkelheit umgeben waren. Die Luft in der Höhle roch schon fast unerträglich nach Salz und Schimmel; die Wände schienen von einer schleimigen Schicht aus beidem bedeckt zu sein.

Mellie reihte sich hinter ihrer Mum ein, während Quinn sie durch das Labyrinth aus Tunneln führte, und hielt den Blick dabei starr auf den Boden gerichtet. Sie fragte sich, wie die Soldaten damals überhaupt einen Weg durch diese Höhlen gefunden hatten. Die Tunnelsysteme waren so verzweigt, dass sie sicher hundert Anläufe gebraucht hatten, bis sie die Strecke kannten. Teilweise mussten sie über Felsbrocken hinweg klettern oder sich ducken, weil die Decke plötzlich zu niedrig war. Dann wieder verengte sich der Tunnel so sehr, dass sie sich durch einen fast unsichtbaren Spalt zwischen den Felswänden zwängen mussten. Die verräterische Eisschicht auf den Felsen war auch nicht gerade hilfreich. Mehr als einmal verlor Mellie fast den Halt, als sich der Boden ohne Warnung neigte. Einmal kam sie tatsächlich ins Straucheln.

»Vorsicht, Mel.« Rynn packte sie um die Taille. Seine Berührung rief Erinnerungen an die Nacht hervor, und Mellie spürte, wie ihre Wangen zu glühen begannen. Verdammter Alkohol. Als ob die stechenden Kopfschmerzen, mit denen sie aufgewacht war, nicht Strafe genug waren.

»Danke.« Mellie betete, dass er ihr Erröten im Dämmerlicht der Höhle nicht sehen konnte. Von da an behielt sie beim Gehen immer eine Hand an der Felswand.

Sie folgten Quinn eine gefühlte Stunde durch die Tunnel, ehe sich der Weg endlich weitete und schließlich in eine kleine Höhle mündete, in der ein dunkler See lag. Mellie blinzelte in der unerwarteten Helligkeit. Ein dicker Teppich aus fluoreszierendem Moos an der Decke beleuchtete irgendein glänzendes Mineral in den Wänden und tauchte die ganze Höhle in schimmerndes Licht, das nicht von dieser Welt zu sein schien. Ein unerwartetes Wunder, tief unter der Erde vergraben.

»Dort bei den Felsen könnt ihr eure Sachen ablegen«, sagte Quinn und warf sein Hemd in die hinterste Ecke hinter eine Reihe kunstvoll aufgereihter Felsblöcke. »Früher haben wir uns nicht die Mühe gemacht, unsere Kleider zu verstecken, aber dann hat es doch mal ein paar Taucher hier raus verschlagen, die dann Panik bekommen haben, weil sie dachten, ein paar Höhlenforscher hätten einen Unfall gehabt. Die Küstenwache hat daraufhin tagelang die Gegend durchforstet. Echt ein Albtraum.« Er streifte seine Stiefel ab und stellte sie zu seinen Jeans, ehe er in den See eintauchte. Mellie, Rynn und ihre Mum taten es ihm gleich und legten ihre Sachen neben seinen ab, ehe sie ins Wasser sprangen.

Egal, wie sehr sich Mellie auch an das Leben an der Oberfläche gewöhnte, sich zu verwandeln war jedes Mal wieder eine Erleichterung. Sie schloss seufzend die Augen, während die Verwandlung ihren Körper ergriff. Zuerst begannen die Knochen in ihren Beinen sich zu krümmen und zu einer langen, gebogenen Schwanzflosse zu verbinden, die am Ende ausfächerte. Dann brachen die Hohlräume zwischen ihren Rippen auf und ließen als Kiemen das Wasser hinein. Schließlich breiteten sich die schillernden Schuppen an ihrer Brust und von ihrer Hüfte ab über ihre Schwanzflosse aus. Goldene Schuppen. Königlich gefärbte Schuppen. Jetzt, da Mellie die Wahrheit kannte, kam sie sich blöd vor, es nicht selbst hinterfragt zu haben. Die Schuppenfarbe wurde immer vererbt. Und während einige Farben wie Rynns Schwarz oder Quinns Grün sehr häufig vorkamen, waren andere eher selten.

Goldene Schuppen waren selten. Nicht so selten, dass man sofort einen Skandal vermuten würde – vor allem, da ihr »Dad« eine ähnliche, sandfarbene Färbung gehabt hatte –, doch immerhin rar genug, um ein paar hochgezogene Augenbrauen hervorzurufen. Andererseits hatte vielleicht der kupferne Schimmer, den Mellie von ihrer Mum geerbt hatte, für ausreichend Ablenkung gesorgt, um Misstrauen zu zerstreuen. Möglicherweise hatte es aber auch niemand gewagt, das Wort einer trauernden, plötzlich alleinerziehenden Mutter in Frage zu stellen. Unangenehme Fragen zu meiden war eine besondere Spezialität unter Wandlern.

»Da lang«, teilte Quinn ihnen per Projektion mit, der sich bereits ein paar Meter tiefer im Wasser befand. Seine echte Stimme und die Stimme, die er an Land benutzte, waren fast identisch. Mit der gleichen tiefen, rauen Klangfarbe und dem abgehackten Tonfall erschien sie ihr in ihrem Kopf genauso autoritär und befehlsgewohnt wie laut ausgesprochen.

Caleb hatte ihr einmal erklärt, dass es deshalb so wenig Meerjungfrauenfilme gab, weil die weiblichen Meerjungfrauen zwar heiß waren, die männlichen aber ziemlich lächerlich aussahen. Mellie bezweifelte, dass er das immer noch sagen würde, könnte er Quinn nach seiner Verwandlung sehen. Der ehemalige Soldat hatte das Korps vielleicht verlassen, doch zwei Jahrzehnte danach sah er immer noch aus, als wäre er jederzeit einsatzbereit.

Rynn wirkte in seiner natürlichen Haut ebenfalls alles andere als lächerlich. Durch die Jahre, die er als Scout an der Oberfläche gearbeitet hatte, war seine Unbeholfenheit verschwunden, und aus dem schlaksigen Jungen war ein kräftiger, athletischer Läufer geworden. Seine pechschwarzen Schuppen waren in der Dunkelheit fast unsichtbar, doch der Fleck über seiner rechten Schulter setzte sich gegen seine Haut ab und umgab seinen Bizeps wie ein Teil einer edlen Rüstung. Waren diese Schuppen unüblich? Ja. Aber lächerlich? Sicher nicht.

Quinn führte sie weiter nach unten, bis zum Boden des Sees und auf eine Felsspalte zu, die Mellie nie aufgefallen wäre. Sie mussten hintereinander schwimmen, als der Durchgang immer schmaler wurde, bis Mellie sogar die Ellenbogen anziehen und die Bewegungen ihrer Schwanzflosse minimieren musste, um nicht an den Wänden anzustoßen.

»Weiter kommen die Landbewohner nicht«, sagte Quinn. »Früher war die Höhle beliebt bei Höhlentauchern, aber wir haben die umliegenden Zugänge zum Einsturz gebracht, und durch diesen passt ihre Ausrüstung nicht durch. Es hat zwar eine Weile gedauert …«

Mellie hörte seiner Stimme an, dass er lächelte.

»Es scheinen doch mehr Landbewohner lebensmüde zu sein, als ich gedacht hätte, aber irgendwann haben sie es aufgegeben, in die Höhle gelangen zu wollen.«

Mellie konnte das gut nachvollziehen. Dieser enge, lichtlose Tunnel machte sie mehr als nur ein bisschen klaustrophobisch. Sie waren auf allen Seiten von Fels eingeschlossen.

Doch plötzlich weitete sich der Spalt wieder, so plötzlich, wie er sich verengt hatte. Mellie stockte der Atem, als sie in die riesige Höhle starrte, die sich in allen Richtungen ins Endlose auszudehnen schien, erleuchtet von unzähligen leuchtenden Algen und Lichtstrahlen von oben.

»Natürliche Kamine im Fels«, erklärte Quinn, der ihren Blick offenbar bemerkt hatte. Dann schaute er abermals auf die Stadt unter ihnen hinab und sagte an alle gewandt: »Willkommen in Simmia.«

Mellie hatte noch nie etwas Vergleichbares gesehen. Eine Stadt, in ein Wunderwerk der Natur gebaut – in eine unterirdische Höhle, so groß, dass Simmia noch die nächsten Jahrzehnte weiter wachsen konnte. Dennoch fiel es ihr schwer, Quinns Begeisterung zu teilen, denn verglichen mit Astria war Simmia eine Ruine. Die ärmsten Wohnriffe zu Hause machten einen besseren Eindruck als die einfachen Bauten hier, die in seltsamen schiefen Winkeln aus dem nackten Felsboden aufragten. Selbst das Schilf zwischen den Häusern wuchs wild und breitete sich ungehindert über den Höhlenboden aus.

»Nicht ganz das, was du erwartet hast, stimmt's?«, fragte Quinn lächelnd. »Du kannst es ruhig sagen, wir geben uns keinen Illusionen hin. Ohne Natürliche sind unsere magischen Fähigkeiten begrenzt, weshalb wir nicht so bauen können wie sie, und was wir bauen, ist nicht halb so hübsch. Wir bräuchten hundert Jahre, um das zu erreichen, was Astrias Steinmetze in zehn schaffen, und die Stadt, die wir unseren Kindern hinterlassen, wird eine bescheidene sein. Aber sie sind darin frei, und das ist das Einzige, was zählt. Ihr könnt euch gern ein bisschen umsehen und ein Gefühl für den Ort bekommen: Das Quorum wird erst am Nachmittag zusammentreten, ihr habt also noch jede Menge Zeit totzuschlagen.«

Das musste er Mellie nicht zweimal sagen, sie war dankbar für die Gelegenheit, sich davonzustehlen und die Stadt auf eigene Faust zu erkunden. So, wie es gerade mit Rynn und ihrer Mum stand, unternahm keiner von ihnen den Versuch, sie aufzuhalten.

Ihr wurde schnell klar, dass die Soldaten ihr neues Zuhause nach dem Vorbild der Stadt geformt hatten, die sie verlassen hatten. Die meisten Gebäude konzentrierten sich im Zentrum der Höhle und waren in unordentlichen Kreisen angeordnet, die spiralförmig nach außen liefen und sich in einem Ring von Farmen verloren. Auch wenn keins der Häuser an die Pracht der Gebäude in Astria herankam, entdeckte Mellie winzige Erinnerungen an ihre Heimat in den Details: hier ein Türrahmen mit Perlmutteinfassung, dort ein perfekt getrimmter Rasen aus Frauenhaargras.

»Bei meinen Göttern. Du bis es wirklich, nicht wahr?«, hörte Mellie eine Stimme, als sie auf den Hauptplatz zuschwamm.

Mellie fuhr herum. Sie hatte schon die ganze Zeit neugierige Augenpaare auf sich gespürt und geflüsterte Gesprächsfetzen aufgeschnappt, doch das Mädchen, das zwischen den Schilfrohren hindurch auf sie zukam, war die Erste, die sie ansprach.

»Das kommt darauf an, wer das wissen will.« Mellie schwang ihre Schwanzflosse nach vorne, um demonstrativ Distanz zwischen ihnen zu schaffen. Aus ihrer Erfahrung ließen sich Mädchen in zwei Kategorien einteilen: Die einen hatten Spaß daran, sie zu ärgern, und die anderen verachteten sie wegen ihrer Freundschaft zu Rynn. Sie schätzte weder die Gesellschaft der einen noch der anderen Gruppe.

»Ich bin Echo.« Das Mädchen umkreiste sie wie eine hungrige Moräne ihre Beute. »Echo Ajax. Ich glaube, du kennst meinen Vater.«

»Du bist Quinns Tochter.« Selbst ohne offizielle Vorstellung hätte Mellie die Ähnlichkeit erkennen können. Echo war die perfekte Mischung aus ihren Eltern. Die grünen Augen und Schuppen hatte sie von Quinn geerbt, doch der samtig braune Teint stammte definitiv von Niya. Den kurzen blonden Haarschopf hatte sie von keinem von beiden; genau genommen wirkte die Haarfarbe zu hell im Kontrast zu ihrer dunkleren Haut, um natürlich zu sein, doch sie stand ihr trotzdem.

»Und du bist die berühmte Mellie.« Echo machte sich keine Mühe, ihre Neugier zu verhehlen, und musterte sie eingehend.

»Mir war nicht bewusst, dass ich berühmt bin.«

»Nun, berüchtigt ist vielleicht das passendere Wort. Die uneheliche Tochter des Titans von Astria ist gerade ein beliebtes Klatschthema.« Echo hätte ihr die Worte genauso gut auf einer Messerklinge eingraviert zwischen die Rippen rammen können.

»Dann wissen es alle?«, fragte Mellie und wich ins Schilf zurück. Der Felsboden hier war weich und pulverig – Talkum oder Glimmer – und von einem dicken Moosteppich bedeckt. Sie versank sofort darin.

»Mist, ich bin dir zu nahe getreten, was?« Echo folgte ihr auf den Boden. »Mum sagt immer, ich weiß nicht, wann es Zeit ist, die Klappe zu halten. Aber das ist nicht meine Schuld. Ich bin als Kind nicht richtig sozialisiert worden.«

»Schon gut«, erwiderte Mellie. Zumindest lohnte es sich nicht, Aufhebens darum zu machen. »Ich bin daran gewöhnt, dass über mich geredet wird.« In Astria war sie das Mädchen mit der Verrätermutter gewesen, und hier war sie die Bastardtochter eines Tyrannen. Egal, was sie tat oder wohin sie ging, Mellie schien den Sünden ihrer Eltern nicht entkommen zu können.

»Wenn es dich beruhigt, es wissen nicht wirklich alle«, versicherte Echo ihr. »Das Quorum weiß es natürlich. Und das sind die größten Tratschtanten, die ich kenne, also haben sie es inzwischen wahrscheinlich ihren Freunden und ihrer Familie erzählt. Und die haben es dann bestimmt wiederum ihren Freunden und ihrer Familie ausgeplaudert. Aber das war es dann auch, versprochen.« Als Echo lächelte, bildete sich ein Grübchen auf ihrer rechten Wange, jedoch nicht auf der linken, was ihre schelmische Art noch unterstrich.

»Also wissen es nicht alle …« Dieses verdammte Lächeln war ansteckend, »… sondern nur fast alle?«

»Ich weiß nicht, ob es dir aufgefallen ist, aber es gibt hier nicht allzu viele von uns, und wir leben in einem riesigen Loch unter der Erde. Es ist ziemlich schwierig, da ein Geheimnis zu bewahren. Außerdem empfangen wir selten königlichen Besuch.«

»Ich bin nicht *königlich.*« Mellie schnaubte wütend.

»Sorry, Prinzessin, aber ich glaube, das hast nicht du zu entscheiden.«

Nein, das stimmte wohl. Das hatten ein Vater getan, der sie lieber tot gesehen hätte, als sich zu ihrer Existenz zu bekennen, und eine Mutter, die sie siebzehn Jahre lang angelogen hatte. Und der Captain, der versucht hatte, ihr Leben zu beenden, bevor es überhaupt begonnen hatte.

»Tja, aber du auch nicht«, zischte Mellie. Sie hatte gerade mal eine Nacht gehabt, um sich mit den Umständen ihrer Abstammung abzufinden, und dieses Mädchen tat so, als sei es nur ein unterhaltsames Klatschthema. Bei den Göttern, kein Wunder, dass Quinn ihre Mum gezwungen hatte, Mellie die Wahrheit zu sagen. Das bestgehütete Geheimnis Astrias überlebte gerade mal fünf Minuten in den Händen seiner Teenager-Tochter.

»Ich habe es schon wieder getan, was?« Echo verzog reumütig das Gesicht. »Komm, ich mache es wieder gut, indem ich dich hier überall rumführe. Dad ist der schlechteste Gastgeber *ever*. Ich wette, er hat euch nichts von den richtig guten Sachen gezeigt.« Sie sprang auf und zog Mellie mit sich. Und ohne dass sie es wollte, spürte Mellie, wie sich ihre Laune besserte und ihr Ärger verpuffte. Simmia war die erste Wandlersiedlung, die sie je besucht hatte. Sie mit Echo gemeinsam zu erkunden war sicherlich lustiger, als es allein zu tun.

Echos Tour begann mit den, wie sie sie nannte, *vermeintlich wichtigsten, aber auch langweiligsten Attraktionen*. Zuerst ging es zur Kammer des Quorums, einem massigen Klotz von einem Gebäude, das genau in der Mitte der Stadt aufragte.

»Hässlich, was?«, meinte Echo, als sie sich dem Steinbau näherten. »Du solltest allerdings besser so tun, als würde es dir gefallen, immerhin haben sie Ewigkeiten für den Bau gebraucht.«

Wenn sich Mellie das massive, perfekt runde Gebäude so anschaute, wunderte sie das gar nicht, und zu wissen, dass es ohne die Hilfe der Magie der Natürlichen errichtet worden war, machte die Leistung nur noch eindrucksvoller.

Ihr nächster Halt war der Lebensmittelmarkt, von dort ging es weiter durch die öffentlichen Gärten und an der Schule vorbei zu den Wohngebieten am Riff, die den inneren Ring der Stadt bildeten. Von dort aus wandten sie sich den Farmen in den Randgebieten zu, wo zahlreiche Austernreihen den Fels bedeckten, sowohl die essbare Art als auch die, die für die Perlenzucht geeignet war, die dann wiederum an der Oberfläche verkauft werden konnte. Die Muscheln fielen kleiner aus als die von den Natürlichen in Astria gezüchteten, doch immer noch wesentlich größer als Austern normalerweise wuchsen. Es gab auch Mineralaufbereitungsanlagen, mit denen Metalle aus dem Boden gewonnen wurden, doch das mit Abstand Unerwartetste waren die Korallenriffe. Simmia hatte Korallenriffe. Sie sahen ein wenig dünn und kläglich aus, aber sie hatten alle Sorten da: Weichkorallen, Steinkorallen, Lederkorallen, Hirschgeweihkorallen, Seepeitschen und Fächerkorallen.

»Ist das Magie?«, fragte Mellie staunend. Korallen wuchsen ohne Hilfe nicht so schnell heran.

»Na klar.« Echo grinste sie breit an. »Versteh mich nicht falsch, es hat eine Weile gedauert, bis Dad und die anderen das mit der *Magie* raushatten«, erklärte sie und griff nach einer fragil aussehenden Nelkenkoralle. »Nicht dass ich es ihnen verübeln könnte – alles, was sie über Zaubersprüche und Runen wussten, hatten sie von diesen Natürlichenlehrern in Astria gelernt, und die hatten es ihnen absichtlich falsch beigebracht. Und ich meine, wirklich falsch. So ziemlich das Einzige, bei dem sie nicht gelogen hatten, war die Begrenztheit unserer Magie. Wir werden nie in der Lage sein, so gut zu heilen oder unseren Kalkstein in Diamanten zu verwandeln, aber wir kommen ansonsten schon ganz gut allein zurecht.« Aus der Koralle in Echos Hand sprossen mit einem Mal neue Ästchen.

Wow.

»Ich könnte dir ein paar Tricks zeigen, wenn du möchtest.«

Mellie gefiel die Idee. Sie war zwar nie traurig gewesen, dass ihre magische Ausbildung zu Ende war, denn sie hatte sich gewünscht, Wandlerin zu sein, und das bedeutete eben, nicht mehr unterrichtet zu werden. Der einzige Zauberspruch, den sie gelernt hatten, als sie dem Korps beigetreten waren, wurde zum Aktivieren der Schutzanker benötigt, und auch den bekamen nur Scouts beigebracht.

Damals war es Mellie wie ein fairer Deal vorgekommen, ihre Zauberkraft gegen Beine einzutauschen, doch es wäre eine Lüge, wenn sie behaupten würde, sie hätte es nicht noch besser gefunden, beides zu behalten.

»Also, was meinst du, Mellie Mayreed? Lust auf eine kleine Zaubershow?«

»Wird es denn eine gute?«, fragte sie und erwiderte das Lächeln des anderen Mädchens.

»Also *bitte.*« Echo legte ihr in einer übertriebenen Geste einen Arm um die Schultern. »Als ob ich je etwas nicht Gutes veranstaltet hätte.«

Kapitel sechs

In Astria hatte Mellies Magie-Unterricht immer in einem Klassenzimmer stattgefunden, unter den wachsamen Augen eines Natürlichen, der dafür sorgte, dass die Schüler nur mit den Zaubersprüchen hantierten, die von der Gilde genehmigt waren. Ein sicheres Lernumfeld hatten ihre Lehrer das genannt. Um sie davon abzuhalten, es zu weit zu treiben und sich und andere zu verletzen. Um sie unter Kontrolle zu behalten.

Mellie hätte sich denken können, dass Echo sich nicht auf so einen Unsinn einlassen würde.

Statt sie zur Schule zu führen, gingen sie zurück zum Zentrum der Höhle und zu den Gärten, die sie schon auf ihrer Tour passiert hatten.

»Lass uns mit etwas Einfachem anfangen … Hier, das könnte funktionieren.« Echo warf ihr einen Seestern zu. »Mach ihn blau.«

Klar. Als wäre das so einfach.

»Ich kann ihn nicht blau machen«, erwiderte Mellie.

»Warum nicht?«

»Weil ich die Runen dafür nicht kenne.«

»Du brauchst dafür keine Runen, das ist keine Zauberspruchmagie, es ist Verwandlungsmagie.«

»Stimmt nicht, das ist Zauberspruchmagie.«

»Wer sagt das?«

»Alle.« Zum einen die Magier. Sie waren die einzige Gilde in Astria, die zu dieser Art Magie fähig waren, und sie zauberten nur mit Zaubersprüchen, also …

»Okay, die erste Regel der Magie ist, dass du alles vergessen musst, was du über Magie gelernt hast«, erklärte Echo. »Im Ernst, ich weiß nicht, was für schlechte Quallen deine Natürlichen gegessen hatten, aber vertrau mir, du brauchst für etwas so Kleines keinen Zauberspruch. Zaubersprüche sind nur für das große Zeug. Stell sie dir wie einen Angriff auf die Natur vor. Wenn wir die Welt zu etwas zwingen wollen, das sie normalerweise nicht tun würde, wehrt sie sich dagegen. Deshalb brauchen wir Runen und Schutzanker; sie helfen uns dabei, die Regeln der Natur zu brechen.«

»Na ja, aber dieser Seestern ist von Natur aus nicht blau«, entgegnete Mellie.

»Stimmt. Aber wäre er blau, wäre es immer noch ein Seestern. Es ist nicht ganz einfach zu erklären, aber so kann man es sich merken. Zaubersprüche sind dafür da, um Regeln zu brechen. Verwandlungsmagie biegt die Regeln bloß.«

»Und heilende Magie?«

»Das ist eine ganze andere Kiste«, sagte Echo. Sie genoss es sichtlich, mit ihr darüber zu reden, das erkannte Mellie daran, wie ihre Stimme vor Freude und unbändiger Energie vibrierte. »Heilen ist ein Austausch von Magie zwischen zwei Wandlern – oder Natürlichen, nehme ich an –, aber es funktioniert nur, wenn es zwei unterschiedliche Quellen gibt und nur im Wasser. Deshalb können wir keine Landbewohner heilen.«

»Können wir *nicht*?« Woher konnte sie das wissen?

»Nö.« Ihre Augen blitzten. »Und wenn du richtig Glück hast, erzähle ich dir irgendwann mal, wie ich es herausgefunden habe.«

»Bei den Göttern, woher weißt du das alles überhaupt?«

»Das gelang mir auf dieselbe Weise, wie man normalerweise Sachen lernt. Ich habe alles Mögliche ausprobiert, bis irgendwas geklappt hat.«

»Und die Runen?« Mellie zog die Augenbrauen hoch. »Sind sie dir einfach so im Traum erschienen?«

»Nein ...« Echo zog das Wort in die Länge. »Bei den Runen habe ich geschummelt. Vor der Küste Hawaiis gibt es eine Unterwassersiedlung mit einer großen Gruppe Natürlicher, die nur zu gern ihr Wissen geteilt haben. Dad und ich besuchen sie immer noch ab und zu, wenn ich Lust habe, etwas Neues zu lernen.«

»Wie ist es, Quinn zum Vater zu haben?«, wollte Mellie wissen. Sie konnte sich Quinn ohnehin schon nicht gut als Vater vorstellen und noch weniger mit einer so lebhaften und sorglosen Tochter.

»Ziemlich normal, nehme ich an«, antwortete Echo. »Ich habe allerdings auch keine Vergleichsmöglichkeit. Wie ist es, mit einem König verwandt zu sein?«

»Anstrengender, als es die Sache wert ist.« Mellie musste bei diesem Mädchen vorsichtig sein. Sie schien Fragen immer als Einladung zu sehen, selbst welche zu stellen, und sie hatte keinerlei Filter. »Okay, also, wie geht das hier?« Sie reckte den Seestern in die Höhe.

»Zuerst musst du die Magie in dir wachrufen, genauso wie du es beim Aktivieren eines Zauberspruchs tun würdest«, erklärte Echo völlig unbeeindruckt von Mellies abruptem Themenwechsel. Mellie schloss die Augen, tat wie geheißen und versuchte, die Kraft in ihrem Blut zu spüren. Die Magie war dort, sie konnte fühlen, wie sie durch ihre Adern rauschte, doch ohne eine Rune, die sie sich im Kopf vorsagen konnte, wusste sie nicht, wie sie sich auf die Magie konzentrieren sollte.

»Jetzt stell dir vor, wie sich der Seestern verändern soll.« Echo kam ihrer Frage zuvor. Das Mädchen schwebte plötzlich hinter ihr und schaute ihr über die Schulter, so nah, dass Mellie spürte, wie sich das Wasser an ihrem Rücken kräuselte. »Färbt er sich auf einmal blau oder Stück für Stück? Von innen nach außen oder umgekehrt?«

»Wie ist es denn richtig?« Mellie verharrte auf der Stelle, um zu verhindern, dass sich ihre Schwanzflossen berührten.

»Das ist egal, du musst es dir nur vorstellen.«

»Das ist doch dumm.«

»Nein, ist es nicht. Denk dran, die Natürlichen haben euch nur das beigebracht, von dem sie wollten, dass ihr es wisst.«

Doch, es ist dumm. Seufzend stellte sich Mellie den Seestern vor, wie ein Netz aus blauen Ranken sich von seiner Mitte her ausbreitete wie Tinte, die sich im Wasser verteilte und alles einfärbte, was sie berührte. Hitze sammelte sich in ihren Händen und strahlte nach außen.

»Versuch es weiter ...«, spornte Echo sie an. »Kontrolliere die Magie.«

Die Hitze wurde stärker, und Mellie hatte das Gefühl, dass jeder Nerv in ihrem Körper auf Empfang geschaltet war.

»Konzentriere dich. Du schaffst das.«

Zu heiß. Wenn sie das noch länger so machte, würde sie in Flammen aufgehen.

»Und ... stopp.«

Mellie unterbrach die Verbindung und sackte sofort vor Anstrengung keuchend auf die Knie. Als sie die Augen öffnete, sah sie, dass der Seestern eine blaugrüne Farbe angenommen hatte. Nicht ganz das satte Himmelblau, das sie sich vorgestellt hatte, und die Magie war nicht fehlerfrei, weshalb an einigen Stellen die orange Originalfarbe durchblitzte. Trotzdem, der Seestern war blau.

»Siehst du? Ganz leicht, oder?« Echo nahm ihr den Seestern aus der Hand, und eine Sekunde später war er wieder orange, als wäre nichts gewesen. Sie musste nicht einmal die Augen schließen oder sich lange konzentrieren; die Magie kam bei ihr wie von selbst.

»Angeberin«, grummelte Mellie.

»Verdirb mir doch nicht den Spaß.« Echo grinste. »Ich habe doch sonst niemanden, vor dem ich angeben kann.« Als wollte sie ihren Punkt noch unterstreichen, zeigte sie auf ein paar Steinkorallen, die sich sofort mit einer flauschig aussehenden Schicht aus Moos überzogen, die zum Hinlegen einlud.

»Wie schaffst du das?«

Das nächste zufriedene Grinsen. »Moos ist einfach. Es braucht nicht wirklich viel Überzeugungsarbeit, um Unkraut zum Wachsen zu bringen.« Echo streckte sich auf der Koralle aus. Mellie folgte ihr und fuhr mit den Fingern durch die samtigen Halme. Die Magie war perfekt.

»Erzähl mal, wie ist Astria so?« Echo drehte sich zu ihr um und stützte den Kopf in eine Hand.

»Ähm …« Mellie wusste nicht, ob sie wirklich neugierig war oder sich nur über irgendetwas unterhalten wollte. »Ich weiß nicht, wie ich … Es ist nicht so leicht zu beschreiben.« Sie wollte nicht sagen: *größer und schöner als Simmia.* Sie wollte Echo nicht von den faszinierenden Korallenriffen vorschwärmen oder ihr die

Gebäude beschreiben, die von einer Magie errichtet worden waren, von der jeder Wandler nur träumen konnte – wie talentiert er auch war. Mellie wollte nicht angeben.

»Du kannst es ruhig sagen.« Echo lächelte schief. »Dad hat mir schon davon erzählt. Er meinte, Astria wäre ein Paradies, wenn es die Geheimnisse und Lügen nicht gäbe.« Eine nüchterne, völlig passende Beschreibung. Genau, was Mellie von Quinn erwartet hätte.

»Und was ist mit Simmia?«, fragte sie. »Gefällt es dir hier?«

»Wieso sollte es mir nicht gefallen? Es ist wahrscheinlich nicht das, was du gewöhnt bist …« Echo war wirklich die Tochter ihres Vaters, »… aber wenigstens sind wir hier hundertprozentig sicher vor sinnlosen Wandlermorden.«

Nun, das war ziemlich direkt. Auch wenn es der Wahrheit entsprach.

»Dad glaubt nicht daran, uns vor Unangenehmem zu schützen«, meinte Echo achselzuckend, als sie Mellies geschockten Blick bemerkte. Doch dann fügte sie in einem offenbar seltenen Moment der Ernsthaftigkeit hinzu: »Simmia ist mein Zuhause. Ich kenne nichts anderes. Gut, ich habe andere Wandlersiedlungen besucht, und wir sind auch ziemlich viel an der Oberfläche herumgereist … Ich habe sogar mal eine Weile dort gelebt und ein paar Monate eine Landbewohnerschule besucht.«

»Sie haben dich gezwungen, auf eine Landbewohnerschule zu gehen?« Mellie fielen vor Staunen fast die Augen aus dem Kopf.

»Sie haben mich zu gar nichts gezwungen. Ich wollte es gern ausprobieren. Vielleicht ist es dir nicht aufgefallen, aber hier gibt es nicht allzu viele Wandler in meinem Alter.«

Das stimmte. Als Echo geboren wurde, war Simmia noch brandneu, und die Soldaten hatten vermutlich gerade erst angefangen, herumirrende Wandler von überall auf der Welt zu sich einzuladen. Da davon auszugehen war, dass sich nicht alle Neuankömmlinge sofort an die Fortpflanzung gemacht hatten, musste Echo eine sehr einsame Kindheit erlebt haben.

»Und? Wie war es dort?« Mellie wollte nicht neugierig sein, aber eine *Landbewohnerschule*? Sie hätte nicht gedacht, dass das für Wandler je möglich wäre.

»Anders, lustig, ein bisschen seltsam, nehme ich an.« Echo legte sich auf den Rücken und verschränkte die Hände hinter dem Kopf. »Manche Dinge, die sie in diesen Schulen lehren, sind ziemlich abgefahren; ich weiß zum Beispiel bis heute nicht, wofür Mathe eigentlich gut sein soll. Aber für eine Weile war es ganz cool. Ich habe in der Stadt gewohnt, hatte ein Auto und ein paar Landbewohnerfreunde.«

»Warum bist du dann nicht dort geblieben?«, wollte Mellie wissen. Sie konnte sich nicht vorstellen, wie die Welt durch Echos Augen aussah. Nicht mit der Angst vor Landbewohnern und dem Hass auf sie aufzuwachsen. Sich sogar entscheiden zu können, unter ihnen zu leben.

»Ganz ehrlich? Ich habe das Wasser zu sehr vermisst. Mir hat meine Heimat zu sehr gefehlt. Ziemlich erbärmlich, oder?« Echos Lächeln ließ nicht erkennen, ob sie sich schämte. »Aber es gibt hier noch so viel zu tun. Ich bin die beste Magierin, Alchimistin und Heilerin, die sie haben, weshalb der Fortschritt stagniert, wenn ich nicht da bin. Mum und Dad haben nie etwas gesagt, aber ich wusste, dass hier vieles liegenblieb. Am Ende beschloss ich, dass ich hier mehr ausrichten konnte. Ich habe aber immer noch ein paar Freunde an der Oberfläche; sie denken, ich bin auf eins dieser teuren Internate gewechselt. Was irgendwie stimmt, immerhin verbringe ich viel Zeit damit, hier an der Schule Magie zu unterrichten.«

»Bei den Göttern.« Mellie schüttelte den Kopf. »Ich fasse es nicht, dass du hier wirklich die Lehrerin für Magie bist.«

»Was ist los, Prinzessin, habe ich dich noch nicht genug mit meinen Fähigkeiten beeindruckt?« Echo tat beleidigt. Der kleine Fischschwarm, der über ihnen schwamm, färbte sich mit einem Schlag knallpink.

»Nein, das ist es nicht.« Mellie beschloss, den ziemlich ungünstigen Spitznamen zu ignorieren. Fürs Erste zumindest. »Du bist nur erst, was, siebzehn? Achtzehn?«, schätzte sie. Echo wirkte etwa so alt wie sie selbst, vielleicht ein bisschen älter.

»Siebzehn.«

»Meine Magielehrerin in Astria war an die zweihundert.« Mit genug Bitterkeit und Überheblichkeit für mindestens doppelt so viele Jahre.

»Ich wette, sie war nicht halb so unterhaltsam wie ich.«

»Und nicht annähernd so bescheiden.« Mellie konnte sich gut vorstellen, dass ihr Echo ans Herz wachsen würde. Sie hatte etwas sehr Offenes und Ungezügeltes an sich und zudem eine lockere Zunge und ein oft aufblitzendes Lächeln. Sie sagte, was auch immer ihr in den Sinn kam, hatte kein Gefühl für persönlichen Raum, ein gesundes Selbstbewusstsein und kein Schamgefühl. Mellie fragte sich, wie es sich anfühlen würde, sich in der eigenen Haut so wohl zu fühlen.

»Weißt du schon, was du dem Quorum erzählen willst?«

Andererseits fiel es ihr auch schon wieder schwerer, Echo zu mögen, wenn sie weiterhin diese Art von Fragen stellte.

»Ich habe keinen blassen Schimmer.«

»Du machst dir Sorgen wegen des Treffens.« Echo setzte sich auf und lehnte sich nach vorn. »Warum denn?«

Warum denn? Das war mal eine unnötige Frage. »Weil man das Rampenlicht meiden sollte, wenn man so berühmt-berüchtigt ist wie ich.«

»Sie sind nicht so schlimm, weißt du. Ziemliche Softies für ein paar alte Soldaten.«

»Du kannst mir vermutlich nicht sagen, ob irgendjemand auf unserer Seite ist?«, fragte Mellie, obwohl sie Angst vor der Antwort hatte. Noch bevor sie ihr Zuhause in Gefahr gebracht hatte, war das Quorum nicht gerade begeistert gewesen, ihnen zu helfen. Quinn hatte wochenlang – erfolglos – versucht, sie zu überreden, sich auf ein Treffen einzulassen, von dem geplanten Putschversuch gegen Astrias Führung ganz zu schweigen. Das stimmte Mellie nicht gerade optimistisch, was ihre Chancen anging.

»Meine Eltern eben, aber das wusstest du ja schon«, antwortete Echo. »Ich glaube, meine Mum hat schon ähnliche Ideen gehabt, lange bevor deine Mum vor ein paar Monaten hier aufgetaucht ist. Sie vermisst ihr Zuhause. Und ihre Familie.«

Unsere Entscheidung blieb nicht ohne Konsequenzen, erinnerte sich Mellie an Niyas Worte. *Diejenigen von uns, deren Familien nicht dem Korps angehörten, mussten sie zurücklassen.* Und Niya Rose hatte eine Dynastie zurückgelassen; eine Natürlichenfamilie, die so groß und mächtig war, dass sie es, was Reichtum und Einfluss anging, mit Rynns Familie aufnehmen konnte. Und wie die Staghorns war es auch bei den Roses eine lange Tradition, dass ihre Nachkommen nur Natürliche waren. Bis zu dem Tag, als sich Niya verwandelte. Ihre Familie war angeblich am Boden zerstört gewesen, als sie im Krieg gefallen war. Es war der Albtraum jeder Eltern, ihr Kind nicht nur an das Korps zu verlieren, sondern auch an die Oberfläche.

Mellie fragte sich oft, ob die Grausamkeit des Captains für Niya Grund genug gewesen war, so vieles zurückzulassen, oder ob Quinn auch einen gewissen Einfluss auf ihre Entscheidung gehabt hatte. Vielleicht ja sogar Echo. Möglicherweise hatte Niya den Gedanken nicht ertragen können, in einer Stadt, die auf Lügen gebaut war, eine Familie zu gründen.

»Was die anderen angeht, kann ich es wirklich nicht sagen«, fuhr Echo fort. »Als deine Mum das erste Mal hier war und nach Antworten gesucht hat, haben sie sich ziemlich lange beraten, genau wie an dem Tag, als sie um Hilfe gebeten hat. Und seitdem, nun … ich weiß nicht, seitdem ist alles ein bisschen komisch geworden.«

»Auf schlechte Art komisch?« Mellie schluckte schwer. Sie brauchte nicht noch mehr Gründe, warum das Quorum sie hassen konnte.

»Nein, nicht schlecht, nur anders. Früher hat niemand wirklich über Astria gesprochen; ich schätze, es war so leichter, alles zu vergessen. Aber als deine Mum aufgetaucht ist und meine Eltern zum See zurückgekehrt sind, konnte plötzlich niemand mehr über etwas anderes reden. Es ist, als würden sie sich endlich gestatten, sich zu erinnern. Ich glaube, ihr habt etwas in ihnen geweckt.«

Ja, einen schlafenden Kraken. Mellie wurde flau im Magen. Sie hatte nicht vorgehabt, irgendetwas zu erwecken. Ein guter Scout zu sein – sich zu beweisen –, das war alles, was sie je erreichen wollte. Sie hatte gehofft, dass mit den Jahren die Lästerei und das Flüstern hinter ihrem Rücken aufhören würden; dass die anderen Wandler irgendwann den Verrat ihrer Mutter vergessen und ein anderes

Thema für ihren Klatsch und Tratsch finden würden. Anders als viele andere Wandler hatte Mellie niemals irgendwelche Zweifel an ihrem Job im Korps oder Reue verspürt, weil sie nicht das lange Leben einer Natürlichen haben würde. War ihr Leben perfekt? Bestimmt nicht. Aber es war das Leben, das sie sich immer gewünscht hatte.

Wirklich schade, dass es bloß eine große Lüge gewesen war.

»Ist es falsch von mir, dass ich mir manchmal wünsche, all das wäre nicht geschehen?«, fragte sie. Echo wirkte nicht wie jemand, der sie verurteilen würde.

»Du meinst, ob es falsch ist, dir zu wünschen, noch für den Mann zu arbeiten, der versucht hat, dich, deine Mum, deine Freunde und meine Eltern zu töten?«

»Ich weiß, es klingt dumm, aber damals war alles einfacher.«

»Einfach ist langweilig.« Das Blitzen in Echos Augen überzeugte sie fast davon, dass es stimmte. »Und du musst dir wegen des Quorums wirklich keine Sorgen machen. Sie sind kein unfairer Haufen; sie werden euch anhören.«

Vielleicht, dachte Mellie und beobachtete, wie die gestreifte Anemone hinter Echos Kopf einen Guppy mit einem Happs verschluckte. Das Problem war, dass das Quorum mehr tun musste, als nur zuzuhören. Sie brauchten Hilfe.

Kapitel sieben

In Echos Gesellschaft verging die Zeit wie im Flug. Als Mellie es endlich geschafft hatte, eine ganze Garnelenfamilie blau zu färben, beschloss Echo, die Tour fortzusetzen und ihr noch die etwas unbekannteren Attraktionen Simmias zu zeigen. Sie schwammen zu den Anemonengruben, wo lachende Kinder in dem Meer aus Tentakeln spielten, von dort aus weiter durch den Seetangwald und zu Echos Lieblingsplatz in Simmia: einer Höhle, die mit derart filigranen Stalagmiten gefüllt war, dass sie aussahen wie schmale Glassplitter.

Bis es Nachmittag wurde, hatte Mellie genug über die Höhle erfahren, um zu wissen, dass sie nach Astrias Vorbild gestaltet worden war. Das galt für einfach alles, angefangen von den Arten von Schalentieren, die die Soldaten züchteten, bis zu der Weise, wie sie ihre Riffe anlegten und ihre Gebäude anordneten. Selbst die bunten Fischschwärme, die herumschwammen, erinnerten sie an zu Hause.

Der größte Unterschied zwischen den beiden Siedlungen war die Art, wie sie regiert wurden.

Hier nannten die Soldaten ihre Führung Quorum statt Rat, und sie entschieden gemeinsam und per Mehrheitsbeschluss. Und anders als in Astria gab es keinen Titan, der die Entscheidung ungültig machen oder seine eigene darüber stellen konnte. Die Stadt unternahm wichtige Schritte, um eine Tyrannei zu verhindern, und bisher schien es zu funktionieren. Doch steckte Simmia noch in den Kinderschuhen, die Stadt war kaum zwei Jahrzehnte alt, und alle Gründer waren noch am Leben. Wer konnte schon sagen, was nach hundert oder fünfhundert Jahren aus der Stadt werden würde. Mellie konnte nur hoffen, dass sie ihre Sache besser machten und dass sie die Soldaten davon überzeugen konnten, sich nach zwanzig Jahren Abwesenheit noch für die Stadt zu interessieren, die sie zurückgelassen hatten.

Das Quorum hatte sich seine Kammer auf einen natürlichen Felsvorsprung gebaut, so dass das Gebäude alle umgebenden Riffe überragte und einen großen, schon fast bedrohlichen Schatten warf. Mellies Entschlossenheit schmolz dahin, als sie sich dem imposanten Steinbau näherten. Es war Niyas Idee gewesen, dass sie die anderen Mitglieder des Quorums kennenlernen sollte. Sie glaubte, es würde sich positiv auf die Entscheidung auswirken, wenn das Quorum ein Gesicht zu der Geschichte der Wandler hätte, die um Hilfe baten. Und Mellie hatte auf jeden Fall eine Geschichte zu erzählen. Die Lügen des Captains hatten sie um alles gebracht: um ihre Mutter, ihren guten Ruf, ihr Zuhause. Sie hatten sie ihren besten Freund gekostet. Quinn und ihre Mutter waren sich einig gewesen, dass es eine gute Idee war. Bei allen Höllen, selbst Mellie fand, es war einen Versuch wert.

Doch das machte die Aussicht, sich einem Raum voller widerwilliger Soldaten zu stellen, nicht ansprechender – insbesondere unter den nicht ganz idealen Umständen, die sie hierher geführt hatten.

»Wie ich sehe, hast du unsere Älteste schon kennengelernt.«

Quinn trat aus den gepflegten Reihen aus Seegras neben dem Haupteingang hervor, wo er offenbar mit Rynn und ihrer Mum gewartet hatte. »Ich hoffe, sie hat sich auch benommen.« Er legte seiner Tochter einen Arm um die Schultern.

»O Mann, *Dad.*« Echo entwand sich ihm und bekam leicht rote Wangen.

Mellie musste unweigerlich lächeln. Für sie war Quinn dieser taffe, respekteinflößende Soldat, unter dessen Blick sie sich immer wie ein ertapptes Kind fühlte. Für Echo war er nur ein peinlicher Dad wie jeder andere.

»Schon gut, schon gut.« Quinns Verhalten hatte sich ebenfalls verändert, seine harten Kanten waren wie aufgeweicht. »Warum begleitest du Laura nicht zurück nach Hause? Ich schicke Mellie und Rynn dann nach, sobald das Gespräch vorbei ist.«

»Wenn es dir nichts ausmacht, würde ich lieber bleiben«, sagte ihre Mum.

»Das Quorum hat schon mal mit dir gesprochen, Laura. Heute wollen sie mit den Kindern reden. Nur mit den Kindern.«

»Auf keinen Fall.«

»Ist schon gut, Mum«, warf Mellie rasch ein. Wenn sie ehrlich war, empfand sie es sogar als Erleichterung.

»Nein, ist es nicht. Du solltest dich ihnen nicht allein stellen müssen.«

»Bei den Göttern, Laura, wir sind doch keine Monster.« Quinn seufzte genervt, als fände er das gluckenhafte Verhalten ihrer Mutter genauso übertrieben wie sie. »Wir haben vor, ihnen ein paar Fragen zu stellen, nicht, sie zu foltern.«

»Dann sollte es dir auch nichts ausmachen, wenn ich meine Tochter begleite.«

Meine Tochter. Mellie knirschte mit den Zähnen. Sie hasste es, wie ihre Mum das sagte – so, als würde sie Anspruch auf einen verlorenen Besitz erheben.

»Ich will nicht, dass du mich begleitest.« Die Worte brachen vehementer aus ihr heraus, als sie es vorgehabt hatte; sie klangen zu laut und zu wütend.

»Mellie …«

»Warum lassen wir euch nicht kurz allein?« Quinn bedeutete Rynn und Echo mit einer Handbewegung, ihm über das Riff zu folgen, damit die beiden in Ruhe reden konnten.

Na, super.

»Liebes«, setzte ihre Mum an, »mir ist bewusst, dass du immer noch wütend bist …«

»Nein, es ist nicht … Darum geht es nicht.« *Dieser* Streit würde warten müssen. Im Moment konnte Mellie nicht weiter denken als bis zu diesem Treffen mit dem Quorum und daran, ihre Geheimnisse einem Raum voller Fremder zu offenbaren. »Es ist nur … Ich kann das nicht, wenn du dabei bist, okay?«, gestand sie. Denn wenn ihre Mum anwesend war und sie mit ihrem traurigen Blick und dem verletzten Gesichtsausdruck beobachtete, könnte Mellie nicht stark bleiben. So wütend sie auch auf ihre Mum war, sie konnte es ihr nicht antun, sich all die schlimmen Dinge anzuhören, die passiert waren, nachdem ihre Mutter sie verlassen hatte. Außerdem fühlte sich Mellie noch nicht bereit, diesen Teil ihres Lebens überhaupt mit irgendjemandem zu teilen. In Wahrheit wünschte sie sich nichts mehr, als sich wieder ins Auto zu setzen und die elf Stunden zurückzufahren, nur um sich nicht auf diese Weise entblößen zu müssen.

»Bitte, lass mich das allein machen.« Sie versuchte, es möglichst sanft zu sagen, um die Gefühle ihrer Mutter nicht noch mehr zu verletzen, doch sie sah ihr an, dass es ihr nicht geglückt war. Sich gegenseitig weh zu tun schien ihnen im Moment viel zu leicht zu fallen.

Trotzdem erfüllten die Worte ihren Zweck.

»Bereit?«, fragte Quinn, der mit Rynn zurückgeschwommen kam.

Wenn Mellie nur mehr als eine Sprache kennen würde, in der sie *Nein* sagen konnte. »Ja.«

»Du solltest wissen, dass sie ziemlich neugierig auf dich sind, es könnte also sein, dass du da drin die Hauptattraktion sein wirst. Ich entschuldige mich jetzt schon dafür, aber ich bezweifle, dass sie sich überhaupt auf ein Treffen eingelassen hätten, wenn du nicht die wärst, die du nun mal bist. Also versuch einfach, ehrlich zu sein. Das gilt für euch beide«, fügte er an Rynn gewandt hinzu. »Und beantwortet die Fragen nach bestem Wissen und Gewissen.«

Mellie hatte nie einen Grund gehabt, den Ratssaal in Astria zu besuchen, doch sie stellte ihn sich genau so vor. Die runde Kammer des Quorums war bei weitem das schönste Gebäude in Simmia, eindeutig zu dem Zweck gebaut, einzuschüchtern und zu beeindrucken. Polierte Granitwände wölbten sich hoch über ihnen auf, wo sie in einer Domkuppel zusammenliefen. Sie waren von der gleichen fluoreszierenden Alge bedeckt, die auch den Rest der Stadt erleuchtete, nur dass sie hier in verschlungenen Wirbeln angelegt war und wie ein lebendes Gemälde aus Licht wirkte.

Ringsherum hatte man weich fließende Netze aufgehängt –

gewebt aus Fingertang –, die etwa einen Meter vor den Wänden einen inneren Kreis bildeten. Und in den Netzen mit Blick nach innen saßen vierzehn der vierundzwanzig Soldaten, die Astria während des Ersten Krieges verlassen hatten. Vierzehn gar nicht so tote Geister. Fünfzehn, wenn sie Quinn hinzuzählte.

»Antragsteller müssen sich in die Mitte stellen«, erklärte er und zeigte auf den Platz zwischen den Netzen.

Natürlich. Mellie wäre am liebsten sofort abgehauen. Die vergangenen fünf Jahre hatten sie gelehrt, dass auf Anstarren normalerweise Spott und Hohn folgten, und der Gedanke, sich dort in die Mitte zu stellen, während sich fünfzehn Augenpaare auf sie richteten ... Bei den Göttern, ihr wurde ganz schlecht.

»Du schaffst das, Mel«, ermutigte Rynn sie leise genug, dass nur sie es hören konnte. Und bevor sie völlig die Nerven verlieren konnte, zog er sie durch die Netze in die Mitte des Raumes, so dass sie keine andere Wahl hatte, als ihm zu folgen.

Die Mitglieder des Quorums stellten sich der Reihe nach vor. Aalest, Kayama, Mathis, Tharia, Glynn; Namen, die Mellie bereits von dem Kriegsdenkmal in Astria und den jährlichen Trauerfeiern zu Ehren der Gefallenen kannte. Daher konzentrierte sie sich stattdessen darauf, jeder Stimme ein Gesicht zuzuordnen, während die Projektion in ihrem Kopf erklang. Wie Niya und Quinn schienen die meisten anderen Soldaten Anfang vierzig zu sein oder sogar älter, doch da hörten die Gemeinsamkeiten auch schon auf. Ihre Gesichter und Schuppenfarben waren so unterschiedlich wie ihr jeweiliges Leben, das sie zurückgelassen hatten.

Gaius Keppers flammenrote Färbung war ein deutliches Zeichen seiner Abstammung; ein weiterer Wandler, der in eine berühmte Natürlichenfamilie hineingeboren worden war. Zet und Zanna

Racus waren Zwillinge, ihre Gesichter wie Spiegelbilder des anderen, doch ihre Färbung genau entgegengesetzt: weiße Schuppen und schwarze Haare bei Zanna, schwarze Schuppen und weiße Haare bei Zet. Allein hätte keiner der Zwillinge besonderes Aufsehen erregt, doch nebeneinander war der Effekt ziemlich eindrucksvoll. Nomi Yarrows Schuppen wirkten hingegen auf ihre eigene Art auffällig, da sie so tiefblau waren und die Farbe von Wasser besaßen, so dass sie immer wieder zu verschwinden schien.

Der größte Soldat der Gruppe hatte eine lange Narbe quer über dem Gesicht, die ihn sofort erkennbar machte. Im Annex erzählte man sich immer noch die Geschichte, wie der große Drax Pangle zu seiner Narbe gekommen war. Die Details hatten sich mit der Zeit verändert – wie es bei Geschichten so ist, die zu oft weitererzählt werden –, doch der Kern war der gleiche geblieben.

Während einer Sicherheitspatrouille im Wald war Drax einem wütenden Bären über den Weg gelaufen, der ihn zum Abendessen verspeisen wollte. Heftig blutend hatte er es gerade rechtzeitig zur Dämmerung zurück zum See geschafft. Die Suchpatrouille fand ihn Stunden später im Schilf treibend, zu schwer verletzt, um zu schwimmen, zu dickköpfig, um zu sterben. Drax hatte den Heiler angewiesen, ihm die Narbe als Erinnerung an die Gefahren der Oberfläche zu lassen.

Natürlich war die gesamte Heldengeschichte eine Lüge, anders konnte es nicht sein; es gab im Wald weder Bären noch Tiger oder Wölfe. Vielleicht würde Mellie später genug Mumm aufbringen, Quinn nach der wahren Geschichte zu fragen. Sie hielt es jedoch für unwahrscheinlich.

Cirra Sull war die Letzte, die sich vorstellte, und trotz ihrer zierlichen Figur mit Abstand die Furchteinflößendste von allen. Edelsteinbesetzte Piercings zierten Nase, Ohren und Augenbrauen, und sie hatte die Haare auf einer Kopfseite kahl abrasiert, wodurch ein Muster aus schwarzen Ranken zum Vorschein kam, das in ihre Kopfhaut tätowiert war. Alles Trends, die sie nur von der Oberfläche haben konnte. Mellie zwang sich, sie nicht anzustarren, doch Cirra musste es schon bemerkt haben, denn sie verzog die Lippen zu einem schiefen Grinsen. »Und du bist dann wohl Mellie Mayreed, Tochter von Learra Mayreed und Arion Samphire«, stellte sie fest. Ihre Stimme war spitzer als die Nadeln, die man benutzt haben musste, um die Metallringe durch ihre Haut zu jagen.

»Ja.« Mellie nickte schwach.

»Und dein Freund hier …«

»Rynn Staghorn«, fiel Rynn ihr schnell ins Wort, obwohl es offensichtlich war, dass das Quorum auch seinen Namen bereits kannte. Diese Formalitäten waren nur ein Vorabgeplänkel.

»Ihr zwei kommt von weither zu uns.« Drax ergriff nun das Wort. »Und ihr wart ziemlich hartnäckig, trotz der Tatsache, dass wir mehr als deutlich abgelehnt haben, uns in Dinge einzumischen, die Astria betreffen.«

»Ja, ich …« Mellie holte tief Luft und gab sich alle Mühe, ihre Stimme mutiger zu projizieren, als sie sich fühlte. »*Wir* …«, sie deutete auf Rynn, »… möchten Sie bitten, Ihre Entscheidung noch einmal zu überdenken.«

»Ihr habt uns kaum eine andere Wahl gelassen.« Drax' Stimme klang nun wütend, und das nicht nur ein bisschen. »Eure Sorglosigkeit könnte Ferrick direkt zu uns geführt haben.«

»Lasst uns nicht zu dramatisch werden.« Quinn ersparte ihr eine Antwort. »Wir haben derzeit keine Ahnung, wie viel Ferrick weiß.«

»Es reicht, dass er irgendetwas weiß.«

»Umso mehr Grund, es mit ihm aufzunehmen«, meldete sich Niya zu Wort. »Oder uns zumindest anzuhören, was sie zu sagen haben. Worauf wir uns auch geeinigt hatten.«

»Nicht einstimmig«, knurrte der Soldat, der sich als Zander vorgestellt hatte.

»Aber die Mehrheit«, erwiderte Niya, »also müssen wir ihnen jetzt auch zuhören.« Die Härte ihres Tonfalls überraschte Mellie. Ihr kam plötzlich der Gedanke, dass diese fünfzehn Soldaten vielleicht gar nicht so dicke Freunde waren, wie sie es sich vorgestellt hatte. Vielleicht mochten sie sich nicht einmal sonderlich. Vor zwanzig Jahren hatte ein gemeinsamer Feind sie vereint, und jetzt hielt sie ein gemeinsames Ziel zusammen. Doch davon abgesehen bestand das Quorum aus normalen Wandlern, die sich unter anderen Umständen vielleicht nicht einmal verstanden hätten.

»Warum fängst du nicht von vorne an, Mellie?« Niya lächelte ihr aufmunternd zu. Ein Rettungsring. »Erzähle uns, wie es dazu kam, dass du Astria verlassen hast.«

Mellie tat wie geheißen.

Die Worte kamen zunächst zögerlich, und sie hielt den Blick gesenkt, so dass sie eine Winkerkrabbe beobachten konnte, die sich ihren Weg über den Steinboden bahnte. Diesen Trick hatte sie gelernt, als der Spott der anderen am schlimmsten gewesen war. Die Gesichter zu sehen, schüchterte sie ein, also beobachtete sie stattdessen etwas anderes. Krustentiere verurteilten sie wenigstens nicht.

Sie erzählte dem Quorum von der Nacht, in der ihre Mum verschwunden war, und von allem, was sich danach ereignet hatte. Von der Lüge des Captains und wie sie sich über die Jahre verschlimmert und ihr Leben vergiftet hatte. Es war seltsam, daran zu denken, dass ihre Mum einmal die gleiche Position innegehabt hatte – damals, als sie die Wandlersiedlung entdeckt und Simmia auf der Suche nach Antworten besucht hatte. Nur dass sie die Geschichte aus der anderen Perspektive erzählt hatte. Mellie fragte sich, ob es für ihre Mum einfacher gewesen war oder ob sie den Vorgang genauso als Eingriff in die Privatsphäre empfunden hatte.

Denn sobald die Geschichte das Quorum in ihren Bann gezogen hatte, fingen sie an, alle möglichen Fragen zu stellen. *Wie war das tägliche Leben im Korps? Hattest du das Gefühl, in Gefahr zu sein? Hattest du irgendeine Ahnung, was Ferrick deiner Mutter angetan hatte? Hat dich Ferrick je direkt bedroht? Wie hast du überlebt, als du gestrandet warst? Erzähl uns mehr über diesen Caleb …* Nicht nur irgendwelche Details, sondern richtig persönliche Dinge, über die Mellie nicht gern nachdachte, geschweige denn sprach.

Einige der Fragen – vor allem die über den Titan – konnte sie gar nicht beantworten. *Ich wusste bis vor kurzem nicht, dass er mein Vater ist*, war die einzige Antwort, die sie geben konnte. *Und nein, es hat mir keine Sonderbehandlung eingebracht.* Außer man bezeichnete Ferricks Hass auf sie als »Sonderbehandlung«. Die Befragung ging weiter, manchmal sanft angestoßen von Niya. Hin und wieder fügte Rynn etwas hinzu, doch das Quorum stellte ihm fast nie eine Frage. Sie schienen kein bisschen Interesse daran zu haben, was bei ihrem letzten Versuch, in die Stadt zu gelangen, schiefgelaufen war. Bei den Höllen, selbst die jüngste Attacke des Captains schien sie nicht weiter zu beunruhigen. Was sie stattdessen taten, war, die Tochter des Titans nach allen Regeln der Kunst auszuquetschen. Einmal mehr fand sich Mellie in der Rolle eines Kuriosums wieder, das aus den völlig falschen Gründen für interessant gehalten wird. Etwas, das man anstarren und auseinandernehmen kann, indem man von allen Seiten daran zerrt. Doch die ganze Zeit spürte Mellie Rynn hinter sich, dessen Atem, auch wenn er nichts sagte, wie ein rhythmisches Pulsieren in ihrem Rücken wirkte. Sie tat allerdings gut daran, ihn nicht anzusehen, denn sie wusste, was sie in seinem Gesichtsausdruck lesen würde: standhafte, unerbittliche Unterstützung, und das hätte sie in diesem Moment nicht ertragen.

Tiefer und tiefer grub das Quorum, bis nichts mehr übrig war. Sie hatten sie vollständig ausgewrungen. Und trotzdem sahen sie nicht zufrieden aus.

»Was ich nicht verstehe, ist, warum du so verzweifelt nach Astria zurück willst«, erklärte Drax. »Du hast an der Oberfläche wieder mit deiner Mutter zusammengefunden, und sie bietet dir ein angemessenes Zuhause. Falls du es vorziehst, unter Wasser zu leben, wärst du auch jederzeit hier in Simmia willkommen.«

»Ich muss nicht nach Astria zurück, schätze ich.« Mellie bereute die Worte, sobald sie sie ausgesprochen hatte. »Aber ich ... ich möchte es gern.«

»Ach ja?« Das stabförmige Piercing in Cirras Augenbraue zuckte. »Du verlangst von uns, dass wir unser Leben riskieren, weil du es *möchtest*?«

»Nein, ich meine ... Würden Sie denn nicht gern nach Hause zurückkehren?«

»Das hier ist unser Zuhause«, meinte Drax. »Simmia ist vielleicht nicht so eindrucksvoll wie Astria, aber wenigstens sind wir hier frei und haben unser Schicksal selbst in der Hand.«

Mellie fing an, am ganzen Körper zu zittern. An der Art und Weise, wie die Soldaten mit ihren Schwanzflossen peitschten und die Blicke abwandten, wusste sie, dass sie sie verloren hatte. Ihrer Meinung nach hatte sie ihr Happy End schon bekommen. Und vielleicht hatten sie sogar recht. Vielleicht war es egoistisch und rücksichtslos, sich mit der Vergangenheit aufzuhalten, anstatt in die Zukunft zu schauen. Mellie konnte jede Zukunft haben, jetzt, da sie den Fängen des Captains entkommen war. Ihre Möglichkeiten waren nicht mehr nur auf »Scout sein« beschränkt.

Andererseits ... *nein.* Schnell brachte sie die Zweifel zum Verstummen. Ihr Leben war nicht das Einzige, das hier auf dem Spiel stand. Das Leben Hunderter Wandler hing jeden Tag grundlos in der Schwebe, und ihr Schicksal wurde von der auf- und untergehenden Sonne bestimmt. Verdienten sie nicht die gleiche Freiheit, die die Bewohner Simmias genossen? Verdienten sie nicht auch eine Chance, die Welt zu entdecken?

»Sie schulden den anderen Wandlern Ihre Hilfe«, sagte Mellie mit möglichst überzeugter Stimme. »Sie haben sie der Willkür eines Monsters überlassen. Sie haben sie ihrem Schicksal überlassen.«

Das hätte sie nicht sagen sollen.

Ein Raunen ging durch den Raum, in ihrem Kopf schwirrte es vor wütender Proteste.

»Wir sind nicht verantwortlich für die Taten dieses Mannes oder die deines Vaters, wo wir schon dabei sind«, polterte Drax, und die Bedeutung seiner Worte war glasklar: *Wie kommt die Tochter eines Tyrannen dazu, uns einen Vortrag über Moral zu halten?* »Wenn du hier bist, weil du eine Art Kreuzzug im Sinn hast ...«

»Vielleicht ist euch Astria nicht mehr wichtig«, unterbrach Rynn ihn, der es irgendwie schaffte, den Tumult zu übertönen, »oder die anderen Wandler sind euch egal«, fügte er spitz hinzu. »Aber was ist mit euren Familien?«

»Unsere Familien sind nicht in Gefahr, Junge.« Drax wischte seinen Einwand mit einem Wedeln seiner Schwanzflosse weg. »Ferrick würde es nicht wagen, Natürlichen etwas anzutun.«

»Nein, das würde er nicht. Aber in den zwanzig Jahren, seit ihr gegangen seid, ist viel passiert.«

Mellie spürte, wie sich die Atmosphäre veränderte, auch wenn sie den genauen Kurs noch nicht ausmachen konnte. Was auch immer Rynn vorhatte, es musste einfach besser sein als ihr eigener desaströser Versuch, diplomatisch vorzugehen. Bisher hatte sie nichts anderes erreicht, als die Stimmung im Raum auf einen Tiefpunkt zu bringen.

»Ihr Name ist Lendon, richtig?«, wandte sich Rynn an den Soldaten links von Drax, einen stämmigen, aber sanft wirkenden Mann mit breitem Gesicht und rostfarbenen Schuppen. »Lendon Voler, Sohn von Nicolette und Amis Voler, beide Alchemisten«, ratterte Rynn die Namen runter. Bevor sich herausgestellt hatte, dass er Wandler war, hatten ihn seine Eltern alle Titel und Gilden der wichtigen Familien in Astria auswendig lernen lassen. Als Erbe der Staghorns hatten sie ihm eine gehobene Ausbildung zukommen lassen, um ihn auf den Tag vorzubereiten, an dem er seinem Dad in den Rat nachfolgen würde.

»Wussten Sie, dass Sie eine Schwester haben, Lendon?«, fragte Rynn.

Das schien dem Soldaten kurz die Sprache zu verschlagen. »Meine Eltern, sie … sie haben noch ein Kind bekommen?«

»Ihr Name ist Myleen. Nächstes Jahr hat sie ihre Landprüfung.« Selbst ein Tauber hätte die unterschwellige Botschaft hinter den Worten bemerkt. »Und Gaius …«, Rynn wandte sich an den Soldaten neben Cirra, »… Sie haben zwei Brüder, vierzehn und zwölf Jahre alt. Einer hat sich verwandelt, der andere nicht, also hat Ferrick einen unter Kontrolle. Noch ein Kind, das Ihre Eltern verlieren könnten. Würden Sie wirklich wollen, dass sie das noch einmal durchmachen müssen? Weil Sie hier geblieben sind und nichts unternommen haben?«

Die folgende Stille ließ das Wasser in Mellies Kiemen gefrieren. Es fühlte sich an, als hätte Rynn gerade eine unsichtbare Linie überschritten, von wo aus es kein Zurück mehr gab. Entweder würden seine Worte die Soldaten erreichen oder sie hätten sie endgültig verloren.

»Was ist mit unseren Eltern?«, fragte Zanna. Sowohl sie als auch Zet hatten sich in ihren Netzen nach vorn gelehnt und fixierten Rynn, wobei sie nach Informationen, nicht nach Blut zu gieren schienen.

Mellie atmete erleichtert auf. Er hatte es geschafft. Er hatte sie dazu gebracht, ihm zuzuhören.

Falls Rynn ihre Erleichterung teilte, ließ er es sich nicht anmerken. Er senkte den Blick zu Boden und knetete nervös die Hände, was nur schlechte Neuigkeiten bedeuten konnte. »Es tut mir sehr leid, aber Ihr Vater ist vor ein paar Jahren gestorben«, antwortete er. »Eine chronische Krankheit, glaube ich. Die Heiler haben ihm so viel Zeit verschafft, wie sie nur konnten.«

Die Reaktion der Zwillinge fiel unerwartet heftig aus; starke Trauer zeichnete sich auf ihren Zügen ab. Vermutlich hatten sie Astria in dem festen Glauben verlassen, dass ihre Natürlichen-Eltern sie überleben würden und sie vielleicht sogar eines Tages zurückkehren und sie besuchen konnten. Sobald sie sicher waren, dass Ferrick und der Titan keine Gefahr mehr darstellten.

Jetzt war dieser Traum geplatzt.

»Und unsere Mutter?«, fragte Zet.

»Sie lebt, aber sie musste sich von der Arbeit im Rat zurückziehen«, berichtete Rynn. »Der Verlust ihres Mannes hat sie schwer getroffen.« Zwar teilte er ihnen das ernst mit, doch es sah ganz danach aus, als hätte er gerade das Treffen zu ihren Gunsten entschieden. Mellie spürte, wie die Veränderung das Wasser durchlief. Nacheinander wandten die Soldaten ihm ihre Aufmerksamkeit zu, und jeder, der noch Familie in Astria hatte, erkundigte sich nach den Verwandten, wobei sich Hoffnung und Sehnsucht auf den Gesichtern widerspiegelte – und manchmal auch Trauer –, während sie Rynn nach Informationen ausquetschten. Es war wirklich genial. Rynn gab ihnen etwas, das selbst Quinn oder Niya ihnen nicht hätten bieten können: Neuigkeiten über die geliebten Angehörigen, die sie zurückgelassen hatten. Dadurch motivierte er sie zu handeln, anstatt sie um Hilfe zu bitten. Eine Taktik, auf die Mellie nie gekommen wäre.

Während er weiter ihre Fragen beantwortete, schielte Mellie zu Drax rüber. Er hatte die Lippen fest aufeinandergepresst und die Hände in das Netz gekrallt. Drax war keiner der Soldaten, die jemanden zurückgelassen hatten, das wusste Mellie, weil Drax' Legende weit über seine Narbe hinaus reichte. Seine Geschichte war bei jeder Gedenkfeier die traurigste, die erzählt wurde. Seine Eltern – beide Scouts – und seine Frau – eine Läuferin – gehörten zu den Wandlern, die kurz vor dem Krieg gefallen waren. Wenn es um Heldentum ging, übertraf Drax wirklich alles. Ein Mann, der im Kampf gegen die Landbewohner mit vierzig alles verloren hatte, inklusive seines eigenen Lebens. Eine Inspiration. Eine weitere Lüge. Denn die Wandler waren nicht gefallen, die Soldaten hatten sie aus Astria herausgeschmuggelt und in Sicherheit gebracht. Damit Ferrick sich nicht an ihnen rächen konnte.

Mellie sah Drax an, dass er sich bereits entschieden hatte. Da sich seine Familie sicher in Simmia befand, hatte er keinen Grund, jemals nach Astria zurückzukehren.

Glücklicherweise brauchten sie seine Stimme nicht. Sie benötigten nur acht der fünfzehn.

»Wollen Sie wirklich den Rest Ihres Lebens damit verbringen, sich zu verstecken?« Nachdem er alle Fragen der Quorumsmitglieder beantwortet hatte, stellte Rynn nun selbst eine, womit er den Haken immer tiefer hineinbohrte. »In dem Wissen, dass Ihre Familien Sie für tot halten? Ferrick hat sie vielleicht nicht umgebracht, aber Sie haben sie trotzdem verloren. Genau wie ich. Meine Eltern und meine Schwester denken, ich sei tot, und ich habe keine Möglichkeit, ihnen die Wahrheit mitzuteilen. Nicht ohne Ihre Hilfe.« Rynn war für genau das hier geboren. Er sollte führen und inspirieren.

»Unseres Wissens hast du deine missliche Lage selbst zu verantworten.« In Cirras Stimme schwang eine Härte mit, die vielleicht kein Hohn, aber doch eine Herausforderung war. Als wollte sie die anderen Soldaten warnen, dass ihm nicht zu trauen war.

Doch Rynn ließ sich nicht aus der Ruhe bringen, obwohl er kurz zusammenzuckte, als würde er vor einer Flamme zurückscheuen. »Ferrick hat mich ausgetrickst«, erwiderte er. »Er hat meine Freundschaft zu Mellie ausgenutzt, meine Liebe zu ihr. Er hat mich genauso benutzt wie Sie alle, und als er hatte, was er haben wollte, hat er mich weggeworfen. Das tut er eben. Er schwenkt Lügen wie andere Waffen, um uns unter seiner Kontrolle zu behalten.

Und Sie glauben doch nicht wirklich, dass er Sie nicht immer noch kontrolliert. Nach zwanzig Jahren bestimmt er weiterhin, wohin Sie gehen können. Er hält Sie davon ab, Ihre Familien zu besuchen. Wollen Sie sie denn gar nicht wiedersehen? Hätten Sie nicht wenigstens gern die Möglichkeit dazu?« Rynn gab den Soldaten keine Gelegenheit zu antworten. »Und was wird Ihrer Meinung nach passieren, wenn Astria die Wandler ausgehen? Wenn Ferricks Lügen die Fähigkeit, sich zu verwandeln, einfach verschwinden lassen?

Als Sie gegangen sind, hatte die Wandlerkrise gerade erst begonnen; es gab immer noch genügend von uns, um die Einheiten zu füllen und die Wandler zu ersetzen, die sich zur Ruhe setzten oder starben. Aber dieses Jahr gab es nur zwanzig neue Wandler. *Zwanzig*«, wiederholte er die Zahl, wohlwissend, dass sie mehr aussagte als alles andere. »Wenn das so weitergeht, wird es innerhalb eines Jahrzehnts keine neuen Wandler mehr geben. Und in einem Jahrhundert werden wir ausgestorben sein. Was wird dann aus Ihren Natürlichenfamilien? Wenn die Stadt sie nicht mehr versorgen kann und sie nirgends hingehen können? Dieser See wird sich zuerst in ein Schlachtfeld und dann in einen Friedhof verwandeln. Ist es das, was Sie wollen?«

Oh, jetzt hatte er sie wirklich, das sah Mellie in ihren Gesichtern. Vielleicht hatte sein Vater mit seinen Zukunftsplänen für ihn doch richtig gelegen. Hier stand er, der Junge, der den falschen Leuten vertraut und dadurch fast zwei Soldaten das Leben gekostet hatte, und doch fing er die Aufmerksamkeit des Quorums auf eine Art und Weise ein, wie Mellie es sich nie hätte erträumen lassen.

Drax erklärte die Sitzung kurz nach Rynns Rede mit der Begründung, das Quorum hätte nun genug zu besprechen, für beendet.

Sie würden sich beraten, bis sie zu einer Übereinstimmung gekommen waren, und diese Entscheidung wäre dann endgültig. Entweder hatten es Rynn und Mellie geschafft, die Abstimmung zu ihren Gunsten zu drehen, oder eben nicht.

»Rynn.« Mellie folgte ihm aus dem Saal. »Rynn, warte doch mal.«

Er verharrte mitten im Seetang und wirkte so angespannt, als müsste er sich kampfbereit machen. »Es tut mir leid, wenn ich dort drinnen zu weit gegangen bin. Ich wollte dich nicht unterbrechen, aber so, wie sie …« Er brach ab und kratzte sich an dem Schuppenfleck an der Schulter. »Jedenfalls hätte ich das nicht …«

»Nein, das war … ehrlich gesagt, wollte ich dir dafür danken, dass du das getan hast. Ich war …« *Katastrophal.* »Ich glaube nicht, dass sie es sich noch einmal überlegt hätten, wenn du dich nicht eingeschaltet hättest.«

»Ich habe euch alle in diese missliche Lage gebracht, daher ist es nur angebracht, dass ich versuche, es wieder geradezubiegen.« Er zuckte mit den Schultern.

»Danke.« Mellie wandte sich zum Gehen. Das war es, worauf sich ihre Gespräche inzwischen reduziert hatten, auf eine Reihe gemurmelter Worte und unvollständiger Sätze. Ein gebrochenes Stakkato, wo einmal Rhythmus geherrscht hatte.

»Wir reden also wirklich nicht darüber?«, rief Rynn ihr hinterher. »Du schwimmst einfach davon?«

»Es gibt nichts zu reden.«

»Das meinst du nicht ernst, oder?« Er packte sie am Arm und drehte sie herum. Das Wasser schien um ihn zu pulsieren, weil er derart wütend war. »Wochenlang sprichst du nicht mit mir und schaust mich kaum an. Gestern küsst du mich dann plötzlich, und jetzt willst du so tun, als sei das nie passiert?«

»Es hätte nicht geschehen sollen.« Mellie wich seinem Blick aus. »Ich war traurig und betrunken und … Es hätte nicht passieren sollen.«

»Und was jetzt? Hast du vor, mich wieder zu ignorieren?«

Das war der Plan.

»Ich habe mich doch entschuldigt, Mellie. Ich habe es ungefähr hundertmal gesagt, und ich sage es auch gern noch hundertmal öfter, wenn das nötig ist, aber bitte …« Seine Finger legten sich um ihr Handgelenk, seine Stimme wurde flehentlich, »… sag mir, was ich tun muss. Sag mir, wie ich es wiedergutmachen kann.«

»Deinetwegen wäre ich fast umgebracht worden, Rynn.« Mellie riss sich von ihm los. »Das kann man nicht wiedergutmachen.«

Bei den Göttern, glaubte er ernsthaft, irgendeine große Zurschaustellung seiner Reue oder gar weitere tausend Entschuldigungen könnten irgendetwas verändern? Sie war doch nicht einfach grundlos nachtragend – Rynn hatte sie verraten, er hatte sie angelogen. Er hatte wieder und immer wieder gelogen. Seinetwegen hatten die Männer des Captains sie fast ertränkt.

»Ach, komm schon, Mellie, meinetwegen wären alle beinahe umgebracht worden.«

»Soll das jetzt etwa alles entschuldigen?«

»Ich habe einen Fehler gemacht, Mel, einen *Fehler*. Quinn und Niya haben mir beide verziehen. Verdammt, selbst deine Mum hat mir vergeben. Du bist die Einzige, die beschlossen hat, weiterhin sauer auf mich zu sein.«

»Weil du mich *verletzt* hast«, zischte Mellie. Kapierte er es denn nicht? Er hatte nicht Quinn, Niya oder ihre Mum verletzt. Er hatte nicht die Freundschaft zu ihnen ausgenutzt und ihr lebenslanges Vertrauen erschüttert.

Liebe; Rynn hatte das Wort vor dem Quorum wie selbstverständlich verwendet. War es das, was zwischen ihnen entstanden war? Liebe? Mellie liebte es, Wandlerin zu sein. Sie liebte ihren Job und ihr Leben. Sie liebte es, wie die Korallenriffe in Astria wuchsen, in ordentlichen, parallelen Reihen, die das Wasser in einen dauerhaften Regenbogen verwandelten. Mellie liebte ihre Mum – zumindest hatte sie das einmal getan. Aber Rynn hatte sie nie geliebt. Was sie hatten, war mehr als das. Mehr als Worte, Luft oder Wasser, tiefer als der See oder sogar der Ozean. Was sie mit Rynn gehabt hatte, war ein Zuhause gewesen. Und jetzt war dieses Zuhause zerstört worden.

»Glaubst du, das wüsste ich nicht?« Rynn warf frustriert die Arme in die Höhe. »Meinst du, ich würde nicht jeden Tag bereuen, was ich getan habe?«

Mellie war nicht in der Stimmung für seine Reue. Sie hatte sich heute schon zur Genüge klein und nichtig gefühlt. Da fehlte es ihr gerade noch, dass er ihr Schuldgefühle einredete. »Können wir uns diesen Streit bitte für ein anderes Mal aufsparen?«, fragte sie. Im Moment taten sie nichts anderes außer streiten. Und es war immer derselbe Streit.

»Bei den Göttern, Mellie, können wir diesen Streit nicht einfach *beenden?*«

»Ich muss gehen.«

»Ich vermisse dich, Mel!«

Sie wusste nicht, ob er die Worte hatte schreien wollen, aber irgendwie brachen sie wie eine Explosion aus ihm heraus.

»Ich vermisse dich«, wiederholte er leiser. »Und ich meine es nicht auf *diese* Art. Ich habe schon verstanden, dass vergangene Nacht ein Ausrutscher war. Mir ist klar, dass ich uns jede Chance darauf vermasselt habe. Aber ich will meine beste Freundin zurück, Mellie. Ich will dich zurück.« Seine Ehrlichkeit war ernüchternd. In seinem Blick lag nicht mal ein Hauch von Erwartung, nur Einsamkeit und ein verzweifeltes Sehnen. Es sah ihm gar nicht ähnlich, irgendetwas zu brauchen. Allerdings war es schon immer so gewesen, dass jeder von ihnen den anderen brauchte.

Zum ersten Mal seit Wochen zwang Mellie sich dazu, ihn anzusehen, ihn richtig wahrzunehmen, und sie bemerkte, wie dieser Monat an ihm gezehrt hatte. Dunkle Schatten umrandeten seine Augen, so tief und finster, dass es fast aussah, als hätte er zwei blaue Augen. Seine Nägel waren bis zum Nagelbett runtergekaut, eine schlechte Angewohnheit, die er eigentlich seit Jahren abgelegt hatte, seit er kein Kind mehr war und gelernt hatte, sich zu verteidigen. Er hatte auch ein paar Kilo verloren, und der Schuppenfleck auf seiner Schulter blutete an einigen Stellen, wo er sich wundgekratzt hatte. Rynn war ein Wrack.

»Bitte, Mel.« Er schwamm auf sie zu. »Ich muss nur wissen, ob du denkst, dass du vielleicht … eines Tages … ob du mir irgendwann verzeihen könntest.«

Seine Hoffnung schmerzte noch viel mehr als der Verrat.

»Ich weiß es nicht«, flüsterte sie, und es war die Wahrheit. Es gab Momente, da konnte sie Rynn ansehen und ihre Wut herunterschlucken, so dass sie den Jungen in ihm erkannte, mit dem sie aufgewachsen war und der alles für sie getan hätte. Doch dann musste sie wieder an die Soldaten denken, die sie in die Tiefe zogen, und sie konnte seinen Anblick nicht länger ertragen. Sie wusste nicht, ob das – dieses Bedürfnis, wegzuschauen – je wieder verschwinden würde. Denn was sie am meisten verletzte, war die Tatsache, dass sie die Lüge nicht hatte kommen sehen. Nicht, als er ihr in die Augen gesehen und ihr geschworen hatte, dass er ihr glaubte. Nicht, als er in Calebs Hütte gestanden und ihnen allen den Plan des Captains serviert hatte. Nicht, als er sie im Wald geküsst und ihr versprochen hatte, dass alles gut werden würde. Und die Lüge tat immer noch weh. Selbst hundert Entschuldigungen später durchdrang sie ihre Erinnerungen und glich einem Schmerz, der einfach nicht schwächer werden wollte.

Rynns Kiemen weiteten sich, als er verzweifelt ausatmete. »Wäre es dir lieber, wenn ich einfach verschwinden würde?«

»Wohin denn?« Mellie hatte nicht vorgehabt, die Frage so schnell oder so scharf zu stellen, doch er zuckte sofort zusammen.

»Ich weiß auch nicht, Mellie, in einen anderen See oder das Meer … Vielleicht kann ich auch hier bleiben. Interessiert es dich überhaupt?«

Das tat es, egal, wie viel Mühe sie sich gab, gleichgültig zu sein.

Geh nicht fort, waren die Worte, die sich hartnäckig in ihrem Kopf hielten. *Ich bin noch nicht bereit, für immer wegzuschauen.* Wenn Rynn ging, musste sie akzeptieren, dass ihre Freundschaft zu Ende war. Für immer.

»Würdest du wirklich so weit von ihnen entfernt leben wollen?«, fragte sie stattdessen. Diese Grausamkeit hatte er nicht verdient. Sie brachte seine Familie nur ins Spiel, damit sie nicht zugeben musste, dass sie sich ihr Leben vielleicht, nur vielleicht, nicht ohne ihn vorstellen konnte. Am schlimmsten war jedoch die Gewissheit, dass es funktionieren würde. Das Haus ihrer Mutter lag nur eine Stunde vom Wasser entfernt, und selbst das war noch zu weit für Rynn. Er vermisste den See und den Wald so sehr, dass er manchmal, wenn ihre Mum sie zu Caleb brachte, nur unter dem Vorwand, etwas zu brauchen oder bei etwas helfen zu wollen, mitkam und eine zweistündige Autofahrt mit einer Frau, die er hasste, in Kauf nahm, nur um einen kurzen Blick auf sein Zuhause zu erhaschen.

Sollte Rynn nach Simmia ziehen, würde er das endgültig aufgeben. Vermutlich würde er seine Familie nie wiedersehen.

»Bittest du mich wirklich darum?« Rynn zog seine eigenen Schlüsse aus ihren Worten. Die offensichtlichen. »Hasst du mich so sehr?«

Grausam und dumm. Dumm, dumm, dumm. »Nein, das ist es nicht … ich wollte nicht …«

»Störe ich euch bei etwas?« Echo tauchte aus dem Schilf auf. Mellie war trotz des denkbar schlechten Timings dankbar für die Unterbrechung.

»Nein«, antwortete Mellie zur gleichen Zeit, als Rynn »Ja« sagte.

»Okay, das ist verwirrend.« Echos Lächeln machte die Sache nicht gerade besser.

»Willst du irgendwas von uns?«, fragte Rynn, der keinen Hehl daraus machte, dass er genervt war. Echo schien das allerdings nicht zu bemerken, sie war viel zu beschäftigt damit, ihn ungeniert in Augenschein zu nehmen.

Sie ist genau sein Typ. Mellie wünschte, sie könnte den Stich der Eifersucht ignorieren, der sie durchzuckte, als Echo Rynn von oben bis unten musterte. Bei den Göttern, wie war es möglich, dass ihre Wut jedes andere Gefühl außer diesem ausgemerzt hatte? Wie in allen Höllen war das bitteschön fair?

»Nur von der Prinzessin«, antwortete Echo schließlich. »Das Quorum wird sich noch stundenlang da drinnen verschanzen, deshalb wollte ich sie fragen, ob ich sie mit meiner Gesellschaft erfreuen darf. Andernfalls könnte ich ihr auch noch ein bisschen

Magie-Unterricht anbieten. Aber du kannst auch gern dabei sein, wenn du willst. Ich habe nichts dagegen.«

»Nein, danke.«

Mellie bezweifelte, dass es irgendetwas gab, das Rynn gerade weniger gern tun würde.

»Du bist nicht die Einzige, der es schlechtgeht, Mel«, sagte er, als er sich an ihr vorbeischob. »Mein Leben habe ich ebenfalls ruiniert.«

Schuldgefühle keimten in ihr auf, als sie ihn davonschwimmen sah. Sie wusste, dass sie ihn ungerecht behandelte. Sie hatte vermutlich die Möglichkeit verloren, nach Astria zurückzukehren, als Rynn sie verraten hatte, aber er hatte einfach alles aufgeben müssen. Mellie hatte zumindest ihre Mum, auch wenn ihre Beziehung derzeit so angespannt war, dass es sich nicht gerade wie ein Segen anfühlte. Dennoch … was Cirra während der Sitzung gesagt hatte, stimmte: Rynn hatte sich die Lage selbst eingebrockt. Deshalb rang sich Mellie ein Lächeln ab, sobald Rynn außer Sichtweite war, und wandte sich an Echo. »Wie gut bist du eigentlich im Heilen?«

»Tja, ich bin hier die Beste.« Die Frage schien das Mädchen zu überraschen, was Mellie als Genugtuung empfand. »Andererseits sagt selbst mein Dad, dass ich nun mal keine Natürliche bin. Warum fragst du?«

»Weil ich dir jede einzelne Rippe brechen werde, wenn du mich noch ein einziges Mal Prinzessin nennst.«

Kapitel acht

Echo führte sie an den äußersten Rand der Höhle, wo die Vegetation spärlicher und der Felsboden rauer wurde. Dann packte sie ohne Vorwarnung Mellies Hand und schabte sie über eine zerbrochene Seepocke, so dass die von David so sorgsam genähte Wunde wieder aufriss.

»Hey!« Mellie riss den Arm weg. Blut blubberte aus dem offenen Schnitt in ihrer Handfläche und verteilte sich wie feiner roter Nebel im Wasser. »Was bei allen Höllen stimmt denn nicht mit dir?«

»Du wolltest doch, dass ich dir meine Heilkräfte zeige.«

»Und das konntest du mir nicht an deiner eigenen Hand demonstrieren?«

»Es ist ein Austausch von Energien, erinnerst du dich? Ich kann mich schlecht selbst heilen.« Echo streckte wieder die Hand nach Mellies Arm aus, dieses Mal jedoch deutlich langsamer.

»Eine kleine Warnung wäre schon nett gewesen«, grummelte Mellie.

»Hättest du es mich denn dann tun lassen?«

»Nein.«

»Na, also«, sagte Echo triumphierend, als wäre damit alles geklärt.

Hinterhältige Schlange.

»Die Theorie ist ganz ähnlich wie beim Seestern; du musst dir bildlich vorstellen, wie die Wunde kleiner wird. Nur, dass es noch etwas mehr braucht; du musst dir auch die Person vorstellen, die du heilen möchtest – deine Magie einsetzen, um ihr zu helfen –, und gleichzeitig musst du nach der Energie des anderen greifen und sie dazu bringen, mit deiner zu reagieren.«

»Also ist es ganz und gar nicht wie beim Seestern.« Mellie verdrehte die Augen.

»Das klingt kompliziert, aber so schlimm ist es gar nicht, wenn man den Dreh erst raus hat«, erwiderte Echo und presste ihre Handflächen auf Mellies Hand.

Mellie wusste sofort, dass sie das Heilen viel schwieriger fand. Es war ganz anders als zuvor, denn sie musste tatsächlich etwas dafür tun. Ihr Atem beschleunigte sich, und ihre Kiemen weiteten sich, als sie versuchte, der Magie Herr zu werden. Wärme breitete sich in Mellies Handfläche aus, die sich allmählich steigerte, ohne unangenehm heiß zu werden. Die Haut um den Schnitt herum kribbelte.

»Du wirst es spüren, wenn es funktioniert.« Echos Stimme klang vor Anstrengung gepresst. »Es ist wie eine Verbindung – die andere Person zieht etwas aus dir heraus und du aus ihr. Es ist ein Geben und Nehmen.«

Diese Theorie der Magie war Mellie völlig fremd. In der Schule hatten sie immer nur gelernt, wie man die Magie abgab und nicht anzog, und da Mellie nie einen Grund gehabt hatte, einen Heiler aufzusuchen, zumindest nicht wegen etwas Ernsthaftem, hatte sie nie wirklich über den Heilungsprozess nachgedacht. Es war einfach etwas, das Natürliche konnten und Wandler nicht. Eine Sache mehr, die sie einfach geglaubt hatte.

»Sobald du beide magische Quellen angezapft hast …«, Echo

keuchte inzwischen, »… musst du dir nur noch vorstellen, wie sich die Wunde schließt und … tada.« Sie unterbrach die Verbindung und ließ Mellies Hand los. Der Schnitt war verschwunden, zumindest größtenteils. Es war nicht das makellose Ergebnis, das ein natürlicher Heiler erzielt hätte; auf ihrer Haut blieb eine blasse Narbe zurück. Dennoch war Mellie schwer beeindruckt. Sie hatte noch nie erlebt, dass ein Wandler überhaupt etwas geheilt hatte, und es war eine deutliche Verbesserung gegenüber der genähten Wunde. Eine Wundnaht juckte eher, als dass sie schmerzte, vor allem im Salzwasser.

»Willst du es mal versuchen?« Echos Augen leuchteten.

»Klar. Gib mir deine Hand und irgendetwas Scharfes«, entgegnete Mellie, die den Gefallen nur zu gern erwidern wollte.

»O nein, dafür bist du noch nicht bereit.« Echo sauste in einer Saltoschleife davon. Sie fand einen Seeigel zwischen zwei Steinen und stach sich den Finger an einem der Stachel. »Das sollte reichen.«

»*Im Ernst?*« Mellie verschränkte die Arme. Dieser »Schnitt« würde sich ganz von selbst wieder schließen.

»Ehe man schwimmt, muss man sich erst treiben lassen können.«

»Wie soll ich denn einen Schnitt heilen, der so klein ist, dass ich ihn kaum sehen kann?«

»Ich mache dir einen Vorschlag.« Echo wedelte mit dem Finger vor ihrem Gesicht herum. »Wenn du das hier beim ersten Versuch schaffst, lasse ich dich vielleicht doch noch meine Rippen brechen …«

»Dann mal los«, sagte Mellie schnell.

Diese Herausforderung nahm sie an.

Das Einzige, was peinlicher war, als die Aufgabe zu bekommen, einen Nadelstich zu heilen, war, sie nicht zu schaffen. Egal, wie sehr Mellie sich auch anstrengte, sie konnte sich diesen magischen Austausch einfach nicht vorstellen. Sie spürte, wie ihre eigene Energie sich steigerte und auf Echo überging, doch sie hatte keine Ahnung, wie sie im Gegenzug die Energie des Mädchens zu sich ziehen konnte. Sie konnte sie spüren, oder zumindest glaubte sie, ein ganz leichtes Summen unter Echos Haut auszumachen. Doch die Energie dazu zu bringen, auf ihre zu reagieren ... das war etwas ganz anderes.

»Du musst keine Angst davor haben, nach meiner Magie zu greifen«, ermutigte sie Echo. »Nutze sie wie deine eigene. Du wirst mir nicht weh tun.«

»Das ist nicht das Problem.« Mellie konnte vor Anstrengung kaum sprechen. »Ich weiß einfach nicht, wie ich ... *verdammt!*« Sie verlor die Kontrolle über ihre eigene Magie. Die Hitze, die sich zwischen ihren Händen aufgebaut hatte, verpuffte ganz plötzlich wieder.

»Sei nicht so streng mit dir, ich habe auch eine ganze Weile gebraucht, bis ich den Bogen raus hatte.« Echo zog die Hände zurück. »Und selbst, wenn du die Technik drauf hast, ist sie immer noch beschränkt. Wir werden nie in der Lage sein, so zu heilen wie Natürliche. Ein bisschen Übung bringt aber schon etwas. Neulich habe ich es sogar geschafft, eine Kofferfischvergiftung zu heilen. Eine ziemlich üble noch dazu. Ich schwöre dir, wenn man meine kleine Schwester mal fünf Sekunden aus den Augen lässt, schiebt sie sich schon die nächste bunte Sache in den Mund.« Echo zauberte ihnen eine gemütliche Matte aus Seegras, auf der sie sich niederlassen konnten.

»Dann erzähl mal«, verlangte sie, als Mellie sich neben sie gelegt hatte. »Was läuft da zwischen dir und dem Hübschen?«

»Meinst du Rynn?«

»Hast du noch einen zweiten Kerl mitgebracht, von dem ich nichts weiß?«

»Nein.« Mellie richtete den Blick auf den Schwarm Seebrassen, der über ihren Köpfen vorbeischwamm. *Nicht ins Wasser jedenfalls.* »Und da läuft nichts zwischen mir und Rynn.« Nicht mehr.

»So sah das aber nicht aus.«

»Tja, so ist es aber.«

Echo musterte sie einen Moment. »Du musst dir keine Sorgen machen. Ich frage nur, weil ich es interessant finde, nicht weil ich Interesse an ihm habe.«

»Nein, das ist nicht … Ich habe gar nicht …« Mellie spürte, wie ihr das Blut in den Kopf schoss. Sie war entsetzt, wie schnell Echo es geschafft hatte, sie zu durchschauen.

Und dass die Worte eine solche Erleichterung mit sich brachten.

»Natürlich nicht.« Echo gab sich keine Mühe, ihr Grinsen zu verbergen. »Nur falls doch … Fürs Protokoll: Er ist wirklich nicht mein Typ. Du dagegen schon eher«, fügte sie kein bisschen schüchtern hinzu. »Aber du müsstest dich zuerst ein bisschen entspannen, Prinzessin. Für meinen Geschmack bist du etwas zu ernst.«

Jetzt glühten Mellies Wangen erst recht. Sie war an eine solche Aufmerksamkeit nicht gewöhnt. In einem Raum voller Mädchen war sie nie die erste Wahl von irgendjemandem gewesen. Und ob sie nun hübsch oder begehrenswert war, schien dabei nie eine Rolle zu spielen. Sie war die Tochter einer Verräterin, und das brachte mehr Ärger mit sich, als die meisten Jungs … oder Mädchen … auf sich nehmen wollten. Inzwischen nahm Mellie es nicht einmal mehr persönlich.

»Siehst du, und jetzt überlegst du, wie du mir am besten sagen kannst, dass ich nicht dein Typ bin, ohne meine Gefühle zu verletzen.«

Mellie hörte das Grinsen in Echos Stimme. »Sorry«, murmelte sie. Dabei war Echo auf ihre Weise durchaus attraktiv. Es war nicht einmal etwas Körperliches, alles an Echo wirkte anziehend und fesselnd, selbst wenn sie Mellie ständig auf die Palme brachte.

»Zu schade.« Echo seufzte theatralisch. »Du bist genau mein Typ.«

»Gab es auf der Landbewohnerschule, auf die du gegangen bist, etwa keine hübschen Dinger?«

»Oh, doch, da gab es schon ein paar. Ich war sogar eine Weile mit einer zusammen.«

»Echt jetzt?« Mellie starrte sie überrascht an. »Wie war das so?«

»Cool, spannend, ein bisschen traurig«, antwortete Echo. »Je näher wir uns gekommen sind, umso schlimmer fühlte es sich an, die ganze Zeit lügen zu müssen, was meine wahre ›Identität‹ anging. Dass Emma sich noch nicht geoutet hatte, machte es auch nicht einfacher.«

»Was meinst du mit geoutet?«

»So nennen das Landbewohner, wenn man öffentlich macht, dass man auf Leute des gleichen Geschlechts steht.«

»Warum muss man das überhaupt irgendwie nennen?«

»Wenn ich *das* wüsste.« Echo zuckte mit den Schultern. »Offenbar ist das eine große Sache bei denen. Aber ich konnte es irgendwann nicht mehr ertragen, nur ihr kleines schmutziges Geheimnis zu sein. Ich wollte mit ihr in der Öffentlichkeit Händchen halten und sie küssen, mich nicht länger verstecken müssen. Ich wollte sie meinen Eltern vorstellen – sie hätten sie so gern kennengelernt –, aber sie wollte nichts davon hören. Und ich verstehe es schon, eigentlich nicht, ehrlich gesagt, aber ich habe gemerkt, dass es ihr sehr wichtig war. Trotzdem schien es am Ende den Herzschmerz nicht wert zu sein. Landbewohner sind schon seltsam.«

Da konnte Mellie ihr nur zustimmen.

»Den Gerüchten zufolge hat deine Mum sogar einen geheiratet.«

Ausnahmsweise stimmten die Gerüchte. »Sein Name ist David«, erzählte Mellie.

»Magst du ihn?«

Mögen war vielleicht zu viel gesagt. Aber von seiner Landbewohnerseltsamkeit mal abgesehen, war David geduldig, liebevoll und viel netter, als man es erwarten sollte, vor allem, wenn man bedachte, dass er plötzlich die ewig miesepetrige Tochter seiner Frau am Hals hatte. »Für einen Landbewohner ist er gar nicht so übel.«

»Aber er ist nicht so toll wie *dein* Landbewohner?«

»Mein Landbewohner?«

»Ja, Mum hat erzählt, du hättest einen Landbewohner. Und dass er es *weiß*.«

Oh, richtig, sie meinte Caleb. »Jep.«

»Bei meinen Göttern, das ist so cool. Wie war es, als du es ihm erzählt hast?« Echo beugte sich vor, als könnte sie es kaum erwarten, die Antwort zu erfahren. Sie musste sich schon hundertmal vorgestellt haben, wie es wäre, sich ihren Freunden an der Oberfläche zu offenbaren, vielleicht hatte sie sogar davon geträumt. Vermutlich hatten Niya und Quinn sie davon abgehalten, das Geheimnis zu verraten, oder Echo hatte nie den Mut aufgebracht, sich so vollständig zu entblößen. So oder so war es sicher nicht einfach gewesen. Mellie hatte es gerade mal zwei Wochen lang geschafft, die Wahrheit vor Caleb zu verheimlichen.

»Na ja, ehrlich gesagt, habe ich es ihm nicht wirklich erzählt«, gestand sie. »Er hat mich … bei der Verwandlung gesehen.«

»Nicht. Im. Ernst.« Echo riss die Augen auf. »Wie hat er reagiert?«

»Er hat mich mit einer Pistole bedroht.«

»Aha. Klassische Überreaktion.«

»Ja, aber wir haben es geklärt.« Es war der beste leichtsinnige Fehler, den Mellie je begangen hatte. Als Caleb erst einmal über den Schock hinweg gewesen war, dass »Meerjungfrauen wirklich existieren«, wie er es nannte, hatte sie sich endlich entspannen und sie selbst sein können. Und Caleb … Sie hatte das Gefühl, er fand es toll, Mitwisser des Geheimnisses zu sein.

»Seid ihr zwei …?« Echo machte eine eindeutige Geste.

»Was? Nein.« Mellies Wangen glühten. Mal wieder. »So ist es nicht zwischen uns.«

»Also, bist du mit dem Hübschen zusammen?«

»Nein. Ich bin auch nicht mit Rynn zusammen.«

»Lass mich raten, er ist dir *zu* hübsch?«

»Jep. So ist es.« Das war nicht die Art Gespräch, die Mellie gerade führen wollte. Nicht jetzt, wo die Erinnerung an ihren letzten Streit noch so frisch war.

»Du magst es nicht, wenn ich dir Fragen über ihn stelle, was?« Echos Frage war die pure Provokation, um ihr nur noch mehr zu entlocken. Doch Mellie hatte nicht vor, darauf einzugehen.

»Wie kommst du darauf?«

»Nur so.« Echo grinste, als würden diese wenigen Worte ihren Verdacht schon bestätigen.

Unerträglich hinterhältige Schlange.

»Wo wir schon von griesgrämigen Jungs sprechen, über die du nicht reden möchtest …« Echo deutete hinter sie. »Schau mal, wer beschlossen hat, sich doch noch zu uns zu gesellen.«

»Quinn hat mich geschickt, euch zu suchen«, erklärte Rynn schnell. Eine eindeutige Art zu sagen: *Ich bin nur hier, weil ich muss.* »Das Quorum hat seine Beratung beendet.«

»Schon?« Echo schoss aus dem Seegras hoch. »Sie sind doch erst seit einer Stunde dabei.«

»Ist das ein schlechtes Zeichen?« Mellie bekam ein flaues Gefühl im Magen. Als sie die Kammer des Quorums verlassen hatten, war sie sich nicht sicher gewesen, wie die Entscheidung ausfallen würde. Rynn war es gelungen, die Soldaten in zwei Lager zu spalten: auf der einen Seite die Wandler mit Familie in Astria und auf der anderen Seite die ohne. Eine ziemlich gleichmäßige Aufteilung, soweit sie gezählt hatte. Konnte es einer Seite gelungen sein, die andere in so kurzer Zeit zu überzeugen? Konnte es *ihrer* Seite gelungen sein?

»Nicht unbedingt ein schlechtes Zeichen, aber es ist ungewöhnlich«, erwiderte Echo. »An guten Tagen brauchen sie Ewigkeiten. Mum meint, sie könnten euren Rat in Astria in Grund und Boden quatschen. Was auch immer ihr gesagt habt, muss sie ziemlich aufgescheucht haben.«

Mellie teilte ihren Enthusiasmus nicht. Sie konnte sich nicht vorstellen, dass Drax oder Cirra das Quorum kampflos mit einem »Ja« davonkommen lassen würden. Andererseits war sie noch nie gut darin gewesen, sich Happy Ends auszumalen.

»Kommst du, Prinzessin?«, drängelte Echo ungeduldig. Dann wandte sie sich Rynn zu. »Wir haben uns noch gar nicht richtig vorgestellt. Ich bin Echo.«

»Schön für dich«, grummelte Rynn, ehe er davonsauste. Mellie hatte noch nie erlebt, dass er ein Mädchen dermaßen abblitzen ließ – vor allem keins, das wie Echo aussah. Wahrscheinlich war er furchtbar nervös, immerhin hing auch für ihn sehr viel von der Entscheidung ab – wenn nicht sogar noch mehr. Mellies Familie, so weit sie noch eine hatte, lebte immerhin an der Oberfläche. Ohne die Hilfe der Soldaten war seine Familie für ihn verloren.

Drax verkündete das Urteil des Quorums ohne großes Tamtam, kaum dass Mellie, Rynn und ihre Mum ihre Plätze in der Mitte der Netze eingenommen hatten. Die Antwort lautete Nein. Astrias ehemalige Soldaten waren nicht bereit, sich einzumischen. Sie hatten damals Nein gesagt, als ihre Mutter sie um Hilfe gebeten hatte, weil es ihnen zu riskant gewesen war, und auch wenn sie – Drax' Worten zufolge – von ihrer Geschichte *bewegt* waren, weigerten sie sich nach wie vor, das Risiko einzugehen.

»Es wäre unverantwortlich, Simmia ohne Verteidigung zurückzulassen, jetzt, da Ferrick unsere Spur aufgenommen hat«, erklärte er und bestätigte damit Mellies Verdacht, dass das Quorum seine Entscheidung bereits getroffen hatte, ehe Rynn und sie auch nur eine Flosse in die Kammer gesetzt hatten. Quinn mochte sie mit der Nachricht über die neuen Angriffe des Captains vielleicht in Zugzwang gebracht haben, woraufhin sie einem Treffen zustimmten, doch jetzt war offensichtlich, dass sie nie vorgehabt hatten, mehr zu unternehmen. Sie hatten ihm nur nachgegeben, um ihre Neugier zu befriedigen, und zum Spaß in Mellies Wunden gebohrt.

»Wenn diese Männer uns angreifen, müssen wir hier sein und sie erwarten«, fuhr Drax fort, scheinbar ohne Mellies Wut zu bemerken. »Wir werden unsere Leute nicht in Gefahr bringen oder es riskieren, sie weiter zu exponieren, indem wir in voller Zahl nach Astria zurückkehren. Und da ihr auch nicht mehr in akuter Gefahr schwebt, lautet unsere Antwort Nein.«

Nicht mehr in akuter Gefahr? Mellie hätte am liebsten laut geschrien. Was war mit den Wandlern, die sie zurückgelassen hatten? Jeden Tag hing deren Leben am seidenen Faden, nur weil Ferrick ihnen eigenmächtig etwas vorschrieb. Die Gefahr war sowohl akut als auch real; das Quorum wollte es bloß nicht zugeben.

Feiglinge, dachte Mellie verbittert, doch als sie den Blick durch den Saal wandern ließ, stellte sie fest, dass nicht alle Soldaten mit der Entscheidung so zufrieden wie Drax zu sein schienen. Quinn und Niya runzelten die Stirn – was zu erwarten gewesen war –, und ein paar andere Gesichter wirkten ebenfalls eher missmutig. Allerdings nicht die Mehrheit. Die Mehrheit war feige.

Während Drax weiter redete und bedeutungslose Plattitüden herunterratterte, schielte Mellie zu Rynn rüber, was sie sofort bereute. Er war aschfahl, zitterte und ballte die Hände so fest zu Fäusten, dass seine Nägel sich in die Haut gegraben hätten, wenn sie nicht so abgekaut gewesen wären. Mit diesem Urteil hatte das Quorum dafür gesorgt, dass er seine Familie nie wiedersehen würde. Sie hatten ihn zur Waise gemacht.

Hätte ihre Mum nicht zwischen ihnen gestanden, hätte Mellie vielleicht seine Hand genommen. Sie erinnerte sich noch zu gut daran, wie es sich anfühlte, gar keine Familie mehr zu haben, an diesen absoluten Schmerz, die Art und Weise, wie dieses Wissen einem das Herz brechen und einen von innen aushöhlen konnte.

Dieses Gefühl würde sie ihrem schlimmsten Feind nicht wünschen und erst recht nicht dem Jungen, der einmal ihr bester Freund gewesen war, egal, wie wütend sie jetzt gerade auf ihn sein mochte.

»Tut mir leid, Liebes«, sagte ihre Mutter, als das Treffen beendet war. »Ich weiß, wie viel es dir bedeutet hätte, nach Hause zu gehen. Euch beiden.« Mit diesen Worten teilte sie ihnen noch etwas anderes mit: *Ohne die Hilfe des Quorums werden wir es auch nicht weiter versuchen.*

»Dir tut es nicht leid«, entgegnete Mellie, die zu gereizt war, um ihren Ärger zu verhehlen. »Du hast doch nur auf dieses Ergebnis gehofft.«

Ihre Mutter hatte nicht noch einmal nach Simmia fahren wollen. Sie hatte sich nicht mit dem Quorum treffen wollen, und ganz sicher wollte sie nicht noch einen Versuch wagen, nach Astria vorzudringen; der letzte saß ihr noch zu tief in den Knochen. Vor dem Einbruch hatte sie die Sache genauso hinausgezögert wie die Simmianer, erst als Mellie sie immer wieder angebettelt hatte, war sie erneut auf Quinn zugegangen. Und jetzt konnte Mellie ihr die Erleichterung an der Nasenspitze ansehen. Der Angriff auf ihr Haus hatte sie aufgerüttelt, aber vermutlich war ihrer Mutter noch vor der kanadischen Grenze aufgegangen, wie einfach sie an der Oberfläche neu anfangen konnten. Neues Haus, anderes Auto … Es brauchte nicht viel, um in der Masse der Landbewohner unterzutauchen, so dass der Captain sie nicht mehr finden konnte. Und so hatte ihre Mum vermutlich der Mut verlassen, diesen Kampf anzutreten, den sie sowieso nie gewollt hatte. Obwohl Mellie sie verstehen konnte, hasste sie sie im Moment dafür.

»Mellie …«

»Tut mir leid, Kinder.« Quinn kam auf sie zugeschwommen, ehe ihre Mutter es abstreiten konnte. »Wir haben versucht, die Mehrheit zu überzeugen, aber es war von vornherein eine heikle Angelegenheit. Warum bleibt ihr nicht heute Abend noch bei uns, und wir essen zusammen? Dann können wir uns morgen früh auf den Weg machen.«

Das war es dann also. Mellie hörte die Endgültigkeit in seiner Stimme. Sie gaben offiziell auf. Quinn wusste, dass sie ohne Hilfe oder Überraschungsmoment keinerlei Chance gegen die Männer des Captains hatten. Insgeheim begriff Mellie das auch, aber das machte es nicht leichter, der Realität ins Auge zu sehen. Wochenlang war es ihr Hauptantrieb gewesen – ihr einziger Antrieb –, einen Weg zurück nach Astria zu finden. Was sollte sie jetzt tun? An der Oberfläche bleiben und mit David und ihrer Mum einen auf glückliche Landbewohnerfamilie machen? Oder hier in Simmia leben, eine halbe Weltreise entfernt und ausgerechnet mit den Leuten, die sich geweigert hatten, ihr eine Chance zu geben, nach Hause zurückzukehren?

»Hey.« Echo gesellte sich zu ihnen, als sie sich auf den Weg zu den Wohnriffen machten. »Ich habe gerade von der Entscheidung gehört.«

Bei den Göttern, schlechte Nachrichten verbreiteten sich hier offenbar wie ein Tsunami.

»Tut mir leid, dass die Entscheidung nicht so ausgefallen ist, wie ihr es euch gewünscht habt«, sagte sie, und es klang wirklich aufrichtig. »Ich weiß, wie wichtig das für euch war.«

»Ja, es tut allen sehr leid.« Mellie brachte es nicht über sich, Echo in die Augen zu sehen. Zu schade, dass das Mitleid nicht groß genug war, um tatsächlich etwas zu unternehmen.

Wobei es bei manchen vielleicht *doch* ausreichte. Mellie hielt abrupt inne, als sich eine Idee in ihrem Kopf manifestierte. Sie hatte das Bedauern in einigen Gesichtern gesehen. Vielleicht nicht bei der Mehrheit, aber Rynn hatte zumindest ein paar der Soldaten überzeugt, etwas zu unternehmen.

»Echo.« Sie winkte das Mädchen beiseite, so dass sie etwas zurückfielen.

»Prinzessin, wenn du dich mit mir davonstehlen und an meiner Schulter ausheulen willst, solltest du wissen, dass ich dazu jederzeit bereit bin.«

»Nein, das wollte ich …« Bei den Göttern, diese Frau besaß wirklich keinen Anstand. »Wenn das Quorum abstimmt, geht es darum, was sie als Gemeinschaft tun werden, richtig?«

»Ja … und ob sie die restlichen Stadtbewohner über ein Thema informieren sollten. Wieso?«

»Dann hält eine Abstimmung sie nicht davon ab, als Individuum zu handeln?«

»Ich weiß es nicht genau …« Echo musterte sie aus schmalen Augen, als würde ihr dämmern, dass sie etwas im Schilde führte. »Warum? Hast du vor, Ärger zu machen?«

»Und wenn, würdest du mir dafür vor dem Abendessen etwas Zeit verschaffen?«

»Ich denke schon. Vorausgesetzt, du meinst damit, *uns* etwas Zeit zu verschaffen?«

Mellie grinste. »Genau das meinte ich.«

Während Echo davonsauste, um ihren Eltern eine Lüge aufzutischen, schloss Mellie zu Rynn auf und zog ihn unauffällig ins Schilf.

»Ich bin nicht in der Laune, mich wieder zu streiten, Mellie. Was auch immer du vorhast, können wir das nicht auf später verschieben?« So ähnlich hatte sie es vorher selbst zu ihm gesagt.

Na ja, das hatte sie wohl nicht anders verdient.

»Ich will mich nicht streiten. Ich habe eine Idee, und auch wenn ich nicht weiß, ob es funktionieren wird, würde ich es trotzdem gern versuchen. Falls du immer noch nach Hause zurück möchtest, könnte ich deine Hilfe gebrauchen.«

Mehr musste sie nicht sagen. Ohne ein weiteres Wort oder eine Frage folgte Rynn ihr und Echo in die Tiefen des Schilfs.

Kapitel neun

Das Haus der Familie Ajax thronte in bester Lage am innersten Ring des Wohnriffs über den Korallengärten und dem Marktplatz. Wie bei den meisten Häusern in Simmia sah es von außen alles andere als pompös aus: nur eine Reihe unverzierter Wände mit handgewebten Schilfvorhängen in den Fenstern, aus demselben Fels gebaut wie die Höhle und von einem Mosaik aus Seepocken, Kletten und Algen bedeckt.

Es war ein großes Haus – weit größer als das Durchschnittshaus in Astria – mit einem Vorgarten, der Platz für ein ansehnliches Austernbeet und Käfige voller Garnelen bot. Niyas kleines Haustierprojekt, erklärte Echo. Zu Hause in Astria hatte die Familie Rose ein Vermögen mit der Zucht verschiedener Schalentiere gemacht, weshalb Niya als Kind viel Zeit auf den Farmen verbracht hatte. Die dort erworbenen Fähigkeiten waren äußerst hilfreich gewesen, als die Soldaten von Simmia die ersten Zuchtversuche gestartet hatten. Offenbar fand sie die Arbeit auch entspannend.

»Bei den Göttern, ich hoffe, das Abendessen ist bald fertig«, sagte Echo, als sie nach drinnen schwammen. »Intrigen schmieden macht hungrig, findet ihr nicht?« Sie legte ausgelassen die Arme um Mellie und Rynn, als hätte sie noch nie im Leben so viel Spaß gehabt.

Das Ajax-Haus zu betreten war, als würde man in einen Regenbogen eintauchen. Alles, jede Oberfläche, Koralle oder Schilfrohr, erstrahlte in einer anderen Farbe. Doch die Farben waren alles andere als natürlich, sondern knallig, leuchtend und auf seltsame Art lebendig.

»Das ist dein Werk, nehme ich an?«, fragte Mellie, während sie Echo in einen hübschen Raum voller weicher Gräser und Anemonen folgte. Sie hätte nie gedacht, dass Magie so fröhlich und frei sein konnte – sie hatte sie immer nur als praktisch und notwendig erlebt. Nie wäre sie auf die Idee gekommen, die Energie in ihrem Blut zu benutzen, um ihre Grenzen zu erforschen. Warum hätte sie das auch tun sollen? Man hatte ihr beigebracht, den Worten ihrer Lehrer und ihrer Vorgesetzten im Korps blind zu vertrauen. In Astria war es Grund genug, etwas nicht zu versuchen, wenn man gesagt bekam, dass es nicht möglich war.

»Irgendwo musste ich ja üben.« Echo grinste. »Ich sage meinen Eltern immer, wenn sie es nicht mögen, sollen sie es doch zurückverwandeln. Ich sporne sie also nur an, sich zu verbessern.«

»Ja, und wir sind dir beide sehr dankbar dafür.« Niya tauchte hinter ihr auf, beladen mit Netzen voller verschiedener Muscheln. »Jetzt geh und hilf deinem Vater bitte mit den Garnelen.« Sie scheuchte Echo mit einem Schlag ihrer Schwanzflosse in die Küche. »Und sorg dafür, dass sich deine Schwester fürs Abendessen sauber macht.«

»Lass dir von Echo nichts vormachen, Mellie.« Niya hängte die Netze an den Korallenbaum in der Zimmermitte. »Sie weiß genau, dass diese Ebene der Magie außerhalb unserer Fähigkeiten liegt. Quinn könnte es vielleicht schaffen, wenn es ihm wichtig genug wäre. Ich war hingegen schon immer ein hoffnungsloser Fall, wenn es ums Zaubern ging«, gab sie lächelnd zu. »Was ziemlich ungünstig war, schließlich war ich als Kind klein und zierlich, viel zu klein, um es zur Soldatin zu schaffen, und mit zu kurzen Beinen, um Läuferin zu werden. Nicht, dass meine Eltern geglaubt hätten, ich könnte mich verwandeln«, fügte sie hinzu und platzierte das letzte Netz an einem Ast. »Aber ich wusste einfach, dass ich in diesem Fall als Scout enden würde, und dann würde ich mich den Rest meines Lebens mit diesen verdammten Schutzankern rumärgern müssen.«

»Aber, wie bist du dann ...?«

»... in Ferricks Privatarmee gelandet?«, beendete Niya ihre Frage.

Mellie nickte. Ihr war es damals ziemlich egal gewesen, in welche Einheit sie gesteckt wurde. Auch sie war nicht so groß, dass sie damit gerechnet hätte, zu den Soldaten zu kommen, und Scout oder Läufer war ihr beides recht. Das eine bedeutete, dass sie ihre Magie benutzen durfte, das andere, dass man die Welt zu sehen bekam – oder zumindest einen kleinen Teil davon. Beides völlig annehmbare Optionen. Natürlich nur, solange sie und Rynn in der gleichen Einheit waren.

»Ich habe auf dem Weg zur Landprüfung einen Streit mit einem Jungen aus meiner Klasse angefangen«, erzählte Niya. »Der Kerl war doppelt so groß wie ich; die Truppenführer mussten ihn von mir runterziehen. Trotzdem hatte ich Trig, dem damals die Soldaten unterstellt waren, genügend beeindruckt, dass er sich für mich entschied. Er mochte Kinder, die sich nicht so leicht einschüchtern ließen.«

Ein seltsamer Gedanke, dass Niya wegen einer einzelnen Entscheidung vor so vielen Jahren heute hier war. Was wäre passiert, wenn sie damals *keinen* Streit mit dem Jungen angefangen hätte? Wenn sie anstatt zu einer Soldatin oder zu einem Scout gemacht worden wäre? Hätte sie trotzdem ihren Weg nach Simmia gefunden? Hätte sie Quinn überhaupt kennengelernt? Sich in ihn verliebt? Beschlossen, ihr Zuhause und ihre Familie zu verlassen?

Manchmal konnte sich Mellie regelrecht verlieren in diesen *Was-wäre-wenn*-Gedankenspielen. Was wäre passiert, wenn sie sich an jenem Tag im Wald nie von Rynn getrennt hätte? Wenn sie die Landbewohner rechtzeitig bemerkt hätte, um noch vor ihnen zu fliehen? Wenn Caleb sie nicht gerettet hätte? So viele Möglichkeiten – genug, um darin zu ertrinken.

Und jetzt hatten sie und Rynn etwas Neues zu der Liste hinzugefügt. *Was ist, wenn das nicht funktioniert?*

»Garnelen und lästige Geschwister sind eingesammelt.« Echo rauschte mit einem Netz voller sich windender Krustentiere in der einen Hand und einem zierlichen kleinen Mädchen auf dem anderen Arm zurück ins Zimmer. »Aber ihr solltet wissen, dass dieser alberne kleine Fisch allen Garnelen einen Namen gegeben hat.« Sie wippte das Mädchen auf und ab.

Was Gesicht und Färbung anging, war Echos Schwester die perfekte Miniaturausgabe von ihr, bis hin zu dem Grübchen auf ihrer Wange, wenn sie lachte, und den großen, schelmisch dreinblickenden Augen. Der einzige wirkliche Unterschied zwischen ihnen waren die Haare; die ihrer Schwester waren dunkelbraun, ein paar Schattierungen dunkler als ihre Haut. Die Farbe, die bei Echo auch natürlicher ausgesehen hätte.

»Komm schon, Guppy, sag Hallo zu unserer neuen Freundin.« Echo zeigte in Mellies Richtung.

»Ich bin kein Guppy.« Das Mädchen zog einen Schmollmund.

»Wie ist denn dann dein Name, kleiner Fisch?«, fragte Mellie.

»Aery.« Sie zog die Vokale in die Länge, so dass ihr Name *Ä-rie* ausgesprochen wurde.

»Also, Aery, lass dich nicht von deiner Schwester ärgern, sie ist wirklich schlecht im Auswählen von Spitznamen.«

»Gar nicht wahr.« Echo setzte ihre Schwester ab. »Meine Spitznamen werden sorgfältig aufgrund von Relevanz und komödiantischem Effekt ausgewählt.«

Mellie verdrehte die Augen. »Kann ich dich mal was fragen?«

Echo fischte zwei Garnelen aus dem Netz, warf ihr eine zu und knackte die andere mit den Zähnen auf. »Bittest du immer um Erlaubnis, ehe du eine Frage stellst?«

»Bist du immer so nervig?«

»War es das, was du fragen wolltest?«

»Nö.« Unfassbar nervig, die Frau. »Deine Haare … ist das auch Magie?«

»Schneller und einfacher, als sich die Haare zu färben.« Echo zwinkerte ihr zu. »Ich wollte schon immer eine Blondine sein … Nein, Guppy, du sollst die Garnelen essen, nicht das Netz.« Sie zog ihrer Schwester ein Stückchen Seetang aus dem Mund.

»Garnelen sind Freunde«, widersprach Aery. Dann bemerkte sie das kopflose Krustentier zwischen Echos Fingern, riss entsetzt den Mund auf und verzog das ganze Gesicht vor Empörung. »Du hast Griff gegessen!«

»Keine Sorge, Griff wollte gegessen werden.«

»Wollte er nicht.«

»Tja, dann hätte er mal besser nicht so verdammt lecker sein sollen, nicht wahr?«

»Echo! Keine Schimpfworte vor deiner Schwester«, ermahnte

Niya ihre Tochter. Aery schwamm zu Mellie rüber und zupfte an ihrem Arm.

»Sie will deine Garnele haben«, erklärte Echo. »Und sie wird dir nie verzeihen, wenn du sie jetzt isst. Das passiert jedes Mal, wenn sie dem Essen Namen gibt.«

Mellie händigte ihr bereitwillig die Garnele aus und lächelte, als das Mädchen sich im Seegras niederließ, um damit zu spielen. So benahm sich offenbar eine normale Familie. Mellie fand es schön.

»Seestern, kommst du mal kurz zu mir, bitte?« Quinn steckte den Kopf durch die Schilftür und winkte Aery zu sich. Mellie widerstand dem Bedürfnis, zurückzuschrecken und in der Wand hinter ihr zu verschwinden. Das Stimmengewirr, das sie in ihrem Kopf wahrnahm, und der wütende Gesichtsausdruck ihrer Mum, die Quinn in den Raum gefolgt war, ließen vermuten, dass ihr Plan doch Früchte getragen hatte. Obwohl sich Mellie plötzlich nicht mehr so sicher war, warum sie es für eine gute Idee gehalten hatte.

»Warum begrüßt du nicht unsere Gäste?«, forderte Quinn seine Jüngste auf. »Und was euch drei angeht …«, er winkte Rynn, damit er sich zu ihnen zu gesellte, »… gibt es irgendetwas, das ihr uns gern erzählen würdet? Vielleicht, warum das halbe Quorum gerade vor unserer Tür aufgetaucht ist?« So, wie er es sagte, nahm man ihm den wütenden Soldaten nur zu gut ab, obwohl Mellie glaubte, einen Hauch von Belustigung unter dem vorwurfsvollen Blick zu entdecken. Das ermutigte sie, die Schultern zu straffen und zu antworten: »Wir haben sie eingeladen.«

Mit Echos Hilfe waren sie und Rynn von Haus zu Haus gezogen und hatten sich jedes Quorumsmitglied einzeln vorgeknöpft, nicht nur die Soldaten, die sie sicher auf ihrer Seite wähnten, sondern auch die, von denen sie glaubten, dass sie sich bei einer persönlichen Ansprache noch umstimmen ließen. Alle, außer Zander, Cirra und Drax. Ihr Angebot war schnell zusammengefasst: *Lasst es uns ohne sie tun, lasst uns nach Hause gehen. Bitte, denkt darüber nach, und wenn ihr dazu bereit sein solltet, kommt zu uns zum Abendessen.*

»Verstehe«, erwiderte Quinn. »Ich nehme an, ihr habt sie einfach um Hilfe gebeten, trotz der Entscheidung, die das Quorum *gemeinsam* getroffen hat.« Dieses Mal konnte Mellie nicht sagen, ob sein Zorn aufrichtig klang. Trotzdem hatte sie nicht vor, jetzt einen Rückzieher zu machen. Was sie anging, hatten sie nichts falsch gemacht. Sie waren hierhergekommen, um die Soldaten um Unterstützung zu bitten. Wie genau sie das anstellten, hatte ihnen niemand vorgeschrieben.

»Ja.« Das Wort hing schwer zwischen ihnen. Knapp und unnachgiebig. Und plötzlich lächelte Quinn breit.

»Dann wäre es wohl unhöflich, sie wegzuschicken.«

Schon tauchten die bekannten Gesichter im Türrahmen auf: Zanna, Lendon, Gaius, Nomi, Zet … Alle der Soldaten mit Familie in Astria, die Rynn persönlich angesprochen hatte, aber auch eine Wandlerin, von der Mellie geglaubt hatte, sie nie wiederzusehen.

»Ihr habt nicht wirklich geglaubt, ihr könntet unbemerkt in Simmia herumschleichen und Quorumsmitglieder überreden, oder?« Cirras Stimme war schneidend, scharf wie eine Klinge und borstig wie Stacheldraht. Ihr Lächeln konnte genauso gut freundlich als auch Drohung gemeint sein. Bei so vielen Piercings in den Lippen fand Mellie es schwer zu sagen.

»Ihr fragt euch bestimmt, was ich hier mache.«

Mellie hätte lügen müssen, wenn sie Nein gesagt hätte.

»Ihr solltet wissen, dass ich heute die entscheidende Stimme hatte, und ich habe dagegen gestimmt, euch zu helfen.«

»Aber warum sind Sie dann hier?«, fragte Mellie verunsichert. Ihre Pläne nur um der Schadenfreude willen zu vereiteln, erschien ihr doch ein wenig zu gemein.

»Weil ihr recht hattet«, erwiderte Cirra nüchtern, als hätte sie nicht den ganzen Nachmittag damit verbracht, für die Gegenseite zu argumentieren. »Wir haben die anderen Wandler tatsächlich zurückgelassen. Zwanzig Jahre lang haben wir jeden Gedanken an sie verdrängt. Auf die Weise war es leichter, mit unserer Entscheidung zu leben. Und zu vergessen.« Ihr harter Gesichtsausdruck weichte einen kurzen Moment lang auf. »Ich habe versucht, mir einzureden, dass ich mir keine Sorgen um sie machen muss. Dass Ferrick seine Methoden wahrscheinlich inzwischen geändert hat oder gar gefasst worden ist. Verdammt, vielleicht war der alte Bastard längst gestorben. Doch euch beide zu sehen … zu hören, was Ferrick immer noch treibt … Ich weiß nicht, wie viel länger wir noch so tun können, als sei das nicht auch unser Kampf.«

»Aber warum haben Sie dann mit Nein gestimmt?« Mellie verstand es nicht. Wieso hatte sie ihre plötzlichen Gewissensbisse nicht genutzt, um die anderen zu überzeugen?

»Weil wir uns damals bei der Gründung von Simmia geschworen haben, niemals so zu werden wie er«, antwortete Cirra. »Deshalb stimmen wir über alle Dinge ab. Die Entscheidung heute war die wichtigste, die wir je zu treffen hatten, und für meinen Geschmack war sie zu knapp.« Die kleine Metallstange in ihrer Zunge – in ihrer *Zunge!* – klapperte gegen ihre Schneidezähne. »Sieh dich doch mal um, Mellie. Du bist in einem Raum voller Mörder. Es mag seltsam sein, so über sie zu denken, aber das sind sie nun mal, das hat Ferrick aus ihnen *gemacht.* Ich bin die Einzige hier, die nie einen seiner Tötungsbefehle hat ausführen müssen.

Drax ist mein Onkel, er hat mich rausgeholt, gleich nachdem ich der Einheit beigetreten bin. Deshalb kann ich sie nicht zwingen, gegen ihren Willen nach Astria zurückzukehren. Dazu habe ich kein Recht. Was ich aber tun *kann*, ist, euch persönlich zu unterstützen.« Cirra lächelte nicht noch einmal, aber das war auch nicht nötig. Ihre Worte waren Bestätigung genug, der Beweis dafür, dass Mellie es mit ihren Bemühungen geschafft hatte, eine Wandlerin zu erreichen. Auch wenn alle anderen auf Rynns Konto gingen.

Doch selbst, wenn man Cirra mitrechnete, befürchtete Mellie, dass sie nicht genug getan hatten. Durch ihren Gang von Tür zu Tür hatten sie es geschafft, sechs Mitglieder des Quorums auf ihre Seite zu ziehen – acht, wenn man Niya und Quinn mitzählte. Mehr, als Mellie vor Beginn dieses letzten Rettungsversuchs zu hoffen gewagt hatte, aber sie waren nach Simmia gekommen, um fast doppelt so viele zu rekrutieren. Eine Tatsache, die ihrer Mum offenbar nur zu gut bewusst war.

»Es tut mir leid, Liebes, ich weiß, wie sehr du dir das wünschst, aber wir haben einfach nicht genügend Leute«, erklärte sie, nachdem sich das Haus wieder geleert hatte. Fast alle Soldaten waren nach dem Essen wieder gegangen, nur Cirra war geblieben, um Aery ins Bett zu bringen. Echo zufolge liebte ihre kleine Schwester die tätowierte Wandlerin.

»Wir können es schaffen, Laura«, widersprach Quinn. »Wenn wir es klug anstellen.«

»*Nichts* an einem solchen Selbstmordkommando ist klug.«

»Laura hat recht.« Cirra nahm sich eine übriggebliebene Garnele und ließ sich auf der flauschigen Anemone in der Ecke nieder. »Jetzt, wo Ferrick mit einem Angriff rechnet, werden wir Teams im Wasser und an der Oberfläche brauchen … Das bedeutet, dass uns mindestens vier oder fünf Leute fehlen. Gut ausgebildete, wenn möglich. Wir brauchen mehr Soldaten.«

Mehr Soldaten. Damit zerplatzten Mellies letzte Hoffnungen. Eine Sekunde lang hatte sie tatsächlich geglaubt, sie hätten es geschafft – trotz der erniedrigenden Befragung durch das Quorum und das nachfolgende Urteil.

Sie musste sich ihr Wunschdenken wirklich mal abgewöhnen.

»Dann tut es mir leid, dass wir Ihre Zeit verschwendet haben«, sagte ihre Mum, »und für alle Probleme, die wir verursacht haben, entschuldige ich mich auch. Ich werde der Sache jetzt ein Ende setzen.«

»*Mum* …«

»Nein, Mellie, nach dem, was letztes Mal passiert ist, werde ich nicht riskieren, dass …«

»Vielleicht gibt es doch einen Weg«, unterbrach Cirra sie gedehnt, als würde sie während des Redens noch nachdenken.

»Und wie?«, fragte Rynn, der sich offenbar an jedem Strohhalm festkrallte.

»Indem wir unser Netz weiter auswerfen«, erklärte Cirra. »Simmia ist das Zuhause der größten Gruppe aus Astria, aber wir sind nicht die einzige Siedlung.«

»Mum hat nie eine zweite Siedlung erwähnt.« Mellie gab sich keine Mühe, den Vorwurf in ihrer Stimme zu verbergen. Eine zweite Siedlung bedeutete eine zweite Chance. Eine, die ihre Mutter offenbar vor ihr hatte verheimlichen wollen.

»Das liegt daran, dass deine Mutter dort nicht willkommen ist.«

Etwas an der Art und Weise, wie Cirra es sagte – und wie ihre Mutter nicht widersprach –, machte Mellie einerseits neugierig, andererseits hatte sie aber auch schon fast Angst, nachzuhaken. Wenn es um ihre Mutter ging, waren Überraschungen selten positiv.

»Du willst bei Ayana anfragen?« Quinn verschränkte die Arme und runzelte nachdenklich die Stirn.

»Sie hat in Kintara sechs Soldaten bei sich«, erwiderte Cirra. »Und sie ist seit Jahren auf Rache aus. Wenn wir sie für unsere Sache gewinnen könnten, wären das unsere zusätzlichen Männer.«

»Ja, aber Ayana wird niemals zustimmen. Nicht, wenn sie von Lauras Beteiligung hört. Oder Mellies.«

Ihrer *Beteiligung*? Mellie war verwirrt. Ayanas Name war ihr genauso vertraut wie die der anderen, sie war ein weiteres berühmtes Opfer des Krieges, der nie stattgefunden hatte. Aber nichts, was Mellie über die Soldatin wusste, deutete darauf hin, dass sie rachsüchtiger war als die anderen, geschweige denn, dass sie einen Grund hatte, Mellie oder ihre Mutter zu hassen.

»Wir könnten es vor ihr verheimlichen«, schlug Cirra vor.

»Nein.« Quinn schüttelte vehement den Kopf. »Laura könnte dieses Mal aussetzen, aber Mellie können wir auf keinen Fall verstecken. Selbst, wenn wir verhindern können, dass sie sie sieht, bis wir den See erreichen – was schon nahezu unmöglich sein wird –, brauchen wir spätestens in der Stadt beide. Ayana anzulügen könnte unsere Beziehung zu Kintara zerstören. Wenn wir sie fragen, dann müssen wir mit offenen Karten spielen. Wir müssen sie davon überzeugen, uns trotz Mellie zu helfen.«

Bei den Göttern, was hatte das denn bitteschön zu bedeuten? Woher wusste eine Frau, die Astria vor zwanzig Jahren verlassen hatte, überhaupt von Mellies Existenz?

»Ich weiß wirklich nicht, wie wir das anstellen wollen«, entgegnete Cirra. »Wenn sie auch nur einen leisen Verdacht hegt, wer Mellie ist, wird sie uns nicht einmal treffen wollen.«

Okay, das reicht. Mellie sprang auf, doch bevor sie die beiden unterbrechen konnte, packte Rynn sie am Arm.

»Später«, raunte er ihr zu. »Lass sie das erst untereinander ausmachen, ehe deine Mum es ihnen wieder ausredet.«

»Dann nehmen wir Echo mit«, fuhr Quinn fort. »Sie kann Mellies Schuppenfärbung tarnen, und wenn wir sie erst einmal zusammen in einem Raum haben, können wir Ayana vielleicht dazu bringen, ihr zuzuhören.«

»Und wenn nicht?«, schaltete sich ihre Mutter mit zu Schlitzen verengten Augen und spitzem Tonfall ein.

»Dann gehen wir wieder, und alles, was es uns gekostet hat, ist ein bisschen Zeit und Aufwand.«

»Nein, ich will nicht, dass Mellie mit dieser Frau im selben Ozean ist, geschweige denn im selben Raum.«

»Laura, Ayana ist vielleicht nicht dein größter Fan, aber sie wird keinem Kind etwas antun.«

Einem Kind. Mellie knirschte mit den Zähnen. In Astria endete die Kindheit, wenn man die erste Patrouille an der Oberfläche absolvierte oder in eine Gilde aufgenommen wurde. Sie endete, wenn man mit zehn Jahren die eigene Familie verließ, um den Beruf zu erlernen, der einem zugeteilt worden war. Mellie war es verdammt leid, wie ein Kind behandelt zu werden. Besonders von der Frau, die schon vor langer Zeit das Recht verspielt hatte, ihr zu sagen, was sie zu tun hatte.

»Du kannst mich nicht davon abhalten«, sagte sie. »Das ist meine Entscheidung.«

»Mellie, Kintara ist nicht wie Simmia. Das offene Meer ist anders … nicht sicher.«

Sicher? Mellie hätte sie am liebsten angeschrien. Nichts von alldem hier war sicher. Ihr letzter Versuch, nach Astria zu gelangen, war nicht sicher gewesen. Auch die Wandler, die sie zurückgelassen hatten, waren nicht in Sicherheit. Selbst Caleb, dessen einziges Verbrechen darin bestand, über eine Meerjungfrau gestolpert zu sein, schwebte in Gefahr. Seit ihre Mum damals den ersten Schutzanker mit einem Messer zerstört und diese ganze Kette von Ereignissen in Gang gesetzt hatte, war nichts mehr sicher. Seitdem war Mellie angegriffen worden, sie war gestrandet und dann gejagt und verraten worden. Man hatte sie angelogen und manipuliert; man hatte versucht, sie zu ertränken und auf sie geschossen.

Nichts, was sie taten, war sicher.

Aber es war wichtig.

»Das ist mir egal«, entgegnete sie. »Du hast versprochen, mir zu helfen, einen Weg nach Hause zu finden. Du hast es *versprochen.*«

»Mellie …«

»Laura, wenn ich den Besuch in Kintara für zu riskant halten würde, könnten mich keine zehn Kraken dazu bringen, Echo dorthin zu schicken«, schaltete sich Quinn ein. »Kintaras Wachen tun ihr Bestes, um die Sicherheit ihrer Leute zu garantieren. Ich vertraue auf ihre Abwehr.«

»Und ich kann die Kinder begleiten«, fügte Cirra hinzu. »Ich kenne Ayana besser als jeder andere. Sie wird Mellie nichts tun, und sollte sie es doch versuchen, werde ich es zu verhindern wissen.«

»Na gut«, gab Mellies Mutter nach einem kurzen Moment der Anspannung nach. »Aber ich komme ebenfalls mit.«

»Nalastia hilf, das wirst du nicht tun, Laura. Mellie können wir vielleicht noch tarnen, aber wenn du mitkommst, werden wir es niemals durch die Tore schaffen.«

»Außerdem gibt es an der Oberfläche für dich genug zu tun«, erklärte Quinn. »Während sie in Kintara sind, müssen wir den Wald überwachen und herausfinden, ob Ferrick irgendetwas unternommen hat, um den See abzusichern. Du hast doch noch den alten Schutzanker, Kleine?« Quinn hatte seine Aufmerksamkeit so plötzlich wieder auf sie gerichtet, dass Mellie erst gar nicht bemerkte, wie er sie ansprach.

»Was?«

»Den Schutzanker, den du auf deiner letzten Patrouille hättest platzieren sollen. Hast du ihn noch?«

»Oh. Ja, klar.«

»Gut. Echo soll ihn den Magiern zeigen, wenn ihr dort seid, vielleicht kennen sie eine Methode, um den Bann zu brechen. Es wäre schön, da ohne diesen blöden Zauber, der uns im Nacken sitzt, reingehen zu können.«

Da konnte Mellie nur zustimmen. Sie wusste aus eigener Erfahrung, wie es sich anfühlte, beinahe zu ertrinken. Das wollte sie nie wieder erleben.

Cirra blieb noch bis tief in die Nacht, um mit Quinn die Reise nach Kintara zu planen, ebenso wie den Angriff auf Astria, der hoffentlich darauf folgen würde. Als ihre Pläne endlich standen, konnte Mellie kaum noch die Augen offenhalten, geschweige denn einen klaren Gedanken fassen, obwohl ihr ein paar dringende Fragen unter den Nägeln brannten und sie ihre Mum am liebsten beiseite gezerrt und Antworten von ihr verlangt hätte. Dieses Bedürfnis unterdrückte sie nun schon den ganzen Abend. Schon seltsam, wie man sich die Wahrheit wünschen und sie gleichzeitig fürchten konnte.

Sie war gerade kurz davor, sich auf dem weichen Bett aus Seegras niederzulassen – zweifellos wieder Echos Werk –, als sie die Stimme ihrer Mum durch den Schilfvorhang in der Tür hörte.

»Mellie, kann ich reinkommen?«

»Ja.« Mellie konnte schlecht Nein sagen. So groß das Haus auch sein mochte, so viele Schlafzimmer, dass jeder von ihnen in einem eigenen schlafen konnte, hatte es nun auch wieder nicht.

»Ich muss mich bei dir entschuldigen«, sagte ihre Mum und setzte sich zu ihr aufs Seegras. »Du hattest gestern recht, ich hätte dir schon eher von deinem Vater erzählen sollen.«

»Ja, das hättest du.«

»Bitte versuch, mich zu verstehen, Mellie. Meine Entscheidungen haben mich jahrelang verfolgt. Du bist das einzig Gute, das aus meiner Beziehung zu Arion entstanden ist. Ich würde alles tun, um dich vor ihm zu beschützen.«

»Ich brauche deinen *Schutz* aber nicht«, zischte Mellie. Jedes Mal, wenn jemand versuchte, sie zu beschützen, wurde sie am Ende verletzt. »Was ich brauche, ist die Wahrheit.«

Zu erfahren, dass ihr ganzes Leben auf einer Lüge aufgebaut gewesen war – oder von ihrem besten Freund verraten zu werden –, hatte leider zur Folge, dass sie niemandem mehr vertrauen konnte. Jahrelang hatte Mellie jede Lügengeschichte geglaubt, die ihr aufgetischt worden war, ohne sie jemals in Frage zu stellen. Sie hatte jede Ausrede geschluckt, egal, wie weit hergeholt oder unglaubwürdig sie gewesen war. Doch so naiv war Mellie nun nicht mehr, und sie hatte nicht vor, sich weiter mit Lügen abspeisen zu lassen. Weder von Rynn noch vom Captain und sicherlich nicht von ihrer eigenen Mutter.

»Warum hasst diese Frau dich so sehr?«, fragte Mellie gepresst.

Und wie üblich zögerte ihre Mum mit der Antwort, zweifellos, um Zeit zu schinden, bis sie sich eine neue Geschichte ausgedacht hatte.

»Weißt du was, Mum, wenn du es mir nicht erzählen willst, wird Cirra es sicher tun.«

Die Worte trafen ins Schwarze, das sah sie dem verletzten Blick ihrer Mutter an.

Sich gegenseitig zu verletzen war wirklich zu einfach geworden.

»Ayana war meine Vorgängerin an Arions Seite«, rückte ihre Mum schließlich mit der Sprache heraus. »Als unsere Affäre begann, ließ er sie fallen. Das hat mir Ayana nicht verziehen.«

»Oh.« Also war Liebe der Grund für den Hass. Kein Wunder, dass ihre Mutter dort nicht willkommen war.

»Tatsächlich war Kintara die erste Siedlung, die ich gefunden habe, noch lange vor Simmia«, berichtete sie weiter, »doch ich hatte es nicht einmal durch das Haupttor geschafft, da wusste Ayana bereits von meiner Anwesenheit. Nach zwanzig Jahren hasste sie mich immer noch.

Ich habe versucht, mit ihr zu reden und ihr zu erklären, dass ich nur wegen meiner Tochter zurückkehren wollte, doch wenn es überhaupt etwas verändert hat, dann machte es sie nur noch wütender, von dir zu hören. Einer der anderen Soldaten aus Astria wies mich schließlich auf Simmia hin. Er sagte, dort würde ich die gleichen Informationen bekommen, aber nicht denselben Vorurteilen begegnen.«

»Mellie … «, ihre Mum sah sie ernst an, »… wenn du nach Kintara gehst, wirst du ein paar ziemlich hässliche Dinge über mich hören, und ein paar davon sind vielleicht sogar wahr, aber wenn es das ist, was du dir wünschst, dann werde ich dich nicht aufhalten, und wenn du erfolgreich bist, verspreche ich, euch nicht länger im Weg zu stehen. Aber ich flehe dich an, darüber nachzudenken, was es dich kosten könnte – was es Rynn oder sogar Caleb kosten könnte –, wenn wir einen weiteren Anlauf unternehmen, nach Astria zu gelangen, und abermals scheitern. Du kannst endlich das Leben führen, das du dir ersehnst, und ich möchte nicht mit ansehen müssen, wie du das alles wegwirfst.«

Eine leise Stimme in Mellies Kopf raunte ihr zu, dass ihre Mutter recht hatte. Ihr standen jetzt alle Möglichkeiten offen. Ein ruhiges Leben. Ein sicheres Leben. Ein Leben, das sie selbst gestalten konnte. Und Astria mochte zwar ihr Zuhause sein, doch dieses Zuhause war nicht wirklich nett zu ihr gewesen. In den vergangenen fünf Jahren war sie nur zu oft gehänselt, niedergemacht und verhöhnt worden. Egal, wie hart sie gearbeitet hatte, es war nie genug gewesen. Nur wegen ihres Nachnamens. Es wäre so einfach, alles hinter sich zu lassen.

Doch sie durfte nicht außer Acht lassen, dass der Titan aus einem einzigen Grund schon so lange an der Macht war: weil alle Beteiligten entweder mitschuldig waren oder beschlossen hatten, Astria für immer den Rücken zu kehren. Welche Zukunft konnte sie sich schon erhoffen, wenn sie den Rest ihres Lebens von ihrer Vergangenheit heimgesucht werden würde?

»Gibt es da noch irgendetwas, das du mir nicht gesagt hast?«, hakte Mellie nach. »Sind da noch irgendwelche Geheimnisse?«

»Nein, das verspreche ich dir«, versicherte ihr ihre Mutter und rutschte näher. Sie machte allerdings keine Anstalten, sie zu berühren oder zu umarmen. Glücklicherweise hatte sie gelernt, eine gewisse Distanz zu wahren. »Liebes, bist du … ist zwischen uns alles gut?«

Bei den Göttern, was für eine Fangfrage. Zwischen ihnen war es nicht mehr wirklich gut gewesen, seit ihre Mum von den Toten auferstanden war. Es war zwar irgendwie okay, aber auch seltsam und kompliziert. Manchmal war es sogar unerträglich. Aber es war niemals gut. Mellie hatte eine halbe Dekade in dem Glauben verbracht, dass ihre Mutter sie aus freiem Willen verlassen hatte. Sie hatte gelernt, ohne sie zu leben, sie nicht zu vermissen, nicht an sie zu denken oder zuzugeben, wie gern sie sie wiederhaben wollte. Diese Art von Schmerz verschwand nicht einfach über Nacht, egal, wie sehr Mellie es sich wünschte.

»Ja, alles gut«, antwortete sie trotz allem. Mit dieser einen Lüge hatte sie zu leben gelernt. Denn in Wahrheit glaubte Mellie nicht mehr daran, dass sie diesen Zustand jemals erreichen würden.

Kapitel zehn

Mellie verließ Simmia sehr früh am nächsten Morgen, weil sie es vorzog, mit Cirra zur Morgendämmerung aufzutauchen, anstatt zu warten, bis die anderen aufwachten. Die Soldatin hatte vor, noch in die nächste Stadt zu fahren, um Reisevorbereitungen zu treffen, und Mellie wollte einfach nur raus aus der Stadt. Sie hatte genug Zeit damit verbracht, von Fremden angestarrt zu werden.

»Scout!« Caleb schoss von der Couch hoch, als sie das Pförtnerhaus betrat. Während ihrer Abwesenheit hatte er den gesamten Wohnbereich in ein privates Schreibzimmer verwandelt – überall auf dem Boden lagen vollgekritzelte Notizzettel und ausgedruckte Seiten verstreut. »Du bist wieder da.« Hastig sammelte er die Papiere ein und steckte sie in eine Mappe. Caleb ließ sie seine Arbeit nie sehen. *Erst, wenn ich fertig bin*, sagte er immer. Mellie wollte ihn nicht drängen.

»Schön, dass die Kanadier dich nicht umgebracht haben.« Er klappte sicherheitshalber auch seinen Laptop zu. Seinem zerzausten Haar, dem dunklen Dreitagebart und dem überwältigenden Teegeruch zufolge schätzte Mellie, dass er jetzt schon eine ganze Weile wach war und schrieb, vielleicht sogar die ganze Zeit nicht geschlafen hatte.

»Warum sollten sie mich denn umbringen?« Sie nahm sich einen Oreo-Keks vom Tisch und ließ sich neben ihn auf die Couch fallen.

»Du bist leider ein bisschen berüchtigt dafür, dass dich ständig jemand umbringen will.«

»Sie haben es jedenfalls nicht getan. Sorry.«

»*Sorry*?« Er tat entrüstet. »Himmel, es ist noch schlimmer, als ich gedacht hatte: Sie haben dich in eine Kanadierin verwandelt.«

»Von was bei den dreizehn Höllen sprichst du?«

»Haben sie dich gezwungen, Pommes mit Bratensoße zu essen und Mac and Cheese aus der Dose?«

»Caleb …«

»Bitte sag nicht, dass du jetzt Eishockey schaust, und weißt du was, es ist mir egal, wie kanadisch du jetzt bist, ich werde dir keinen Ahornsirup über den Frühstücksschinken gießen. Das ist ekelhaft!«

»Du hast wirklich Spaß gerade, was?«

»Schon ein bisschen.« Er grinste sie an. »Also, wie ist es denn gelaufen? Bist du jetzt stolze Besitzerin einer Meerjungfrauenarmee?«

Mellie trennte die Kekshälften voneinander und leckte die Füllung ab. »Nicht wirklich. Wir …« Sie wurde vom Klingeln von Calebs Handy unterbrochen. Aus irgendeinem Grund ließ ihn das Geräusch zusammenfahren. Schnell drückte er den Anrufer weg.

»Ist alles okay?«

»Ja, natürlich. Warum sollte es das denn nicht sein?«

»Ach, nur so. Du wirkst ein wenig …«

Sein Telefon klingelte erneut, ein schriller Ton, der von den Steinwänden widerhallte. Caleb starrte es nur an, bis es wieder aufhörte.

»… angespannt«, beendete Mellie ihren Satz. Wenn sie hätte raten müssen, wer der Anrufer war, würde sie vermutlich nur einen Anlauf brauchen.

»Was, ich? Nein, ich … Willst du einen Tee? Ich wollte mir gerade noch eine Tasse machen.« Er sprang auf, gerade als das Handy zum dritten Mal zu klingeln begann. Caleb hatte seinen Klingelton immer an *und* den Vibrationsalarm aktiviert. Die Laut-und-nervig-Einstellung, wie Mellie es gern nannte. Das Gerät tanzte über den Tisch.

»Willst du da nicht mal rangehen?«

»Nee, das kann warten«, rief er aus der Küche. »Jetzt erzähl mal ein bisschen von den kanadischen Meerjungfrauen. Sind die alle so krass drauf wie Qu…« Das nächste ohrenbetäubende Schrillen ertönte.

Mellie beugte sich vor, um die Anruferkennung auf dem Display zu sehen. Wie erwartet, stand da »Dad«, auch wenn es ihr schwerfiel, diese Information mit dem Foto zusammenzubringen, das auf dem Bildschirm angezeigt wurde. Ein ernst dreinblickender Mann mit akkuratem Haarschnitt, auffälligen Augenbrauen und nicht dem Hauch eines Lächelns auf dem Gesicht. Ungefähr das Einzige, das Caleb und sein Dad gemeinsam hatten, waren die blauen Augen, auch wenn sie bei ihm wesentlich mehr hervorstachen, weil sie einen Kontrast zu seinen dunklen Haaren bildeten.

»Es ist dein Dad.« Mellie streckte ihm das Handy hin.

»Lass es klingeln.« Er winkte ab und machte eine große Show daraus, seinen Tee umzurühren.

»Er ruft schon zum vierten Mal an.«

»Und ich bin mir sicher, dass er es auch ein fünftes Mal tun wird.« Caleb warf den Löffel ins Spülbecken. »Mann, tut mir leid.«

Er lehnte den Kopf an einen der Hängeschränke und stützte sich mit den Händen auf die Arbeitsplatte.

Mellie stellte den Klingelton aus und legte das Handy vorsichtig auf dem Tisch ab. Sie sagte nichts; Caleb brauchte normalerweise keine Ermutigung. Sie hatte gelernt, dass sie nur lange genug warten musste, bis er das Gefühl hatte, die Stille füllen zu müssen, und ihr freiwillig erzählte, was ihn belastete.

»Entschuldige, Scout, ich wollte nicht patzig sein. Es ist nur … Ich weiß einfach jetzt schon, was er zu sagen hat.«

Mellie wartete weiter ab.

»Hör zu, als du weg warst, habe ich nachgedacht … Mann, es ist wirklich dumm, aber meine Mum hat so was gesagt, dass ich mich immer in der Hütte verkrieche, anstatt meine Zukunft anzugehen«, erklärte Caleb und setzte sich wieder zu ihr. »Und es ist nicht so, dass sie recht hätte, es ist nur … Na ja, sie hat irgendwie doch recht, weißt du? Ich hatte zu viel Angst, mich um die Dinge zu bemühen, die ich wirklich will.« Er räusperte sich. »Egal, jedenfalls dachte ich mir, wenn du es schaffst, dich einem Raum voller Meerjungfrauensoldaten zu stellen, könnte ich meinen Eltern endlich sagen, dass ich nicht mehr zurück aufs College gehe. Also habe ich das getan.«

Sein Handy leuchtete wieder auf und vibrierte auf dem Tisch. Sie starrten es beide regungslos an.

»Ich schätze, sie haben es nicht gut aufgenommen«, erkannte Mellie.

»Es sieht ganz danach aus, denn …« Calebs Blick wurde schuldbewusst. »Es könnte sein, dass ich es ihnen heute um zwei Uhr morgens mitgeteilt habe. In einer E-Mail.«

»*Caleb.*« Mellie kannte sich mit der Technologie der Landbewohner noch nicht gut aus, aber sogar sie wusste, dass es als unangebracht galt, so etwas in einer E-Mail zu übermitteln. Wenn sie darüber nachdachte, hatte sie es sogar von Caleb erfahren.

»Ich weiß, ich weiß. Nicht mein klügster Zug«, räumte er ein. »Ich würde mal tippen, dass mein Dad es gerade gelesen hat.«

Wie aufs Stichwort klingelte das Handy erneut. Das verdammte Ding würde sich noch vom Tisch vibrieren.

»Meinst du, er ist sauer?«

»Sauer?« Calebs Lächeln war so gezwungen, dass es eher einer Grimasse glich. »O nein. Sauer ist er, wenn ich Tee auf den Teppich verschütte oder aus Versehen einen kleinen Kratzer in seinen Mercedes mache. Sauer war er, als der idiotische Sohn seines Geschäftspartners meine Notizen für ein Onlinerollenspiel gefunden und sie beim Abendessen allen vorgelesen hat. Sauer ist er, wenn …« Ihm schien kurz die Luft auszugehen. »Weißt du was, es gibt kein Wort dafür. Ich müsste mir eins ausdenken. Außer, du kennst vielleicht irgendein Wort aus einer geheimen Meerjungfrauensprache, das ich benutzen könnte?«

»Nö.« Mellie zog entschuldigend die Nase kraus. »Sorry.«

»Na, dann bin ich wohl erledigt. Ach, um Himmels willen!«, fluchte Caleb, als sein Dad das siebte Mal anrief. Bei den Göttern. Hartnäckig war er auf jeden Fall.

»Du solltest es vermutlich einfach hinter dich bringen.« Aus eigener Erfahrung wusste Mellie, dass unangenehme Dinge nur schlimmer wurden, wenn man sie zu lange aufschob.

»Das mache ich. Bald. Oder vielleicht auch nie.« Caleb steckte sich das Handy in die Tasche. »Aber zuerst will ich alles über die kanadischen Meerjungfrauen wissen. Hast du es geschafft, das Quorum zu bezirzen?«

»Wir …«

Die Tür des Pförtnerhäuschens wurde so jäh aufgerissen, dass sie beide hochschreckten.

»Bei. Meinen. Göttern.« Die Abneigung gegen das Wort Hallo hatte Echo wohl von ihrem Vater geerbt. »Ist er das? Ist das dein Landbewohner?« Mit unverhohlener Neugier musterte sie Caleb von oben bis unten. Dass sie dabei nichts außer Quinns viel zu große Jacke trug, machte die Situation nicht weniger seltsam. Caleb hätte fast seinen Tee wieder ausgespuckt.

»Ähm … Ja.« Mellie spürte, wie ihr das Blut ins Gesicht schoss. »Ich meine, nein, er ist …«

»Landbewohner ist mein Indianername, um genau zu sein.« Caleb reichte Echo die Hand. »Hi. Du kannst mich auch Caleb nennen, wie die meisten anderen.«

»Oh, ich mag ihn.« Echo packte ihn stattdessen am Arm und zog ihn auf die Beine. Ihre Stimme an der Oberfläche klang genau so, wie Mellie sie sich vorgestellt hätte: unverschämt laut mit einem schon fast boshaften Unterton, der ihr vermutlich schon öfter Ärger eingebracht hatte.

»Also, erzähl mal, Landbewohner, was genau findest du denn an uns Fischmädchen so toll?«, fragte sie und drehte ihn einmal um die eigene Achse.

»Ähm … Scout …« Caleb warf ihr einen verwirrten Blick zu. »Vielleicht willst du mir deine neue Freundin hier mal vorstellen?«

Echo erstarrte in der Bewegung. »Hat der Landbewohner dich gerade *Scout* genannt, Prinzessin?«

»Hat das halbnackte Mädchen dich gerade *Prinzessin* genannt?«

»Echo«, rief Quinn aus dem Türrahmen. »Zieh dir bitte etwas an, wir haben Gesellschaft.«

»Ja, Dad.« Echo zwinkerte Caleb zu, ehe sie in eines der Schlafzimmer verschwand.

»Dad?« Caleb zog fragend eine Augenbraue hoch. »Okay, jetzt musst du mich aber wirklich auf den neuesten Stand bringen.«

Mellie tat wie geheißen. Angefangen bei dem, was er in der ersten Nacht verpasst hatte, der Wahrheit über ihren leiblichen Vater und die Affäre ihrer Mum, über ihr Treffen mit dem Quorum bis hin zu Cirras neuem Plan und der damit verbundenen Reise, zu der sie aufbrechen würden, sobald alle Vorbereitungen getroffen waren.

»Nach Hawaii, hm?« Caleb grinste breit, als sie ihre Geschichte beendet hatte. »Ha-wa-ii.«

»Spreche ich es irgendwie falsch aus?«

»Nein, deine Aussprache ist völlig in Ordnung.«

»Warum grinst du dann so selbstgefällig?« Mellie verengte die Augen zu Schlitzen.

»Ach, nur so.« Falls das überhaupt möglich war, wurde sein Grinsen noch breiter. »Es ist nur so, dass diese kleine Meerjungfrau demnächst wohl oder übel ein Flugzeug besteigen wird.«

»Ich habe es mir anders überlegt. Ich will das doch nicht mehr.« Mellie stockte der Atem, als das Flugzeug sich in Bewegung setzte und vom Gate entfernte. Sie hätte niemals einwilligen sollen, auch nur einen Fuß in diese Todesfalle zu setzen. Was machte es schon, dass Hawaii über zehntausend Kilometer entfernt war? Zehntausend Kilometer war jetzt auch nicht *soo* weit.

»Und das ist Luftlinie«, hatte Caleb erklärt, als sie sich das erste

Mal gegen diese schreckliche Idee gewehrt hatte. »Würdest du schwimmen oder mit dem Schiff fahren, wäre es noch viel weiter. Wenn du keinen ganzen Monat lang unterwegs sein willst, ist Fliegen deine einzige Option.«

Mellie hatte sich zwar jede Menge gut durchdachte Argumente zurechtgelegt, warum es ihr wirklich nichts ausmachen würde, den nächsten Monat damit zu verbringen, um die halbe Welt zu schwimmen, aber Cirra holte sie jedes Mal auf den Boden der Tatsachen zurück. *Sorry, Kleine, aber niemand hat gesagt, dass es einfach wäre, eine Armee aufzustellen*, war ihr Totschlagargument. Die Frau war in etwa so angenehm wie das Erlebnis, einen Aal im Bett vorzufinden, der sich dann nur noch tiefer ins Schilf verzog, wo man ihn nicht mehr sehen konnte.

Also hatten sie sich an diesem Vormittag zum Flughafen aufgemacht, einem furchtbaren Geschwür von einem Gebäude, das mit mehr Landbewohnern gefüllt war, als Mellie je auf einem Haufen hatte sehen wollen, und die Hälfte davon wollte ihr ständig Fragen stellen oder ihre Taschen durchleuchten. Die andere Hälfte hatte nichts anderes im Sinn, als auf dem Weg zu den *Gates of Hell*, wie Caleb es nannte, an ihnen vorbeizuhasten. Mellie war sich nicht ganz sicher, ob er wirklich scherzte.

Dann mussten sie an Bord dieses von den Göttern verdammten Gefährts aus Metall und Hybris gehen, ihre Taschen verstauen und sich auf einen viel zu schmalen Stuhl schnallen. Das Sicherheitsvideo machte ihr erst recht Panik.

Und jetzt bewegte sich das Flugzeug.

»Sorry, Scout, aber die Türen sind schon geschlossen, wir können hier nicht mehr weg.« Caleb warf ihr ein Lächeln zu. Er hatte den Sitz neben ihr gewählt, Echo und Rynn saßen in der gleichen

Reihe, aber auf der anderen Seite des Gangs, und Cirra eine Reihe vor ihnen. Offenbar hatte die Soldatin das große Los in der Flugzeuglotterie gezogen, denn der Rest der Reihe blieb unbesetzt.

»Bei den Göttern, ich glaube, mir wird schlecht.« Mellie kniff die Augen zusammen und ließ den Kopf auf die Knie sinken. Doch das machte es sogar schlimmer, denn jetzt konnte sie jede Unebenheit und jeden Ruck noch besser spüren, während das Flugzeug sich über die Startbahn bewegte.

»Es wird alles gutgehen, Scout. Viele Leute machen das jeden Tag.«

Nein, Landbewohner machten das jeden Tag. *Landbewohner.* Nicht Wandler. Wandler gehörten ins Wasser, sie hatten in der Luft nichts verloren.

»Das ist alles deine Schuld, weißt du das eigentlich?«, warf sie ihm vor.

»Wie kommst du denn darauf?«

»Du hast zugestimmt, als Cirra meinte, wir sollten fliegen!«

»Hawaii liegt auf der anderen Seite des Kontinents, Scout, wir hatten nie eine andere Wahl, als dorthin zu fliegen.«

»Habe ich erwähnt, dass du nicht gerade eine Hilfe bist?« Mellie schielte zu den anderen rüber. Echo und Cirra wirkten völlig entspannt – wenn auch ein bisschen eingequetscht – auf ihren winzigen Flugzeugsitzen. Nur Rynn sah aus, als würde es ihm genauso miserabel gehen wie ihr. Er hatte die Augen geschlossen und den Hinterkopf gegen die Kopfstütze gedrückt, so dass man ihn durchaus für schlafend hätte halten können, wäre da nicht seine Leichenblässe gewesen. Und wie immer verrieten seine Hände ihn endgültig. Rynn umklammerte die Armstützen so fest, als wollte er das Flugzeug daran hochziehen.

Das Flugzeug bog noch einmal ab, ehe es zum Stehen kam. *Cabin crew, take your seats for take-off*, wurde das Bordpersonal über die Lautsprecher aufgefordert, seine Plätze einzunehmen. Kurz darauf ertönte ohrenbetäubender Lärm.

»Caleb, was passiert da?«

»Wir beschleunigen nur. Das ist ganz normal, versprochen.«

Das Flugzeug machte einen Satz nach vorne, so dass Mellie in ihren Sitz gedrückt wurde. »Wie bei allen Höllen kann das *normal* sein?« Sie konnte ihre Panik nicht länger kontrollieren. Nicht jetzt, da sie auf ihren sicheren Tod zurasten.

»Hey …« Caleb legte seine Hand auf ihre. »Sieh nicht nach draußen, okay? Sieh mich an. Sieh einfach mich an.«

Mellie gehorchte und betrachtete sein Gesicht, alles von den wuscheligen, dunklen Haaren – die deutlich gewachsen waren, seit sie ihn kennengelernt hatte –, bis zum Dreitagebart, den er behalten wollte, da es das war, was seinen Worten zufolge *Männer tun, wenn sie Abenteuer erleben*. Der Abenteuerlook stand ihm gut. Und er schien überhaupt keine Angst zu haben, was Mellie beruhigte. Nicht einmal, als das Flugzeug aufhörte, über den Boden zu holpern, und sich das Gefühl veränderte. Das Flugzeug bewegte sich immer noch, nur auf eine Art, die sich schwerelos und frei anfühlte, schon fast wie das Schwimmen im Wasser. Es war eigenartig und drehte ihr die Eingeweide um. Die Geräusche in der Kabine hatten sich auch verändert, plötzlich ertönte ein dumpfes Knirschen, das mechanisch und gebrochen klang.

»Das ist das Fahrwerk, das eingefahren wird«, erläuterte Caleb und drückte ihre Hand. »In ein paar Sekunden ist es wieder vorbei.«

»Ich bin wirklich eine vorzügliche Schwimmerin, weißt du.« Sie legte stöhnend den Kopf an seine Schulter. »Ich hätte das schon geschafft.«

»Na ja, da wäre dann immer noch der Rückweg.«

»Grrr, erinnere mich nicht daran.«

»Okay, du kannst jetzt wieder rausschauen«, sagte er, als das knirschende Geräusch endlich aufgehört hatte und nur ein tiefes Brummen blieb, während das Flugzeug sich wieder waagerecht ausrichtete.

»Ach, das halte ich für keine gute Idee.« Außer er wollte wirklich, dass sie sich übergab.

»Scout, vertrau mir.« Er drehte sie in Richtung des Fensters.

»Caleb, nicht, ich …« Ihr blieben die Worte im Hals stecken. Irgendwie – so unmöglich es auch schien – hatte sich das Flugzeug in die Luft erhoben, so dass sich ihnen eine atemberaubende Aussicht auf die Erde unter ihnen bot. Die Stadt sah von oben riesig und winzig zugleich aus, ein Netz aus Straßen, die sich in ordentlichen gerade Linien durch die Reihen aus Gebäuden schnitten, und Autos, die wie kleine Fische darauf herumflitzten. Die schiere Größe der Stadt, wie weit sie sich ausfächerte, verschlug Mellie schon den Atem. Wenn diese Stadt aber nur eine von Tausenden war, in einem Land, wie es Hunderte gab … Bei den Göttern, in einem solchen Maßstab konnte sie sich die Welt einfach nicht vorstellen.

»Siehst du, fliegen ist gar nicht so schlimm, oder?«

Mellie ließ sich nicht zu einer Antwort herab, vor allem in Anbetracht der Tatsache, dass sie noch neun weitere Flugstunden vor sich hatten, in denen sie vom Himmel fallen konnten, von der Landung mal ganz abgesehen.

Wie landen diese Dinger überhaupt? Mellie schauderte. Daran wollte sie jetzt nicht denken. Und später auch nicht. Doch als das

Flugzeug höher stieg und schließlich sogar über dem weißen Wolkenteppich schwebte, musste sie zugeben, dass Fliegen irgendwie faszinierend war.

»Können wir uns mal kurz unterhalten, Mellie?« Cirra deutete auf den leeren Sitz neben sich. Sofort verging Mellie das Staunen und machte einem Gefühl Platz, das schon an Angst grenzte. Die Soldatin war nicht für ihre Vorliebe für Smalltalk bekannt, vor allem nicht dafür, diesen einzuleiten.

»Caleb, kann ich … darf ich denn …?«

»Aufstehen und dich bewegen?« Er ließ ihre Hand los und stand auf, um sie durchzulassen. »Natürlich darfst du aufstehen. Das ist ein Flugzeug, Scout, kein Raumschiff.«

Mellie sorgte dafür, dass ihr Ellenbogen »versehentlich« in seinen Rippen landete, als sie sich an ihm vorbeischob, was sein Lachen in ein Ächzen verwandelte. Auf der anderen Seite des Gangs warf Rynn ihr einen neugierigen Blick zu, auch wenn er die Augen gleich wieder schloss und sich lange, bevor sie sich neben Cirra quetschte, schon wieder in eine Statue verwandelt hatte.

»Ist irgendwas passiert?«, fragte Mellie.

»Noch nicht«, erwiderte die Soldatin mit gesenkter Stimme. »Hör zu, Mellie, mir ist bewusst, dass es meine Idee war, hierherzukommen, aber du solltest wissen, dass Ayana es dir nicht leicht machen wird. Genau genommen wird sie dich vermutlich hassen.«

»Warum?«, fragte Mellie. Da musste es um mehr gehen als nur um einen Mann und ihren Nachnamen. Niemand war so unvernünftig. Niemand.

»Weil du alles verkörperst, was sie nicht haben konnte.«

»Bei den Göttern, ich verstehe nicht … Was hat das zu bedeuten?«

»Das bedeutet, dass deine Mutter nicht das erste Mädchen des Titans war, das schwanger wurde, sie ist nur die Einzige, der erlaubt wurde, ihr Baby zu behalten, zumindest soweit bekannt ist.«

»Oh.« Mellie wünschte sich plötzlich, Cirra würde ihr den Rest ersparen. Ihre Mum hatte sicherlich nicht wenige Fehler gemacht, doch wenigstens konnte man sie ihrer jugendlichen Naivität zuschreiben. Bei ihrem Vater sah das anders aus – je mehr Mellie über ihn erfuhr, desto mehr erschien er ihr wie ein Monster.

»Ayana war damals ebenfalls schwanger«, fuhr Cirra fort, »nur dass ihr nicht dieselbe Gunst gewährt wurde, und in ihrem verzweifelten Wunsch, ihm zu gefallen, befolgte sie den Befehl, die Schwangerschaft abzubrechen. Kurz darauf nahm deine Mutter ihren Platz an seiner Seite ein. Dieser doppelte Verlust … er hat sie verändert, Mellie. Und nicht zum Guten.

Auch wenn meine Meinung keine Bedeutung hat … Ich bezweifle, dass deine Mutter an irgendetwas Schuld trägt. Hätte sie Arions Annäherungsversuche abgeblockt, hätte er sich nur eine andere Wandlerin gesucht. Doch was Ayana angeht, so ist deine Mutter die Frau, die ihr die Zukunft geraubt hat, also wirst du ihr verzeihen müssen, dass sie dich nicht mit offenen Armen in ihrem Zuhause willkommen heißt.«

»Denkst du wirklich, dass sie uns helfen wird?« Mellie senkte den Blick auf die Armlehne und spielte geistesabwesend mit den Knöpfen, die darin eingelassen waren. Bisher deutete alles darauf hin, dass ihre Mission zum Scheitern verurteilt war.

»Ja«, antwortete Cirra, »unter den richtigen Umständen. Sie ist in der Vergangenheit auch schon zu uns gekommen und hat uns um Hilfe gebeten. Sie ist allerdings nicht daran interessiert, Arion bloßzustellen, Ayana will bloß Rache. Deshalb haben wir sie ein ums andere Mal abgewiesen. *Das* ist es, was du ihr anbieten kannst. Und Mellie …« Der Tonfall der Soldatin wurde spitzer. »Wenn du sie wirklich für deine Sache gewinnen willst, musst du aufhören, so höflich zu sein.«

»Wie bitte?« Mellie hob ruckartig den Kopf.

»Ich habe dich beobachtet, als Drax das Urteil des Quorums verkündet hat. Dir war deutlich anzusehen, dass du am liebsten widersprochen hättest, aber du hast es nicht getan. Du hast zugelassen, dass er euch weggeschickt hat, ohne ein weiteres Wort zu sagen.«

»Was hätte ich denn tun sollen?«, protestierte Mellie empört. Sie war von Soldaten umgeben gewesen – von Mördern, wie Cirra selbst sie genannt hatte –, noch dazu doppelt so alt wie sie, denen es offenbar wichtiger war, bei ihr alte Wunden aufzureißen, als sich ihrer Verantwortung gegenüber anderen zu stellen. Schwerlich die beste Ausgangslage, um einen Streit vom Zaun zu brechen.

»Sag mir, wie du dich wirklich gefühlt hast, als wir eure Bitte abgewiesen haben.« Cirras Blick war bohrend und fordernd zugleich.

»Warum tut das was zur Sache?«

»Weil ich es wissen möchte.« Wenn die Soldatin so weitermachte, würde sie sie bald mit ihrem Blick durchbohrt haben.

»Bei den Göttern, was willst du denn von mir hören? Dass ich euch gehasst habe? Dass ich euch für Feiglinge gehalten habe?«

»Ja, genau.« Cirra schnippte mit den Fingern. »Hör auf, gegen diese Wut anzukämpfen … Sie ist das Einzige, was euch beide verbindet. Ayana wird sich nicht von der Aussicht auf Wahrheit oder Gerechtigkeit überzeugen lassen. Du wirst sie nicht dadurch gewinnen, dass du still und zurückhaltend bist, verstehst du? Du musst sie beeindrucken, ihr zeigen, dass sie unsere perfekte Verbündete in dieser Sache ist. So bringen wir sie dazu, darüber hinwegzusehen, wer du bist.«

In Mellies Bauch meldete sich wieder das Gefühl der Bedrohung, eine beißende Mischung aus Sorge, Magensäure und Galle. Wenn die vergangenen fünf Jahre sie irgendetwas gelehrt hatten, dann, dass selten jemand ignorierte, für wen er sie hielt – auch wenn es gar nicht der Wahrheit entsprach.

Kapitel elf

Vom Flughafen fuhren sie direkt zum Hafen, wo das Boot vor Anker lag, mit dem die Kintarer Besucher und Vorräte transportierten.

»Warum schwimmen wir nicht einfach?«, wunderte sich Mellie und ließ den Blick über den schier endlosen Ozean gleiten, ein schon fast schmerzhaft willkommener Anblick nach neun Stunden in der Luft. Auch wenn Caleb ihr versichert hatte, dass sie sich wieder auf amerikanischem Boden befanden, fühlte sich Hawaii viel eher wie ein fremdes Land an als Kanada. Alles war hier anders. Das Wetter war unnatürlich warm für einen Wintertag; die knackige, trockene Hitze erinnerte Mellie an Sommertage auf Patrouille an der Oberfläche, wo sie die Pause mit Sonnenbaden verbracht oder sogar einmal auf ihre Verantwortung gepfiffen hatten und stattdessen von den Klippen ins Wasser gesprungen waren. Die Bäume an den Stränden hier hatten lange, dünne Stämme und waren kahl bis auf einen Fächer aus Blättern an der Krone, und sogar das Wasser schien ein ganz anderes Blau zu haben als zu Hause – es wirkte irgendwie leuchtender und klarer und so einladend, dass Mellie am liebsten direkt in die Wellen gesprungen wäre –, Kleider und Diskretion hin oder her.

»Die Welt ist ein großer Ort, Kleine«, sagte Cirra und schob sie in Richtung eines schmalen weißen Bootes, das Caleb einen anerkennenden Pfiff entlockte. »Wenn du überall hinschwimmen willst, verbringst du den Rest deines Lebens damit.«

Also saß Mellie stattdessen an Deck und beobachtete, wie die Insel allmählich in der Ferne verschwand. Ihr gegenüber tat Rynn es ihr nach, und in der Kabine war Echo mit Caleb ins Gespräch vertieft und hatte die langen Beine – die in einem Paar *sehr* kurzer Shorts steckten – über seine Knie gelegt. Für jemanden, der nach eigener Aussage keine anderen Menschen mochte, schien Caleb mit Quinns Tochter nicht schlecht zurechtzukommen.

Ihnen zuzusehen, wie sie miteinander lachten und scherzten, machte Mellie unerwartet eifersüchtig. Vielleicht war sie dadurch, dass sie immer nur einen Freund gehabt hatte, nicht das Teilen gewöhnt, oder vielleicht wurmte es sie auch, mit welcher Leichtigkeit es Echo gelang, andere mit ihrem Charme in ihren Bann zu schlagen. Freundschaften waren für Echo offenbar längst nicht so kompliziert wie für Mellie; sie brachten für sie keine endlose Liste an Fragen mit sich, die sie nicht beantworten konnte, oder ständige Neckereien. Echo buhlte ohne Zögern oder Angst um Vertraulichkeit, und Mellie konnte nicht umhin, sie darum zu beneiden.

»Scout?« Caleb musste ihr Starren bemerkt haben, denn er steckte den Kopf aus der Glastür. »Alles okay?«

»Ja.« Mellie rang sich ein Lächeln ab und gesellte sich zu den beiden in die Kabine. Echo war das erste Mädchen seit Jahren, das sie mit Respekt behandelte und nett zu ihr war. Sie hatte nicht vor, das wegzuwerfen, nur weil sie einen völlig irrationalen Anfall von Eifersucht erlebte.

Als Cirra das Boot eine Stunde später anhielt, war die Insel schon lange außer Sichtweite. »So, da wären wir«, erklärte sie mit Blick auf das Navigationssystem. Die Zahlen, die auf dem Bildschirm blinkten, sagten ihr offensichtlich etwas, denn Mellie sah draußen nichts anderes als das Blau des Meeres. Nicht einmal der Tiefenmesser, den Caleb ihr zuvor erklärt hatte, zeigte an, dass es unter den Wellen irgendetwas Außergewöhnliches zu finden gab.

»Egal, wie das ausgeht, wir sollten in ein paar Stunden zurück sein.« Cirra schaltete den Motor aus und warf Caleb die Schlüssel zu. »Versuch, nicht zu weit abzutreiben.«

»Aye, aye, Ma'am.«

»Und was die anderen angeht … « Sie tippte ans Fenster der Kabine, um Rynns Aufmerksamkeit zu erregen. »… haltet euch bereit, während ich vorschwimme, um der Stadtwache mitzuteilen, dass wir kommen. Und Echo, du sorgst dafür, dass Mellie bei meiner Rückkehr ordentlich verzaubert ist, für den Fall, dass sie Wachposten mit mir nach oben schicken«, fügte Cirra hinzu und führte sie nach draußen zu der hölzernen Planke, die hinten am Boot angebracht war. »Ich will nicht, dass sie zu früh ahnen, wer sie ist.« Die Soldatin zog ihre Stiefel aus und schleuderte sie beiseite.

»Ähm … Caleb?« Mellie sah ihn auffordernd an, als Echo und Rynn sich ebenfalls ihrer Schuhe entledigten.

»Ja?«

»Vielleicht willst du dich lieber umdrehen.«

»Warum?«

Er brauchte nur ein paar Sekunden, um es herauszufinden.

»Und jetzt ziehen sich alle aus.« Caleb fuhr herum.

»Hab dich gewarnt.«

»Du hättest ruhig etwas spezifischer sein können«, entgegnete er, während ihm eine leichte Röte ins Gesicht stieg. »Was genau haben Meerjungfrauen noch mal gegen Unterwäsche?«

»Wir sehen keinen Sinn darin.«

»Der Sinn ist, dass es absolut keinen Grund für mich gab, alle hier Anwesenden nackt zu sehen.«

Mellie riss sich zusammen, um nicht loszulachen, und zog sich ebenfalls aus. »Du kommst doch kurz zum Schwimmen mit ins Wasser, oder? Echo wird meine Schuppen in eine andere Farbe verwandeln.«

»Klar, ich komme gleich nach, sobald ihre alle … *verwandelt* seid.« Caleb scheuchte sie davon und hielt den Blick starr auf die Kabinentür gerichtet, bis die vier einer nach dem anderen ins Wasser gesprungen waren.

»Los, komme schon, Landbewohner«, rief Echo und stützte die Ellenbogen auf der Holzplanke ab. »Beine sind doch nichts, wofür man sich schämen muss.«

»Das stimmt.« Mellie schwamm zu ihr, als auch ihre Verwandlung abgeschlossen war. »Wir werden uns nicht über dich lustig machen, nur weil du keine Schwanzflosse hast.«

»Oder Schuppen.«

»Oder Kiemen.«

»Zumindest nicht in deiner Gegenwart.« Echo warf ihm ein selbstzufriedenes Lächeln zu, das ehrlich und neckend zugleich war.

»Provoziert von sprechenden Fischen. Das ist aus meinem Leben geworden«, murmelte Caleb und zog sich das T-Shirt über den Kopf. Dann ging er nach drinnen, um sich umzuziehen. Kurz darauf tauchte er in bunten Shorts wieder auf, die tief auf der Hüfte saßen, so dass sein flacher Bauch gut zur Geltung kam. Aus irgendeinem Grund wurde Mellie selbst ein bisschen rot, als sie ihn so ohne Kleidung sah. Nicht, weil es ihr etwas ausmachte oder weil Caleb kaum bekleidet nicht gut aussah – er hatte sogar eine ziemlich gute Figur; breit gebaut, aber schlank –, sondern weil Mellie wusste, dass es ihm wahrscheinlich etwas ausmachte, so wenig Kleidung am Leib zu tragen, noch dazu vor zwei Fischmädchen, die gar nichts anhatten.

»Und, wie ist das Wasser so?« Er wagte sich an den Rand der Planke vor. In der Hand hielt er eine kleine Sauerstoffflasche und eine Maske, zwei Spontankäufe aus dem Souvenirgeschäft am Hafen, die verhindern sollten, dass die Meerjungfrauen sich über seine Unfähigkeit, unter Wasser zu atmen, lustig machten.

»Nass.« Echo klatschte mit der Flosse gegen eine Welle, um ihren Punkt zu unterstreichen und ihn von Kopf bis Fuß nass zu spritzen. »Und du wirst da oben nicht jünger.«

»Dabei wirst du immer charmanter.« Caleb ließ sich ins Wasser gleiten.

Aufgrund der winterlichen Temperaturen zu Hause war er seit jenem ersten Mal am Strand, als Mellie ihm ihr wahres Ich gezeigt hatte, nicht mehr mit ihr im Wasser gewesen. Seinem Gesichtsausdruck zufolge hatte es den Reiz des Neuen noch nicht verloren. Sein Blick glitt neugierig über sie, Echo und dann sogar Rynn hinweg, der neben ihnen herumschwamm. Caleb hatte noch nie einen männlichen Wandler im Wasser gesehen, und im Moment schien seine Faszination sogar seinen Hass zu übertrumpfen. Er schaute allerdings auch schnell wieder zu Mellie, die er genauso voller Staunen und Verblüffen musterte wie beim ersten Mal. Selbst zwei Monate und zehntausend Meerjungfrauenwitze später fand Mellie es schwer zu glauben, dass er sie auf diese Weise und ohne einen Funken Angst oder Ekel ansehen konnte. Als würden ihm die Unterschiede zwischen ihnen überhaupt nichts ausmachen.

»Das ist so cool.« Echo schwamm einen langsamen Kreis um Caleb herum und grinste vor Entzücken. »Ich habe noch nie einen aus der Nähe beim Schwimmen gesehen.«

Rynn sah nicht annähernd so beeindruckt aus.

Dennoch weigerte sich Mellie, sich von seinem Misstrauen den Spaß verderben zu lassen. Er vertraute Caleb vielleicht nicht, und ihm gefiel es mit Sicherheit nicht, dass ein Landbewohner sie in ihrer wahren Gestalt zu Gesicht bekam, aber das war ihr egal. Sie vertraute Caleb, auch wenn es ihr nach den vergangenen Monaten gar nicht mehr so leichtfiel. Aber Mellie wollte das letzte bisschen Vertrauen nicht auch noch verlieren.

Sie schwamm neben Caleb und legte ihm eine Hand an die Schläfe. »Dir ist schon bewusst, dass wir Meerjungfrauen eindeutig in der Überzahl sind, oder?«, fragte sie, indem sie ihre Stimme in seinen Kopf projizierte. »Hast du keine Angst, dass wir dich ertränken und essen könnten?«

Caleb verdrehte hinter dem Plastikglas der Taucherbrille die Augen. Mellie musste die Worte gar nicht verstehen, die er um das Mundstück herum formte, um zu wissen, dass er vermutlich etwas sagte, wie: *Ich habe doch keine Angst vor ein paar Meerjungfrauen.*

»Okay, Prinzessin, du kannst später noch mit dem Landbewohner spielen, jetzt ist es erstmal Zeit, sich hübsch zu machen.« Echo drängte sich zwischen sie und schob Mellie an den Schultern beiseite. Sowohl Caleb als auch Rynn folgten ihnen mit unverhohlener Neugier durchs Wasser.

»Soll ich die Augen schließen?« Plötzlich war Mellie nervös.

»Wozu? Ich bin doch diejenige, die die Arbeit erledigt«, erwiderte Echo. »Hast du irgendeinen speziellen Farbwunsch?«

Mellie schüttelte den Kopf.

Wenn sie ehrlich war, gefiel ihr die Vorstellung gar nicht, ihre Schuppenfarbe zu verändern. Ihre Färbung — egal, von wem sie sie nun geerbt hatte – gehörte zu den wenigen Dingen, die sie wirklich an sich mochte und die ihr nie irgendwelche Sorgen bereitet hatten.

Bis heute.

»Okay, und was ist mit dir?«, wandte sich Echo an Rynn. Der neunstündige Flug hatte einiges dazu beigetragen, das Eis zwischen den beiden zu brechen. Als Rynn sich endlich entspannt hatte, weil er nicht länger fürchtete, vom Himmel zu fallen, hatte Mellie die beiden beobachtet, wie sie sich auf eine Art unterhielten, die sie erstaunte. War es nur ein normales, freundschaftliches Gespräch oder flirtete Rynn tatsächlich mit Quinns Tochter? Was das Anbaggern der falschen Mädchen anging oder überhaupt aller Mädchen, so lange sie hübsch genug waren, hatte Rynn noch nie ein besonderes Gespür bewiesen.

»Ich mag ihre Schuppen so, wie sie sind«, erklärte Rynn, und ihre Blicke trafen sich für den Bruchteil einer Sekunde. Mellie errötete und schämte sich sofort für ihre gemeinen Gedanken. Rynn konnte man einiges vorwerfen, und vieles davon hatte mit Mädchen zu tun, aber er hatte ihr nie eine andere vorgezogen. Nicht, wenn es darauf ankam.

»Na, du bist ja 'ne große Hilfe.« Echo peitschte mit ihrer Schwanzflosse nach ihm. »Wie sieht es mit dir aus, Landbewohner? Gibt es irgendeine Farbe, die du am liebsten an der Prinzessin sehen würdest?« Offenbar brauchte Echo keinen physischen Kontakt, um ihre Stimme in Calebs Gedanken zu projizieren, was ihm offenbar kurz den Atem verschlug. Er starrte sie lange an, als wäre er unsicher, ob er die Worte richtig verstanden hatte, doch als Echo ein ungeduldiges *Und?* nachschob, schüttelte Caleb schnell den Kopf.

»Dann heißt das wohl, dass die Magierin entscheiden darf, und ich weiß zufälligerweise die perfekte Farbe für sie.« Echo grinste und warf ihm einen verschwörerischen Blick zu. Sie legte die Hände auf Mellies Rücken und drückte sie fest gegen die Haut. Eine angenehme Wärme breitete sich in Mellies Körper aus, und der zarte Kuss der Magie kitzelte sie, als sich ihre Schuppen in ein tiefes Blau färbten.

Sie schaute an sich herunter und schwang die Flosse nach vorne. Die Farbe war eigentlich ziemlich schön, auch wenn sie sich damit fühlte, als steckte sie im Körper einer Fremden – oder schlimmer, einer Lügnerin. Einer Lügnerin, die in der Hoffnung, eine Soldatin für ihre Sache gewinnen zu können, um die halbe Welt geflogen war. Es wäre eine heillose Untertreibung gewesen, Mellie als wenig überzeugt von diesem Plan zu bezeichnen; Ayanas Vertrauen erst zu missbrauchen, um es dann zu erlangen, fühlte sich in jeder Hinsicht falsch an. Doch ihre Mutter hatte ihr nicht wirklich eine Wahl gelassen.

»Und, wie findest du es?« Sie streckte eine Hand nach Caleb aus. Es war eine dumme, einfache Frage, deren Antwort ihr dennoch so viel bedeutete. *Sehe ich in diesen Schuppen genauso dämlich aus, wie ich mich fühle?*

Caleb betrachtete sie noch einmal eingehend und bedeutete ihr dann mit einer Geste, mit ihm nach oben zur Wasseroberfläche zu schwimmen.

»Mir gefällt es.« Er lächelte und zog die Tauchermaske ab. »Zusammen mit deinen Haaren sieht es sehr … eisprinzessinnenmäßig aus.«

»Bei den Göttern.« Mellie stöhnte auf. »Fang nicht wieder mit dem Prinzessinnending an.«

»Hey, Prinzessin ist immer noch besser als *Landbewohner*.«

»Dann werde ich Echo wissen lassen, dass du dir deinen eigenen königlichen Titel wünschst.«

Caleb bespritzte sie mit Wasser.

»Dir ist schon klar, dass es ziemlich sinnlos ist, eine Meerjungfrau nasszuspritzen, oder?«

»Und doch stehe ich zu meiner Entscheidung.«

Ehe sie es ihm heimzahlen konnte, indem sie ihn vielleicht ein wenig untertunkte, tauchte Cirra bei ihnen auf.

»Gut, du bist bereit«, stellte sie zufrieden nickend fest und betrachtete Mellies verzauberte Schuppen. »Wir müssen sofort los. Die Patrouillen haben heute bereits drei Sichtungen gemeldet; wenn wir nicht bald gehen, könnten wir uns auf der falschen Seite des geschlossenen Tores wiederfinden.« Die Soldatin machte sich nicht die Mühe, ihnen zu erklären, was das für *Sichtungen* waren, doch allein die Tatsache, dass sie Caleb instruierte, nicht mehr ins Wasser zu gehen, während sie weg waren, verhieß *nichts Gutes*.

Das offene Meer ist anders, Mellie. Es ist nicht sicher.

Vielleicht lag in der Warnung ihrer Mutter doch ein Funken Wahrheit.

»Das ist mein Stichwort, schätze ich«, meinte sie zu Caleb. Es war Zeit, ihre Tarnung auf die Probe zu stellen.

»Hey …« Er griff nach ihrem Arm, als sie Cirra folgen wollte. In der Nachmittagssonne leuchteten seine Augen hell und lebendig, und plötzlich wusste Mellie, wo Echo die Inspiration für die Farbe ihrer Schuppen gefunden hatte: Sie entsprach dem Blau seiner Augen.

»Viel Glück da unten.« Calebs Hand war wärmer als das Wasser, seine Haut schien auf ihrer zu glühen.

»Danke.« Wenn seinen Worten nur irgendeine Landbewohnermagie innewohnen würde, die die Dinge zu ihren Gunsten wenden konnte. Mellie hatte den Eindruck, sie brauchten mehr als nur ein bisschen Glück, um das zu schaffen. Davon mal abgesehen war sie nicht dafür bekannt, ein besonderer Glückspilz zu sein.

Die Siedlung Kintara lag tief unter der Meeresoberfläche und war ein riesiges Gebilde aus Fels und Korallen, wie Mellie es noch nie gesehen hatte. Die Gebäude lagen in einem dichten Wald aus Algen verborgen und wirkten organisch und ungeschliffen, um bestmöglich mit dem Meeresboden zu verschmelzen, als wären sie geradewegs aus dem Riff gewachsen. Und überall um die Stadt herum waren weiße Pfosten verteilt, die ein robust wirkendes Netz festhielten, das die Stadt komplett umgab.

»Ist das dazu da, die Landbewohner fernzuhalten?« Mellie betrachtete den weichen Käfig, der sich im Wasser bewegte. Er wirkte ziemlich primitiv im Vergleich zu dem Schutzzauber, der Astria umgab, wesentlich auffälliger und einengender. Sie sind wirklich eingesperrt, dachte Mellie bei sich. Seltsam, dass sie über die schützende Kuppel über Astria nie so gedacht hatte, doch jetzt fiel ihr auf, dass es gar kein so großer Unterschied war. Astrias Schutz war vielleicht weniger hässlich und mehr ein schimmernder Triumph der Magie, aber ein schöner Käfig beschränkte die Insassen genauso in ihrer Freiheit.

»Was denn, das Netz?«, fragte Echo.

»Ja. Würde Magie nicht besser funktionieren?«

»Meine Götter, in diesem totalitären Teich, den du dein Zuhause nennst, haben sie dich wirklich verzogen, oder?« Echo gab ihrer Schwanzflosse einen verspielten Stups. »Sie setzen schon Magie ein, über der Stadt liegt ein Zauber, der sie für Taucher und Landbewohnertechnologie unsichtbar macht. Dafür sind die Pfosten da, sie sind mit Knochenankern für einen Schutzzauber versehen. Aber ein echter *Schutzschild*?« Echo legte den Kopf schief. »Selbst, wenn es in Kintara genug Natürliche gäbe, um einen solchen Zauber rund um die Uhr aufrecht zu erhalten, würden sie sich die Mühe nicht machen. Dein Dad muss ganz schön paranoid sein, um so viel Energie darauf zu verschwenden, wenn du mich fragst.«

»Bei den Göttern, musst du ihn echt so nennen?«

»Ein Rabenvater ist immer noch ein Vater, Prinzessin. Es bringt nichts, wenn du dich selbst belügst.«

»Okay, gut. Aber musst du mich so nennen?«

»Das gehört zu meinem besonderen Charme. Keine Sorge, du wirst dich daran gewöhnen.« Echo grinste.

Mellie sah keinen Sinn darin, weiter mit ihr zu streiten. Nicht, wenn sie so grinste. »Wenn das Netz nicht dazu dient, die Landbewohner abzuhalten, welchen Zweck hat es dann?«, fragte sie stattdessen.

»Mädchen, glaub mir, Landbewohner sind hier das geringste Problem«, antwortete Cirra an Echos Stelle. »Ferrick hat euch beigebracht, die Oberfläche zu fürchten, aber im Meer gibt es wesentlich Schlimmeres. Und unter uns, ich würde einen Kampf mit einem Landbewohner jederzeit dem mit einem großen Weißen vorziehen.«

»Einem großen Weißen?«

»Hai«, erklärte Echo, als wäre es das Offensichtlichste auf der Welt. »Stell dir eine Muräne vor, aber viel größer. Und schneller. Mit mehr Zähnen und gruseligeren Augen.«

Nun, das klang tatsächlich ziemlich furchteinflößend. »Ist es das, was die Patrouillen …?«

»Gesichtet haben? Ja, sie haben hier nicht gerade wenige davon. Viel mehr als früher jedenfalls.« Echo schaffte es, diese beunruhigende Tatsache wie eine spannende, aber unwichtige Zusatzinformation klingen zu lassen. »Aber die Wachposten schieben es auf die Landbewohner. Sie haben diesen Teil des Meeres dermaßen überfischt, dass es nicht mehr genügend Nahrung für die Haie gibt.« Sie verstellte die Stimme, um wie ein männlicher Wachposten zu klingen. »Aber ich habe eine andere Theorie. Ich denke, es liegt an der Magie.«

»Die Haie besitzen auch Magie?« Mellie wagte kaum, die Worte auszusprechen. Diese Viecher schienen schon so übel genug zu sein.

»Was? Nein, mach dich nicht lächerlich. Ich vermute, sie fühlen sich von unserer Magie angezogen. Vielleicht fühlen sie sich auch davon gestört, ich weiß es nicht. Aber je größer Kintara wird, desto mehr Haie lungern dort herum.«

»Ja, weil sie das Blut riechen«, meinte Cirra. »Je größer die Stadt wird, desto mehr Leute verletzen sich und bluten.«

»Ja, klar. Das auch«, räumte Echo ein. Doch sobald die Soldatin weitergeschwommen war, flüsterte sie Mellie zu: »Cirra hält nichts von meiner Theorie, aber vertrau mir, ich habe mich damit beschäftigt, und es ist die einzig mögliche Erklärung dafür, warum die weißen Haie hier größer und wütender sind als überall sonst. Aber du musst dir keine Sorgen machen«, fügte sie schnell hinzu. »Das Netz hält sie normalerweise ab.«

Mellie missfiel es, wie sie *normalerweise* sagte.

Kintara hatte nur einen Eingang, ein riesiges, magisch verschlossenes Tor, das von dem Netz eingefasst war. Die Wachposten, die es bemannten, grüßten Cirra und Echo wie alte Bekannte und ließen alle vier ohne weiteres passieren. Mellie und Rynn würdigten sie kaum eines Blickes. Ganz anders als die Wachen in Astria schien es ihnen relativ gleichgültig zu sein, ob fremde Wandler die Stadt betraten. Ihre Hauptsorge war die drohende Abriegelung der Stadt, vor der Cirra sie gewarnt hatte. *Schon unsere fünfte in diesem Monat*, erfuhren sie von einem der Wachposten. *Die verdammten Haie nerven langsam.*

Sobald sie die Stadtgrenze überquert hatten, hatte Mellie das erste Mal einen unverstellten Blick über die Gebäude, die sich an Korallen und Felsen schmiegten. Von Nahem wirkten sie noch eindrucksvoller. Nicht wirklich hübsch, zumindest nicht in traditioneller Hinsicht, aber irgendetwas an der Art und Weise, wie die Häuser mit der Flora verschmolzen, hatte eine spezielle Schönheit an sich. In Astria brüsteten sie sich damit, verwegene Bauwerke zu errichten, die in stolzem Kontrast zu ihrer Umgebung standen; hier hatte man das Gefühl, die Stadt gehörte an diesen Ort.

Doch trotz der Mühen, die die Kintarer auf die Gestaltung ihrer Häuser verwandt hatten, gab es etwas, das selbst der dichteste Algendschungel nicht verbergen konnte: die Reihe riesiger Metallkäfige, die in bestimmten Abständen entlang des Hauptriffes verteilt waren. Leere Käfige, doch trotzdem gruselig. Da die Vorstellung von Riesenhaien und der Gedanke an die verlassene Geliebte sie schon genug beschäftigten, beschloss Mellie, erst einmal nicht nachzufragen, wofür die Käfige gedacht waren.

Dabei war es nicht nur die Aussicht darauf, Ayana kennenzulernen, die ihr Angst machte; irgendetwas an der Stadt selbst verursachte ihr Gänsehaut. Das Meer – so wunderbar es auch war – fühlte sich zu groß, zu unbekannt und zu wild an. Selbst die Bewohner Kintaras wirkten wilder und zäher, mit langen Gliedern und auffälligen Muskeln, sonnengebräunter Haut und leuchtenden Schuppen. Zudem trugen sie alle verschiedene Seile und Gurte am Körper, um Dinge zu transportieren – offenbar hauptsächlich Waffen. Mellie entdeckte nicht eine einzige Person, die nicht irgendeine Art Messer bei sich hatte. Die meisten waren gleich mit mehreren ausgestattet.

»Warum sind denn alle bewaffnet?«, fragte sie Echo.

»Weil das Netz nicht alles mit Zähnen oder Gift abhält.«

Bei den Göttern. Schaudernd warf Mellie einen Blick über die Schulter, um sicherzugehen, dass sie nicht bereits von hungrigen Monstern verfolgt wurden. Sie musste wirklich aufhören, diesem Mädchen Fragen zu stellen.

Was so gut wie unmöglich war, da Kintaras fremd anmutendes Design nichts als Fragen aufwarf. Beispielsweise zeigte die Stadt keinerlei Anzeichen sozialer Hierarchien, fanden sich doch kleine, bescheidene Häuschen direkt neben den beeindruckenderen Gebäuden, mit denen sie teilweise sogar einen gemeinsamen Vorgarten teilten, als bedeutete den Bewohnern so etwas wie Landbesitz gar nichts.

Es gab auch keine Farmen. Stattdessen breiteten sich Kolonien verschiedener Muscheln unkontrolliert über dem Felsboden aus und vermischten sich mit Korallen und Algen. Es waren nicht annähernd genug, um eine Stadt dieser Größe zu ernähren, also waren die Schalentiere vermutlich nicht die Hauptnahrungsquelle. *Wahrscheinlich ernähren sie sich von Fisch*, dachte Mellie, als sie einen weiteren riesigen Schwarm dicker Fische passierten, die sie nicht kannte. Sie war nur mit Schalentieren als Nahrung aufgewachsen, da ihr Vater einst alle Forellen und Störe im See ausgerottet hatte, um Angler fernzuhalten. Solche Probleme hatte Kintara ganz offensichtlich nicht.

Genau genommen bekam Mellie immer mehr den Eindruck, dass nichts an der Stadt absichtlich oder geplant war, sondern dass Kintara allmählich über Jahre hinweg entstanden war. Eine Theorie, die davon gestützt wurde, dass sie an den Überresten alter Schutzankerpfosten vorbeikamen. Das Netz war offenbar irgendwann versetzt worden, um sich an das Wachstum der Stadt anzupassen.

Und das war auch gut so, denn nur Minuten später ertönte ein dumpfes Heulen im Wasser.

»Was ist das?« Rynn fuhr herum, als wollte er die Ursache des Lärms entdecken.

»Der Umgebungsalarm«, erklärte Echo. »Kintaras Verteidigungszauber geben ein Warnsignal ab, wenn Haie zu nah herankommen. Die Stadt wird jetzt abgeriegelt.«

»Was bedeutet, dass wir vermutlich eine Weile hier festsitzen.« Cirra seufzte. »Dann lasst uns mal hoffen, dass alles gut läuft.«

Mellie wünschte sich im Stillen das Gleiche. Denn andernfalls wäre sie nicht nur in einer Stadt gefangen, die von blutrünstigen Kreaturen umzingelt war, sondern säße hier auch mit der Exgeliebten ihres Vaters fest. Und angesichts dessen, was sie bisher über

Ayana gehört hatte, war es schwer zu sagen, auf welcher Seite des Netzes es für Mellie gefährlicher werden konnte.

Bei den Göttern, ich kann das nicht. Eine plötzlich aufkommende Panik ließ sie abrupt innehalten. Sie war nicht gut darin, andere für sich zu gewinnen. Dafür war sie noch nie motivierend oder überzeugend genug gewesen. Und auch nicht mutig genug. Deshalb hatte sie die vergangenen fünf Jahre damit verbracht, von jedem Wandler im Annex gemobbt zu werden und für die Sünden ihrer Mutter zu bezahlen.

»O nein, vergiss es.« Rynn machte im Wasser kehrt, und sein Gesicht wirkte hart und verbissen, schon fast wütend. Die zurückhaltende Vorsicht, die er an der Oberfläche an den Tag gelegt hatte, schien vergessen zu sein. »Hiervor wirst du dich nicht drücken.«

»Du hast nicht das Recht, mir zu sagen, was ich zu tun oder zu lassen habe.« Mellie spürte, wie ein vertrauter Ärger in ihr aufstieg. Dass Rynn etwas für sie entschieden hatte, war der Grund, weshalb sie überhaupt in diesem Schlamassel saßen.

»Was ist dann mit Cirra?«, fragte er. »Ich habe gehört, was sie dir im Flugzeug gesagt hat, Mellie. Sie will, dass du wütend wirst …«

Er hatte sie belauscht. Wahrscheinlich absichtlich.

»… Und jetzt läufst du davon, weil du Angst davor hast.«

Ja, und du weißt ganz genau, warum. Mellie starrte ihn an, und ihr Ärger verwandelte sich in ausgewachsene Wut. Der Tochter einer Verräterin stand es nicht zu, wütend zu werden, wenn die anderen Kinder sich über sie lustig machten. Ihnen zu zeigen, wie sehr ihre Neckereien sie verletzten, machte es nur schlimmer.

»Können wir meine persönlichen Unzulänglichkeiten später

diskutieren?«, zischte sie. »Jetzt ist wirklich nicht die beste Zeit dafür.«

»Dumm gelaufen, Scout.«

Dass er sie so nannte, fühlte sich an wie ein Schlag ins Gesicht.

»Denn das ist unsere letzte Chance, also vermassele es ja nicht.« Rynn sauste davon, ehe sie etwas erwidern konnte. Sie starrte ihm entsetzt hinterher. Mann, jedes Mal, wenn sie sich einen Zentimeter aufeinander zu bewegt hatten, trieb irgendeine fiese Gemeinheit wie diese sie wieder kilometerweit auseinander.

Noch nicht weit genug. Mellie beschloss in diesem Moment, Ayana auf ihre Seite zu bringen, koste es, was es wolle. Denn nur so konnten Rynn und sie endlich getrennte Wege gehen.

Kapitel zwölf

Cirra hatte dafür gesorgt, dass sie Ayana zu Hause trafen anstatt in den offiziellen Räumlichkeiten, indem sie es als ein normales Gespräch unter Freunden ausgab, um bei der Soldatin kein Misstrauen zu erregen. Das Haus, auf das sie zusteuerte, wirkte bescheiden und edel zugleich und in perfekter Harmonie mit seiner Umgebung. Selbst drinnen sah es mehr aus wie ein Teil des Riffs als ein künstlicher Bau, mit abertausend Polypen und Seepocken, die die Wände bedeckten, und mit weichem Seegras, das durch die Ritzen im Boden spross.

»Ich würde gern behaupten, dass es eine schöne Überraschung ist, aber ich habe irgendwie das Gefühl, dass du etwas von mir willst«, stellte Ayana fest, als sie sich im Wohnzimmer versammelt hatten. Sie war offenbar kein Fan von unnötigen Nettigkeiten.

Auch wenn es zwanzig Jahre her war, konnte sich Mellie denken, warum der Titan sich gerade Ayana ausgesucht hatte. Sie erinnerte Mellie an eine der Figuren aus Calebs Fantasyfilmen. Mit ihrer dunklen mahagonifarbenen Haut, den silbern glänzenden Schuppen und der eleganten, an der Spitze auffällig gefächerten Schwanzflosse sah sie aus wie eine fleischgewordene Märchenprinzessin. Wenn auch eine schwer bewaffnete, denn sie war in der gleichen Weise gerüstet wie die Wachposten und noch ganz die Soldatin, die sie gewesen sein musste, als sie Astria verlassen hatte.

»Wie kommst du darauf?«, erwiderte Cirra unumwunden.

»Du tauchst hier unangemeldet auf, mit drei Teenager-Wandlern im Schlepptau – von denen ich zwei nicht einmal kenne – und einem Landbewohner, auch wenn ihr den auf dem Boot zurückgelassen habt.«

Tja. So viel zum Thema »kein Misstrauen erregen«.

»Du lässt mich überwachen?« Cirra verzog den Mund zu einem schiefen Lächeln.

»Es ist mein Job, unangekündigte Gäste im Blick zu haben. Besonders, wenn sie sich verdächtig verhalten.«

Mellie hatte den Eindruck, die beiden Frauen redeten oft auf diese Art miteinander, denn ihr schlagfertiger Tonfall schien eine tiefere Vertrautheit, vielleicht sogar Freundschaft zu verdecken.

»Dann sollte ich wohl besser gleich zum Punkt kommen«, sagte Cirra. »Es ist so weit, Aya, wir bereiten uns auf einen Angriff auf Astria vor, und wir brauchen deine Hilfe.«

»Wir?« Ayana zog eine ihrer elegant gebogenen Augenbrauen hoch. »Als ich das letzte Mal mit dem Quorum gesprochen habe, habt ihr eure Meinung zu meinem Wunsch, zurückzukehren, mehr als deutlich gemacht. Wenn ich mich recht erinnere, hat mich dein Onkel geradewegs lachend aus eurer feinen Kammer rausgeworfen. Was hat sich denn auf einmal geändert?«

»Es ist noch jemand gestrandet. Zwei, um genau zu sein.«

»Seit wann juckt es Drax, ob ein paar Wandler mehr oder weniger sterben?«

Bei diesen kalten Worten zuckte Mellie innerlich zusammen. Es fühlte sich seltsam an, einfach stumm dabeizustehen, während die beiden derart distanziert darüber sprachen, und zu wissen, dass diese Unterhaltung in der Vergangenheit schon einmal so ähnlich stattgefunden hatte, damals, als sie selbst noch in gnädiger Unwissenheit im See gelebt hatte.

»Das tut es nicht«, erwiderte Cirra. »Das Quorum hat beschlossen, nicht zu handeln, wir sind … *inoffiziell* hier. Und die gestrandeten Wandler sind nicht tot, Aya, sie befinden sich in diesem Raum.«

Damit hatte Ayana nicht gerechnet. Ihr Blick sauste zu Mellie und Rynn, und so, wie sie sie mit unverhohlener Neugier musterte, fragte sie sich eindeutig, wie ein paar Teenager es geschafft hatten, den Fängen des Captains zu entkommen.

»Ich würde dir gern Rynn Staghorn vorstellen.« Wie geplant nannte Cirra zuerst Rynns Namen, in der Hoffnung, damit Eindruck zu schinden. Vermutlich würde Ayana seinen Nachnamen selbst nach zwanzig Jahren noch erkennen, immerhin gehört er zu einer Familie mit Ratssitz und den Mitteln, den Titan herauszufordern, wenn sie einen guten Grund dazu hatte. Wie einen vermissten Sohn.

»Und das Mädchen?« Wenn Ayana von Rynns Abstammung beeindruckt war oder davon, was seine Eltern für seine sichere Heimkehr vielleicht bezahlen würden, zeigte sie es nicht. Es war, als spürte sie, dass die Geschichte noch einen Haken hatte, und als würde sie sich schon fast körperlich davor wappnen, dass die Falle zuschnappte.

Mellie hielt die Luft an. *Jetzt kommt es.*

»Das ist Mellie Mayreed.«

Auf dieses Stichwort hin legte Echo Mellie die Hand an den Rücken, und Wärme breitete sich auf ihrer Haut aus, als der Zauber von ihr genommen wurde. Und obwohl Mellie auf diesen Moment vorbereitet war und wusste, was sie erwartete, hatte sie trotzdem nicht mit Ayanas Reaktion gerechnet. Wie die Soldatin die Augen zu Schlitzen verengte, als sie Mellies Namen hörte, und den Blick über ihre Schuppen gleiten ließ, die jetzt wieder ihre goldene Färbung hatten – *seine* goldene Färbung. Der Kupferschimmer, den sie von ihrer Mutter geerbt hatte, war im dämmrigen Licht kaum erkennbar. Doch selbst ohne diesen verräterischen Teil ihrer Färbung war Mellie unverkennbar die Tochter ihrer Mutter. Sie sahen sich einfach zu ähnlich.

»Wie kannst du es wagen, sie hierherzubringen?« Ayana funkelte Cirra wütend an. »Wie kannst du es wagen, sie mir einfach vorzuführen?«

»Sie ist der Grund, warum wir nach Astria zurückgehen.« Cirra trat langsam auf die Soldatin zu, die Arme wie in einer Friedensgeste erhoben. »Du musst ihr zuhören, Aya, ihr wollt doch beide das Gleiche.«

»Ich muss gar nichts.« Ayana peitschte mit der Flosse in Cirras Richtung. »Am wenigsten für den Bastard dieses Mannes.«

»Ich bin nicht *sein* Irgendwas.« Selbst, wenn Cirra ihr nicht eingetrichtert hätte, wütend zu werden, oder wenn Rynn nicht dafür gesorgt hätte, indem er sie schon vorher genervt hatte, wäre Mellie bei diesen Worten explodiert. Sie hatte es so verdammt satt, dafür verurteilt zu werden, wer sie war. Die Tochter einer Verräterin. Das schmutzige Geheimnis eines Königs. Die Bedrohung für das geordnete Kontrollsystem des Captains. Sie wollte so gern einmal objektiv beurteilt werden, nur für ihre Entscheidungen und ihre Taten. Sie wollte nur einmal nicht über die Fehler eines anderen definiert werden.

»Willst du etwa leugnen, wer du bist, Kind? Ist Learra Mayreed nicht deine Mutter?« Ayana benutzte noch den echten Namen ihrer Mutter, nicht den oberflächenfreundlichen, den sie inzwischen angenommen hatte. »Ist Arion Samphire nicht dein Vater?«

»Das ist nicht meine *Schuld*«, erwiderte Mellie wütend. Mit einem Schlag holten sie die vergangenen Monate ein und entfesselten einen Sturm verdrängter Emotionen. Das Einzige, was sie sich je gewünscht hatte, war, sich zu verwandeln und ihren Job als Scout gut zu machen. Sich zu beweisen. Es war ihre Mum, die vor zwanzig Jahren diese Kette an Ereignissen in Gang gesetzt hatte, als sie beschlossen hatte, eine Affäre mit einem König einzugehen. Eine Affäre, die Mellie seitdem verfolgte.

»Ich habe nicht darum gebeten, okay? Ich habe nicht darum gebeten, seine Tochter zu sein. Und wenn Sie glauben, es würde mich auf irgendeine Art besonders machen, täuschen Sie sich. Für ihn bin ich ein Nichts. Ich war schon immer ein Nichts für ihn, denn er behandelt Wandler wie Wegwerfware. Wie Gegenstände, die man benutzt und dann entsorgt.« Sie borgte sich ein paar Ausdrücke von Rynn.

Was jedoch auch nichts nutzte.

»Das reicht jetzt«, polterte Ayana.

Aber Mellie war noch lange nicht fertig. Das war das Problem mit der Wut: War sie einmal entfesselt, brannte ihr Feuer zu heiß, um es noch unter Kontrolle zu halten, bis es einen völlig verzehrt hatte.

»Was er Ihnen angetan hat, als Sie schwanger wurden, so etwas wird er wieder tun«, sagte sie. »Wahrscheinlich hat er es längst getan, bei wer weiß wie vielen …«

»Du hast kein Recht, so etwas zu mir zu sagen.« Ayana stürzte auf sie zu, so schnell, dass das Wasser um sie herum pulsierte.

»Nicht du.« Sie war nur noch Zentimeter von Mellies Gesicht entfernt. Pure silberne Wut lag in ihrem starren Blick.

Doch zum ersten Mal in ihrem Leben weigerte sich Mellie, vor einem Kampf zurückzuschrecken. »Sie glauben, Sie wären die erste Person, die mich hasst? Die mich so ansieht, wie Sie es gerade tun? Als wäre ich irgendwie befleckt und wertlos?«, fragte sie. »Der gesamte Annex hat mich so angesehen – auch Ferrick, und nach all dem Ärger, den ich ihm gemacht habe, wird er nie wieder zulassen, dass jemand wie ich auf die Welt kommen darf. Er wird jeden Wandler töten, der es wagt, sich ihm zu widersetzen. Sind Ihnen die anderen denn völlig egal?«

»Warum sollten sie mir etwas bedeuten? Ihnen war ich doch auch völlig gleichgültig. Denkst du, deine Mutter hat auch nur einen Gedanken an mich verschwendet? Das hat sie nicht, nicht einmal, als ich ihr gesagt habe, was er …« Ayana hielt inne, als hätte sie zu viel gesagt. Und Mellie sah es plötzlich vor sich. Ayana – jung, schön, stolz –, handverlesen vom Titan persönlich. Zweifellos hatte er auch ihr das Gefühl gegeben, etwas Besonderes zu sein, begehrenswert, und trotz der strengen Regeln des Captains hatte Ayana sich verliebt und war schwanger geworden.

Vielleicht hatte das Techtelmechtel für ihn den Reiz verloren, nachdem er ihr befohlen hatte, die Schwangerschaft abzubrechen, möglicherweise war ihm auch nur langweilig geworden, wie es bei Männern, die alles haben können, wohl häufiger der Fall ist. Dann kam ihre Mutter daher, die mit ihren kupferfarbenen Schuppen, dem blassblonden Haar und den dunklen Augen auf eine völlig andere Art schön aussah. Eine neue, schimmernde Trophäe für den Mann, der jede haben konnte. Und so war Ayana auf dem Abstellgleis gelandet, konnte sich niemandem anvertrauen und sah sich gezwungen, ihren Herzschmerz zu verstecken, während eine andere Frau ihren Platz einnahm. Mellie wusste aus erster Hand, was ein derartiger Verlust mit der Zeit aus einem machen, wie er einen vergiften konnte. Bis das Gift das Einzige war, was man noch sah, schmeckte und spürte. Bis das Gift alles war, was einem noch blieb.

Ayana will bloß Rache. Das ist es, was du ihr anbieten kannst.

»Und was ist mit ihm? Soll er etwa nicht dafür bezahlen?«, fragte sie. »Denn in diesem Fall läuft uns die Zeit davon. Er ist jetzt schon über zweihundert Jahre alt; er wird bald sterben, und zwar auf dem Thron und von allen geliebt. Sie werden die Wahrheit nie erfahren. In Astria wird sich nie etwas veränd...«

»*Genug.*« Dieses Mal brachte die Drohung in Ayanas Stimme Mellie zum Verstummen. »Ich lasse mir in meinem eigenen Haus keine Vorwürfe machen. Du wirst Kintara verlassen, sobald die Tore wieder offen sind, und niemals zurückkehren.«

»Aya ...«, setzte Cirra an, aber die andere Soldatin hob sofort abwehrend die Hand.

»Und wenn *du* willst, dass die Beziehung zwischen unseren Städten, von der beide Seiten gleichermaßen profitieren, bestehen bleibt, überlegst du es dir nächstes Mal besser zweimal, bevor du mir eines seiner Hurenkinder bringst.«

Und damit war es erledigt. Thema beendet. Rebellion vorbei. Dieses Mal hatte Rynn keine mitreißende Rede parat, mit der er ihnen den Hals retten konnte. Sogar Cirra, die sonst ein so harter Knochen war, wagte es nicht, sich weiter mit Ayana anzulegen.

Mellie hatte genau das getan, was beide von ihr verlangt hatten: Sie hatte die Beherrschung verloren, ausgesprochen, was sie dachte, dieser Fremden ihr Innerstes offenbart – und wofür? Es war nie genug. Sie war nie genug.

Als sie das Haus verließen, sagte keiner von ihnen ein Wort. Wenn Rynn von ihrem Versagen enttäuscht war, besaß er genug Anstand, sie jetzt nicht deswegen zu tadeln, und ausnahmsweise hielt auch Echo mal die Klappe und nahm nur ihre Hand. Mellie ließ es zu, musste sich aber beherrschen, Echos Finger nicht zu fest zu drücken.

Die Enttäuschung traf sie heute noch härter. Vielleicht, weil sie wusste, dass es ihre letzte Chance gewesen war; ihre Möglichkeiten waren nun offiziell erschöpft. Oder weil es wieder etwas war, für das sie unweigerlich ihre Mutter verantwortlich machen würde. Ein weiterer Grund, auf sie sauer zu sein.

»Tut mir leid, Mellie«, sagte Cirra, sobald sie außer Sichtweite des Hauses waren. »Kintara ist für Simmia eine wichtige Quelle für Setzlinge und Magie. Ich kann sie nicht drängen, wenn ich damit diese Beziehung aufs Spiel setze. Schon gar nicht, wo das Quorum dagegen gestimmt hat.«

Mellie nickte nur.

Vielleicht war das Überraschendste an dieser sinnlosen Scharade, dass sie kein bisschen überrascht war. Sie hatte schon längst kapiert, dass diese Soldaten, die sie als Kind so angehimmelt hatte, alles andere waren als die Helden, für die Mellie sie immer gehalten hatte. Sie waren Feiglinge. Egoistische und hinterhältige Personen, die jemanden genauso schnell verurteilten wie die Wandler im Annex.

»Echo, wir hatten zwar vor, noch die Magier zu besuchen, doch unter diesen Umständen wäre es wohl besser, sie nicht auch noch mit hineinzuziehen«, meinte Cirra. »Bleib bei Mellie, und haltet euch bedeckt, bis die Ausgangssperre wieder aufgehoben ist. Rynn, du begleitest mich. Wenn wir schon hier festsitzen, können wir genauso gut ein paar Vorräte besorgen.«

»Los, komm, Prinzessin.« Echo hakte sich bei ihr unter. »Lass uns zu den Gärten gehen, da gibt es viele schöne Verstecke.«

Im Gehen bemerkte Mellie, wie Rynn ihr einen Blick zuwarf, doch sie schaute schnell weg, bevor sie seinen Gesichtsausdruck richtig erkennen konnte. Sie ertrug es nicht, noch jemanden enttäuscht zu haben. Am wenigsten ihn.

Zu einer anderen Zeit hätte Mellie nur zu gern Stunden damit verbracht, Kintaras Gärten zu erkunden, in denen die exotischsten Korallen- und Algensorten wuchsen. Sie wäre überall stehengeblieben und hätte die Bandbreite an Farben bewundert, die den Meeresboden schmückte, oder die unglaubliche Anzahl an Seepferdchen bestaunt, die aus den Seeanemonen hervorlugten. Doch heute folgte sie Echo einfach schweigend und war zu erschöpft, um die Schönheit um sich herum wahrzunehmen.

Es war schon erstaunlich, wie ihre bloße Existenz einen solchen Hass hervorrufen konnte.

Zu schade, dass man das nicht nützlich einsetzen konnte.

Echo führte sie zum anderen Ende des Riffs, wo die Korallen den Felsen wichen und die Gräser hochwuchsen. Der perfekte Ort, die Tochter eines Monsters und einer Hure zu verstecken. *Bei den Göttern.* Mellie verfluchte die Ausgangssperre, die sie hier gefangen hielt. Sie wollte nur noch weg aus diesem verfluchten Paradies, so schnell und so weit, wie es die Strömung zuließ. Um nie wieder an diese erniedrigende Pleite denken zu müssen. Stattdessen ließ sie sich neben Echo im Seegras nieder und schloss die Augen. Sie lag so still, dass sich schon kleine Fische um sie sammelten. Wenigstens ihnen schien ihr Unglück nichts auszumachen, genauso wenig wie der Umgebungsalarm, der immer noch in der Ferne schrillte. Mellie dagegen bekam davon allmählich Kopfschmerzen.

»Wie lange dauert denn so eine Ausgangssperre normalerweise?«, fragte sie schließlich und verscheuchte die Fische mit einer Flossenbewegung.

»Ein paar Stunden«, antwortete Echo. »Die Haie verlieren in der Regel von selbst das Interesse, und wenn nicht, wird ein Team rausgeschickt, das sich um sie kümmert.«

»Ist das nicht gefährlich?« Mellie stützte sich auf den Ellenbogen ab und betrachtete das Netz über ihnen. Auch wenn sie genervt davon war, auf dieser Seite davon festzusitzen, erschien ihr die Alternative doch um einiges schlimmer.

»Die Wachposten sind extra dafür ausgebildet.« Echo zuckte mit den Schultern. »Und die Magier geben ihnen noch einen Haufen Schutzzauber mit. Als ungefährlich würde ich den Job immer noch nicht bezeichnen, aber ihre Erfolgsquote ist recht hoch.«

Was mehr war, als man von Astrias Wandlern behaupten konnte, nahm Mellie an. Wenigstens wussten Kintaras Wachen, worauf sie sich einließen. Die Wandler zu Hause waren völlig ahnungslos.

»Mellie, kann ich dich mal etwas fragen?«, brach Echo ein paar Minuten später ihrerseits das Schweigen.

Mellie? Sie wandte sich dem anderen Mädchen zu. Konnte es sein, dass Echo Mitleid mit ihr empfand und deshalb sogar auf ihren königlichen Spitznamen verzichtete? Und tatsächlich hatte sie den Eindruck, dass Quinns Tochter zum ersten Mal unsicher wirkte, so als würde sie sich ihre Worte gut überlegen, anstatt sie einfach rauszuposaunen.

»Schieß los«, erwiderte Mellie. Was machte eine Frage mehr oder weniger schon aus, wo sie sich ohnehin völlig entblößt hatte?

»Hast du das ernst gemeint, was du da drinnen gesagt hast?

Über die anderen Wandler … wie sie dich …« Echo brach ab und kaute auf der Unterlippe.

»Keine Sorge, ich habe schon vor langer Zeit gelernt, es zu ignorieren.«

»Das solltest du aber nicht tun müssen.«

»Tja, das Leben läuft eben nicht immer so, wie es sollte.« Diese Lektion hatte Mellie in der Nacht gelernt, als ihre Mutter verschwunden war. Und jeden Tag darauf.

»Du bist nicht wertlos, Mellie«, versuchte Echo es wieder und war dabei so ernsthaft und mitfühlend, wie Mellie es nur selten erlebt hatte.

»Bei den Göttern, du kennst mich doch kaum.«

»Ich kenne dich gut genug.« Echo rutschte näher zu ihr, so dass sich ihre Arme berührten. Obwohl sie die Worte nur schwer glauben konnte, ertappte sich Mellie dabei, wie sie ihr glaubte. Diesen Teil von sich hatte Mellie bisher mit niemandem geteilt, nur mit Rynn. Tatsächlich hatte sie immer angenommen, dass es ihr peinlich wäre oder sie sich schwach und irgendwie zerbrochen fühlen würde, wenn sie es zugeben müsste. Doch stattdessen fühlte sie sich erleichtert. Als wäre ihr eine Last von den Schultern genommen worden. Als wäre sie nicht weniger wert, weil sie es ausgesprochen hatte.

Doch bevor sie sich wieder weit genug gefangen hatte, um ein paar nette Worte zu erwidern, veränderte sich der Ton des Umgebungsalarms plötzlich und verwandelte sich vom tiefen Rumpeln zu einem schrillen Jaulen.

»Verdammt.« Echo sprang alarmiert auf.

»Was hat das zu bedeuten?« Mellie war sofort an ihrer Seite. Es fühlte sich an, als hätte sich ein Schatten über die Stadt gelegt, und der metallische Geruch von Angst wirbelte das Wasser auf. Einen Moment lang erstarrten die Bewohner Kintaras, als hielten sie alle gemeinsam den Atem an. Dann brach das Chaos aus.

»Was bei allen Höllen ist hier los?« Mellie drehte sich nervös auf der Stelle, während eine Familie nach der anderen aus den Häusern floh.

»Sie sind durchgebrochen.« Echo packte sie am Arm und zog sie in die Menge.

»*Durchgebrochen?*«

»Ja, in der Stadt sind Haie. Jetzt komm schon, wir müssen zu den Käfigen.« Echo drängte sie vorwärts.

»Ich dachte, du hättest gesagt, das Netz hält die Haie ab!«

»Ich habe gesagt, es hält sie normalerweise ab. Aber wir haben heute anscheinend besonderes Glück.«

Ja, von einem Hai gefressen zu werden, klang wirklich nach Mellies Art von Glück.

Nachdem die erste große Panik abgeklungen war, entwickelte sich eine gewisse Ordnung in der Stadt, und die Bürger bewegten sich auf eine Art und Weise, die deutlich machte, dass sie das nicht zum ersten Mal taten. Sie hielten sich dicht am Boden, und die Jüngeren halfen den Alten und Schwachen zu den Metallkäfigen.

Dafür sind sie also gedacht. Die Erkenntnis trug nicht wirklich dazu bei, dass Mellie sich besser fühlte. Welche Art von Kreatur brachte einen dazu, sich in einem stählernen Gefängnis einzuschließen, um zu überleben?

»Gehst du schon mal rein? Ich muss noch schnell den Magiern helfen«, sagte Echo und zeigte auf eine Gruppe Natürlicher, die sich unter einem magischen Schutzschild versammelt hatten.

»Echo, warte …«

»Da gibt es nichts zu diskutieren, Prinzessin. Mit den großen Weißen legt man sich besser nicht an.« Sie verschwand, ehe Mellie die Chance hatte, ihr zuzurufen: *Aber warum schwimmst du dann in die falsche Richtung?*

Über ihrem Kopf rasten mehrere mit großen Harpunen bewaffnete Wachen auf das Netz zu, und als Mellie ihnen mit dem Blick folgte, verstand sie endlich, warum alle so einen Aufstand machten.

Zwei riesige graue Schemen rasten zwischen den Soldaten hindurch, als wären ihre Körper aus Schilf und nicht aus Fleisch und Knochen. Sie hinterließen eine Spur aus Blut.

Mellie drückte sich flach auf den Meeresboden. Sie hatte es plötzlich sehr eilig, zu den Käfigen zu gelangen.

Da sah sie ihn.

Zwischen den Algen verborgen und das Chaos um sich herum offenbar völlig ignorierend, kauerte ein kleiner Junge, als würde er sich verstecken. Er musste versehentlich zurückgelassen worden sein.

Zwischen ihnen lag ein ganzes Riff. Ein Riff in der falschen Richtung. Völlig ungeschützt. *Na ja, von einem Hai gefressen zu werden, klingt doch nach einem spektakulären Abgang.* Mellie drückte sich vom Boden ab und bahnte sich einen Weg zu dem Jungen. Um sie herum sausten die Leute an ihr vorbei, ein Regenbogen aus verschiedenfarbigen Schuppen und Flossen, die der fremden Wandlerin mit den goldenen Schuppen keinerlei Aufmerksamkeit zollten.

»Hey, du.« Sie schwamm langsamer, als sie sich dem Kind näherte, um es nicht zu erschrecken. »Wie heißt du?«

Er streckte die Hand nach ihr aus, weil er noch so jung war, dass er physischen Kontakt brauchte, um seine Stimme zu projizieren. »Jadan.«

»Was machst du denn hier unten, Jadan?«

»Ich verstecke mich.« Seine Augen strahlten.

Ein Versteckspiel, also, das vom Alarm unterbrochen worden war.

»Na, das hast du wirklich gut gemacht. Jetzt lass uns mal deine Eltern suchen, ja?« Sie nahm den Jungen gerade auf den Arm, als sich ein monströser Schatten über sie schob und es kurzzeitig dunkel wurde. Mellie schielte nach oben, während sie sich tiefer in das Algengewirr sinken ließ. Der Hai war sowohl riesig als auch unglaublich schnell, wie er mit kraftvollen Schlägen seiner Schwanzflosse durchs Wasser schoss. Ein Hagel spitzer Speere flog hinter ihm her, Kintaras Wachen hatten die Verfolgung aufgenommen. In Mellies Armen verzog Jadan das Gesicht und fing an zu weinen, wobei sein Heulen laut wie eine Sirene zu sein schien. Ihr Weinen zu projizieren lernten sie immer zuerst, lange bevor die gesprochene Sprache folgte. *Mist.* Mellie hatte keine Ahnung, ob das Geräusch die Aufmerksamkeit des Hais erregen würde oder wie sie Jadan zum Verstummen bringen konnte. Kleine Kinder zu trösten war leider nicht Teil ihrer Ausbildung gewesen.

Zu den Käfigen hatten sie freie Bahn, was auch bedeutete, dass sie dort ungeschützt wären. In einem der Häuser Schutz zu suchen, erschien ihr die sicherere Alternative oder zumindest die näherliegende zu sein. Also drückte Mellie Jadan fester an sich und schoss auf das nächste Haus zu. Um sie herum wurden die Rufe der Wachen lauter, eine unzusammenhängende Folge gebellter Kommandos, wie *Lasst ihn nicht davonkommen* oder *Er schwimmt auf die Häuser zu!*

Bei den Göttern, natürlich schwamm er in die gleiche Richtung wie sie.

Mellie beschleunigte ihr Tempo und kämpfte sich durch Algen

und panische Fischschwärme. Sie hatte die Tür des Hauses fast erreicht, als eine heftige Welle durchs Wasser ging und sie stattdessen gegen die nächste Wand geschleudert wurde. Ihre Hüfte schabte an dem rauen Fels entlang, so dass sie sich die Haut aufriss. Mellie sog scharf die Luft ein und unterdrückte einen Fluch. Haie wurden von Blut angezogen, hatte Cirra gesagt. Als ob Jadans Heulen nicht schon schlimm genug wäre.

»Es wird alles gut«, versuchte sie, den Kleinen zu beruhigen. Das arme Kind wand sich in ihren Armen und schrie nach seiner Mutter. Glücklicherweise schien er unverletzt zu sein.

Mellie rappelte sich auf und beeilte sich, ins Haus zu gelangen. Es war eines der bescheideneren Häuser des Riffs, nicht viel mehr als ein Raum, der mit Gräsern und Moos ausgelegt war. Es ähnelte ihrer alten Koje zu Hause im Annex. Doch sie kam nicht dazu, auch nur kurz Luft zu holen, denn schon krachte etwas Schweres gegen das Gebäude, und Felssplitter rieselten zu Boden. Als es sich wiederholte, schien sogar das Wasser zu beben.

Mellie taumelte von der Wand weg und fuhr sich über die verletzte Hüfte. Der kleine Kratzer hatte bereits aufgehört zu bluten, wie hatte der Hai sie dann so schnell finden können? Nur durch ein paar Tropfen Blut?

Ein weiterer Schlag erschütterte das Haus, als das Tier versuchte, nach drinnen zu gelangen. Nun, das erklärte jedenfalls, warum die Bewohner sich zu den Käfigen aufgemacht hatten, anstatt in diesem wackeligen Bau zu verharren, der jeden Moment einzustürzen drohte.

»Ist da drinnen jemand?«, hörte Mellie plötzlich eine Stimme über den Lärm hinweg fragen. Die Wachposten mussten das blutrünstige Biest endlich eingeholt haben. Keinen Moment zu früh.

»Ja«, rief sie zurück. »Wir sind zu zweit und hier gefangen.«

Die darauf folgende Pause erschien ihr endloser als das Meer.

»Wir lenken ihn ab«, entschied der Wachposten schließlich. »Auf mein Kommando schwimmt ihr los. Begebt euch direkt zu den Käfigen.« Er machte sich nicht die Mühe, ihr zu erklären, wie sie das Monster ablenken wollten, und Mellie fragte auch nicht nach. Sobald sie das Kommando in ihrem Kopf vernahm, schoss sie los, wobei sie Jadans Körper mit ihrem schützte, ohne auch nur einmal zurückzuschauen, bis die nächstgelegene Käfigtür für sie aufschwang.

Mellie reichte den Jungen an eine der Frauen weiter, die sich in dem Schutzraum versammelt hatten, und suchte die Menge nach vertrauten Gesichtern ab.

Doch sie kannte niemanden.

Was genau das Problem war.

Mellie hatte nicht damit gerechnet, Cirra dort anzutreffen; die Soldatin war vermutlich mit den Wachen unterwegs, um die Biester zu vertreiben. Aber sie hätte garantiert Rynn zu den Käfigen geschickt, genau wie Echo es mit Mellie getan hatte. Doch Rynn war nicht da.

»Wo willst du hin, Mädchen?«, rief die Frau ihr hinterher. »Im Wasser ist es nicht sicher!«

Ach, wirklich? Mellie schlug die Warnung in den Wind und machte sich auf zum nächsten Käfig. So, wie sie Rynn kannte, war der Grund dafür, dass er jetzt nicht sicher hinter Metallstäben saß, dass er draußen nach ihr suchte. Dieser Idiot.

Ich nehme an, das macht uns beide zu Idioten. Mellie drehte um und schwamm wieder auf die Riffe zu. *Wir jagen uns gegenseitig.* Wenn dieses Spiel damit endete, dass einer von ihnen Haifutter wurde, würde sie ihn umbringen.

»Rynn!«, rief Mellie wieder und wieder seinen Namen und durchkämmte das Wasser nach einem Hinweis auf seine schwarzen Schuppen. Die Häuser standen so dicht beieinander und versteckt zwischen den Algen, dass es fast unmöglich war, zwischen ihnen hindurchzuschauen. Zumindest nicht, ohne die Deckung zu verlassen, und das erschien ihr gerade mehr als dumm zu sein.

Bei den Göttern, wo steckst du? Sie versuchte, trotz ihrer Panik klar zu denken, und überlegte fieberhaft, wo Rynn hingegangen sein könnte. Sich in ihn hineinzuversetzen, sollte eigentlich nicht so schwer sein. Auch wenn zwischen ihnen seit einem Monat Eiszeit herrschte, war er doch jahrelang ihr bester Freund gewesen. Mellie suchte nicht nach einem Fremden.

Trotz des Risikos stieg sie etwas weiter nach oben und umkreiste erneut das Riff, sie schwamm so schnell, dass sie schon ganz außer Puste war.

Es war der Geruch, der ihr als Erstes auffiel. Nicht nur nach Blut, sondern auch nach Verwesung, und da war noch etwas Beißendes, Bitteres. Mellie fuhr herum und schwang die Schwanzflosse verteidigend vor sich. Einen Moment lang konnte sie die riesige Kreatur, die auf sie zuschoss, nur anstarren. Der große Weiße war viermal so groß wie ein erwachsener Mann, mit Reihen voller spitzer gelblicher Zähne und einem blutrünstigen Funkeln in den Augen. Den Wachposten war es zumindest gelungen, ihm eine Harpune durch die Schwanzflosse zu rammen, doch wenn es das Biest überhaupt beeinflusste, so wurde es dadurch offenbar nur noch wütender. Und im Augenblick stellte sie die einzige Option dar, Rache zu üben.

»Mellie, schwimm!« Rynn sauste an ihr vorbei und zog damit die Aufmerksamkeit des Hais auf sich.

Mellie dachte nicht nach, dazu blieb keine Zeit, sie nahm einfach die Verfolgung auf. An Land war Rynn der schnellere Läufer, doch sie war schon immer eine bessere Schwimmerin gewesen. Der Hai holte bereits deutlich auf, und die riesigen Kiefer schnappten nur Zentimeter hinter Rynns Flosse zu. Der nächste Biss saß.

»Rynn!«

Sein Stöhnen hallte durch ihren Kopf, sein Blut färbte das Wasser dunkel. Doch irgendwie schaffte er es, sich aufzubäumen und dem Monster einen Schlag auf die Nase zu verpassen. Der weiße Hai wich überrascht zurück und lockerte die Kiefer gerade genug, dass Rynn sich befreien und entkommen konnte.

»Tauch ab!«, rief Mellie ihm zu und hoffte, dass er noch die Kraft hatte, einen Haken zu schlagen. Als er genau das tat, gab sie Gas und rammte den Hai mit voller Wucht. Der Aufprall raubte ihr den Atem. Bei den Göttern, dieses Ding war ein Brocken, und seine Schuppen waren nicht glatt, wie sie von weitem wirkten, sondern spitz und mit einer hakenartigen Oberfläche, die sich in ihre Haut bohrte. Mellie verdrängte den Schmerz und wich eilig zur Seite aus, als der Hai wütend nach ihr schnappte.

»Wir müssen ihn zurück zu den Wachposten führen.« Rynn zeigte auf das Netz, wo Kintaras Soldaten mit dem zweiten Hai kämpften. »Sie sind unsere einzige Chance.«

Nach zwölf Jahren, die sie im Schatten des anderen gelebt hatten, musste er nicht mehr sagen. Er brauchte nur kurz den Kopf zu neigen, eine Geste, die bedeutete *Du nach links, ich nach rechts*, und eine Sekunde später schossen sie in entgegengesetzte Richtungen davon, wobei sie immer wieder im Zickzack den Pfad des anderen kreuzten, so dass der Hai sich ständig neu auf einen von ihnen konzentrieren musste.

Ihr Plan hatte nur einen winzigen Haken: Der weiße Hai durchschaute ihn viel zu schnell, lange bevor sie das Netz erreicht hatten. Und dann verfolgte er nur noch sie.

»Das Loch, Mellie!«, rief Rynn ihr zu. »Lock ihn da durch!«

Sie wusste, was er meinte, sie wusste nur nicht, ob sie genug Zeit haben würde, es auch zu tun. Um sie herum ertönten immer neue Stimmen von Wachen, die ihr mit gezückten Harpunen zur Hilfe eilten, sobald sie den Hai entdeckten. Doch entweder hatten sie zu viel Angst, Mellie zu treffen, und schossen deswegen nicht oder sie verfehlten das Ziel völlig … Mellie konnte es nicht sagen, und sie hatte keine Zeit, innezuhalten, um es zu überprüfen. Das Loch im Netz schien zum Greifen nah, doch die Muskeln in ihrer Schwanzflosse begannen bereits, sich zu verkrampfen und gegen die Überanstrengung zu protestieren. Das Wasser an ihrem Rücken kräuselte sich, während der faulige Gestank des Todes stärker wurde, als der Hai hinter ihr das Maul aufriss, um sie mit Haut und Haaren zu verschlucken.

»Mellie, *jetzt*!«

Im letzten Moment drehte sie ab, zu schnell, als dass der weiße Hai ihrer Bewegung folgen konnte. Bis er zum Wenden ansetzte, hatte er das Netz bereits durchschwommen, und sofort bauten die Magier eine magische Schutzmauer auf, um ihn auf Abstand zu halten, während sie das Loch reparierten. Als Mellie sich auf den Boden des Riffs sinken ließ, entdeckte sie Echo unter den Natürlichen, wie sie die Arme ausstreckte und das Gesicht voller Konzentration verzog. Sie hielten den magischen Schutzschild aufrecht, auch als das Netz bereits geflickt war, bis das Monster in den dunklen Tiefen des Meeres verschwand, um an einem anderen Tag erneut anzugreifen. Anders als sein Kumpel, der weniger Glück gehabt hatte: dessen riesiger Kadaver lag blutend auf dem Felsboden. *Das offene Meer ist anders, Mellie. Es ist nicht sicher.* Bei den Göttern, ihre Mutter musste dringend an ihren elterlichen Fähigkeiten arbeiten. Haie waren ein weitaus abschreckenderes Beispiel als geprellte Exgeliebte.

»Mellie!« Rynn preschte durch die Algen. Er schlang die Arme um sie und drückte sie fest an sich. »Warum bei allen Höllen warst du nicht in den Käfigen?«

»Dasselbe könnte ich dich fragen.«

»Weil ich dachte …« Er brach ab, als suchte er nach den richtigen Worten. »Mel, was ich vorhin gesagt habe … Ich habe es nicht so gemeint, ich wollte nur …«

»Ich weiß.« Sie hätte es sich auch früher denken können, wäre sie nicht so wütend gewesen. Andererseits war die Wut auch gerade der entscheidende Punkt. In dem Moment, als Rynn sah, wie sie zögerte, hatte er vorhergesehen, wie das Treffen mit Ayana ausgehen würde. Er wusste, dass die Soldatin sie anstacheln würde und dass ihr erster Instinkt wäre, sich zu entschuldigen und zurückzuziehen. Also hatte er sie gerade genug aufgerieben, um sicherzugehen, dass sie auch explodierte.

Zu schade, dass es nicht funktioniert hatte.

»Und es geht mir gut, wirklich.« Mellie löste sich von ihm und legte sich auf das weiche Seegras. »Lass uns das einfach nie wieder tun, okay?«

»Einverstanden.« Rynn streckte sich neben ihr aus, er war immer noch außer Puste. »Seltsam, dass in all diesen Geschichten über das Meer nie ein Hai vorgekommen ist.«

»Da sind viele Dinge nicht vorgekommen.«

»Glaubst du, sie wollten uns etwas verschweigen?« Als Rynn lächelte, fühlte es sich einen kurzen Moment lang angenehm und richtig an, wie in alten Zeiten. Und er musste es auch gespürt haben, denn sein Lächeln wurde breiter und erfüllte seine Augen mit einem hoffnungsvollen Leuchten.

Mellie war noch nicht bereit für Hoffnung.

»Du bist verletzt.« Sie wandte ihre Aufmerksamkeit seiner Flosse zu. Jetzt, da sie sich nicht mehr bewegten, war der dunkelrote Nebel, der sich um seine Schuppen bildete, unverkennbar. Als sich Mellie aufsetzte, um es genauer betrachten zu können, entdeckte sie eine Reihe kleiner, punktförmiger Wunden, wo die Zähne des Hais sein Fleisch durchbohrt hatten. »Du brauchst einen Heiler.«

»Mir geht's gut.« Rynns Stimme klang wieder distanziert. »Die haben genügend echte Verletzungen zu versorgen.«

»Dann solltest du mich vielleicht mal einen Blick darauf werfen lassen, mein Hübscher.« Echo tauchte aus den Algen auf; ihr stand die Erschöpfung ins Gesicht geschrieben. »Wisst ihr, Mum hatte so recht, was euch zwei angeht, ihr seid wirklich lebensmüde.«

»Das ist halb so wild«, winkte Rynn ab. »Nur ein Kratzer.«

Lügner. Im Wasser ließ sich Blut nicht verstecken.

»Um Nalastias willen, muss ich auch noch *dumm* auf die Liste der Adjektive setzen, die dich beschreiben?«, fragte Echo.

»Mir war nicht bewusst, dass es eine Liste gibt.«

»Ich habe gerade erst eine angefangen, also halt jetzt die Klappe und lass mich mal sehen.« Sie streckte die Hände aus, um sie auf die Wunde zu legen.

Rynn zuckte zusammen und zog seine Schwanzflosse weg. »Weißt du überhaupt, was du tust?«

»Musst du wirklich so viel reden?«

»Den meisten Mädchen gefällt es.«

»Ja, es ist garantiert deine anregende Persönlichkeit, die sie anzieht.«

Genau wie bei Caleb auf dem Boot verspürte Mellie eine nagende Eifersucht, wenn sie sah, wie sich die beiden neckten. Sie vermisste es, das mit Rynn zu haben. Doch jedes Mal, wenn sie dieser Intimität wieder näher kamen, schaute sie weg und ließ zu, dass sich das Geschehene erneut zwischen sie stellte. Sie hasste das. Und bei den Göttern, sie hasste es noch mehr, wie Rynn Echo anlächelte. Das war nicht sein übliches, selbstsicheres Grinsen – das freche, mit dem er die meisten Mädchen überrumpelte –, sondern ein echtes Lächeln, wie er es normalerweise nur ihr schenkte.

Ihre Gedanken kreisten um das Thema, bis Mellie sich am liebsten selbst geohrfeigt hätte, weil sie zu einer dieser Frauen geworden war, die etwas nicht wollten, aber auch keiner anderen gönnten. Ein Gedanke, der umso lächerlicher war, da sie wusste, dass Echo kein Interesse an ihm hatte.

»Aua!« Rynn schlug Echos Hand weg. »Bist du sicher, dass du weißt, was du da tust?«

Echo verdrehte die Augen. »Hey, Prinzessin, warum erzählst du deinem idiotischen Freund hier nicht, dass ich seine hübsche Schwanzflosse ganz easy heilen kann?«

»Sie macht sie vielleicht noch ein bisschen hübscher.« Mellie bemühte sich, möglichst unbekümmert zu klingen, gleichgültiger, als sie sich fühlte. Sobald Echo sich wieder Rynns Flosse zugewandt hatte, schlich sie sich unbemerkt davon.

So chaotisch, wie es in der Stadt zuging, hätte es eigentlich nicht schwer sein sollen, eine ruhige Ecke in Kintara zu finden, wo sie ihr Gefühlschaos entwirren oder wenigstens auf eine Wand einschlagen konnte. Doch als sie gerade das Hauptriff überquerte, fand sich Mellie plötzlich inmitten einer kleinen Gruppe von Wachen wieder, die immer noch schwer bewaffnet und teilweise blutverschmiert waren.

»Mellie Mayreed.« Die Frau, die die Gruppe anführte – eine einschüchternde Soldatin mit kahlgeschorenem Kopf und dunklen Tattoos, wie Cirra sie trug – kannte seltsamerweise ihren Namen. »Ayana bittet dich, zu …«

»Gehen. Ja, ich weiß«, fiel Mellie ihr ins Wort. »Aber die Ausgangssperre wurde noch nicht aufgehoben.« *Für den Fall, dass euch das nicht aufgefallen ist*, hätte sie am liebsten hinzugefügt. Doch sie konnte sich gerade noch zurückhalten. Selbst jetzt, wo ein Hai tot und der andere wieder sicher auf der richtigen Seite des Netzes war, plärrte der Umgebungsalarm weiter, eine dumpfe, stetige Erinnerung daran, dass die Gefahr vielleicht gebannt, die Luft aber längst noch nicht rein war.

»Um genau zu sein möchte sie, dass du zu ihr kommst.« Die weibliche Wache lächelte.

Na, das kann doch nur etwas Gutes zu bedeuten haben. »Und wenn ich Nein sage?«

»Es wäre einfacher, wenn du Ja sagen würdest – besonders nach der Aktion gerade.« Das war keine Drohung, aber nah genug dran.

»Kann ich wenigstens erst schnell meine Freunde suchen gehen?«, fragte sie. Cirra würde sicherlich wissen, wie man mit der Situation umging und die Frau davon abhielt, ihr an die Gurgel zu gehen.

»Ayana würde es vorziehen, mit dir allein zu sprechen.«

Natürlich würde sie das. Mellie gab auf. Ayana war eindeutig in der mächtigeren Position, und Mellie war viel zu erschöpft, um sich von den Wachposten jagen zu lassen. Außerdem hielt sie es für recht unwahrscheinlich, dass die Soldatin ihr wirklich etwas antun wollte. Sie würde sie vermutlich nur wieder ein bisschen anschreien. Und das kannte Mellie zu Genüge.

Die Wachen begleiteten sie durch das Wohnriff, wo sich zurückkehrende Familien drängten, zu dem Haus, in dem die ehemalige Geliebte ihres Vaters wartete. Erst, als sie drinnen waren, begriff Mellie, warum sie hergebeten worden war.

Der kleine Junge aus den Algen jagte Goldfische durchs Zimmer und verfütterte sie dann an die Seeanemone in der Ecke. Und jetzt, da sie ihn und Ayana zusammen sah, fragte sie sich, warum sie die Ähnlichkeit nicht gleich gesehen hatte. Jadan hatte die Augen seiner Mutter.

Die Soldatin hob den Jungen auf den Arm und bewahrte einen zappelnden Goldfisch vor seinem vorzeitigen Ende. »Mir wurde erzählt, ein Mädchen mit goldenen Schuppen und weißen Haaren hat ihn zu den Käfigen gebracht.« Der unverhohlene Unglaube in ihrer Stimme kratzte an Mellies Ego.

»Er wurde zurückgelassen, als er Verstecken gespielt hat, glaube ich.«

»Wusstest du, dass er mein Sohn ist?«

»Ich wusste nicht einmal, dass Sie einen Sohn haben.«

»Hättest du ihn auch gerettet, wenn du es gewusst hättest?«

Die Logik der Frau war so verdreht und schief, dass es Mellie für ein paar Sekunden die Sprache verschlug. »Mann, Sie halten wirklich nicht viel von mir, oder?«

Irgendwie schaffte Ayana es, darüber zu lächeln. Ein ziemlich beunruhigendes Lächeln, das Mellie an einen Piranha denken ließ, der seine Beute inspizierte. »Du hast meine Frage nicht beantwortet.«

»Ob ich Ihren kleinen Sohn gerettet hätte, wenn ich gewusst hätte, dass es Ihr Sohn ist? Ja. Kann ich jetzt gehen?« Mellie war sich nicht sicher, wo dieser plötzliche Anflug von Selbstbewusstsein herkam, doch nach ihrem Zusammenstoß mit dem Hai erschien ihr Ayana plötzlich nicht mehr ganz so furchteinflößend. Jemanden zu hassen, den man gar nicht kennt, nur weil dessen Eltern etwas getan hatten, war kein Zeichen von Stärke, sondern bloß pure Boshaftigkeit.

»Du bist ganz anders, als ich mir dich vorgestellt habe, Miss Mayreed«, sagte die Soldatin. »Du bist nicht wie deine Mutter.«

»Stimmt, das bin ich nicht. Aber meine Mutter ist auch nicht so, wie Sie sie sich vorstellen.«

Ja, ihre Mum hatte Fehler gemacht, aber ihr Verhalten war weitaus besser als das der anderen Soldaten, die einfach abgehauen waren. Anders als sie hatte ihre Mutter die letzten fünf Jahre damit verbracht, einen Weg zurück zu finden.

»Deine Mutter ist eine egoistische Schlange, die sich nur um sich selbst kümmert.« Ein Schatten ihrer Wut brach durch Ayanas Fassade. »Sie hat immer Dinge begehrt, die sie nicht haben konnte.«

Okay, wenn sie es auf die Tour wollte … mit Wut konnte Mellie genauso gut dienen.

»Seit Sie vor zwanzig Jahren gegangen sind, müssen immer wieder Wandler sterben, und Sie genießen hier Freiheiten, die die anderen niemals haben werden.« Sie wandte Ayanas Argumentation gegen sie. »Sie sind nicht so anders als meine Mutter, auch wenn

Sie sich das einreden. Aber was weiß ich schon? Ich bin nur *eines seiner Hurenkinder*. Kann ich jetzt bitte gehen?«

Ayana starrte sie lange und durchdringend an, als würde sie eine Entscheidung treffen. »Ich habe eine Bedingung«, erklärte sie schließlich.

»Dafür, dass ich *gehen* darf?« Vielleicht hatte sich Cirra doch in dieser Frau getäuscht.

»Nein, dafür, dass ich euch unsere Hilfe anbiete.«

Mellie riss die Augen auf und forschte im Gesicht der Soldatin nach einer List, einer Lüge, einem grausamen Witz. »Ich höre.«

»Falls sich während unseres Angriffs die Gelegenheit ergibt, Arion zu konfrontieren, darf nur ich allein sie nutzen.«

Mellie fragte nicht nach, was sie mit *konfrontieren* meinte, denn die Wahrheit war, dass sie es gar nicht wissen wollte. Cirra hatte sie davor gewarnt, dass es dazu kommen konnte, dass es Ayana mehr um Rache als um Gerechtigkeit gehen würde. Also nickte sie, ohne zu zögern, und sagte Ja, womit sie der Geliebten ihres Vaters jede Art von Rache versprach, die sie ausüben wollte. Und mit diesem einen kleinen Wort war ihre Rebellion wieder im Gange.

Kapitel dreizehn

»Wie genau geht das?«, fragte Mellie und ließ den Blick nervös über den verlassenen Strand gleiten. Wenn der magische Gegenstand, den sie in der Hand hielt, wirklich so viel Kraft hatte, wie Echo behauptete, taten sie gut daran, bei dieser speziellen Magie-Unterrichtsstunde keine neugierigen Landbewohner als Zuschauer zu haben. Abgesehen von Caleb natürlich. Der hatte sofort einen Platz in der ersten Reihe verlangt. Rynn hatte ebenfalls zugestimmt, mitzumachen, auch wenn er damit zufrieden zu sein schien, ihr den Magieteil zu überlassen. Denn manches veränderte sich eben nie, auch wenn alles andere in Bewegung war.

»Es ist ganz einfach«, meinte Echo und stellte sich hinter sie. »Aktivieren, werfen, ducken. Lass ihn nur nicht fallen, solange der Zauber wirkt. Das wäre ziemlich schlecht für uns.«

Wie beruhigend. Mellie pflanzte die Füße in den warmen Sand und schloss die Finger um die Metallscheibe. Die magischen Gegenstände – aus umgestalteten Silbermünzen angefertigt – waren ein Abschiedsgeschenk der Magier Kintaras gewesen. Als Ayana zugestimmt hatte, sich der Rebellion anzuschließen, hatte Echo sie aufgesucht, um sich zu erkundigen, ob sie ein Mittel kannten, mit dem man den Schutzankerzauber des Captains auf Dauer lahmlegen konnte. Zu ihrer Enttäuschung stellte sich der Zauber als zu komplex heraus, um ihn auszuhebeln, aber die Magier konnten ihnen etwas anderes anbieten: einen magischen Gegenstand, den die Wachposten als Waffe benutzten, um Raubtiere und Angriffe abzuwehren. *Spaßmagie* hatte Echo es genannt. Und sie konnte es kaum erwarten, damit anzugeben, seit sie gestern Abend aufgetaucht waren.

»Bist du sicher, dass wir das hier tun dürfen?« Mellie warf wieder einen Blick über die Schulter. Der Strand, den sie sich für dieses Experiment ausgesucht hatten, war nicht gerade ein beliebter Abschnitt; kaum zugänglich – selbst mit dem Boot – dank der umliegenden Felsen. Dennoch fühlte Mellie sich exponiert. Zu Hause schützte sie das dichte Blätterdach vor neugierigen Blicken. Hier standen sie ungeschützt und verletzlich unter freiem Himmel.

»Bei meinen Göttern, Prinzessin, jetzt mach schon«, drängelte Echo. »Hast du auch nur einen Landbewohner gesehen, seit wir hier sind? Außer dem hier, natürlich«, fügte sie hinzu und stupste Caleb spielerisch mit dem Ellenbogen in die Rippen.

»Nein, aber …«

»Was ist dann das Problem?«

Es gab kein Problem. Zumindest keins, das Mellie erklären konnte. Sie hatte ihre Magie einfach noch nie für irgendetwas Destruktives benutzt. Nicht wissentlich zumindest. Und es kam ihr falsch vor, egal, wie spaßig es Echo zufolge sein sollte.

»Schon gut, ich mach ja schon.« Sie schloss die Augen und stellte sich die Rune vor, die in die Oberfläche der Münze eingraviert war. Die kleine Scheibe aus Silber lag schwer in ihrer Hand, kälter und härter als die Knochenanker, die sie gewohnt war. *Kein Anker, sondern ein Verstärker*, korrigierte sie sich in Erinnerung an Echos

Worte. *Ein Knochen wirkt wie ein Schwamm; er hält die Magie und verhindert, dass sie schwächer wird. Super für Verteidigungsangelegenheiten, die lange halten sollen, aber nicht so gut, wenn man etwas in die Luft sprengen will. Dafür braucht man Metall.*

Und wieder eine neue Magietheorie, für die Mellie keinen Bezugsrahmen besaß. Bei den Höllen, sie bezweifelte, dass die Magier Astrias überhaupt davon wussten, denn sonst hätte der Captain seine Männer sicherlich auf diese Weise bewaffnet, anstatt sich nur auf Pistolen zu verlassen.

Und Mann, das Metall machte wirklich einen Unterschied. Noch ehe sie sich die Rune vollständig vorstellen konnte, spürte Mellie, wie die Energie unter der polierten Oberfläche summte wie ein Blitz, der in einer Flasche gefangen gehalten wurde. Glücklicherweise musste sie sie nicht lange so halten, denn die Magie sprang sofort an. Dann schleuderte Mellie die aktivierte Münze mit aller Kraft in Richtung der Felsen.

»Und jetzt ducken!« Echo zog sie mit sich zu Boden, als die Münze meterweit entfernt von ihnen aufschlug. Die darauffolgende Detonation verursachte eine so gewaltige Druckwelle, dass sie alle vier zurücktaumelten und in einen Nebel aus Sand und winzigen Muschelscherben eingehüllt wurden. *Stell dir diesen Zauberspruch wie eine Granate vor, nur ohne das nervige Feuer*, hatte Echo gesagt, als sie mit den Münzen bei ihnen aufgetaucht war. *Er haut jeden um, der zu nah dran steht.*

Wirklich eine spaßige Magie.

»Himmelherrgott.« Caleb stand auf, um den Krater, den der Verstärker gerissen hatte, besser betrachten zu können. »Niemand hat mir erzählt, dass Meerjungfrauen zu *so was* in der Lage sind.«

»Toll, was?« Echo belohnte ihn mit einem Grinsen. »Im Wasser würde es sogar noch besser funktionieren – wie meistens bei unserer Magie.« Sie fischte eine weitere Münze aus der Tasche ihrer Shorts und hielt sie Rynn hin. »Willst du auch mal?«

»Nein, danke.«

»Ach, komm schon, du solltest auch ein Gespür für den Zauberspruch bekommen, er könnte dir eines Tages das Leben retten …«

»Vertrau mir, sollte mein Leben am Ende von meinen magischen Fähigkeiten abhängen, bin ich am Arsch.«

»Du bist ja heute wieder ein wahrer Sonnenschein.« Echo winkte ab. »Was dich angeht, Landbewohner, schau mal lieber weg. Ich hüpf schnell ins Wasser, um den Sand aus den Haaren zu bekommen«, erklärte sie und löste das Band, das ihr winziges Alibi-Top zusammenhielt. Caleb drehte sich gerade noch rechtzeitig um, ehe es zu Boden fiel.

»Das macht sie mit Absicht«, murmelte er, während Echo schon aufs Wasser zulief, wobei sie sich im Gehen ihrer restlichen Klamotten entledigte.

»Jep.« Mellie musste sich ein Lächeln verkneifen. Echo hatte das heute schon dreimal gemacht; sie fand Calebs Aversion gegen Nacktheit genauso lächerlich wie Mellie. »Du bist dir aber schon bewusst, dass sie vorher auch schon kaum etwas anhatte, oder?«

Der *Bikini* – wie Echo es im Geschäft genannt hatte – hatte ohnehin schon nicht viel bedeckt, doch noch vor fünf Minuten konnte Caleb daran nichts Anstößiges finden. Er hatte auch nicht mit der Wimper gezuckt, als Rynn sich bei ihrer Ankunft am Strand gegen ein T-Shirt entschieden hatte. Tatsächlich hatte er kurz danach sogar seins ausgezogen und genoss es offenbar, nur in Schwimmshorts die Sonne auf der Haut zu spüren. Mellie war also als Einzige von ihnen noch vollständig bekleidet.

»Das ist etwas anderes«, erwiderte Caleb. »Weißt du, es geht immer um den Kontext, Scout. Wenn sie das ins Einkaufszentrum oder in ein Restaurant anziehen würde, wäre es total unangebracht. Aber am Strand tragen das die Mädchen eben.«

»Das ergibt absolut keinen Sinn.«

»Red dir das nur weiter ein, kleine Meerjungfrau. Jetzt komm, dein Training ist noch nicht beendet.« Er schwang sich seine Tasche über die Schulter und griff nach ihrer Hand. Mellie ließ zu, dass er sie nahm, und ignorierte die Hitze, die ihr ins Gesicht stieg, als sie bemerkte, dass Rynn sie beobachtete.

»Ähm … Caleb, wo gehen wir denn hin?« Sie schüttelte die Schuldgefühle ab, während sie ihm über ein paar Felsen folgte. Sie taten nichts Verbotenes. Und selbst wenn, würde es Rynn nichts angehen.

»Wir üben mal ein bisschen *menschliche* Magie«, erwiderte Caleb. »Ich zeige dir, wie man eine Pistole abfeuert.«

Mellie blieb abrupt stehen. »Das muss ich nicht lernen.«

»Doch, musst du.«

»Nein, ich …«

»Scout, erinnerst du dich an den Tag, an dem wir uns kennengelernt haben?«, fragte er und verschränkte die Arme.

Kennengelernt war sicher ein interessantes Wort dafür, obwohl Mellie annahm, dass es höflicher war, als zu sagen: *Erinnerst du dich an den Tag, als ich ein paar fiese Landbewohner davon abgehalten habe, dich zu einem blutigen Klumpen zu schlagen? Und von dem, was sie sonst noch getan hätten.*

»Das war etwas anderes.« Sie schaute auf ihre Füße. Erstens waren es drei gegen eine gewesen, und sie hatten sie in einem ungünstigen Moment erwischt, als sie vom übermäßigen Ausüben der Magie gerade völlig erschöpft gewesen war.

»Und wie steht es mit dem Tag, als zwei Meerjungfrauensoldaten dich fast im See ertränkt hätten? Oder als sie uns in der Hütte über den Haufen schießen wollten?« Calebs Tasche klapperte, als sie auf dem Boden auftraf, als würde Metall auf Glas schlagen. »Diese Typen wollen dich umbringen, Scout, und so, wie ich das sehe, werden sie nicht eher aufgeben, bis sie ihr Ziel erreicht haben.«

»Was genau der Grund ist, weshalb Echo uns die Münzen besorgt hat, die …«, hob Mellie an, doch er unterbrach sie eilig.

»Und was ist, wenn sie versagen? Wenn du genau in dem Moment die Magie nicht aufbringen kannst? Oder dir die tollen Silbergranaten ausgehen, ehe du in Sicherheit bist?«, fragte er. »Jeder dieser Psychos wird eine Pistole haben, Scout, und sie werden sie alle auf dich richten. Du brauchst mehr als nur eine Art der Verteidigung.« Die Sorge in seinem Blick war so aufrichtig, dass Mellie nicht wusste, was sie dagegen sagen sollte. Sie konnte nicht einfach dastehen und so tun, als wäre die Gefahr nicht real. Mit ihrem Selbstverteidigungstraining hatte sie rein gar nichts gegen diese betrunkenen Collegetypen ausrichten können, geschweige denn gegen die Männer des Captains. Wenn es zu einem echten Kampf kam, wussten sie beide, dass sie keine Chance hatte.

»Okay, okay«, lenkte sie ein. »Aber wo bei allen Höllen sollen wir eine Pistole herbekommen?« Soweit sie wusste, hatte er seine zu Hause gelassen.

Caleb griff in die Tasche und fischte eine Pistole heraus. »Eine Spende unserer großzügigen Aufpasserin.«

»Cirra hat sie dir gegeben?« Mellie starrte die Waffe ungläubig an.

»Na ja, *gegeben* ist vielleicht ein bisschen zu viel gesagt. Sagen wir, sie hat sie auf dem Boot gelassen, damit die Kinder damit spielen können.«

»Sie wird uns so was von umbringen.«

»Ich wüsste nicht, wie.« Caleb grinste breit. »Ich habe doch ihre Pistole.«

Nicht nur ihre Pistole. Caleb hatte sich auch eine Schachtel Munition und ein paar leere Flaschen aus dem Müll geschnappt. In einem Moment morbider Kreativität hatte er Smileys auf die Flaschenetiketten gemalt, so dass sie auf schon fast gruselige Art und Weise zu ihnen rüberlächelten, als Caleb die Flaschen ein paar Meter entfernt auf einem Felsen aufreihte.

»Immer schön nach vorne richten, ja? Sie ist geladen«, wies er sie an, als er ihr die Waffe reichte. Vom ersten Moment an mochte Mellie das Gefühl nicht, die Pistole war zu schwer für etwas so Kleines, zu tödlich. Magie zu benutzen, um die Männer des Captains außer Gefecht zu setzen, war eine Sache, aber sie zu erschießen? Sie zu *töten*? Mellie wusste nicht, ob sie das übers Herz bringen würde.

»Also, das hier ist die Sicherung.« Caleb zeigte auf den kleinen Hebel seitlich am Pistolenlauf. »Wenn der gespannt ist, ist die Pistole quasi blockiert; du musst ihn lösen, ehe du auf etwas schießt.« Er führte es ihr vor. Und vielleicht war es nur Einbildung, aber die Pistole fühlte sich plötzlich viel gefährlicher in Mellies Händen an. Als könnte sie sich aus eigenen Stücken umdrehen und dieser dummen Idee ein Ende setzen.

»Jetzt halte sie mit beiden Händen.« Caleb korrigierte ihren Griff. »Und die Finger immer schön vom Abzug weghalten, bis du bereit bist zu schießen. Dieses Ding sieht vielleicht nicht so aus, aber es hat eine ziemliche Wucht. Also, keine Panik, okay? Und immer gerade halten.« Er stellte sich hinter sie, so dass sie seinen Atem heiß im Nacken spürte.

»Zum Zielen musst du durch das Visier schauen und den Lauf in einer Linie vor dir sehen.« Caleb hob ihre Arme in Position. »Dann, wenn du so weit bist, drückst du den Abzug … *langsam.*«

Ehe sie die Nerven verlieren konnte, drückte Mellie den kleinen Metallhaken zurück, und sofort explodierte die Pistole regelrecht in ihren Händen. Der Rückstoß war so stark, dass sie gegen Calebs Brust geschleudert wurde. Anderthalb Meter neben den Flaschen zeigte eine Staubwolke, wo die Kugel in den Fels eingeschlagen war.

»Wow.«

»Stell dich mal ein bisschen breitbeiniger hin.« Caleb drückte ihre Füße sanft auseinander. »Dann kannst du den Rückstoß besser abfangen. Jetzt versuch es noch einmal.« Für den nächsten Schuss hielt er sie an den Schultern fest, was ihr Sicherheit gab. »Du wirst immer besser werden.«

Doch einige Versuche später sahen die Felsen zwar ziemlich ramponiert aus, die Flaschen zeigten dagegen immer noch ihr inzwischen hämisch wirkendes Lächeln. Als Mellie erneut den Abzug betätigte, ertönte kein lauter Knall, sondern ein hohl klingendes Klicken.

»Na ja, wenigstens ist der letzte Schuss im gleichen Postleitzahlbereich gelandet.« Caleb nahm ihr die Pistole ab und überprüfte, ob sie leer war, ehe er sie sicherte.

»Ich bin eine miese Schützin.«

»Dafür ist doch diese ganze Übungsschachtel gedacht.« Er hielt ihr die Munition hin. »Außerdem wollen wir dich ja nicht zur weltbesten Scharfschützin machen. Du sollst nur genug wissen, um den anderen Feuerschutz geben zu können, falls irgendetwas schiefgeht.« Caleb entfernte das Magazin und lud nach.

»Ich hatte mir überlegt«, sagte er, ohne den Blick von seiner Beschäftigung abzuwenden, »wenn wir zurückkommen – nur wenn Zeit ist, natürlich, aber wenn Zeit ist –, dachte ich, wir könnten … ich meine, was hältst du davon, wenn … Würdestdumitmireinen-Filmanschauengehen?« Die Worte ratterten schließlich in einem einzigen, unverständlichen Atemzug aus ihm heraus.

»Was?«

»Einen Film.« Caleb drückte eine weitere Kugel in das Magazin, ehe er aufschaute. »Würdest du dir mit mir einen Film anschauen?«

»Äh … klar. Aber ich fürchte, Mum wird mich eine ganze Weile nicht in die Nähe der Hütte lassen.«

»Nein, das ist nicht, was …« Die nächste Kugel rutschte Caleb aus den Fingern und landete im Sand. »Ich meinte nicht bei mir in der Hütte. Ich meinte, lass uns einen Film anschauen *gehen*. Du und ich. Zusammen. So richtig im Kino.«

»O-kay«, erwiderte Mellie langgezogen.

»Okay?«

»Ja, okay.«

»Okay.« Caleb nickte. »Okay.«

»Caleb, du verhältst dich komisch.« Was noch beunruhigender war, wenn er dabei eine frisch geladene Waffe in der Hand hielt.

»Stimmt, sorry.« Caleb ließ das Magazin wieder einschnappen. »Lass es uns noch einmal versuchen, ja?« Er grinste, als er ihr die Pistole reichte. »Vielleicht triffst du dieses Mal sogar etwas.«

»Also lässt der Landbewohner dich jetzt schon mit Pistolen spielen.« Rynns Stimme wurde unerwartet in ihre Gedanken projiziert, als sie sich kurz danach verwandelte, weil sie unbedingt den Geruch des Schießpulvers abwaschen wollte. Mellie wäre vor Schreck fast aus den Schuppen gefahren. Sie hatte zwar seine verlassene Jeans am Strand liegen gesehen, aber nicht damit gerechnet, dass er sich hier herumschlich und auf eine Gelegenheit wartete, sie zu überfallen.

»Bei den Göttern, spionierst du mir nach?« Sie schob sich an ihm vorbei. In einem so großen Ozean hätte es einfacher sein sollen, sich aus dem Weg zu gehen.

»Mel, warte …« Rynn seufzte und hielt sie am Arm fest. »Ich will mich nicht streiten.«

»Du hast aber eine seltsame Art, das zu zeigen.«

»Ich weiß, tut mir leid. Und ich habe dir nicht hinterherspioniert, okay? Ich wollte dir nur sagen, dass deine Mum angerufen hat. Du bist nicht an dein Handy gegangen, also hat sie es bei mir versucht.«

Oh. »Was wollte sie denn?«

»Hauptsächlich wollte sie wissen, was es Neues gibt«, antwortete Rynn. »Und uns selbst etwas mitteilen. Sie und David sind heute zurück in den Wald gefahren, um nach den Schutzankern zu schauen. So, wie es aussieht, befinden sich alle genau dort, wo wir sie zurückgelassen haben.«

»Also konzentriert sich Ferrick auf die Sicherheit in Astria.« Mellie sank tiefer in die Algen hinab. Quinn hatte vermutet, dass das seine Strategie sein würde. Da er nicht jeden Schutzanker im Auge haben konnte, würde er stattdessen die Stadt bewachen.

»Sieht so aus.«

Verdammt. Mellie zupfte an einem Seegrashalm. »Dann bewacht er den Annex wahrscheinlich auch, für den Fall, dass wir versuchen sollten, auf dem gleichen Weg hineinzugelangen wie beim letzten Mal.«

»Als ich ihm von eurem Plan erzählt habe, meinst du?« In Rynns Stimme lag weder Wut noch Vorwurf, sie klang völlig neutral.

»Das ist nicht, was ich … Das meinte ich nicht.« Mellie senkte den Blick. Sie war auch nicht auf Streit aus. Sie hatte es so satt, mit ihm zu streiten.

»Ich weiß. Aber es ist wahr, oder?«

Nun, das konnte sie schlecht abstreiten. Rynn hatte dem Captain alle ihre Geheimnisse verraten. Deshalb hatte Ferrick von ihrer Mum gewusst und dass Quinn und Niya aus ihrem selbst auferlegten Exil zurückgekehrt waren. Und was noch schlimmer war, er wusste, was sie vorhatten, wenn sie es jemals wieder durch die Stadttore Astrias hindurchschaffen sollten. Er wusste, wie er sie aufhalten konnte.

»Dieses Mal sind wir mehr«, sagte Mellie. »Cirra und Quinn … Sie werden sich einen neuen Plan ausdenken, einen besseren.« Das klang selbst in ihren eigenen Ohren platt.

Rynn verzog den Mund zu einem traurigen Lächeln. »Ich gehe weg, Mel«, erklärte er. »Wenn das nicht funktioniert.«

»Was?« Die Worte trafen sie völlig unerwartet, weshalb sie zunächst annahm, sich verhört zu haben. »Wie meinst du das, du gehst weg? Wohin denn?«

»Ich habe heute Morgen mit Cirra gesprochen. Ich habe sie gefragt, ob das Angebot des Quorums, sich in Simmia niederzulassen, ernst gemeint war. Sie hat es bestätigt.«

»Dann willst du einfach aufgeben?«

»Ich denke nur praktisch, Mel. Du willst mich nicht mehr um dich haben. Ich dachte, dass vielleicht mit der Zeit … Bei den Göttern, ich weiß nicht mal mehr, was ich dachte.« Er fuhr sich mit der Hand übers Gesicht. »Aber nach dem, was in Kintara passiert ist, bin ich mir nicht sicher, ob es sich je wieder ändern wird.«

Er musste ihre wilde Flucht vor dem Hai meinen, oder genauer gesagt den Moment kurz danach, als Mellie ein paar kurze Sekunden lang vergessen hatte, dass sie eigentlich wütend auf ihn war. Wenn nicht einmal eine Verfolgungsjagd mit einem riesigen, fleischfressenden Hai ihr Bedürfnis, sich von ihm abzuwenden, übertrumpfen konnte, musste Rynn gedämmert haben, dass auch nichts anderes das zu tun vermochte.

»David und deine Mum waren wirklich nett zu mir, wenn man die Umstände bedenkt«, fuhr er fort, »aber wir wissen beide, dass ich nicht in dieses Haus gehöre, und ich kann ihnen nicht weiterhin so nah und doch so fern sein«, fuhr er fort und meinte damit seine eigene Familie. »Ich werde noch verrückt. Wenn ich nicht nach Hause zurück kann, dann brauche ich einen klaren Bruch. Ich muss nach vorne schauen.«

Mellie konnte nicht anders, als ihn geschockt anzustarren. War das irgendeine Art von Spiel? Ein Ultimatum, das sie dazu zwingen sollte, ihm zu vergeben? Erwartete Rynn, dass sie zusammenbrach und ihn anflehte, bei ihr zu bleiben? Denn sie war wirklich nicht der Typ fürs Anflehen.

»Na schön«, erwiderte Mellie. Es war nicht das, was sie hätte sagen sollen, nicht einmal, was sie hatte sagen wollen. Doch sie war so hin und her gerissen zwischen dem Bedürfnis, ihn zu treten, und dem Wunsch, ihn dazu zu bringen, seine Absicht zu ändern, dass sie nichts anderes zustande brachte. Mal davon abgesehen, welchen Grund konnte sie ihm schon zum Bleiben geben? Seit sie Kintara verlassen hatten, hatte Mellie schon hundertmal darüber nachgedacht, wie sich die Kluft zwischen ihnen irgendwie überbrücken ließe, doch sie wusste, dass selbst die kleinste Geste in dieser Richtung ihm Hoffnung machen würde. Und das wollte sie vermeiden, bis sie sicher war, diese nicht enttäuschen zu müssen. Diese Grausamkeit war besser, als ihm etwas zu versprechen, das sie dann nicht halten konnte. Oder zumindest versuchte sie, sich das einzureden.

Rynn schien über ihre Reaktion nicht enttäuscht zu sein, auch nicht wütend oder eingeschnappt oder sonst etwas, um genau zu sein. In seinem Blick lag eine Leere, die Mellie noch nie gesehen hatte – so, als wäre das Feuer darin zu Asche verglüht. Sie war derart damit beschäftigt gewesen, ihn nicht anzusehen, dass ihr nicht aufgefallen war, wie es erloschen war, und dass Rynn, der Junge, der sie fünf Jahre lang davor bewahrt hatte, nicht zu zerbrechen, still und leise seine Grenze der Belastbarkeit erreicht hatte.

Du machst einen Fehler. Zu gehen, ist ein Fehler. Auch wenn ihr die Worte auf der Zunge lagen, brachte es Mellie nicht über sich, sie auszusprechen. Es wäre einfacher gewesen, so zu tun, als *brauchte* sie ihn, anstatt zu *wollen*, dass er blieb. Denn wenn dieser nächste Versuch, nach Astria zu gelangen, tatsächlich scheitern sollte, dann war er der Einzige, der ihr helfen konnte, die Soldaten zu einem weiteren Versuch zu überreden – es so lange zu versuchen, bis der Captain das Korps nicht mehr führte und der Titan nicht mehr auf dem Thron saß.

Aber in Wahrheit war Mellie einfach nicht bereit, zuzugeben, dass sie sich ihr Leben nicht ohne ihn vorstellen konnte. Also sagte sie einfach gar nichts, bis das Schweigen zwischen ihnen unerträglich wurde, und ihr »Na schön« sie beide zerbrach.

Die Tränen ließen nicht lange auf sich warten, kaum dass er gegangen war. Rynns Schwanzflosse war kaum zwischen den Blättern der Algen verschwunden, als sie bereits das Wasser um Mellie durchdrangen. Mellie zerriss den Seegrashalm, mit dem sie gespielt hatte. Sie hätte am liebsten etwas geworfen – etwas beworfen, nur um es zerbrechen zu sehen. Sie wollte die Welt in Brand stecken.

Wie konnte Rynn immer noch so viel Macht über sie besitzen? Warum tat er ihr immer noch jedes Mal weh, wenn sie ihn davonschwimmen sah? Bei den Göttern, warum brachte sie es nicht übers Herz, ihm zu verzeihen?

Nicht zum ersten Mal verfluchte Mellie die Wut, die in ihr tobte. Sie wollte sie ausmerzen, wollte sie nicht mehr empfinden. Nichts zu spüren wäre besser, als das zu fühlen. Wenn sie nur wüsste, wo dieser Tumor lebte, dann könnte sie ein Messer nehmen, ihn herausschneiden und so lange darauf herumhacken, bis nichts mehr davon übrig war.

Mellie wischte sich hastig die Tränen weg und schwamm los, ohne zurückzuschauen, so tief und weit ins Meer hinein, wie sie konnte, damit sie niemand hören konnte, wenn sie aus vollem Halse schrie.

Kapitel vierzehn

Caleb Greene

Donnerstag, 14.43 Uhr: *Hast du immer noch Lust auf Kino? Wir haben doch Zeit, oder? Bis zum Tag der Invasion?*

Mellie, die Meerjungfrau

Donnerstag, 14.52 Uhr: *Musst du es wirklich so nennen?*

Caleb Greene

Donnerstag, 14.53 Uhr: *Hast du einen besseren Namen dafür?*

Mellie, die Meerjungfrau

Donnerstag, 14.54 Uhr: *Nein.*

Caleb Greene

Donnerstag, 14.56 Uhr: *Dann ja. Wann kommt eure Meerjungfrauenarmee eigentlich hier an?*

Mellie, die Meerjungfrau

Donnerstag, 14.57 Uhr: *Am Sonntag.*

Caleb Greene
Donnerstag, 15.01 Uhr: *Heißt das, du hast am Samstagabend noch nichts vor?*

Mellie, die Meerjungfrau
Donnerstag, 15.02 Uhr: *Was sollte ich schon vorhaben?*

Caleb Greene
Donnerstag, 15.03 Uhr: *Keine Ahnung, geheime Meerjungfrauensachen?*

Mellie, die Meerjungfrau
Donnerstag, 15.04 Uhr: *Es gibt keine geheimen Meerjungfrauensachen.*

Caleb Greene
Donnerstag, 15.05 Uhr: *Außer der Tatsache, dass ihr existiert …*

Mellie, die Meerjungfrau
Donnerstag, 15.05 Uhr: *Genau.*

Caleb Greene
Donnerstag, 15.07 Uhr: *Super. Dann hole ich dich um sieben ab.*

Wäre es nach Mellie gegangen, hätte es gar nicht schnell genug Samstag werden können. Seit ihrer Rückkehr aus Kintara zog sich die Zeit wie Kaugummi, und sie langweilte sich so sehr, dass sie in ihrer Verzweiflung angefangen hatte, tagsüber fernzusehen und stundenlang in ihrem Zimmer auf und ab zu tigern. Bei allen Höllen, sie hatte sogar zugelassen, dass ihre Mutter ihr noch ein paar Fahrstunden gab, nur um die Monotonie zu durchbrechen.

Wäre es nach Mellie gegangen, wären sie nach der Landung des Flugzeugs sofort zum See aufgebrochen, doch wie sich herausstellte, brauchte es mehr dazu, eine Rebellion auf die Beine zu stellen, als nur die nötigen Mitstreiter aufzutreiben. Ohne das Überraschungsmoment auf ihrer Seite mussten sie sich gut organisieren. Sie brauchten eine Strategie und Vorräte. Sie konnten nicht einfach mit einem Stoßgebet und ein paar Pistolen losstürmen wie beim ersten Mal.

Also waren sie stattdessen erst einmal nach Hause zurückgekehrt. Caleb zurück zu seinen Eltern, um sich der Diskussion über seinen endgültigen Abgang vom College zu stellen, und sie und Rynn zum Haus ihrer Mutter – oder eher zu dem Haus, das David nach dem Angriff des Captains für sie gemietet hatte, einen beengten Bungalow mit vergilbter Tapete und alten Möbeln, denen ein unschöner Geruch nach kaltem Rauch anhaftete.

Und dort saßen sie jetzt seit fast einer Woche fest.

Zusammen.

Mit wenig Ablenkung von ihrem noch schlechter gewordenen Verhältnis zueinander.

Was genau der Grund war, weshalb Mellie unbedingt aus dem Haus raus musste, und wenn es auch nur für ein paar Stunden war.

»Willst du das anbehalten?«, fragte ihre Mum, als sie das Wohnzimmer betrat.

»Wieso, stimmt irgendetwas nicht damit?« Mellie erstarrte auf halbem Weg zur Couch. Sie trug das Gleiche wie immer: Jeans und T-Shirt. Das hatte sie auch an der Oberfläche getragen, bevor sie gestrandet war, nur dass sie jetzt genug Kleidung besaß, um einen gesamten Schrank zu füllen. Jetzt konnte sie jeden Tag ein frisches T-Shirt anziehen, von denen manche sogar einen etwas anderen Ausschnitt oder einen Aufdruck besaßen. Und vor allem passten sie ihr alle hervorragend.

»Nein, nein, alles in Ordnung, Liebes. Du siehst super aus.« Ihre Mum wandte sich wieder ihrem Buch zu. Mellie war in letzter Zeit oft aufgefallen, dass sie das tat – den Mund zu halten, obwohl sie ganz offensichtlich etwas zu sagen hatte.

»Bei den Göttern, Mum, spuck es schon aus.«

»Ich dachte nur, du würdest heute vielleicht gern mal etwas anderes ausprobieren. Vielleicht eins der Kleider, die ich dir gekauft habe?«

»Du willst, dass ich ein *Kleid* trage?«

»Es war ja nur ein Vorschlag.«

Ja, genau. Mellie verdrehte die Augen. *Ein schön passiv-aggressiver.*

Was ist überhaupt der Sinn eines Kleides?, fragte sich Mellie, als sie sich in dem großen Spiegel im Schlafzimmer betrachtete. Es schützte die Beine nicht vor Kratzern oder Insektenstichen, und was die Kälte anging, ergab ein so tief ausgeschnittenes, kurzes Kleidungsstück absolut keinen Sinn. Wenigstens die Farbe war schön; Mellie gefiel es, wie die Pastellfarben zu ihren Haaren passten, und das filigrane Blumenmuster war ganz hübsch. Trotzdem fühlte sie sich ein wenig albern. So waren die Landbewohnermädchen in den Filmen angezogen, die sie mit Caleb immer schaute. *Ich bin praktisch ein Vampirköder.*

»Mellie«, rief ihre Mum aus dem Flur. »Caleb ist an der Tür.«

Seltsam. Caleb hupte normalerweise nur, wenn er da war. *Heute Abend verhalten sich wohl alle etwas komisch.* Mellie warf noch einen letzten Blick in den Spiegel, schnappte sich ihre Jacke und lief zur Tür.

Caleb wartete auf der Veranda auf sie und tippte geistesabwesend mit dem Fuß ans Geländer. Sie hatte ihn noch nie so aufgeräumt und gleichzeitig nervös erlebt. Er hatte sich ausnahmsweise rasiert und sein übliches Karohemd gegen ein einfaches schwarzes getauscht. Die Farbe machte ihn ein wenig älter, wohingegen ihn die glattrasierten Wangen wieder jünger aussehen ließen. Heute Abend war Caleb der wandelnde Widerspruch.

»Du hättest nicht zur Tür kommen müssen«, stellte Mellie statt einer Begrüßung fest.

»Oh, ich weiß, ich dachte nur …« Er riss die Augen auf. »Hast du etwa …? Du trägst ja ein *Kleid.*«

Verdammt sei es bis in jede Ecke der dreizehn Höllen.

»Es sieht lächerlich aus, oder?« Mellie hatte gleich gewusst, dass es eine blöde Idee war. »Ich zieh mich um.«

»Nein, Scout, warte …«, rief Caleb ihr hinterher, doch Mellie war bereits nach drinnen verschwunden. Sie hätte niemals auf ihre Mum hören dürfen.

»Du hättest dich wirklich nicht umziehen müssen«, sagte er, als sie schließlich losfuhren. »Ich mochte das Kleid.«

»Mochtest du gar nicht.« Mellie wusste es, weil seine Wangen immer noch tiefrot waren. Es war ihm peinlich, dass er sie beschämt hatte.

»Wohl, ich war nur überrascht. Du hast bisher noch nie eins getragen.«

»Und das werde ich auch nie wieder tun. Können wir jetzt bitte nicht mehr über das Kleid reden?«

»Geht klar.« Caleb nickte stoisch und war klug genug, sich das Lächeln zu verkneifen. »Meerjungfrauen hassen Kleider, das füge ich zur Liste hinzu. Übrigens, für deine Mum ist es schon okay, dass wir ins Kino gehen, oder?«, fragte er, während er auf die Hauptstraße abbog. »Du hast es ihr doch gesagt?«

»Ja, ich habe es ihr gesagt«, erwiderte Mellie. »Und sie findet es toll, um genau zu sein.«

Noch vor ihrem Ausflug nach Kanada hatte ihre Mum sie immer wieder zu überreden versucht, die Oberfläche etwas mehr zu erkunden, weil sie der Meinung war, Mellie verbrachte zu viel Zeit im Haus oder in Calebs Hütte. Wahrscheinlich dachte sie, dass Mellie die Landbewohnerwelt genauso lieben lernen würde wie sie, wenn sie ihr nur lange genug ausgesetzt wäre, und dass sie sich vielleicht sogar für ein Leben an der Oberfläche entscheiden würde. Doch Mellie schwankte noch zwischen Staunen und Angst, und eigentlich hatte sie nicht vor, sich etwas hier aufzubauen. Wenn sie am Abend die Augen schloss, träumte sie von zu Hause.

»Ach, wirklich?« Caleb wirkte überrascht und erfreut. »Das ist … doch gut. Sehr gut.«

»Warum sollte sie ein Problem damit haben, dass wir ins Kino gehen?«

»Ach, nur so. Ich wollte nur sichergehen.« Plötzlich schien er sich sehr für den abendlichen Straßenverkehr zu interessieren.

»Caleb, hast du …« Plötzlich kam ihr ein überaus seltsamer Gedanke. »Hast du etwa Angst vor meiner Mum?« Mellie musste ein Kichern unterdrücken. Wie konnte der Landbewohner, der sich nicht einmal vor Bären, Wölfen oder übergroßen Fischen mit Pistolen fürchtete, Laura Mayreed furchteinflößend finden?

»Was? Natürlich nicht.« Caleb setzte sich aufrechter hin, als wollte er etwas demonstrieren. »Na gut, okay, vielleicht ein bisschen. Aber das ist *normal*. Jeder hat doch irgendein Problem mit den Eltern anderer; ich wette, du hättest furchtbare Angst vor meinen.«

Vermutlich, stimmte Mellie ihm im Stillen zu. Aber nur, weil sie Landbewohner sind, und nicht, weil sie seine Eltern waren.

»Wie du siehst, habe ich lediglich auf eine nachvollziehbare Weise Angst vor deiner Mutter«, stellte Caleb fest und manövrierte den Wagen in eine viel zu kleine Parklücke. »Egal, wir sind da.«

»Was?« Mellie schaute auf die belebte Straße. Sie war sich nicht sicher, was sie erwartet hatte. Caleb hatte klar gesagt, dass sie zu einem Kino fahren würden, was offensichtlich ein Landbewohnerort war und nicht sein Haus. Aber für Mellie hatte »nicht sein Haus« nicht gleich »in der Landbewohnerinnenstadt« bedeutet. Caleb hatte sie direkt in ihren schlimmsten Albtraum kutschiert.

»Scout?« Er ging um das Auto herum und tippte ans Beifahrerfenster. »Hast du vor, irgendwann auszusteigen?«

»Ähm …« *Nein. Nicht wirklich. Nein.* »Da sind aber ganz schön viele Landbe… äh, *Leute*«, stellte sie fest. Sie waren überall, stiegen aus Autos aus, drängten sich auf dem Bürgersteig, traten aus den Restaurants, die die Straße säumten. Es waren so viele, dass ihre Stimmen zu einem konstanten Summen aus Geplapper und Gelächter verschmolzen.

Am Flughafen hatte sich Mellie den Landbewohnern gestellt,

weil sie es musste, weil es die einzige Art und Weise gewesen war, dorthin zu kommen, wo sie hinmusste. Aber dieser Abend sollte doch *Spaß* machen. Eine willkommene Abwechslung von der Gefahr sein, kein freiwilliger Sprung direkt hinein.

»Natürlich sind hier viele Leute. Es ist ja auch Samstagabend«, erklärte Caleb, als wäre das eine Selbstverständlichkeit.

»Du hast nie erwähnt, dass da andere Leute sein würden.«

»Ich bin irgendwie davon ausgegangen, dass das klar wäre.« Er hielt ihr die Tür auf, bis Mellie doch widerwillig ausstieg.

»Hör zu, ich weiß, deine bösen Meerjungfrauenchefs haben euch in dem Glauben erzogen, dass wir alle besessene Mörder sind, die euch auf offener Straße die Kehle durchschneiden, nur damit wir in eurem Blut herumspringen können oder *was auch immer*. Aber die Wahrheit ist, dass wir lieber im Verborgenen töten – in verlassenen Gebäuden, dunklen Gassen –, an so schön intimen Orten, weißt du?«

»Das ist nicht lustig.«

»Scout, komm schon, wir sind in der Öffentlichkeit. Niemand wird uns angreifen.« Ehe sie ihre Meinung ändern konnte, nahm er ihre Hand und zog sie in die Menge.

»Glücklicherweise halten uns die Multiplexkinos für eine zu kleine Stadt, weshalb du in den Genuss eines richtigen Kinos kommen wirst.« Er führte sie zu einem Gebäude mit Neonbeleuchtung. Es war wirklich ein wahrer Augenschmaus: Ein leuchtendes Schild über dem Eingang, das von hundert bunten Glühbirnen erhellt wurde, lockte die Menschen ins Innere wie Insekten, die vom Licht angezogen wurden. Der Geruch nach Popcorn begrüßte sie bereits unter dem Vordach wie eine mächtige Wolke, die aus der Lobby nach draußen waberte.

»Warte nur, bis du echtes Popcorn probiert hast.« Caleb grinste. »Das wird die wohlbehütete kleine Meerjungfrau umhauen.«

»*Caleb.*« Mellie schaute sich panisch um und bekam Angst, einer der umstehenden Landbewohner hätte ihn gehört.

»Sorry, sorry.« Er hob entschuldigend die Hände. »Aber vertrau mir, wenn ich dir sage, dass uns niemand zuhört. Und selbst wenn, würde jeder nur denken, dass ich Scherze mache.« Er blieb vor einer Theke mit Glasscheibe stehen. Auf dem Schild darüber stand »Ticketschalter«.

»Zwei Karten für *Die Manorvale-Morde*, bitte«, sagte Caleb zu dem Landbewohner im langärmeligen Hemd, der hinter der Scheibe saß. Doch dann schien er Zweifel zu bekommen, denn er drehte sich stirnrunzelnd zu ihr um. »Das ist doch okay, dass wir einen Horrorfilm ansehen, oder?«

»Warum denn nicht?« Sie sahen sonst auch nie etwas anderes, abgesehen von ein paar Fantasy-Klassikern, auf denen Caleb bestanden hatte. Er hatte es »Filmbildung« genannt.

»Ähm … nur so.« Caleb vergrub die Hände in den Hosentaschen. »Es ist nur, da läuft auch eine romantische Komödie, falls du das für angemessener hältst für ein …«

»Caleb, du hasst romantische Komödien«, unterbrach Mellie ihn. Sie wusste nicht mehr, was genau er seinen Worten zufolge lieber tun würde, als sich einen solchen Film anzusehen, aber sie konnte sich dunkel erinnern, dass es etwas mit Besteck und seinen Augäpfeln zu tun gehabt hatte.

»Na ja, schon. Aber wenn du lieber so einen Film sehen würdest, könnten wir das auch machen.«

»Oder wir könnten den Film schauen, den du eigentlich sehen wolltest.«

Der Landbewohner hinter der Scheibe räusperte sich vernehmlich, als wollte er sie daran erinnern, dass er auch noch da war. »Sie halten die Schlange auf.«

»Klar, okay, sorry.« Ein Hauch von Rosa schlich sich auf Calebs Wangen. »Wir nehmen dann zweimal *Die Manorvale-Morde*, bitte.«

Der Landbewohner nahm seufzend sein Geld entgegen. Er hätte nicht gelangweilter aussehen können, selbst wenn er es versucht hätte.

Caleb sollte recht behalten, was das Kino anging: Filme wirkten wirklich besser auf der großen Leinwand. Sie waren auch gruseliger, was vor allem an dem stockdunklen Raum und der ohrenbetäubenden Lautstärke lag. Der Eimer Popcorn, den er für sie beide gekauft hatte, war so in Butter getränkt, dass Mellies Hände Fettflecken auf ihrer Jeans hinterließen. Aber Caleb hatte auch in dieser Hinsicht recht: Es schmeckte deutlich besser. Und Gummibärchen waren eine grandiose Erfindung.

»Und, was meinst du?«, fragte er, als sie der Horde Menschen zurück auf die Straße folgten. »Kannst du noch ein paar mehr Landbewohner ertragen? Ich hätte noch einen kleinen Zwischenstopp geplant. Es wird auch gut, versprochen.« Er warf ihr ein hoffnungsvolles Grinsen zu. Dieses Lächeln hatte etwas Besonderes an sich, eine Freude, wie sie Mellie noch nie bei ihm gesehen hatte. Sie hätte sich nie vorstellen können, dass Caleb unter Menschen so glücklich aussehen würde. Andererseits schien der Mob an aufgeregten Landbewohnern tatsächlich keine Gefahr darzustellen. Niemand zollte ihnen unangemessene Aufmerksamkeit; keiner starrte sie an oder schlich verdächtig um sie herum. Es schien sie überhaupt niemand wirklich wahrzunehmen. Außerdem hatte Caleb offenbar so viel Spaß, dass Mellie es nicht übers Herz brachte, den Abend zu verkürzen.

»Dieser Zwischenstopp liegt nicht zufällig in einer dunklen Gasse?«, fragte sie, da sie es auch nicht wirklich eilig hatte, nach Hause zurückzukehren.

»Dunkel, ja. Gasse, nein.«

»Na, dann los.«

Calebs dunkle Nicht-Gasse entpuppte sich als Wiese, nicht weit entfernt vom Kino, nah genug an der Straße, um sich noch sicher anzufühlen, und doch weit genug weg, um abgelegen zu wirken. Ein riesiges Lagerfeuer brannte in der Mitte, um das Landbewohner in Grüppchen herumstanden, redeten und tranken. Das Stimmengewirr vermischte sich mit dem Knistern und Knacken des Feuers.

Auch wenn es riesig war, sah das Feuer kontrolliert aus, eingefasst von großen Steinen, die verhinderten, dass es sich über das Gras und die umliegenden Bäume ausbreitete. Als sie sich näherten, traf Mellie die Wand aus Hitze wie eine Welle, die sich an der Küste brach.

»Was ist das, Caleb?«, fragte sie. Es erschien ihr eine seltsame Art der Unterhaltung zu sein und eine nicht gerade ungefährliche Art, sich zu wärmen.

»*Das* ist hier Tradition. Weißt du, Asherby – also, die Stadt, in der wir gerade sind – wurde nach diesem Mann benannt, Robert Asherby … nein, warte, Richard. Oder vielleicht hieß er auch Roger. Ist auch nicht so wichtig, weil ich mich eh nicht erinnern kann, was genau er gemacht hat, aber es war jedenfalls *irgendetwas*

Wichtiges. Also feiert die Stadt natürlich jedes Jahr, was auch immer er gemacht hat, indem sie ein großes Feuer entzünden und sich alle fürchterlich betrinken.« Er deutete mit einer Handbewegung auf die Festlichkeiten. »Jetzt komm schon, Meerjungfrau. Ich werde dein Leben für immer verändern.« Caleb nahm ihre Hand und führte sie näher ans Feuer. Die Luft roch hier süßer, der berauschende Duft nach verbranntem Zucker mischte sich mit dem Holzgeruch.

»Bei den Göttern, was ist das?«, fragte Mellie. Sie musste es unbedingt wissen, damit sie es mit nach Hause nehmen und in Flaschen abfüllen konnte.

»Das ist, was in deinem Unterwasserleben gefehlt hat«, erklärte Caleb und ging zu einem offenbar sehr unvernünftigen – vielleicht sogar lebensmüden – jungen Mann, der direkt neben den Flammen saß. Er reichte ihm ein paar Scheine und bekam im Gegenzug einen Holzstab mit schwarzen Klumpen.

»Hier entlang.« Caleb deutete auf einen Tisch, der mit Keksen und Schokolade beladen war. Mellie folgte ihm schweigend. Er hatte doch sicherlich nicht vor, diese verbrannten Kohlestückchen zu essen?

»Also, der Trick ist, dass man die Mischung richtig hinbekommt.« Caleb zupfte einen Klumpen vom Stab. »Ein Marshmallow auf drei Stückchen Schokolade in zwei Keksen. Hier, koste mal.«

Offenbar hatte er es doch vor.

»Ähm … nein, danke.« Mellie starrte die seltsame Zusammenstellung in seiner Hand an. »Lieber nicht.«

»O nein, keine Widerrede. Du hast mich auch dazu gezwungen, diese ekelhaften Muscheln zu essen, weißt du noch? Das ist jetzt die Rache. Und eine nette Rache noch dazu, also nicht kneifen.« Er nahm einen Bissen von seinem Kohle-Keks-Sandwich. Als er nicht daran erstickte, nahm Mellie ihres widerwillig entgegen.

»Nur fürs Protokoll, mit den Muscheln war alles in Ordnung«, sagte sie, ehe sie zaghaft an einer Ecke knabberte. Die Schokolade schmolz langsam, und der verbrannte Klumpen, den er Marshmallow nannte, zerlief förmlich in ihrem Mund. Es schmeckte hundertmal köstlicher als selbst die dickste Muschel oder Garnele. Klebrig, verkohlt und supersüß. Mellie schlang den Rest gierig runter.

»Hab ich doch gewusst, dass es dir schmeckt.«

Wer hätte gedacht, dass Caleb so selbstgefällig aussehen konnte?

»Ich dachte mir, dass deiner Kindheit die S'mores gefehlt haben.«

»Meiner Kindheit hat gar nichts gefehlt. Wir hatten Riffkrabben, wenn wir etwas Süßes wollten. Wir haben sie nicht in ein Feuer gehalten, aber wenn man ihnen die Beine abdreht und sie mit …«

»Igittigitt, bitte hör auf zu reden.« Caleb schauderte sichtlich. Doch ehe Mellie die Chance hatte, ihn weiter zu necken, kam ein Landbewohnermädchen auf sie zugerannt und packte sie an den Schultern.

»O mein Gott, ich liebe deine Haare«, quietschte das Mädchen. Ordentliche Reihen aus Metall glitzerten auf ihren Zähnen, was Mellie weit beunruhigender fand als Cirras vielfältige Piercings. »Wo hast du dir die so machen lassen? Du musst es mir unbedingt sagen. Ich suche schon ewig nach dieser Farbe, echt *ewig*.« Nach Mellies Geschmack stand sie viel zu nah vor ihr. Und redete viel zu schnell. So ein Kontakt war genau der Grund, warum sie Menschenmengen normalerweise mied.

Instinktiv fischte Mellie das Messer aus der Tasche.

»Sorry, aber das war nicht hier in der Nähe.« Caleb packte Mellies Handgelenk und hielt es hinter ihrem Rücken fest. »Wir sind nur zu Besuch in der Stadt.«

»Oh.« Das Mädchen machte ein langes Gesicht. »Zu schade. Trotzdem danke.« Sie schenkte ihnen ein Lächeln und lief zurück zu ihren Freunden.

»Bist du völlig wahnsinnig geworden?« Caleb ließ ihren Arm los. »Was genau hattest du vor, wolltest du sie erstechen?«

»Nein.« *Ich bin doch nicht verrückt.* »Nur … ein bisschen erschrecken vielleicht.«

»Sie brauchte nicht *erschreckt* zu werden. Mann, Scout, dir ist schon klar, dass sie gar nicht bemerkt hat, dass du eine Wandle…« Er biss sich gerade noch auf die Zunge. »Dass du *anders* bist?«

»Aber du hast es bemerkt«, entgegnete Mellie. Sie hatte wochenlang die Rolle der Landbewohnerin bei ihm gespielt, immer darauf geachtet, was sie sagte, so getan, als möchte sie sein Oberflächenessen und als verstünde sie die ganzen technischen Geräte. Aber sie hatte ihm nie etwas vormachen können, zumindest nicht wirklich.

»Was? Nein, habe ich nicht. Ich meine, ich wusste, dass irgendetwas *seltsam* war an dir, aber *Meerjungfrau* ist definitiv nicht das Erste, was mir eingefallen ist. Ich dachte, du wärst dem Keller irgendeines Wahnsinnigen entflohen oder so.«

»Moment mal, was?« Mellie starrte ihn an. »Wie kommst du denn darauf?«

»Ich weiß auch nicht, weil … du warst so komisch, weißt du? Du tauchst da eines Tages allein im Wald auf, hast kein Zuhause, keine Familie, kein Handy. Verrückte Hexenhaare und -augen. Du hast dich geweigert, über irgendetwas zu reden, niemand hat nach dir gesucht – das habe ich übrigens nachgeschaut, ich habe dich gegoogelt – was natürlich überhaupt nicht klappen konnte, da du mir einen falschen Namen genannt hattest. Dann bin ich zum nächstgelegenen Polizeirevier gefahren, um zu sehen, ob dich jemand als vermisst gemeldet hat. Aber nein. Du hast praktisch nicht existiert. Und weißt du, welche Art von Mädchen nicht existiert?« Caleb verschränkte die Arme. »Die Art, die ihr ganzes Leben eingesperrt im Keller eines Wahnsinnigen verbracht hat.«

»Bei den Göttern, dir ist schon bewusst, wie verrückt es ist, dass das überhaupt eine Art ist.«

»Sagt diejenige, die gerade eine Cheerleaderin mit dem Messer bedrohen wollte. Bitte versprich mir, dass du das Ding nicht mehr zückst. Warum hast du es überhaupt dabei?«

»Das habe ich immer bei mir.« Mellie zuckte mit den Achseln. Seit sie es an ihrem ersten Tag an der Oberfläche vom Korps bekommen hatte und besonders seit dem Angriff, der sie hatte stranden lassen. Obwohl sie zugegebenermaßen wenig Grund dafür hatte, wenn sie mit Caleb zusammen war, außer vielleicht zum Öffnen von Austern.

»Bist du noch sauer, oder kann ich dich mal was fragen?« Mellie stupste ihn mit der Schulter an. Sie hatte nicht gewusst, dass sich Caleb an diesen ersten paar Tagen solche Mühe gemacht hatte, ihr zu helfen – wahrscheinlich hatte er auch nicht vorgehabt, es ihr überhaupt zu erzählen. Aber er hatte sich schon um sie gesorgt, bevor sie ihm einen Grund dazu gegeben hatte, und das bedeutete etwas.

»Ich bin nicht sauer, ich stehe nur nicht darauf, von der Polizei festgenommen zu werden.« Caleb seufzte und wippte auf den Fersen vor und zurück. »Was willst du mich denn fragen?«

»Außer um S'mores zu essen …« Was sie auch zu Hause hätten

machen können, »warum stehen wir nachts auf einer Wiese herum?«

»Ach, das wirst du schon noch sehen.«

»Was werde ich bald sehen?«

»Geduld, junger Skywalker.« Er lächelte schief.

»Du weißt, dass ich keine Ahnung habe, was das bedeutet, richtig?«

»Traurigerweise ja. Und das werden wir auch bald beheben, sobald ich eine DVD mit den Originalfilmen gefunden habe.« Er schaute auf sein Handydisplay. »Es geht gleich los.« Die Aufregung in Calebs Stimme war irritierend und ansteckend zugleich. Was auch immer passieren würde, es machte ihn und alle anderen Landbewohner hier ganz schön nervös, und obwohl Mellie nicht den Hauch einer Ahnung hatte, was los war, begann ihre Haut ebenfalls, vor Vorfreude zu kribbeln.

»Für Ronald Asherby!«, rief ein Junge quer über die Wiese, woraufhin eine Welle an wilden Pfiffen und Rufen durch die Menge ging.

Und dann explodierte der Himmel.

Mellie duckte sich instinktiv und verbarg den Kopf zwischen den Händen. Jemand hatte das Feuer auf sie eröffnet, doch aus irgendeinem Grund jubelten die Landbewohner auf der Wiese.

»Sieh mal nach oben, Scout.« Caleb hockte sich neben sie.

»Bist du *verrückt*? Jemand schießt auf uns!« Bei den Göttern, Mellie hatte gewusst, dass das eine schlechte Idee war. Sie hatte es gewusst. Nur weil Caleb kein Monster war, bedeutete das nicht, dass sie den restlichen Landbewohnern trauen konnte. Sie hätte diesem Abend gleich nach dem Kino ein Ende setzen sollen. Am besten sogar schon vorher. Sie hatte hier nichts zu suchen.

»Niemand schießt auf uns.« Caleb zog sie lachend wieder auf die Beine. »Jetzt schau nach oben. Vertrau mir.«

Zögerlich wandte Mellie den Kopf gen Himmel und riss erstaunt den Mund auf. Auf ein Pfeifen und einen Knall folgte immer ein Ausbruch an Licht und Farben. Rot, blau, grün, golden; ein selbstzerstörerischer Regenbogen.

»Caleb, was …« Mellie konnte den Blick gar nicht mehr abwenden. »Was passiert hier?«

»Du weißt doch, dass wir Schießpulver in die Munition der Pistolen füllen, mit denen wir uns gegenseitig erschießen?«

»Ja?«

»Na ja, manchmal benutzen wir Schießpulver auch dazu, tolle Sachen zu machen.« Als wollten sie seinen Punkt unterstreichen, erhellten mehrere Explosionen in dichter Folge den Himmel.

»Das ist …« Mellie fehlten die Worte, um die Feuerblumen am Himmel zu beschreiben. Nur ein Wort in ihrem Wortschatz schien ansatzweise zu passen. »Das ist Magie.« Nicht die Art, die sie selbst benutzte. Nicht einmal die Art, die Natürliche nutzten, sondern etwas ganz anderes. Auf eine Art schön, wie sie es nie für möglich gehalten hatte.

»Siehst du, das ist die Sache mit Meerjungfrauen, sie sind so leicht zu beeindrucken«, meinte Caleb.

Mellie stieß ihm den Ellenbogen spielerisch in die Rippen, auch wenn sie nicht vorhatte, sich mit ihm zu streiten. Die Formen, die über den Himmel tanzten, waren hypnotisierend wie Fischschwärme, die in Formation schwammen und dann in feurigem Regen nach unten abtauchten. Eine weitere Salve an Raketen wurde in den Himmel geschossen und explodierte, und obwohl Mellie bei dem Geräusch zusammenzuckte, behielt sie die Augen offen.

»Äh … Mellie.« Caleb bewegte sich hinter ihr.

Mellie? Er nannte sie nie so. »Ja?« Sie drehte sich zu ihm um und wäre fast mit ihm zusammengestoßen.

»Oh, sorry.« Er rückte ein paar Zentimeter nach hinten. Trotzdem stand er immer noch so dicht vor ihr, dass Mellie den Kopf in den Nacken legen musste, um ihm ins Gesicht zu schauen. Irgendwie hatte sie vergessen, wie groß Caleb war und was für breite Schultern er hatte. Seine Größe hatte sie bei ihrem ersten Zusammentreffen noch eingeschüchtert; sie hatte sich Sorgen gemacht, er könnte seine Kraft gegen sie verwenden. Jetzt kam ihr allein der Gedanke schon lächerlich vor. Caleb hatte ein so gutes Herz, wie sie es bei kaum jemandem je erlebt hatte.

»Ich wollte nur … Amüsierst du dich?«, fragte er. »Du weißt schon, trotz der durchgeknallten Cheerleaderin?«

»Ja.« Mellie grinste ihn an. Sie hätte nie gedacht, dass sie einmal auf einer Wiese voller Landbewohner stehen und leuchtende Feuerblumen am Himmel betrachten würde – und dass es ihr auch noch gefiel. Doch dieser Abend war genau das, was sie gebraucht hatte. Eine Nacht ohne Soldaten und Lügen und weit weg von ihrer zerbrochenen Freundschaft und ihrer Mutter, die ihr ständig im Nacken saß, aber nicht in der Lage war, die richtigen Dinge zu sagen, oder nicht bereit, die falschen auszusprechen. Bei Caleb musste Mellie nie die Wandlerin mit den Verrätergenen sein, deren Familienverhältnisse ein kosmischer Witz waren. Bei Caleb war Mellie einfach Scout; das Meerjungfrauenmädchen, das er gern neckte und dem er am liebsten etwas über zweitklassige Horrorfilme beibrachte.

»Na, das freut mich.« Caleb grinste zurück. »Ich meine, ich weiß, es mag ein Klischee sein, aber ich wollte das der Abend …

besonders wird, weißt du?« Er kam wieder näher, und ihr fiel auf, dass er heute anders roch; nicht nach Holz und Tee, wie Mellie es gewohnt war, sondern auf eine Art würzig und schwer, die sie nicht benennen konnte. Einen Moment lang stand er nur da, einen Herzschlag von ihr entfernt, und wirkte zögerlich, unsicher, doch dann schien er einen Entschluss zu fassen und neigte den Kopf zu ihr hinab, wobei er ihr sanft die Hände an die Taille legte.

»Äh, Caleb?« Mellie versteifte sich. »Was tust du da?«

Er machte einen Satz zurück, als hätte er einen Stromstoß bekommen. »Ah ... Ich dachte ... Ich wollte ...« Er zupfte an seinem Hemdkragen. »Ich hatte vor ... Na, du weißt schon.«

Oh. *Oh.* Mellies Freude verpuffte.

»Aber wir müssen das nicht tun«, beeilte er sich zu sagen. »Wenn es dir zu schnell geht, meine ich. Ich kenne mich nicht aus, was die Regeln bei Meerjungfrauen angeht, aber es ist völlig in Ordnung, wenn du lieber warten willst oder wenn dir das beim ersten Date nicht erlaubt ist.«

»Date?« Das Wort rutschte ihr heraus, ehe Mellie es verhindern konnte.

Caleb wich einen weiteren Schritt zurück. »Dir war nicht klar, dass das ein Date ist?«

Ein Date. Sie hatten ein Date.

»Nein, ich ...« Bei den Göttern, natürlich war das ein Date; Mellie kam sich dämlich vor, dass sie es nicht gleich bemerkt hatte. Warum hätte Caleb sie sonst so förmlich fragen sollen? Warum wäre er sonst so nervös gewesen und hätte sich schick gemacht und sich sogar frisch rasiert? »Nein.«

»Und du wolltest nicht, dass es ein Date ist«, sagte er, als er ihren Gesichtsausdruck sah.

»Ich …« Mellie zuckte zusammen wie ein Zackenbarsch im Fangnetz. In den vergangenen Wochen war Caleb zu ihrem Rückzugsort geworden, ihrer Rettung vor den schwierigen Umständen zu Hause. Wenn sie zusammen waren, fühlte sie sich sicher, auf eine Weise, die sie an der Oberfläche nie für möglich gehalten hätte. Glücklich. Frei. Aber sie hatte so viele andere Dinge um die Ohren, dass sie nie innegehalten und sich gefragt hatte, ob diese Gefühle für ihn mehr sein konnten als nur Freundschaft. Vielleicht, wenn sie ihnen Raum gab, sich zu entfalten.

»Ich weiß nicht«, flüsterte sie. Denn das entsprach der Wahrheit.

»Das ist eine Information, die ich gern vor sechzig Sekunden gehabt hätte.«

»Caleb …«

Er wandte sich von ihr ab, so dass sein Gesicht in den Schatten verschwand. Um sie herum tanzten weiter die Feuerblumen, doch sie wirkten jetzt irgendwie entfernter. Als gehörten sie zu einer anderen Zeit und einem anderen Ort.

»Liegt es daran, dass ich ein Landbewohner bin?«, fragte er schließlich. »Denn ich dachte, das hätten wir hinter uns gelassen. Ich dachte, du würdest mir vertrauen.«

»Das haben wir auch … Das *tue* ich.« Sie versuchte, seinen Blick einzufangen, damit er wusste, dass sie es ernst meinte. Mellie sah in Caleb seit Monaten nicht mehr den Landbewohner; sie hätte ihm ihr Leben anvertraut.

»Ich dachte, du magst mich vielleicht.«

»Ich mag dich ja auch.« Bei den Göttern, wie konnte er das bezweifeln?

»Klar, du magst mich nur nicht *so*«, erwiderte er. »Du magst immer noch *ihn*, oder? Selbst nach allem, was er …« Caleb brach ab und stieß den Atem langgezogen durch die Zähne aus. »Weißt du was, vergiss es. Es ist schon spät, ich fahre dich nach Hause.«

Und einfach so war der schönste Abend, den sie seit langem gehabt hatte, beendet.

Kapitel fünfzehn

Caleb schwieg fast den ganzen Heimweg, und Mellie hatte keine Ahnung, was sie zu ihm sagen sollte. Sie hatte ihm etwas vorgemacht, das war ihr jetzt auch bewusst. Als sie zugestimmt hatte, mit ihm ins Kino zu gehen; als sie mit ihm deswegen Textnachrichten ausgetauscht hatte; als sie ihm gesagt hatte, wie toll ihre Mutter die Idee gefunden hatte. *Grrr, und dieses dumme, dumme Kleid.* Bei den Göttern, kein Wunder, dass Caleb so enttäuscht aussah. Seiner Ansicht nach hatte er sie gefragt, ob sie mit ihm ausgehen wollte, und sie hatte Ja gesagt.

Also verbrachte Mellie die gesamte Fahrt damit, nach den richtigen Worten zu suchen, die seinen verletzten Blick verschwinden lassen würden, nur um festzustellen, dass es keine gab. Sie war aber auch noch nie gut mit Worten gewesen.

»Der Film war super, danke«, brachte Mellie hervor, als sie beim Bungalow ankamen.

»Ja, klar. Gern geschehen«, antwortete Caleb bemüht locker und rang sich für sie sogar ein Lächeln ab. Aber das Lächeln blieb oberflächlich, und der Schmerz in seiner Stimme traf sie mitten ins Herz. Das hatte er nicht verdient. Er hatte ein Mädchen verdient, das ihm Aufmerksamkeit zollte.

Caleb hatte es eilig. Er wartete noch, bis sie die Haustür aufgeschlossen hatte, dann brauste er in die Nacht davon, so dass sie nur noch seinem sich schnell entfernenden Auto hinterherschauen und sich fragen konnte, wie das alles so schnell hatte schiefgehen können.

Du magst immer noch ihn, *oder?*

Bei den Göttern, vielleicht war das ihr Problem. Mellie hatte keine Ahnung.

Obwohl es so spät war, brannte im Haus noch Licht. Wenn ihre Mum sie erwartete, blieb sie immer wach.

»Mellie? Bist du das?«, rief sie aus dem Wohnzimmer.

»Ja.« Wer sollte es denn sonst sein? Irgendeine andere uneheliche Tochter?

»Hattest du Spaß bei eurem Date?«

Die Frage ließ Mellie in der Bewegung verharren. »*Du* wusstest, dass es ein Date war?«

»Ah«, murmelte David und stellte seine Tasse auf dem Kaffeetisch ab. »Ich glaube, das ist mein Stichwort.« Er gab ihrer Mum einen Kuss und ging ins Schlafzimmer, wobei er im Vorbeigehen kurz Mellies Schulter drückte.

»Du *wusstest* es?« Mellie funkelte ihre Mum an.

»Nun ja, Liebes, er hat dich ins Kino eingeladen.«

»Wir schauen doch die ganze Zeit Filme!«

»Ja, aber ins Kino zu gehen ist etwas anderes.«

»Und du hättest mich nicht warnen können?«

»Mir war nicht klar, dass es dafür einen Grund gibt. Ich dachte, du magst Caleb.«

»Ich mag Caleb ja auch«, erwiderte Mellie. Sie hatte es nur nie als etwas anderes als Freundschaft gesehen oder auch nur im

Traum daran gedacht, es könnte mehr sein oder er würde sich mehr wünschen.

»Liegt es daran, dass er ein Landbewohner ist?« Ihre Mum benutzte den Ausdruck normalerweise nicht mehr, und er klang aus ihrem Mund irgendwie falsch. Als müsste man sich dafür schämen. Genau so hatte es sich zuvor auch bei Caleb angehört.

»Bei den Göttern, nein.« Warum dachten das alle von ihr?

»Aber du willst nicht mit ihm ausgehen?«

»Ich …« Mellie hatte keine Ahnung, was sie wollte. Sie wollte, dass alles so blieb, wie es war: einfach und bequem. Sie wollte die gleichen Dinge wollen wie Caleb und nicht länger von etwas Sinnlosem träumen, das mit einem Jungen zusammenhing, den sie im Moment kaum ansehen konnte. Sie wollte die Zeit zurückdrehen und den Abend noch einmal erleben. »Ich weiß es nicht.«

»Könnte das mit Rynn zu tun haben?« Ihre Mum winkte sie zu sich. Offenbar hatte sie wieder einmal auf diese unheimliche Art und Weise ihre Gedanken gelesen. Mellie ließ sich zähneknirschend auf der Couch nieder. Früher hatte sie ihre Gefühle besser verbergen und tief und sicher vergraben können. Aber jetzt tauchten diese verdammten Emotionen einfach so auf. Vielleicht lag das an der Luft. Sie trug dazu bei, einen zu brechen, die Haut spröde zu machen und das Innere zu entblößen.

»Nein, es ist …« Sie wollte es abstreiten, doch die Worte blieben ihr im Halse stecken. Welche Idiotin ignorierte einen Jungen, der nett und ehrlich war, nur weil sie noch an demjenigen hing, der sie verraten hatte? Wann war alles so kompliziert geworden?

»Weil es vielleicht an der Zeit ist, ihm zu verzeihen«, meinte ihre Mum. »Er war doch ein guter Freund, und das könnte er wieder sein, wenn du ihn lässt.«

»Wie soll das gehen? Wie kommst du mit dem klar, was er getan hat?«, fragte Mellie und war begierig, das Geheimnis zu erfahren. Wenn ihre Mum Rynn verzeihen konnte, obwohl er sie fast umgebracht hatte, warum konnte sie es dann nicht?

»Er hat es gut gemeint.«

Das ist alles? Das war die ganze mütterliche Weisheit? *Er hat es gut gemeint?* Was bei allen Höllen sollte Mellie denn damit anfangen?

»Rynn hat das alles nur getan, um dich zu beschützen. Es war vielleicht dumm und fehlgeleitet, aber er wollte immer nur das Beste für dich, und ich kann es ihm nicht verübeln, dass Ferrick ihn aufs Kreuz gelegt hat. Das hat der Captain schon bei wesentlich älteren und erfahreneren Männern geschafft.« Ihre Mum drehte sich auf der Couch um, so dass sie Mellie anschauen konnte. »Ich weiß, wie schwer es für dich gewesen sein muss, nachdem ich damals gestrandet war, Mellie, und ich bin dankbar, dass Rynn für dich da war, als ich es nicht sein konnte. Bei den Göttern, Liebes, sieh dich an.« Ihre Mum strich ihr mit der Hand über die Wange, was eine viel zu intime zuneigungsvolle Geste darstellte. Mellie versuchte, nicht sofort zurückzuweichen, um ihre Gefühle nicht zu verletzen, aber sie hielt es nicht lange aus. So weit waren sie noch nicht. Sie war noch nicht bereit, ihren Platz als Tochter ihrer Mutter wieder einzunehmen.

»Du bist so stark, Mellie, so entschlossen«, fuhr ihre Mutter fort und ließ die Hand wieder sinken. »Und ich glaube, Rynn könnte etwas damit zu tun haben. Er hat immer zu dir gehalten, auch wenn ich mir sicher bin, dass die anderen Wandler es ihm nicht leicht gemacht haben. Und das ist nicht selbstverständlich. Mir ist bewusst, dass er dich verletzt hat, aber ich weiß auch, dass du ihn vermisst. Wie könnte es anders sein? Er war so lange ein so wichtiger Teil deines Lebens. Vielleicht zählt das mehr als das, was er getan hat. Vielleicht hat er eine zweite Chance verdient.«

»Ich weiß nicht, wie ich das anstellen soll.« Mellie hoffte, ihre Mum würde die wahre Bedeutung hinter diesem Geständnis erkennen, denn sie würde nie in der Lage sein, sie laut auszusprechen. Sie wusste, dass sie Rynn inzwischen hätte vergeben müssen. Bei den Höllen, sie hätte ihnen beiden vergeben sollen; der Mutter, die sie nicht verlassen hatte, sondern gezwungenermaßen hatte gehen müssen, und dem Jungen, der versucht hatte, ihr Leben zu retten, und es dadurch fast beendet hätte.

»Ach, Liebes, ihr beide seid so jung, ihr werdet noch viele Fehler machen. Entscheidend ist, wie man damit umgeht.«

Und was hatte Rynn nicht alles versucht? Er war in das Haus ihrer Mutter gezogen, hatte überall ausgeholfen, sich ruhig verhalten und war ihr aus dem Weg gegangen. Er hatte sich nie beklagt. Er versuchte immer und immer wieder, diesen Bruch zwischen ihnen zu kitten, auch wenn jeder Versuch in Streit endete.

»Der erste Schritt ist immer der schwierigste«, sagte ihre Mutter, »aber du würdest dich besser fühlen, wenn du es wenigstens probiert hast.«

Mellies Augen brannten, doch sie drückte die Fingernägel in die Handflächen, um die Tränen zurückzuhalten, ein alter Trick, den sie mal von Rynn gelernt hatte, der ihn bereits perfekt beherrschte, lange bevor sie Bedarf dafür hatte. *Es ist einfacher, wenn man so tut, als würde es nicht weh tun*, hatte er zu ihr gesagt, als er sie das erste Mal in ihrer Koje gefunden hatte, wie sie wach lag und an den Seepocken kratzte. *Gib vor, keinen Schmerz zu empfinden, und wechsle das Thema.*

So machte sie es jetzt auch.

»Kann ich dich mal etwas fragen?« Als Mellie ihre Mutter ansah, waren ihre Augen trocken.

»Natürlich, nur zu.«

»Warum möchtest du nicht nach Hause gehen? Nach Astria, meine ich.«

»Mellie …« Ihre Mum war sichtlich angespannt, vermutlich, weil sie damit rechnete, dass Mellie wie üblich wütend werden würde.

»Nein, es ist nicht so …«, *dass ich auf Streit aus bin.* »Ich will nur wissen, wieso. Vermisst du es denn gar nicht?« Egal, wie viel Mellie von der Welt sah oder wie viele neue, exotische Orte sie besuchte, sie konnte einfach nicht aufhören, an ihr Zuhause zu denken. Die Vorstellung, es nie wieder zu sehen – noch dazu freiwillig –, war für Mellie unerträglich.

»Am Anfang habe ich es schon vermisst.« Ihre Mum entspannte sich wieder. »Aber Astria ist nun schon seit vielen Jahren nicht mehr mein Zuhause. Du warst das Einzige, was ich dort zurückgelassen hatte, und jetzt, da du hier bist … Ich will dich nicht wieder verlieren. Zurückzugehen, das Risiko einzugehen … Das ist es nicht wert, finde ich.«

»Aber bist du nicht wütend auf … *die.*« Mellie brachte es nicht über sich, *ihn* zu sagen. Den Vater zu nennen, der sie am liebsten tot gesehen hätte.

»Das war ich lange Zeit und wieder in jener Nacht, als ich dich im Wald gefunden hatte. Die Vorstellung, dass du gestrandet oder getötet worden wärst, ehe ich dich rausholen konnte … war fast mehr, als ich ertragen konnte.«

Mellie senkte den Blick und spielte am Saum ihrer Jacke herum. Sie erinnerte sich noch gut daran, wie sie in Calebs Badezimmer aufgewacht war und bis zum Hals in einer Badewanne voller Salzwasser gelegen hatte. Ihre Mum hatte bei ihr gesessen, doch das Gespräch an diesem Abend hatte wenig dazu beigetragen, das Eis zwischen ihnen zu brechen. Sie hatte die Gefühlskälte ihrer Mutter als Gleichgültigkeit gedeutet, es sich damit vielleicht aber zu einfach gemacht. Was, wenn es stattdessen Schock und Angst gemischt mit unterdrückter Wut gewesen war?

»Aber mit den Jahren habe ich gelernt, dass die Wut es nicht wert ist«, fuhr ihre Mum fort. »Sie macht uns nur schwächer, nicht stärker. Sie macht uns blind und grausam. Weiter auf Arion wütend zu sein, würde nichts ändern. Es würde meine Fehler nicht ungeschehen machen – und ich würde das auch gar nicht wollen, selbst wenn ich könnte –, denn dann würde es dich nicht geben. Ich habe sehr viele Dinge bereut, Mellie, das jedoch nie. Und ich verzichte gern auf die Möglichkeit, Astria jemals wiederzusehen, wenn es bedeutet, dich in Sicherheit zu wissen.«

Mellie grub die Fingernägel noch tiefer in die Handflächen. Vielleicht war es die Ehrlichkeit oder die Tatsache, dass sie gerade ihr erstes ernstes Gespräch führten, dass sich nicht um eine Lüge drehte. Möglicherweise musste sie auch einfach der Sorge Ausdruck verleihen, die an ihr nagte. Jedenfalls hob sie den Blick und sagte zu ihrer Mutter: »Ich glaube, ich habe es heute Abend echt vermasselt mit Caleb.«

»Ach, Liebes, ich bin mir sicher, dass ihr beide das wieder hinbekommt.«

»Und was, wenn nicht? Was, wenn er mich jetzt hasst?« Mellie hatte bisher nur zwei richtige Freunde gehabt. Die Vorstellung, sie beide zu verlieren, war unerträglich.

»Hör mir mal gut zu, Mellie. Eine echte Freundschaft funktioniert ohne Bedingungen und Verpflichtungen. Wenn Caleb wirklich etwas an dir liegt – und das gilt auch für jeden anderen Jungen, den du später vielleicht einmal kennenlernst –, wird er deine Entscheidung respektieren, egal, wie sie ausfällt. Gib ihm nur ein bisschen Zeit, okay? Ich glaube, Caleb ist einer der Guten.«

Mellie war sich nicht sicher, ob es ganz so einfach war. Seit Tagen hatte sie so ein ungutes Gefühl im Bauch, das sich ausbreitete und verstärkte, bis es schon fast bedrohlich geworden war. Es fühlte sich so an, als würde ihr die Zeit davonlaufen, mit Caleb, mit Rynn, mit ihrer Mutter. Denn am nächsten Tag bei Morgengrauen planten sie den Angriff, und danach – wie auch immer es ausging – würde sich bestimmt so einiges verändern.

Sollte es ihnen gelingen, die anderen Wandler wachzurütteln und das Korps aufzulösen, wäre nichts mehr wie früher. Mellie hätte mehr Freiheiten als je zuvor, doch sie bezweifelte, dass sie so weit reichen würden wie die, die sie jetzt genoss. Die Natürlichen, der Rat, die anderen Wandler, sie würden Astria bestimmt weiterhin geheim halten wollen. Sie konnte sich nicht vorstellen, dass sie es gut fänden, wenn Mellie hin und wieder ihren Landbewohnerfreund besuchen würde, dass ihre Mum einen Landbewohnerehemann hatte oder dass sie jetzt ein Handy besaß, selbst wenn sie es nur ungern benutzte.

In Wahrheit war das Leben an der Oberfläche nicht annähernd so schrecklich, wie Mellie es sich vorgestellt hatte. Sie liebte zum Beispiel die Sterne und genoss es, ohne Angst im Freien unter dem Nachthimmel zu sitzen. Sie liebte das Meer in seiner endlosen Herrlichkeit, wie es sich so weit in die Ferne auszudehnen schien, dass es mit dem Himmel verschmolz. Sie liebte alles, was in Schokolade gehüllt war.

Die Oberfläche konnte vermutlich eines Tages ein echtes Zuhause für sie werden, wenn sie es zuließ. Wenn sie ihre menschliche Haut nicht länger als zweitrangig zu ihrer echten sah. Aber wenn sie es nicht zurück nach Astria schafften, wusste Mellie, dass sie das Leben an der Oberfläche hassen würde, einfach weil sie eine Wahl haben wollte. Sie wollte ihr Schicksal endlich auch einmal selbst kontrollieren.

Mellie blieb an diesem Abend noch stundenlang wach und versuchte, den Mut aufzubringen, den Flur zu überqueren und dieser Sache mit der Vergebung noch eine Chance zu geben. Auch wenn es spät war, wusste sie, dass Rynn nicht schlief, sie konnte die gedämpften Geräusche des Fernsehers durch die Wand hören. Es gab da so eine Show, die er abends gern schaute, wo die Antworten eigentlich Fragen waren. Oder vielleicht mochte er die Show auch gar nicht, sondern nur das Geräusch. Die Illusion von Gesellschaft.

Sie könnte rübergehen und fragen, ob sie mitgucken durfte. Mehr brauchte es nicht. Ein winziger, erster Schritt, kaum der Rede wert.

Also los, worauf wartest du noch?, redete sie sich selbst gut zu. Es war nicht einmal so, als rechnete sie damit, dass Rynn es ihr schwermachen würde. Er kämpfte seit Wochen um ihre Vergebung. Er würde genau wissen, was zu sagen war, damit es ihnen nicht wie eine große Sache vorkam. Aber wenn der erste Schritt der schwerste war, dann hätten Mellies Füße genauso gut am Boden festgenagelt sein können.

Noch eine Nacht, sagte sie sich schließlich. Sie würde es tun, das hatte sie wirklich vor, aber sie brauchte noch ein bisschen Zeit, um den Mut aufzubringen. Also blieb Mellie, wo sie war, mit den Armen um die Knie geschlungen und den Kopf darauf gestützt.

Sie bewegte sich nicht, bis sie hörte, wie der Fernseher in Rynns Zimmer ausgeschaltet wurde.

Mellie hätte den Vormittag liebend gern zurückgezogen in ihrem Zimmer verbracht und alles und jeden gemieden, am meisten ihr eigenes Spiegelbild. Doch nach Wochen des Reisens, Wartens und Planens war der große Tag endlich gekommen. Anstatt sich vor ihren Problemen zu verstecken, konnte Mellie sie sogar gänzlich ignorieren, und als sich immer mehr Exsoldaten Astrias in den Bungalow drängten, dankte sie allen drei Göttern dafür. Der gewalttätige Sturz der bösen Meerjungfrauenregierung, wie Caleb sie gern nannte, war genau das, was sie brauchte, um sich von ihrem Streit abzulenken.

Er hatte sie heute schon zweimal angerufen und ihr Nachrichten hinterlassen – die Mellie sich noch nicht angehört hatte –, und als er weiterhin versuchte, sie zu erreichen, ließ sie das Handy einfach klingeln, bis es aufhörte. Sie hatte keine Ahnung, was sie ihm sagen sollte; das Einzige, das ihr einfiel, war: *Tut mir leid, dass ich dich nicht auf dieselbe Weise mag wie du mich*, und sie wusste, dass das nicht gut genug war. Sie hatte über die Jahre mit angesehen, wie Rynn mit Dutzenden Mädchen Schluss gemacht hatte, und nicht einmal war daraus eine Freundschaft entstanden.

Außerdem stimmte es nicht hundertprozentig, wenn Mellie ehrlich zu sich war. Bis gestern hatte sie in Caleb nie mehr als einen Freund gesehen, aber jetzt, da sie um seine Gefühle wusste … Bei den Göttern, jetzt konnte sie nicht aufhören, daran zu denken.

Als sie am Abend zuvor endlich die Augen geschlossen hatte,

fand sie sich auf der Wiese wieder, mit den knisternden Flammen im Hintergrund und den Feuerblumen am Himmel. Und in ihrem Traum erstarrte sie nicht, als Caleb seine Hände an ihre Taille legte und den Kopf neigte. In ihrem Traum ließ sie zu, dass er sie küsste, und es war genauso wundervoll, wie sie sich einen echten Kuss mit Caleb vorstellte.

»Hast du vor, da mal dranzugehen, Mädchen?« Quinns Stimme riss sie aus ihren Gedanken und holte sie in die Wirklichkeit zurück, wo fünfzehn Soldaten im Wohnzimmer standen und sie so anstarrten wie sie ihr Handy.

»Nein. Sorry.« Mellie stellte den Klingelton aus und steckte das Telefon in die Hosentasche. Ihre Probleme mit Caleb würden warten müssen. Heute ging sie nach Hause.

»Wir werden das heute ein wenig anders aufziehen«, wandte sich Quinn an seine kleine Armee. »Zur Abenddämmerung reinzugehen, gibt uns eine ganze Nacht, bevor die Scouts an die Oberfläche zurückkehren, wir laufen also nicht Gefahr, dass der Zauber der Schutzanker uns erwischt.«

»Und wir sind sicher, dass Ferricks Männer die Schutzanker nicht reparieren können?«, fragte David dazwischen. Manchmal konnte man leicht vergessen, dass Mums Ehemann ein Landbewohner war, so gut kannte er sich mit den Belangen der Wandler aus. Und das auf eine andere Art als Caleb. Für Caleb waren Wandler faszinierend, eine fremde Welt, in die er flüchten konnte. Aber für David gab es keine Trennung zwischen seiner Welt und ihrer. Er hatte alles an ihrer Existenz als normalen Teil des Lebens akzeptiert.

»Genau genommen können sie es schon«, erwiderte Quinn, »aber ich bezweifle, dass sie seit ihrer Ausbildung viel Übung darin hatten, und sie tragen normalerweise keine Ersatzschutzanker mit sich herum.«

Normalerweise. Quinn benutzte das Wort so leichtfertig, und alle anderen ignorierten es und schienen bereit, die Gefahr zu übersehen.

»Davon abgesehen lautet der Plan nach wie vor: euch beide …« Quinn deutete auf Mellie und Rynn, »… vor die anderen Wandler zu bekommen.

Ferrick weiß vielleicht nicht, wann wir kommen, aber ich garantiere euch, dass er mit uns rechnet, weshalb wir davon ausgehen können, dass es im Wasser von Patrouillen wimmelt, besonders um den Annex herum. Unser Plan ist deshalb zweigeteilt. Während Ayana und ihr Team die Wachen weglocken, nehmen Cirra, Nomi, Niya und ich uns die Magier vor, die für den Schutzdom über der Stadt verantwortlich sind. Sobald der Schild weg ist, wird der Captain mit großer Wahrscheinlichkeit alle Männer, die den Annex bewachen, für die Gilde abstellen. Das ist Mellies und Rynns Chance.«

Ihre *letzte* Chance. Mellies Magen krampfte sich zusammen. Ihre Rolle beim heutigen Angriff war sowohl die einfachste als auch die komplexeste. Der erste Teil schien ein Kinderspiel zu sein: Man musste sie nur erkennen. Da alle Wandler im Korps sie für tot hielten, würde der bloße Schock über ihr plötzliches Wiederauftauchen ihnen ein gebanntes Publikum garantieren. Das, was als Nächstes anstand, bereitete Mellie jedoch Kopfzerbrechen: Sie mussten die anderen von der Wahrheit überzeugen, sie zum Handeln motivieren und ihnen die Augen öffnen für die lebenslange Panikmache und die Lügen.

»Ihr wisst, was ihr zu tun habt, wenn ihr dort seid?« Quinn sah sie nacheinander an.

Sie nickten beide, dann starrte Rynn wieder seine Füße an. Er war heute Morgen stiller als sonst. Meistens versuchte er wenigstens, ihr Hallo zu sagen – obwohl er inzwischen wusste, dass er im Gegenzug nichts zu erwarten hatte. Doch heute hatte er sie kaum eines Blickes gewürdigt.

»Gut«, sagte Quinn. »Ihr haltet euch hoch im Wasser und kommt in die Stadt, wenn es uns gelingt, den Schutzzauber zu brechen. Andernfalls haut ihr wieder ab, verstanden? Zanna und Zet werden euch im Wasser beschatten – *sie sind dafür besser ausgebildet als du, Laura.*« Er streckte ihrer Mum eine Handfläche entgegen, als diese protestieren wollte. »Und wenn irgendetwas schiefgeht, ist David unser Backup an der Oberfläche, zusammen mit Lendon, Gaius und Caleb. Zumindest bin ich davon ausgegangen, dass Caleb uns noch hilft. Wo steckt er eigentlich?«

Mellie wurde flau im Magen. »Tja, äh … Caleb schafft es nicht. Irgendein Notfall in der Familie, glaub ich.« Die Lüge hinterließ einen bitteren Nachgeschmack.

»Okay, dann bleibst du oben bei David, Nomi.« Quinn ließ sich nicht aufhalten. »Niemand läuft allein im Wald rum, ist das klar? Jedes Team zerstört einen Schutzanker, bevor wir abtauchen, und alle haben eine Signalpistole dabei. Für alle Fälle bekommt ihr auch noch die Zaubermünzen, die uns die Magier Kintaras geschenkt haben. Aber wenn wir das richtig machen, wird niemand verletzt werden.«

Bei ihm klang es so einfach, als würden sie nicht gerade gegen eine Armee in den Kampf ziehen, die ihnen zahlenmäßig um ein Zehnfaches überlegen waren. *Die wollen dich umbringen, Scout. Du brauchst mehr als nur eine Art der Verteidigung*, hörte sie wieder Calebs Stimme, und plötzlich schienen ein paar Beschatter und Silbermünzen nicht mehr auszureichen. Mellie wollte mehr.

Sie wartete, bis ihre Mum wieder in die Küche verschwunden war, ehe sie auf Quinn zuging, da sie sehr genau wusste, wie sie auf ihre Bitte reagieren würde.

»Brauchst du noch etwas, Mädchen?«, wollte er wissen. »Denn wenn du noch Fragen hast, wäre das jetzt die Gelegenheit ...«

»Nein, was den Plan angeht, ist mir alles klar ... Es ist nur ...« Mellie senkte die Stimme, ehe sie fortfuhr. »Ich möchte eine Pistole.«

Damit hatte sie seine volle Aufmerksamkeit.

»Darüber haben wir doch schon gesprochen.« Quinn ließ das Messer sinken, das er gerade gereinigt hatte. »Ich habe keine Zeit, euch beiden beizubringen, wie man ...«

»Ich weiß, wie man schießt«, unterbrach sie ihn. »Caleb hat es mir auf Hawaii beigebracht.«

»Ach, wirklich?« Es war schwer zu sagen, was Quinn davon hielt und ob ihn die Neuigkeit eher alarmierte oder beeindruckte. »Und was würdest du tun, wenn du die Pistole benutzen müsstest?«

»Zu hoch zielen«, antwortete Mellie. Sie hatte nicht vor, tatsächlich jemanden zu erschießen, aber Caleb hatte recht, die Männer des Captains würden nicht zögern. Sollte ihr Plan erneut fehlschlagen – und die Magie sie verlassen –, musste Mellie sich auf andere Art verteidigen können.

»Und wenn das nicht funktioniert?« Quinn verschränkte die Arme vor der Brust und musterte sie herausfordernd.

Mellie erwiderte seinen Blick standhaft und war nicht gewillt, sich von dem Soldaten einschüchtern zu lassen. »Dann ziele ich eben tiefer.«

Der Rest des Tages verging quälend langsam. Mit fünfzehn Mann zusätzlich im Haus fiel es Mellie schwer, irgendetwas zu tun, ohne jemandem auf die Füße zu treten oder die Aufmerksamkeit auf sich zu ziehen, was nur dazu führte, dass sie ständig die gleichen Fragen beantworten musste. *Ja, ich bin bereit. Ja, ich weiß, was ich tue. Nein, ich werde keine Dummheiten machen.*

Ihre Mum machte ein riesiges Aufhebens um sie, den Plan, die Verpflegung. Mellie hatte sie noch nie so nervös gesehen, nicht einmal beim letzten Mal, als sie genau das Gleiche vorgehabt hatten. Sie mischte sich in jedes Gespräch ein, überprüfte alle Details dreimal, als wäre es der Schlüssel zum Erfolg, sich all ihre Rollen genau einzuprägen.

Caleb rief erneut an. Er hinterließ weitere Nachrichten. Und immer noch reagierte Mellie nicht darauf. Sie hatte sich vorgenommen, es nicht zu tun, solange der heutige Tag nicht vorüber war. Wenn ihr unseliges Date noch etwas Gutes hatte, dann war es die Tatsache, dass er jetzt nicht in einen Krieg hineingezogen wurde, mit dem er nichts am Hut hatte.

Mellie würde sich bei ihm entschuldigen, sobald die Sache vorbei war. Sie hatte sich bereits alles überlegt. Sie würde zu ihm nach Hause gehen und ihm erklären, dass sie sich bei ihrem Date total bescheuert verhalten hatte. Dass sie nur nicht gewusst hatte, dass es überhaupt ein Date war, weil sie nie *diese* Art Mädchen gewesen war, auf die die Jungs standen. Jungs sahen in ihr meistens jemanden, der Ärger machte, oder nur eine lockere Bekanntschaft, ganz selten mal eine gute Freundin, weshalb die Vorstellung, bei einem an erster Stelle zu stehen … Sie brauchte Zeit, um sich daran zu gewöhnen, um in ihrem Kopf den Schalter zwischen Freundschaft und etwas mehr umzulegen.

Und vielleicht konnte sie bei Caleb wirklich diese Gefühle haben. Das sollte nicht schwer sein. Selbst, wenn er nicht gut ausgesehen hätte – was er offensichtlich tat, jetzt, wo Mellie so darüber nachdachte –, wäre ihr das egal gewesen. Caleb war so viel mehr als nur ein hübsches Gesicht. Er war lustig und gutmütig. Ein bisschen seltsam vielleicht, aber das war sie sicherlich auch.

Er war unendlich interessant – und interessiert noch dazu.

Und bei den Göttern, vielleicht war es das, was ihr am meisten Angst einjagte. Sie hatte die vergangenen Monate damit verbracht, einen Weg nach Hause zu finden, weil sie kein Leben an der Oberfläche führen wollte. Aber Caleb war die Oberfläche, er war das Beste daran, und wenn sie sich erlaubte, genauso zu fühlen, dann würde er innerhalb kürzester Zeit zu einem Grund zu bleiben. Für immer. Genau, wie es bei ihrer Mutter gewesen war.

Na, dann hör endlich auf, an ihn zu denken. Mellie schleuderte ihr Handy quer übers Bett und widerstand dem wachsenden Drang, ihn zurückzurufen. Sie konnte sich jetzt nicht erlauben, die Konzentration zu verlieren; sie musste immerhin eine böse Meerjungfrauenherrschaft beenden.

Doch als ein paar Minuten später sein Name auf dem Display aufleuchtete, konnte sie nicht anders, als sich rüberzubeugen und die Anzeige auf dem Sperrbildschirm zu lesen. Es war dieses Mal kein Anruf, sondern eine Textnachricht, und sie wurde darauf aufmerksam, weil das Symbol ein angehängtes Foto ankündigte. Seltsam. Mellie konnte nicht anders, sie musste die Nachricht einfach öffnen. Caleb schickte ihr so gut wie nie Fotos.

Sie brauchte einen Moment, um das verschwommene Bild zu erkennen. Eine Person, die auf einem Stuhl zusammengesunken war, die Hände hinter dem Rücken gefesselt, das Gesicht voller Blut, eine Pistole am Kopf. Was bei allen Höllen … Mellie vergrößerte das Foto und zoomte an das Gesicht der Person heran.

Da verstand sie es.

Caleb hatte ihr das Foto nicht gesendet.

Caleb war *auf* dem Foto.

Mellie schlug sich die Hand vor den Mund, um den Schrei zu ersticken, der sich ihrer Kehle entrang.

Die Männer des Captains hatten ihn. Was das *Wie* anging, konnte sie nur raten, doch jetzt, da sie es sich noch einmal genauer betrachtete, erkannte sie das *Wo*. Holzwände, zerbrochene Fensterscheiben, eine Ansammlung nicht zusammenpassender Möbel und Krimskrams im Hintergrund. Die Hütte. Caleb musste zu seiner Hütte zurückgekehrt sein. Und sie hatten ihn geschnappt.

Bei den Göttern, warum bist du dorthin zurückgegangen? Sie blinzelte die Tränen weg. Drei kleine Punkte waren unter dem Bild erschienen, was bedeutete, dass der Absender noch etwas schrieb. Einen Moment später tauchten zwei Worte auf ihrem Bildschirm auf. Nur zwei Worte. Doch sie sagten mehr, als jede lange Rede hätte ausdrücken können.

Komm allein.

Kapitel sechzehn

Sie haben fünf neue Nachrichten. Neue Nachricht, heute um neun Uhr vierundfünfzig.

Piep.

Hey, Scout, ich bin's … ähm, Caleb. Hör zu, ich wollte mich bei dir … Ich schulde dir eine … Ach, verdammt, ich war ein Idiot. Ich war ein Idiot, und es tut mir leid, also bitte, ruf mich an, wenn du das hörst.

Sie haben vier neue Nachrichten. Neue Nachricht, heute um zehn Uhr dreiunddreißig.

Piep.

Hey, Scout, ich bin's noch mal. Ich habe gerade wunderbare Neuigkeiten erhalten, und es gibt eigentlich nur eine Person, mit der ich sie gern teilen möchte, aber die geht nicht ans Telefon, weil ich ein Idiot bin. Habe ich erwähnt, wie leid es mir tut, dass ich mich gestern Abend so bescheuert verhalten habe? Denn das tut es. Ruf mich zurück, ja?

Sie haben drei neue Nachrichten. Neue Nachricht, heute um zwölf Uhr achtzehn.

Piep.

Hör zu, ich weiß, du bist gerade mit der Meerjungfrauenbrigade unterwegs und hast wahrscheinlich tausend andere Dinge im Kopf, aber ich finde es sehr traurig, wie die Sache gestern ausgegangen ist, und ich will euch immer noch gern helfen. Also ruf mich bitte mal zurück.

Sie haben zwei neue Nachrichten. Neue Nachricht, heute um fünfzehn Uhr fünfundzwanzig.

Piep.

Weißt du was, Scout? Du kannst ja gern sauer auf mich sein, wenn du willst, aber ich lasse dich das nicht allein machen.

Sie haben eine neue Nachricht. Neue Nachricht, heute um fünfzehn Uhr neunundvierzig.

Piep.

Verdammt, Mellie, geh an dein Telefon!

Das war alles ihre Schuld.

Caleb hatte den ganzen Tag versucht, sie anzurufen, und Mellie hatte ihn den ganzen Tag lang ignoriert. Hätte sie ihn bloß zurückgerufen, dann wäre er vielleicht nie zurück in den Wald gegangen. Sie hätte ihm ausreden können, wieder zur Hütte zu gehen. Bei den Göttern, sie hätte das verhindern können.

Stattdessen hatte sie sich wie der letzte Feigling verhalten, der Angst hatte, ans Telefon zu gehen und die Wahrheit zuzugeben: dass sie vielleicht, nur vielleicht, seine Gefühle erwiderte. Dass sie ihn in ihrem Leben brauchte, was auch immer sie füreinander waren – oder was sie eines Tages werden konnten.

Und jetzt hatte der Captain ihn in seiner Gewalt.

Eine Landbewohnergeisel, die er gegen diejenige eintauschen konnte, die er eigentlich haben wollte.

Komm allein. Seine Männer waren so berechnend wie immer. Zuerst würden sie Caleb dazu benutzen, Mellie in die Hände zu bekommen, dann wären sie in der Lage, die anderen an einen Ort ihrer Wahl zu locken, wo sie den Kampf kontrollieren und ein für alle Mal beenden konnten. Wenn sie Calebs Handy hatten, waren ihnen sicher die vielen Textnachrichten aufgefallen, die sie in den vergangenen Monaten ausgetauscht hatten. Nachrichten, die bewiesen, dass er mehr für sie war als nur irgendein zufälliger Landbewohner. Dass er ihr etwas bedeutete.

Sie wussten, dass sie kommen würde, um ihn zu retten.

Und sie wussten, dass sie sich an die Regeln halten würde.

Aber da steht nichts davon, dass ich unbewaffnet kommen soll. Mellie zog Quinns Pistole aus der Schublade, in die sie sie gesteckt hatte. Der Soldat hatte eingewilligt, ihr seine Ersatzwaffe zu geben – unter zwei Bedingungen: dass Mellie sie wirklich nur benutzte, wenn alle Höllen losbrachen, und dass ihre Mum nichts davon mitbekam. Diesen schlafenden Hund wollte er nun wirklich nicht wecken.

Ich denke, die Umstände sprechen für die Pistole. Mellie stopfte die Waffe zusammen mit dem Messer und einer Handvoll Münzen aus Kintara in ihre Tasche. Sie bezweifelte, dass sie die Gelegenheit bekommen würde, eine Waffe zu benutzen, vermutlich würde es ein direkter Austausch werden, sein Leben gegen ihres. Aber Monate der Angriffsplanung und ein Haus voller Soldaten hatten sie gelehrt, dass es nie schadete, vorbereitet zu sein. Sie würde so viele Vorkehrungen wie möglich treffen, um sicherzustellen, dass Caleb es lebend aus der Hütte heraus schaffte. Der Captain konnte mit ihr anstellen, was er wollte. Caleb jedenfalls würde er nicht anrühren.

Die Autoschlüssel zu klauen erwies sich als leichter, als Mellie erwartet hatte. Sie musste nur abwarten, bis Ayana ins Wohnzimmer ging, was dazu führte, dass ihre Mum in die Küche flüchtete, wobei sie ihre Handtasche im anderen Raum zurückließ. Die beiden Frauen gingen sich schon den ganzen Tag aus dem Weg und bewahrten die zerbrechliche Waffenruhe, indem sie immer einen Raum Abstand zueinanderhielten – ein strategischer Tanz, den Mellie nur zu gern für ihre Zwecke nutzte. Mit den Schlüsseln in der Hand schlich sie sich zu ihrem Zimmer zurück.

Da sie mit fünfzehn Soldaten auf so engem Raum zusammengepfercht war, würde sie es niemals zur Haustür schaffen, ohne Aufmerksamkeit zu erregen; daher warf sie stattdessen ihre Tasche aus dem Fenster und kletterte hinterher, wobei sie so wenig Lärm wie möglich machte. Wenn sie sich nah am Boden hielt, konnte sie es unbemerkt zum Auto ihrer Mutter schaffen.

»Wo willst du denn hin?« Rynns Stimme zerstörte diese Hoffnung mit einem Schlag.

Verdammt. Mellie verfluchte ihre Sorglosigkeit. Sie hatte nicht daran gedacht, vorher nachzusehen, ob die Luft im Garten rein war. »Ich ... ich wollte nur ein bisschen frische Luft schnappen.«

»Darum bist du aus dem Fenster geklettert?« Er verschränkte die Arme vor der Brust, als wollte er ihr den Weg verstellen.

Nachdem er sie den ganzen Vormittag ignoriert hatte, stand er plötzlich vor ihr, so nah, wie er es seit langem nicht getan hatte, und funkelte sie wütend an.

»Ich wollte nicht, dass Mum sich Sorgen macht.«

»Warum hast du dann ihre Autoschlüssel mitgenommen?« Rynn riss sie ihr aus der Hand. »Oder deine Tasche?«

»Das geht dich nichts an.« Mellie wollte sich die Autoschlüssel zurückholen, doch er war schneller und hielt sie so, dass sie nicht drankam.

»Komm schon, Mel, wir wollen in knapp einer Stunde los, und du schleichst hier rum? Da stimmt doch was nicht.«

Konnte sie ihm die Wahrheit anvertrauen? Rynn hasste Caleb. Er hatte Caleb immer gehasst. Und sollte er ihr Vertrauen missbrauchen – mal wieder – und die anderen alarmieren, würden sie Mellie nie erlauben, dass sie sich der Hütte näherte. Oder noch schlimmer, sie würden es selbst in die Hand nehmen und Caleb dem Kreuzfeuer aussetzen.

Aber ohne die Wahrheit zu kennen, würde Rynn nie zulassen, dass sie den Garten verließ, das sagte ihr sein eiskalter Blick. Das war auch seine Rebellion, die sie aufs Spiel setzte. Seine letzte Chance, nach Hause zurückzukehren.

»Ich habe Quinn vorhin angelogen«, flüsterte Mellie, nachdem sie sich ein Herz gefasst hatte. »Caleb ist nicht bei seiner Familie.«

»Und?« Rynn zog eine Augenbraue hoch, als hätte er sich das sowieso schon gedacht.

»Sie haben ihn.«

»Wer hat ihn?«

»Die Männer des Captains.«

»Das ist unmöglich, Mel.«

»Leider nicht.« Sie zeigte ihm das Foto, wobei das Handy in ihrer Hand zitterte. »Ich dachte, ich könnte ihn aus allem raushalten. Ich habe es versucht, Rynn, ich schwöre es. Aber er ist trotzdem zurück in den Wald gefahren, und wenn ich jetzt nicht dorthin gehe, und zwar *allein*, töten sie ihn.« Die Worte sprudelten jetzt nur so aus ihr heraus. »Bitte, du musst mich gehen lassen. Ich kann ihn nicht verlieren, nicht so … Das geht einfach nicht.«

Rynn sah sie lange an, und ein ihr unbekannter Ausdruck huschte über sein Gesicht. Was auch immer es war, es verdrängte die Wut.

»Du gehst da nicht allein hin«, erklärte er schließlich.

»Nein, bitte, du darfst es den anderen nicht verraten.« Mellie packte ihn am Ärmel. »Bitte, *Rynn.*«

»Ich habe nicht vor, es jemandem zu verraten.« Er schnalzte missbilligend mit der Zunge, dass sie ihm so etwas zutraute. »*Ich* werde dich begleiten.«

»Was? Nein, das geht nicht«, zischte Mellie und musste sich bemühen, die Stimme gesenkt zu halten, damit sie drinnen niemand hörte. »Du hast doch gelesen, was sie geschrieben haben!«

»Das ist mir total egal. Bei den Göttern, Mellie, glaubst du wirklich, die Soldaten haben vor, sich an die Abmachung zu halten? Dass sie ihn einfach laufenlassen, sobald sie dich haben?« Er gab ihr keine Gelegenheit zu antworten. »Denn das werden sie nicht. Er weiß zu viel über uns, sie werden auf keinen Fall zulassen, dass er einfach so aus der Hütte spaziert.«

Noch vor nicht allzu langer Zeit hätte Mellie dagegengehalten, dass der Captain niemals sinnlos einen Landbewohner töten würde. Das würde auch zu viel Aufwand bedeuten. Zu viele Fragen aufwerfen. Das Risiko, entdeckt zu werden, war zu groß. Aber das glaubte sie inzwischen nicht mehr. Ferrick hatte schon öfter unter Beweis gestellt, dass er bereit war, sehr weit zu gehen, um seine abtrünnigen Wandler zu finden. Er konnte nicht riskieren, dass auch nur ein einziger es zurück nach Astria schaffte. Genauso wenig wie der Titan.

»Wenn du das wirklich tun willst, wirst du Hilfe brauchen«, fuhr Rynn fort. »Du kannst es mit den Männern des Captains unmöglich allein aufnehmen. Das lasse ich nicht zu.«

»Ich muss allein gehen, Rynn. Wenn sie dich sehen, bringen sie Caleb um.«

»Dann sorgen wir eben dafür, dass sie mich nicht sehen.«

»So habe ich es aber nicht ge…«

»Keine Diskussion, Mel«, unterbrach er sie. »Entweder komme ich mit, oder wir gehen alle. Du hast die Wahl.«

Mellie öffnete den Mund, um etwas zu erwidern, schloss ihn jedoch wieder, als ihr die Worte im Halse stecken blieben. Ein zusätzlicher Wandler war einfacher zu verstecken als eine ganze

Horde – von einer Mutter, die mit Sicherheit Mellies Leben über das von Caleb stellen würde, mal ganz abgesehen. Außerdem kannte sie Rynns Miene nur zu gut, die entschlossene Mischung aus Mut und Sorge. So hatte er auch ausgesehen, als ihre Mum gestrandet war und er Mellie von der Oberfläche wegzerren musste, wobei sie sich mit aller Kraft zur Wehr gesetzt hatte. Und auch an dem Tag im Wald, als er ihr geschworen hatte, einen Weg zu finden, dass sie nach Hause zurückkehren konnte, obwohl er es eigentlich für unmöglich gehalten hatte. Sich dieser Art wilder Entschlossenheit entgegenzustellen, war so, als würde man gegen Windmühlen kämpfen. Doch vor allem hatte Mellie keine Lust, es zu versuchen.

»Dann lass uns gehen.« Sie duckte sich und schlich voran zum Auto. Ihn mitzunehmen, war eigentlich sogar ein kluger Schachzug. Wenn ihr etwas zustoßen sollte, konnte er immer noch dafür sorgen, dass Caleb es aus der Hütte heraus schaffte. Sie würde ihn schwören lassen, dass er es tat.

»Bist du dir sicher, dass du weißt, wie das geht?«, fragte Rynn, als er im Auto den Sicherheitsgurt anlegte.

Nun, *sicher* war vielleicht ein wenig übertrieben, aber das Auto ihrer Mutter hatte ein Automatikgetriebe und war deshalb leichter zu fahren als Calebs Pick-up-Truck. Sie hatte eine App auf dem Handy, die ihr den Weg anzeigte, und sobald sie die Vororte hinter sich gelassen hatten, würden die Straßen gerader und leerer werden. So war das definitiv machbar. Dumm, ja, aber machbar.

»Autofahren ist wirklich nicht so schwer.« Mellie versuchte, selbstbewusster zu klingen, als sie sich fühlte. Mit ein wenig Glück würde sie dieses Mal die Pedale nicht verwechseln, die Scheibenwischer betätigen, obwohl sie eigentlich den Blinker setzen wollte, oder das Auto aus Versehen in den Straßengraben manövrieren. Mit ein wenig Glück waren sie schon auf halbem Weg zum Wald, ehe irgendjemand ihr Verschwinden bemerkte.

Mellie drehte den Schlüssel im Zündschloss und zuckte zusammen, als der Motor mit lautem Brummen anging. *Bei den Göttern, warum müssen diese Dinger so einen Lärm machen?* Sie schielte zum Bungalow rüber und rechnete beinahe damit, dass die Tür aufflog und fünfzehn Soldaten herausgerannt kamen. Doch als alles still blieb, drückte sie den Fuß aufs Gaspedal und lenkte den Wagen so vorsichtig wie möglich vom Bürgersteig weg. Erst drei Straßen weiter war sie entspannt genug, dass sie sich traute, etwas schneller zu fahren. Aus dem Augenwinkel sah sie, wie Rynn sich in den Sitz krallte, das Gesicht so blass wie das Polster, doch er sagte kein Wort. Offenbar wollte er ihre Konzentration nicht stören.

Er war schon immer der Vernünftigere gewesen.

Sie waren schon fast eine halbe Stunde gefahren, als ihr Handy klingelte und die Stille durchbrach, die sich über sie gesenkt hatte.

»Es ist deine Mum«, erklärte Rynn nach einem Blick auf das Display.

Also hatten sie ihre Abwesenheit schließlich doch bemerkt.

»Lass es klingeln.« Mellie schluckte ihre Schuldgefühle runter. Sie waren schon zu weit gekommen, um jetzt die Nerven zu verlieren.

»Ich denke, wir sollten es ihr sagen, Mel.«

»*Was?*« Das Auto schwenkte abrupt zur Seite.

»Mellie!« Rynn packte das Lenkrad und richtete den Wagen wieder aus. »In Titans Namen, hör mir einfach kurz zu, okay?« Seine Hände waren schweißnass, und sie meinte zu spüren, wie sein Puls unter der Haut raste. »Sie können uns jetzt auf keinen Fall mehr einholen. Aber wenn da draußen etwas schiefgeht, könnte es sein, dass wir sie brauchen. Und bis sie im Wald ankommen, haben wir entweder Caleb oder …«

»Die Männer des Captains haben uns«, beendete Mellie den Satz für ihn. Bei den Göttern, warum musste Rynn immer recht haben? »Na schön, dann mach«, forderte sie ihn genervt auf. Als er ranging, wandte sie ihre Aufmerksamkeit wieder der Straße zu und ignorierte das wütende Geschrei aus dem Telefon.

Sie ließen das Auto etwa einen Kilometer von der Hütte entfernt stehen und gingen den Rest des Weges zu Fuß, um sich möglichst unbemerkt nähern zu können. Es hatte zu regnen angefangen, und es war kein leichtes Tröpfeln, das allmählich durchs dichte Blätterdach drang, vielmehr platschten schwere, dicke Tropfen in den Matsch und überdeckten die Geräusche ihrer Schritte.

Dennoch gingen sie zwischen den Eichen in Deckung, als die Hütte in Sicht kam. Zwei Männer standen an der Tür Wache, die Pistolen im Anschlag, während zwei weitere in gewissem Abstand auf und ab gingen, um sicherzugehen, dass sich niemand unbemerkt näherte.

»Drinnen sind bestimmt noch mehr«, raunte Rynn ihr zu. »Du wartest hier, bis ich sie weggelockt habe.«

»Okay.« Mellie fischte die magischen Silbermünzen aus der Tasche. Sie waren ihren Plan bestimmt ein Dutzend Mal durchgegangen, seit sie das Auto verlassen hatten. Mellie sollte der Köder sein und Rynn die Ablenkung. Der Plan war nicht wirklich gut, aber die Magie würde ihnen hoffentlich einen Überraschungseffekt garantieren. Sollten die Magier Astrias tatsächlich nichts über die Verstärker wissen, dann würde diese Art Zauber die Soldaten überraschen.

Mellie ließ ein paar Münzen in ihre Hosentasche gleiten, ehe sie ihre magischen Kräfte sammelte, um die restlichen zu aktivieren. »Sei vorsichtig, ja?« Sie warf Rynn einen letzten Blick zu. Dann trat sie zwischen den Bäumen hervor, ehe es sich einer von ihnen anders überlegen konnte.

»Nicht schießen!« Mellie hob die Arme, als die Soldaten sie bemerkten, und verlieh ihrer Stimme ein künstliches Zittern, um die Show abzuliefern, die die Soldaten vermutlich von ihr erwarteten. »Bitte, ich bin unbewaffnet … und allein.«

Die vier Männer näherten sich ihr wie hungrige Haie, die von Blutgeruch angezogen werden. *Warte noch* … Mellie vergrub die Absätze im Waldboden, um sich davon abzuhalten, davonzulaufen. *Warte, bis sie nah genug sind.* Hinter sich konnte sie regelrecht spüren, wie sich Rynn verkrampfte und die Muskeln in Vorbereitung auf den Kampf anspannte. *Noch nicht*, versuchte sie sich und ihm stumm einzureden, während die Soldaten sich mit entschlossenen Schritten näherten. Gleich … gleich … Sie würden nur eine Gelegenheit bekommen. *Jetzt!*

In dem Moment, als die Soldaten in Reichweite waren, warf Mellie eine Münze zwischen sie. Dann machte sie einen Hechtsprung hinter den nächsten Baumstamm und drückte sich flach dagegen, um sich gegen den kommenden Sturm zu wappnen. Der Zauber griff in dem Moment, als die Münze den Boden berührte, und die Explosion aus Regen und Magie schien die Grundfesten des Waldes zu erschüttern. Die Soldaten wurden weggefegt, als wären sie aus Papier. Die zwei, die am nächsten standen, krachten lautstark gegen Bäume. Die anderen landeten mit dem Gesicht nach unten im Matsch. Sie bewegten sich nicht mehr.

Und genau wie sie und Rynn gehofft hatten, rief der Aufruhr die übrigen Soldaten auf den Plan: Vier weitere kamen aus der Hütte gerannt. Das war Rynns Signal.

Schnell wie ein Blitz lief er durch ihr Blickfeld, die Kapuze tief ins Gesicht gezogen, so dass seine Haare verdeckt waren. An einem normalen Tag hätten die Soldaten ihn nie für Mellie gehalten, er war viel zu groß und zu breitschultrig. Doch heute kamen ihnen sowohl der Regen als auch das Dämmerlicht zugute, um die Wahrheit hinter ihrem kümmerlichen Plan zu verschleiern. Drei Männer des Captains jagten Rynn hinterher in den Wald, ohne auch nur einen Moment lang zu zögern, so dass nur einer blieb, um die Hütte zu bewachen.

Eine zweite magische Münze machte mit ihm genauso kurzen Prozess wie mit seinen Freunden.

Mellie rannte an dem reglosen Körper vorbei, das Messer in der Hand für den Fall, dass noch mehr Soldaten in der Hütte warten sollten. »Caleb?« Sie stürmte hinein. Die Szene, die sich ihr bot, entsprach der auf dem Foto: Caleb war auf einem Stuhl zusammengesunken, inmitten von Glasscherben und zerbrochenen Möbeln, ein Zeugnis der vorherigen Attacke der Soldaten und davon, dass Caleb sich ordentlich zur Wehr gesetzt haben musste, ehe sie ihn gefügig geprügelt hatten.

Und bei den Göttern, sie hatten ihn schlimm zugerichtet. Seine Lippe war aufgeplatzt, seine Augen blutunterlaufen und geschwollen und seine Wangen blutverkrustet von den Platzwunden an seiner Schläfe und am Kinn. Doch der wahre Schaden lag unter seinen Kleidern, das erkannte Mellie daran, wie er die Schultern bei jedem mühsamen Atemzug verkrampfte.

»Caleb!« Sie lief zu ihm. Sein Gesicht fühlte sich kalt an, sein Körper zitterte im eisigen Wind, der durch die Fenster heulte.

»Scout?« Er öffnete die Augen, soweit es die Schwellungen zuließen.

»Ja, ich bin es.« Sie machte sich daran, die komplizierten Knoten der Seile zu lösen, mit denen seine Handgelenke gefesselt waren.

»Du solltest nicht hier sein.« Seine Stimme klang rau und wund, als würde ihm das Sprechen Schmerzen bereiten.

»Ich sollte nicht hier sein?« Als die Knoten nicht nachgeben wollten, fing sie an, das Seil mit dem Messer zu bearbeiten und es Faden um Faden durchzuschneiden.

»Nein, es ist eine Falle, Scout. Die Soldaten … Es sind zu viele. Du musst hier weg, so lange du noch kannst.«

»Ohne dich gehe ich nirgendwohin. Jetzt halt still.« Das Messer befand sich gefährlich dicht an seiner Haut.

»Scout …«

»Hör zu, mach dir um die Soldaten keine Sorgen, okay? Wir haben uns um sie gekümmert«, sagte Mellie, obwohl sie sehr wohl wusste, dass ihre Zeit begrenzt war. Rynn konnte die Männer des Captains nur für gewisse Zeit hinhalten, und diejenigen, die sie ausgeschaltet hatten, würden auch nicht ewig bewusstlos bleiben.

»Wir?«

»Darum musst du dir auch keine Sorgen machen.« Als Nächstes nahm sie sich die Seile vor, mit denen seine Füße an den Stuhl gebunden waren. Das verdammte Messer zitterte bereits in ihrer Hand, was die Sache nicht leichter machte. *Reiß dich zusammen.*

Mellie biss die Zähne aufeinander und trieb das Messer tiefer ins Seil, bis Caleb endlich frei war.

»Danke«, flüsterte er und nahm ihre Hände, als sie sich aufrichtete. »Dass du gekommen bist, um mich zu retten.«

Besser wäre es gewesen, wenn es gar nicht erst nötig gewesen wäre, wollte sie ihn am liebsten anschreien und ihm eine Ohrfeige geben, weil er so dumm gewesen war, allein hierherzukommen. Stattdessen fiel sie ihm erleichtert um den Hals.

»Vorsichtig, Scout.« Er zuckte zusammen, hielt sie aber dennoch an sich gedrückt. »Ich glaube, da könnten ein paar Rippen gebrochen sein.«

Gebrochene Rippen. Mellie schluckte schwer. Noch eine Verletzung mehr, die er sich in ihren Kampf zugezogen hatte. Den Kampf, aus dem sie – naiv wie sie war – geglaubt hatte, ihn heraushalten zu können.

»Bei den Göttern, Caleb, es tut mir so leid.«

»Was zum Teufel tut dir denn leid?« Seine Finger krallten sich in ihr Shirt, und er zog sie noch näher an sich, so dass sich ihre Gesichter fast berührten. »Ich bin der Idiot, der sich hat schnappen lassen.«

»Können wir die Wiedersehensfreude bitte auf später verschieben? Wir müssen schnellstens hier weg.« Rynns Stimme ließ sie auseinanderfahren. Er stand vom Regen völlig durchnässt und außer Puste im Türrahmen und schaute zwischen ihnen hin und her. Anscheinend hatte er die Soldaten abgehängt und war zurückgelaufen.

»Rynn …«

»*Los, jetzt.*« Die Art, wie sich sein Gesicht verhärtete, ließ Mellie innerlich zusammenzucken, als hätte sie lebendige Aale verschluckt.

»Klar, sorry.« Sie verdrängte das ungute Gefühl und wandte sich Caleb zu. »Kannst du gehen?«

»Ich glaube schon«, antwortet er, doch als er aufstehen wollte, gaben seine Beine unter ihm nach. Er sank zurück auf den Stuhl und presste eine Hand in die Seite. »Oder auch nicht.«

»Lass mich dir helfen.« Mellie stöhnte, als sie ihn hochzog. Bei den Göttern, warum mussten Jungs auch immer so schwer sein?

»Ich mache das.« Rynn war mit einem Satz bei ihnen und legte sich Calebs Arm um die Schultern. »Du aktivierst die restlichen Münzen. Die Soldaten können jeden Moment zurück sein.«

»Und mein Handy, Scout«, rief Caleb. »Hol mein Handy, das haben sie in der Küche liegen gelassen.«

»Hältst du es wirklich für angebracht, dir jetzt Sorgen um dein *Telefon* zu machen?« Rynn sah ihn ungläubig an, als würde er mit einem Mal seine Entscheidung überdenken, genau diesen Landbewohner zu retten.

»Es geht mir doch nicht um das Telefon, sondern um das, was darauf ist«, erwiderte Caleb.

Denn auf seinem Telefon befand sich alles. Nachrichten, Fotos, Flugtickets, Karten … Alles, was der Captain dazu benutzen konnte, die abtrünnigen Wandler in ihrem neuen Zuhause aufzuspüren. Aber noch wichtiger war, dass darauf auch etwas gespeichert war, womit die abtrünnigen Wandler *sie* aufspüren konnten. Und das brachte Mellie auf eine Idee.

Kapitel siebzehn

F*inde mein Handy, Finde meine Freunde, Finde meinen Hund* ... Caleb hatte die Apps alle, genügend Information, um Quinn und die anderen direkt zu ihnen zu führen, auch wenn sie sich dabei durch den Wald bewegten. Mellie schrieb ihrer Mutter die Details, zusammen mit folgender Nachricht: *Wir haben Caleb. Wir brauchen Hilfe.*

Ihre Mutter antwortete umgehend. *Bleibt, wo ihr seid. Wir sind in zehn Minuten da.*

Aber sie hatten keine zehn Minuten, und wenn sie blieben, wären sie nach nicht einmal der Hälfte der Zeit mit Sicherheit tot. Mellie hatte die ersten Soldaten schon durch die zerfetzten Vorhänge des Küchenfensters erblickt, deren wutverzerrten Gesichter selbst auf die Entfernung erkennbar waren. Bis sie und Rynn Caleb aus der Hütte geschleppt hatten, waren ihnen Ferricks Männer bereits auf den Fersen. Sie brauchten beide übrig gebliebenen Münzen, um sich einen Weg zu bahnen, und sie waren immer noch hoffnungslos weit vom Auto entfernt, als sie wieder die Schritte der Stiefel im Matsch hinter sich hörten.

»Wir müssen schneller laufen«, stieß Rynn keuchend aus und zerrte Caleb weiter.

»Ich weiß, ich versuche es ja …«, brachte Caleb mühsam hervor. Er sah nicht gut aus, die Anstrengung ihrer Flucht verlangte seinem verletzten Körper zu viel ab. Er stöhnte bei jeder Bewegung, und jeder Schritt war kleiner und jeder Atemzug gequälter als der vorherige. Mellie rückte seinen Arm über ihrer Schulter zurecht und übernahm etwas mehr von seinem Gewicht – so viel sie tragen konnte.

»Na, dann musst du dir eben noch mehr Mühe geben!«, fuhr Rynn ihn an. »In diesem Tempo schaffen wir es niemals zum …« Er schaffte es nicht, seinen Satz zu beenden, denn in diesem Moment begann die Schießerei.

Der Wald explodierte vor Lärm. Pistolenschüsse, magische Explosionen, Schritte, Schreie. Einige Stimmen erkannte Mellie, andere nicht. *Quinn.* Seine Kommandos übertönten den Regen und führten seine kleine Armee vorwärts, um den Wald zu durchsuchen.

Ihre Verstärkung war da.

Genau wie Ferricks Männer.

Rynn beschleunigte seine Schritte und zog sie und Caleb mit sich. Er hätte sie auch einfach stehen lassen und seine eigene Haut retten können, aber sein Griff um Calebs Schulter blieb fest.

Mellie hörte immer mehr schwere Schritte, zu viele, um sie zu zählen, zu viele Soldaten zwischen den Bäumen. Sie riskierte einen Blick über die Schulter und erblickte einen weißen Haarschopf, gefolgt von einem schwarzen.

»Bringt ihn ins Auto!«, rief Zanna, als sie und Zet an ihnen vorbeisausten. »Wir beschäftigen sie in der Zeit ein bisschen.«

Mellie setzte weiter einen Schritt vor den anderen und versuchte, den Lärm aus Schüssen und Schreien auszublenden. Auf dem matschigen Boden geriet sie immer wieder ins Rutschen, und Caleb drohte ihr zu entgleiten.

»Rynn …« Sie musste die Stimme heben, damit er sie hören konnte. »Rynn, mach mal kurz langsamer, ich kann ihn nicht länger …«

Wie er die Pistole aus der Entfernung hatte sehen können, wusste Mellie nicht; ihr blieb kaum Zeit, den Soldaten zu bemerken, der zwischen den Bäumen hervortat und die Waffe hob, woraufhin er drei Schüsse direkt auf Caleb abfeuerte.

»Runter!« Rynn riss sie beide zu Boden.

Der Stamm der Eiche hinter ihnen zerbarst mit einem lauten Knall.

»Seht zu, dass ihr zu dem verdammten Auto kommt!«, polterte Quinn, ehe er Zanna und Zet zu Hilfe eilte, dicht gefolgt von Niya. Mellie versuchte, sich im Dreck aufzusetzen. Rynn war auf ihr gelandet, und sein Gewicht hatte ihr kurzzeitig den Atem verschlagen.

»Du kannst jetzt von mir runtergehen.« Sie drückte gegen seine Brust. »Rynn, komm schon, steh auf.« Mit einem letzten Schubs schaffte sie es, sich zu befreien.

»Caleb?« Sie krabbelte auf seine Seite und wagte einen Blick durch die Bäume. Zusammen mit den Zwillingen versuchten Niya und Quinn, die Männer des Captains in die entgegengesetzte Richtung zu locken, damit der Weg zum Auto frei war. »Du musst aufstehen, okay?«, forderte Mellie ihn auf. »Wir müssen los.« Aber als sie ihn schüttelte, stöhnte Caleb nur.

O nein … Wag es ja nicht, jetzt aufzugeben. Hastig überprüfte sie seinen Puls. Er atmete, und soweit sie feststellen konnte, hatte er auch keine neue Wunde dazubekommen. Vermutlich war er vor Schmerzen bewusstlos geworden. Mellie schüttelte ihn wieder an der Schulter. Der Aufprall auf dem Boden musste ihm den Rest gegeben haben.

»Rynn, hilf mir mal schnell!« Sie drehte sich zu ihm um, während Panik in ihr aufstieg. »Bitte, er will nicht aufwachen und …«

Erst da bemerkte sie den dunklen Fleck, der sich auf Rynns Shirt ausbreitete.

»Rynn?« Sie krabbelte zu ihm. Er hatte die Augen geöffnet, schaute aber ins Leere, und sein Atem ging schnell und stoßweise. *Bitte nicht.* Mellie schälte den blutgetränkten Stoff von seiner Haut. *Nein, nein, nein, nein, nein.* Schnell drückte sie die Hände auf die Wunde und versuchte verzweifelt, den sprudelnden Blutfluss zu stoppen. Das Blut sammelte sich warm und klebrig unter ihren Fingern, während ihr der metallische Geruch in die Nase stieg.

»Bei den Göttern, du … musst einfach durchhalten, okay?«, stammelte sie und fischte ihr Handy aus der Hosentasche. In ihrer Ausbildung waren sie auf solch schwerwiegende Wunden nicht vorbereitet worden. *Wenn dein Partner verletzt ist, schaff ihn so schnell wie möglich ins Wasser zurück und bring ihn zu einem Heiler. Wenn das nicht möglich ist, such dir Hilfe bei einer Sicherheitspatrouille.* Da ihr aber keine der Optionen zur Verfügung stand, rief Mellie die einzige Person an, die wissen würde, was zu tun war.

»Mellie!« David ging beim ersten Klingeln schon ans Telefon. »Was ist passiert? Geht es dir gut?«

»Nein, ich …« Sie konnte kaum sprechen, weil sie plötzlich einen Kloß im Hals hatte. »Es ist Rynn, er … wurde angeschossen.«

»Wo wurde er getroffen?« Davids Tonfall schlug innerhalb eines Atemzugs vom besorgten Stiefvater zum Landbewohnerarzt um.

»Äh … in den Bauch … nein, in die Seite, glaube ich. Da ist so viel Blut.«

»Ist er bei Bewusstsein?«

»Ich weiß es nicht. Er kann nicht ... Er sagt nichts.«

»Okay, du musst mir jetzt ganz genau zuhören. Besorg dir so viel aufsaugendes Material, wie du finden kannst ...«

Mellie zog sich sofort die Jacke und das trockenere T-Shirt aus. »Und dann?«

»Drück den Stoff auf die Wunde. Du musst immer Druck darauf ausüben.«

In dem Moment, als der Stoff Rynns Haut berührte, zuckte er zusammen und gab ein knurrendes Geräusch von sich, das halb Wimmern, halb Schrei war.

»Ich tue ihm weh!«

»Nein, du rettest ihm das Leben. Jetzt halte den Druck auf die Wunde, ich bin unterwegs.« Er legte auf.

»Rynn?« Mellie ließ das Handy zu Boden fallen. Sein Gesicht war aschfahl, und Schweißperlen standen ihm auf der Stirn. »Bei den Göttern, bitte stirb nicht.« So hatte dieser Tag nicht enden sollen. Sie hätte damit leben können, ihn an Simmia zu verlieren oder sogar an einen weiteren sinnlosen Streit. Aber nicht so. Nicht für immer. Zwölf Jahre Freundschaft durften nicht so enden, mit ihm auf dem Waldboden liegend, umgeben von Feinden, während sein Leben durch ihre Finger rann.

»Du darfst nicht sterben, hörst du mich? Das lasse ich nicht zu.« Mellies Worte galten sowohl Caleb als auch Rynn. Beide waren ihretwegen überhaupt erst in den Wald gekommen – um *sie* zu beschützen –, und nun hatte sie selbst nichts mehr, womit sie ihnen helfen konnte. Würden die Männer des Captains jetzt über sie herfallen, wären sie alle erledigt.

Du hast doch noch etwas. Während sie eine Hand weiter auf Rynns

Wunde presste, griff Mellie in ihre Tasche. Sie mochte ihren Vorrat an magischen Waffen vielleicht erschöpft haben, aber sie war nicht wehrlos. Sie hatte noch Quinns Pistole. Das war eine andere Art von Macht, direkter und tödlicher, ein persönlicher Angriff. Trotz all dem, was sie Quinn im Bungalow gesagt hatte, hätte Mellie sich nie vorstellen können, tatsächlich das Bedürfnis – oder den Nerv – zu haben, sie zu benutzen.

Doch als sie Schritte hinter sich hörte, zögerte sie nicht. Die Pistole fühlte sich in ihrer Hand richtig an, und Mellie hielt sie direkt auf Brusthöhe gerichtet. Entweder hatte David sie gefunden, oder es waren Ferricks Männer. Doch sie hatte auf keinen Fall vor, Caleb oder Rynn zurückzulassen, und wenn das bedeutete, dass sie den Abzug betätigen musste, dann würde sie eben lernen müssen, damit zu leben. Wie zahllose Wandler vor ihr würde sie zulassen, dass der Captain sie in eine Mörderin verwandelte.

»Mellie!« David tauchte zwischen den Bäumen auf, und Nomi lief neben ihm. »Wow, langsam …« Er bremste abrupt ab und streckte beide Hände aus. »Nimm die Waffe runter, ja?« Er sprach langsam, als hätte er es mit einem verschreckten Kind zu tun. »Cirra und Lendon halten draußen für uns Wache; sie sagen Bescheid, wenn sie jemanden kommen sehen. Wir sind in Sicherheit, du kannst die Pistole runternehmen.«

Sobald Mellie das getan hatte, erwachten er und Nomi aus ihrer Starre, und die Soldatin eilte zu Caleb, während David zu ihr rannte, seine Jacke auszog und sie ihr um die Schultern legte.

»Hilf Rynn!«, schrie sie. Bei den Göttern, das war jetzt wirklich nicht die Zeit, sich um den blöden Anstand zu sorgen.

David ging in die Hocke und öffnete seinen Erste-Hilfe-Koffer. »Ich muss es mir ansehen«, sagte er und nahm ihre Hand weg.

Selbst ein Blinder hätte den Schatten bemerkt, der ihm über das Gesicht huschte, als er den Schaden sah, den die Kugel angerichtet hatte.

»Wir können nicht auf den Krankenwagen warten, er muss sofort in ein Krankenhaus.« Er begann, Verbandsmaterial auf die Wunde zu legen.

»Aber du bekommst das wieder hin, oder? Er wird wieder gesund?«

David beantwortete die Frage nicht. Stattdessen führte er Mellies Hände zu dem dicken Mullstapel und drückte darauf. Fest. Rynns schmerzhaftes Aufstöhnen ging ihr durch Mark und Bein.

»Das wird reichen müssen«, sagte David und verklebte die Wunde, so gut es ging. »Los, gehen wir.«

»Gehen?« Mellie warf einen Blick über die Schulter zu Caleb. Sie konnte ihn nicht einfach hier zurücklassen.

»Mach dir um den hier keine Sorgen«, rief Nomi, die ihr die Panik offenbar ansah. »Er atmet gleichmäßig, hat einen starken Puls … Ich bringe ihn sicher zurück.«

Einen Moment lang blieb Mellie wie angewurzelt stehen, unfähig, die Hände von Rynns Wunde zu nehmen, und nicht gewillt, Caleb zurückzulassen. »Nein, ich … ich kann nicht …«

»Mellie, hör mir gut zu.« David packte sie am Arm und fuhr mit eindringlicher Stimme fort. »Ich weiß, dass du dir Sorgen um Caleb machst, das tue ich auch. Aber im Moment braucht Rynn dich mehr.«

Sie musste ihn sich nur noch einmal anschauen, um zu wissen, dass er recht hatte. Ihre Hände waren das Einzige, was Rynn noch zusammenhielt.

Bis sie ihn zum Auto geschafft hatten, war Rynn nicht mehr bei Bewusstsein, und die Bandagen auf seinem Bauch hatten eine unheilvolle dunkelrote Farbe angenommen.

»Setz dich zu ihm«, wies David sie an, nachdem er ihn auf den Rücksitz gelegt hatte. »Weck ihn auf, wenn du kannst.« Er hatte den Motor bereits angelassen, als Mellie ins Auto stieg, und sobald sie die Tür hinter sich geschlossen hatte, raste er auch schon los.

Das Erste, was David tat, war, das Krankenhaus anzurufen, wobei er dem Landbewohner am anderen Ende Begriffe wie *Jagdunfall* und *Schusswunde* zubellte. Da waren auch noch andere Ausdrücke wie *tachykard* und *hypovolämischer Schock*, die Mellie nicht verstand, die sie aber umso mehr erschreckten. Nichts an diesen Worten klang so, als wäre es reparabel. Nicht ohne einen Heiler, und außerhalb des Sees lebte der nächste auf der anderen Seite des Kontinents. Rynn würde es niemals so weit schaffen, aber jetzt zu versuchen, ihn nach Astria zu schmuggeln, würde ihn mit ziemlicher Sicherheit auch das Leben kosten. Sie würden geschnappt werden, sobald sie ins Wasser eintauchten.

David telefonierte auch mit ihrer Mum und mit Nomi, die ihm versicherte, dass sich Caleb ebenfalls auf dem Weg ins Krankenhaus befand, gemeinsam mit den restlichen Soldaten. Wie durch ein Wunder hatten sie es alle relativ unbeschadet aus dem Wald heraus geschafft.

Alle außer Rynn.

»Wie hält er sich da hinten?«, fragte David und warf einen Blick in den Rückspiegel.

»Ich …« Mellie hatte keine Ahnung, wie sie die Frage beantworten sollte. Rynn atmete in kurzen, gequälten Zügen, die durch seine Zähne zischten. Doch bei den Göttern, er war so bleich und fühlte sich so kalt an. »Ich weiß es nicht.«

»Versuch auf jeden Fall, ihn weiter wachzuhalten, okay? Bring ihn zum Reden.«

Reden. Klar.

»Rynn?« Mellie schüttelte ihn sanft. Als das nicht funktionierte, schüttelte sie ihn fester. »Rynn!«

»Mel?« Er öffnete die Augen einen kleinen Spalt weit. »Warum bist du …?« Er schien nach und nach seine Umgebung wahrzunehmen, den engen Rücksitz, die Straßenlaternen, die am Fenster vorbeihuschten, ihre Knie unter seiner Hüfte. »Du blutest.« Die Worte kamen gepresst, seine Stimme kaum mehr als ein Flüstern.

»*Ich* blute?«

»Ja, da ist Blut …« Er fuhr ihr mit dem Daumen über die Wange, doch die Anstrengung ließ ihn zusammenzucken. »… auf deinem Gesicht.«

»Das ist nicht mein Blut«, war das Einzige, was Mellie einfiel. Nichts, was sie sonst hätte sagen können, wäre auch nur annähernd ausreichend gewesen. Nicht, nachdem er sich für sie in die Schusslinie geworfen hatte. Für *Caleb.*

»Rynn, ich …«

Das Auto fuhr in ein Schlagloch, so dass sie beide durchgerüttelt wurden. Rynn stöhnte und verdrehte die Augen, bis nur noch das Weiß zu sehen war.

»Rynn?« Mellie schüttelte ihn wieder. »Rynn, komm schon, wach auf. Rynn! *David*!«

»Wir sind fast da, Kleines, nur noch ein paar Minuten.«

Mellie strich sich eine blutige Haarsträhne aus dem Gesicht und schaute geistesabwesend nach draußen. Sie hatten schon vor einer

Weile die ländliche Gegend hinter sich gelassen, und die ruhigen, unbeleuchteten Straßen waren dem Gewusel der Großstadt gewichen. Glücklicherweise herrschte sonntags kein so dichter Verkehr, so dass sie bis zum Krankenhaus gut durchkamen. David gab auch ordentlich Gas.

Das Gebäude, vor dem sie hielten, war ein weitläufiger Komplex aus Backstein und Glas, ziemlich unauffällig, bis auf die Größe und das riesige rote Schild an der Wand, auf dem *Notaufnahme* stand. Am Eingang erwartete sie ein Team ernst dreinblickender Landbewohner, die fast alle weiße Kittel trugen. Sie liefen auf das Auto zu, sobald David es zum Stehen gebracht hatte, und rissen alle Türen auf.

»Du musst Platz machen«, forderte eine Landbewohnerfrau in grüner Montur Mellie ungeduldig auf.

»Nein.« Mellie hielt die Handflächen auf Rynns Bauch gepresst. Die Bandagen schmatzten unter ihren Fingern, weil sie derart mit Blut vollgesaugt waren. »Ich kann ihn nicht alleine lassen.«

»Mellie, du musst sie arbeiten lassen.« David zog sie zur Seite. »Sie werden sich gut um ihn kümmern, das verspreche ich dir.«

Die Landbewohner hoben Rynn auf eine Trage und rollten ihn schnell durch die Flügeltüren. David führte Mellie ebenfalls nach drinnen in einen hell erleuchteten Empfangsbereich, in dem zahlreiche Landbewohner auf Stühlen saßen.

»Ich begleite die Ärzte. Warte hier auf deine Mutter.« Mit diesen Worten zückte er seinen Krankenhausausweis und eilte den Flur entlang, dem bereits um eine Ecke biegenden Team mit der Trage hinterher.

»Schätzchen …« Eine Frau in Blau trat hinter einem Tresen hervor, »… bist du verletzt?«

Mellie brauchte einen Moment, um zu verstehen, warum die Frau – und alle anderen Anwesenden – sie anstarrte. Immerhin trug sie nur ihre blutgetränkten Jeans und Davids übergroße Jacke. »Was?«

»Das Blut. Bist du verletzt?«

Mellie schaute auf ihre Hände. »Nein. Das ist nicht … Es ist nicht mein …«

»Mellie!« Ihre Mum rauschte durch die Tür und riss entsetzt die Augen auf, als sie ihre Tochter erblickte. »Geht es dir gut? Bist du verletzt?«

»*Das ist nicht mein Blut*«, schrie Mellie schon fast. Irgendwann hatte sie angefangen zu zittern, so dass ihr ganzer Körper bebte wie eine Saite, die man angeschlagen hatte.

»Okay, dann machen wir dich mal sauber.« Ihre Mum steuerte mit ihr die nächste Toilette an, weg von der neugierigen Landbewohnermeute. Mellie wehrte sich nicht und saß nur stumm da, während ihre Mutter ihr das Blut aus dem Gesicht und den Haaren wusch. Keiner von ihnen sagte ein Wort. Die Standpauke war unausweichlich, das war Mellie bewusst. Sie hatte ein Auto gestohlen, ihre Armee versetzt, die monatelange Planung ruiniert und dafür gesorgt, dass die einzigen echten Freunde, die sie je gehabt hatte, jetzt im Krankenhaus lagen. Sie hatte eine Standpauke vermutlich mehr als verdient. Fürs Erste ließ ihre Mutter sie jedoch in Frieden. Sie hatte ihr im Krankenhausshop ein paar neue Klamotten gekauft, und sowohl auf dem Oberteil als auch der Hose prangte ein lächelndes Bärchen, doch selbst das war Mellie egal. Es gab gerade zu viele schreckliche Dinge, um die ihre Gedanken kreisten.

Noch vor wenigen Stunden hatte sie Rynn dazu gebracht, es an ihrer Seite mit Ferricks Männern aufzunehmen, damit sie Caleb nicht verlor. Jetzt sah es so aus, als würde sie Rynn verlieren, weil sie Caleb hatte retten wollen.

Das Leben hatte eine kranke Art von Humor.

»Mellie, Laura.« David drückte die Tür zum Wartezimmer auf. Er hatte seine blutbefleckten Kleider gegen das grüne Ärzte-Outfit getauscht, zu dem er die gleiche ernste Miene aufgesetzt hatte wie die anderen. Mellie sprang auf, wobei der wackelige Plastikstuhl klappernd umfiel. Etliche Köpfe drehten sich in ihre Richtung, während man das Mädchen im Bärenpyjama vermutlich im Stillen dafür verurteilte, dass sie so eine Szene hinlegte.

»Ist Rynn …« Die Frage blieb ihr im Hals stecken. Sobald sie gestellt war, gab es kein Zurück mehr, keine Hoffnung. Im Moment befürchtete sie nur das Schlimmste, wohlwissend, dass die Nachricht sie zerstören würde.

»Lasst uns irgendwohin gehen, wo wir ungestört reden können.« David bedeutete ihnen beiden, ihm in ein leeres Behandlungszimmer auf der anderen Seite des Flurs zu folgen. Als ihre Mutter die Tür hinter ihnen geschlossen hatte, hielt Mellie es nicht mehr länger aus. Sie hatte das Gefühl, eine Million winziger Flammen würden unter ihrer Haut brennen. Es konnte nur eine Erklärung dafür geben, dass David Zeit schinden wollte.

»Er ist tot, nicht wahr?«, zwang sie sich, die Frage auszusprechen. »Bitte sag es mir einfach.«

»Nein, ist er nicht.«

»Ist er nicht?« Die Worte brauchten eine Weile, bis sie bei ihr ankamen, und Mellie wagte es kaum, sie zu glauben. Sie fühlten sich zu sehr nach Wunschdenken an.

»Nein. Aber er ist auch noch nicht über den Berg.« David führte sie zu dem schmalen Bett in der Ecke. Das Papiertuch knisterte unter ihr, als sie sich hinsetzte. Mellie schob es wütend beiseite.

»Die Kugel hat ziemlichen Schaden angerichtet«, erklärte er. »Sie hat eine Rippe durchschlagen, die Lunge zum Kollabieren gebracht und seine Leber zerfetzt.«

Bei den Göttern. Mellie ließ den Kopf an die Wand sinken. Das klang nach einer sehr schweren Verletzung.

»Er hat auch Fieber und jede Menge Blut verloren«, fuhr David fort, »doch die Chirurgen tun, was sie können.«

»Werden sie merken, dass er … *anders* ist?« Mellie wollte das Wort *Wandler* in einem Gebäude mit so vielen Landbewohnern nicht einmal denken, geschweige denn aussprechen.

»Ich glaube nicht.« David und ihre Mutter tauschten einen Blick. »Soweit wir wissen, seid ihr kaum von uns zu unterscheiden, wenn ihr euch verwandelt habt. Die Ärzte hatten offenbar Probleme, seine Blutgruppe zu bestimmen, aber das wird sie nicht davon abhalten, ihn zu behandeln. Sie geben ihm jetzt erst einmal Transfusionen mit Blut der Gruppe 0, denn die ist für alle Blutgruppen geeignet.«

»Und es wird ihm nicht schaden?«, fragte Mellie. Blutgruppen, Chirurgen, Transfusionen … das waren ihr zu viele Begriffe aus der Landbewohnermedizin, mit denen sie nichts anfangen konnte.

»Ich weiß es nicht.« Davids Stimme war sanft. »Ich wünschte, ich wüsste es, aber wir haben in dieser Hinsicht keine Erfahrungen, auf die wir uns stützen könnten. Alles, was wir tun können, ist, es zu probieren und abzuwarten.«

Das ist nicht genug. Mellies Fingernägel gruben sich in ihre Handflächen. Rynn hatte etwas Besseres verdient als gute Wünsche und Gebete. »Es muss doch noch etwas geben, was wir tun können.«

»Mellie, hör mir zu.« David löste vorsichtig ihre verkrampfte Faust. »Ich kenne euch beide noch nicht allzu lange, aber ich kann mit Fug und Recht behaupten, dass ihr die stärksten, dickköpfigsten Teenager seid, die mir je begegnet sind. Er ist ein Kämpfer, Kleine, und er hat dich sehr lieb. Also verlier nicht die Hoffnung, ja? Ich glaube nicht, dass er so schnell aufgibt.«

Kapitel achtzehn

Mellie, die Meerjungfrau
Sonntag, 21.12 Uhr: *Schreib mir, wenn du das liest!*

Mellie, die Meerjungfrau
Sonntag, 22.27 Uhr: *Caleb, bitte, ich muss wissen, ob es dir gutgeht.*

Mellie, die Meerjungfrau
Sonntag, 23.45 Uhr: *Bei den Göttern, wo steckst du?*

Mellie hatte sich noch nie in ihrem Leben so nutzlos gefühlt. Rynn war immer noch im OP, Caleb antwortete nicht auf ihre Textnachrichten; und obwohl er sich irgendwo im Krankenhaus befinden musste, wollte niemand sie zu ihm lassen, weil Mellie nicht zur Familie gehörte und weil sie Calebs Verbindung zu Rynns Einlieferung verheimlichen wollten.

Soweit die Ärzte wussten, war Caleb ausgeraubt worden. Ein ziemlich brutaler Angriff, den barmherzigen Samaritern zufolge, die ihn ins Krankenhaus gebracht hatten. Quinn hatte sogar eine

Zeugenaussage bei der Polizei gemacht, um die Lüge zu verkaufen. Und um sicherzugehen, dass weder die Polizei noch Calebs Eltern zu viele Fragen stellten.

Mellie hatte auch mit der Polizei reden müssen, da Landbewohner nicht wie erwartet gleichgültig blieben, wenn es um das Schießen auf Menschen ging, wie sich herausstellte. Sie wiederholte einfach die Geschichte, die David ihr im Auto eingetrichtert hatte: *Es war ein Unfall. Wir waren im Wald, hatten aber keine Signalwesten an. Wir wussten, dass Jäger in der Nähe waren, sind aber einfach weiter gewandert. Wir haben den Schützen nicht gesehen und er uns wahrscheinlich auch nicht.*

Da sowohl David als auch ihre Mum die gleiche Aussage machten, schien die Polizei zufrieden zu sein. Sie schickten ein Suchteam raus, das nach einer nichtexistenten Jagdgesellschaft in einem ganz anderen Wald suchte.

Mellie konnte nicht sagen, wie viel Zeit seitdem vergangen war, das war in diesem winzigen, fensterlosen Raum unmöglich. Die Plastikstühle waren schon lange nicht mehr bequem, weshalb sie sich auf den Boden gesetzt hatte, den Rücken an die sichere Wand gelehnt. Um sie herum kamen und gingen die Landbewohner und unterhielten sich mit gedämpfter, ernsthafter Stimme. Doch abgesehen von ein paar vereinzelten Blicken zollte niemand dem verwirrten Mädchen in der Ecke wirklich Beachtung. Niemand schien riskieren zu wollen, ihrem Schmerz zu nahe zu kommen.

Es war Jahre her, dass Mellie das letzte Mal gebetet hatte – zumindest ernsthaft; ihre Götter eigneten sich auch nicht besonders gut dazu –, aber jetzt, allein in dieser Hölle, wo sie in ihren Schuldgefühlen ertrank, legte sie den Kopf auf die Knie und betete. Zu Bison, falls er sich noch für seine Schöpfung interessierte, dann zu

Amayanti, die Liebe und Freundschaft besser verstand, als ihre Eltern es je getan hatten. Nalastia dagegen beleidigte sie mit jedem Fluch und jeder Beschimpfung, die ihr einfielen. Es war besser, die Aufmerksamkeit der Göttin auf sich zu ziehen, damit sie Rynn in Ruhe ließ. Mellie wollte nicht, dass die Hüterin der dreizehn Höllen auf dumme Gedanken kam.

Du kannst ihn nicht haben, wiederholte Mellie wieder und wieder und klammerte sich an den Worten fest, als könnte es ihn dazu bringen, sich am Leben festzuhalten. Rynn hatte sicherlich genügend Fehler gemacht, doch in einer Sache hatte er recht: Sie entschied sich dazu, wütend zu bleiben … auf ihn, auf ihre Mum, auf die ganze Welt. Und wozu? Diese Wut hatte ihr noch nicht einmal geholfen, sich besser zu fühlen. Weder wirkte sie beruhigend, noch hatte sie dazu beigetragen, dass sich der Verrat weniger schlimm angefühlt hatte. Diese ganze Zeit hatte Mellie stur ihre Vergebung verweigert, überzeugt davon, dass Rynn es nicht anders verdient hatte.

Aber Vergebung war nichts, was man sich verdienen musste, es war etwas, das man schenkte.

Und an einem gewissen Punkt musste ein *Es tut mir leid* ausreichen.

Bei den Göttern, das ist doch lächerlich. Mellie rappelte sich auf. Sie konnte nicht weiter hier herumsitzen und darauf warten, dass David sie mit Neuigkeiten versorgte. Rynn war vorerst außer Reichweite, doch Caleb war hier und erholte sich von einem Angriff, für den sie verantwortlich war. Familie hin oder her, sie würde ihn besuchen.

In der Notaufnahme ging es zu wie in einem Bienenstock. Landbewohner in weißen Kitteln eilten zwischen Vorhängen hin und her, kümmerten sich um die Kranken und Verletzten, beruhigten, trösteten und versorgten Wunden. Es war schlimmer als die kühle Sterilität des Wartezimmers. So viel Leid an einem Ort, so viel Lärm, so viele Menschen.

Mellie suchte den Raum verzweifelt nach Caleb ab, ihre Angst, unnötige Aufmerksamkeit zu erregen, war das Einzige, was sie davon abhielt, nacheinander jeden Vorhang zurückzuziehen, bis sie ihn gefunden hatte. Bis sie mit eigenen Augen gesehen hatte, dass er wirklich hier und in Sicherheit und am Leben war.

Doch ehe Mellie das tun konnte, fand David sie.

»Ich hätte mir denken können, dass du nicht im Wartezimmer bleibst.« Er packte sie an den Schultern, ehe sie anfangen konnte, durch Türen zu lugen. Seine Stimme klang genervt und resigniert zugleich.

»Ich muss ihn unbedingt sehen«, bettelte Mellie. Sie wurde das Gefühl nicht los, dass sie Caleb nie hätte alleine lassen sollen – nicht nur heute im Wald, sondern auch gestern Abend. Sie hätte bleiben und die Sache klären sollen, egal, wie unangenehm oder schwierig es gewesen wäre. Hätte sie das getan, wäre Caleb jetzt nicht hier. Genauso wenig wie Rynn.

»*Bitte.*«

David seufzte schwer, und es klang, als wäre er völlig erschöpft. Doch statt des knappen Neins, mit dem Mellie gerechnet hatte, oder der Standpauke, weil sie mal *wieder* nicht gehorsam gewesen war, sagte David nur: »Hier entlang« und führte sie über einen der Gänge zu einer Tür, auf der »Behandlungsraum 5« stand. Mellie hätte die Tür fast eingerannt.

Caleb saß auf einem schmalen Bett und wurde von einer jungen Ärztin behandelt. Er trug kein Hemd mehr, das zuvor die zahlreichen Verletzungen verborgen hatte. Sein Oberkörper glich einer blutigen Leinwand aus Wunden und Prellungen, die sich über eine Seite und den gesamten Rücken zogen und wie ein wütendes Mal auf seiner Haut leuchteten.

»Scout!« Er wollte aufstehen, doch die Ärztin hielt ihn zurück.

»Miss, es tut mir leid, aber Sie dürfen nicht hier sein.«

»Nein, sie ist …«

»Ist schon gut, Leah, sie gehört zu mir«, erklärte David. »Caleb ist ein Freund der Familie. Ist es in Ordnung, wenn wir kurz mit ihm sprechen?«

Die Ärztin nickte und zog ihre Handschuhe aus. »Der Überfall hat offenbar keine ernsthaften Schäden hinterlassen, aber wir führen noch weitere Untersuchungen durch, um Brüche oder innere Blutungen auszuschließen. Sie sollten ihn jeden Moment dafür abholen«, sagte sie im Gehen zu David.

»Danke, es wird nicht lange dauern.«

Sobald sie weg war, wandte sich David wieder an Mellie. »Geh du zu ihm, ich warte draußen.«

Mellie brauchte keine weitere Einladung.

Sie lief zu Caleb und konnte sich gerade noch im letzten Moment davon abhalten, ihm so stürmisch um den Hals zu fallen, dass er vermutlich wieder bewusstlos geworden wäre.

»Ich sollte dich wahrscheinlich besser nicht …«

»Ach, komm schon her, Meerjungfrauenmädchen.« Er zog sie an sich und drückte sie an seine unverletzte Seite.

Mellie vergrub das Gesicht an seinem Hals. Seine Haare waren mit einer Mischung aus Dreck und Blut verklebt, doch sein Gesicht war sauber gewaschen, die Wunden genäht und bandagiert. »Sie wollten mich nicht zu dir lassen«, brachte sie atemlos hervor und zog sich zurück, um ihn anzusehen. »Ich habe es auf deinem Handy versucht, aber du hast nicht auf meine Nachrichten reagiert.«

»Na, das ist vielleicht ein bisschen vermessen von jemandem, der mich den ganzen Tag über ignoriert hat«, erwiderte Caleb, ohne wütend zu wirken. Um seine Lippen spielte sogar der Hauch eines Lächelns. Dennoch spürte Mellie, wie sich eine graue Wolke über sie herabsenkte, prall gefüllt mit all den Dingen, die noch unausgesprochen zwischen ihnen standen.

»Ich …« Sie wusste nicht, wo sie anfangen sollte. In ihr tobten die unterschiedlichsten Gefühle: Schuld, weil sie ihn gemieden hatte; Erleichterung, dass er jetzt hier war, zwar verletzt, aber am Leben; Wut, weil er sich überhaupt so in Gefahr gebracht hatte. »Es tut mir leid«, sagte sie schließlich. Ihr fiel kein besserer Einstieg ein.

»Mir auch.« Calebs Miene verfinsterte sich. »Scout, was passiert ist … Es ist meine Schuld. Ich hätte nicht dorthin zurückkehren sollen; ich hätte wissen müssen, dass sie meinen Wagen beobachten. Aber du wolltest nicht mit mir reden, und so, wie wir auseinandergegangen waren … wie ich einfach so weggefahren bin … Da dachte ich, ich sollte besser einfach auftauchen, weißt du? Für den Fall, dass du Hilfe brauchst. Und verdammt, ich weiß schon, wie dumm das klingt, aber ich schätze, ich kann nicht immer ganz klar denken, wenn … es um dich geht.« Die letzten Worte flüsterte er, als hätte er zu viel Angst, sie laut auszusprechen. »Ach, und nur fürs Protokoll, ich habe deine Nachrichten nicht bekommen.« Caleb strich ihr geistesabwesend eine Haarsträhne hinters Ohr, was ihr einen heißkalten Schauder durch den

Körper jagte. »Ich will dich schon seit Stunden anrufen, aber mein Akku ist leer.«

Das ist der richtige Augenblick, stellte Mellie fest. Wenn sie den Schalter in ihrem Kopf umlegen wollte, dann war das der Moment. Und bei den Göttern, sie wollte es so gern, sie wollte ihn unbedingt so sehen, wie er sie sah. Bei Caleb hätte es die einfachste Sache der Welt sein sollen. Anstatt zurückzuweichen, beugte sich Mellie daher vor und drückte die Lippen auf seine.

Er hatte nicht damit gerechnet, so wie er für einen Moment erstarrte und die Muskeln anspannte, als sie die Hände an seine Brust legte. Doch er fand sich schnell in die Situation ein.

Calebs Kuss war genau so, wie Mellie ihn sich vorgestellt hatte: weich, süß, liebevoll. Sie spürte jedes bisschen seiner Sehnsucht darin, das Begehren und die Freude, als er die Arme um ihre Taille legte und sie an sich zog; hörte es in dem leisen Stöhnen, das ihm entwich. Plötzlich wünschte sie sich, dass sie seinen Kuss am Abend zuvor zugelassen hätte, beim Schein des Feuers mit dem Geschmack des karamellisierten Zuckers noch auf der Zunge.

Es mag ein Klischee sein, aber ich wollte, dass der Abend besonders wird.

Und Caleb hatte etwas Besonderes verdient. Er hatte mehr verdient als einen Kuss in der Notaufnahme, umgeben von Krankheit, Angst und dem sauren Geruch nach Desinfektionsmitteln. Obwohl er es irgendwie schaffte, dass der Kuss sich dennoch besonders anfühlte. Und als er mit den Fingern über ihre Wirbelsäule fuhr, spürte Mellie schließlich einen Funken zwischen ihnen. Oder zumindest wollte sie das glauben. Denn es war zweifellos der perfekte Kuss. Doch es war alles zu viel für sie.

»Mellie.« Caleb zog sich vorsichtig zurück. »Ich bin kein Experte in diesen Dingen, aber ich bin mir ziemlich sicher, dass du nicht weinen solltest.«

Da erst bemerkte Mellie, dass ihre Wangen feucht waren.

»Bei den Göttern, entschuldige.« Sie wischte sich die Tränen mit dem Ärmel ihres lächerlichen Sweatshirts weg. Wenn der grinsende Teddybär auf der Vorderseite reden könnte, würde sogar er sie als Idiotin bezeichnen.

»Hey …« Caleb zwang sie, das Kinn zu heben und sie anzuschauen. »Willst du das wirklich?«

»Ich weiß es nicht.« Jetzt kamen die Tränen erst recht. So hätte das alles nicht ablaufen sollen. Der erste Kuss sollte nicht so verwirrend sein, geschweige denn überhaupt in einem Krankenhaus stattfinden. Caleb hätte nicht verletzt werden oder überhaupt so ein überaus guter Kerl sein sollen. Rynn sollte nicht gleichzeitig auf dem Operationstisch liegen, während sein Leben in den Händen irgendeines Landbewohners lag. Mellie konnte es nicht ertragen. Nichts davon.

»Entschuldige«, wiederholte sie. »Alles ist einfach so … Ich habe alles vermasselt.« So viele Möglichkeiten hatten sich ihr in den vergangenen Wochen eröffnet, tausend Chancen, mit ihrem Leben weiterzumachen und die Art von Freiheit zu genießen, von der die meisten Wandler nur träumen konnten. Sie hätte mit ihrer Mutter die Welt bereisen oder sich in Simmia ein neues Zuhause aufbauen können, auch im Meer, vielleicht sogar an der Oberfläche. Sie hätte Rynn verzeihen und Caleb eine bessere Freundin sein können. Stattdessen war sie kleinlich, stur und grausam gewesen, und das hatte sie fast alles gekostet. Und um das Ganze noch zu toppen, konnte sie nicht einmal diese eine Sache – diese eine wunderbare Sache, die sie so verzweifelt zu wollen versuchte – richtig machen.

»Scout, hör mir zu. Das …« Caleb legte ihr die Hand an die Wange. »… ist, was ich will. Ich wünsche es mir schon seit einer ganzen Weile, aber du musst es auch wollen, und wenn nicht, nun … dann muss ich eben damit klarkommen. Aber das ist nichts, was wir heute entscheiden müssen. Nicht hier, nicht nach allem, was sonst passiert ist. Und du musst mich nicht küssen, damit ich bleibe. Ich gehe nirgendwohin, okay?«

»Ja, okay.« Sie nickte und wich einen kleinen Schritt zurück. Das mindeste, was sie tun konnte, war, es nicht noch schlimmer zu machen. »Tut mir leid. Ich hätte das nicht …«

»Es muss dir nicht leidtun«, unterbrach Caleb sie. »Es war ein bei weitem schönerer Empfang, als ich ihn von den Ärzten bekommen habe. Trotz der Tränen.« Er ließ die Arme noch einen Moment um ihre Taille und lehnte die Stirn an ihre. Und trotz der Tatsache, dass sie sich gerade wie eine Idiotin verhalten hatte, fühlte es sich natürlich und sicher an, als wäre es das Selbstverständlichste auf der Welt. Dieses Gefühl war so stark, dass es wie eine offene Wunde schmerzte, als er sich von ihr löste.

»Scout, ich … Es tut mir leid wegen Rynn«, murmelte er. »Wie geht es ihm?«

Mellie entging nicht, wie schwer es ihm fiel, die Frage zu stellen, doch er tat es trotzdem. »Ich weiß nicht genau. David sagt immer nur, dass er noch operiert wird.«

»Na, das ist doch schon mal gut.« Ächzend lehnte sich Caleb auf dem Bett zurück und bedeutete ihr mit einer Handbewegung, sich neben ihn zu setzen. »Wenn er operiert wird, ist es ein gutes Zeichen.«

»Wieso ist das ein gutes Zeichen?«

»Es bedeutet, dass er noch am Leben ist.«

Ja, aber wie lange noch? Mellie ließ den Kopf an seine Schulter sinken. Konnten die Landbewohnerchirurgen es wirklich mit einer Wunde aufnehmen, die von Hass und einer Pistole verursacht worden war?

»Welche Neuigkeiten gibt es bei dir?« Sie wechselte das Thema. Caleb zu zwingen, über Rynn zu sprechen, war eine Grausamkeit, die er nicht verdient hatte.

»Neuigkeiten?«

»Die Nachricht, die du mir heute Morgen hinterlassen hast. Dass du Neuigkeiten hättest.«

»Oh, das.« Die Papierauflage der Liege knisterte, als er das Gewicht verlagerte. »Das hat wirklich Zeit, Scout.«

»Nein, bitte, ich bin neugierig.« Mellie konnte ein paar gute Nachrichten gebrauchen, von einer Ablenkung ganz zu schweigen.

»Okay, gut. Du weißt doch, dass ich ein neues Drehbuch schreibe?« Ein leises Lächeln umspielte Calebs Lippen, auch wenn er offenbar versuchte, es zu unterdrücken.

»Ja …«

»Also, ich habe diesem Professor, den ich kenne, einen Entwurf geschickt, und es hat ihm gefallen, weshalb er beim Leiter des Kurses, den ich gern belegen würde, ein gutes Wort für mich eingelegt hat und … Ich habe den Platz bekommen.«

»Das ist ja toll!« Mellie musste ihre Freude nicht spielen. Sie wusste genau, was das für ihn bedeutete. Das Schreiben war Calebs Leben. Er liebte es so sehr, dass er dafür sogar die Beziehung zu seinen Eltern aufs Spiel setzte und die goldene Zukunft aufgab, die sie für ihn vorgesehen hatten. Diese Nachricht musste für ihn eine solche Erleichterung gewesen sein, besonders jetzt, da er sein Studium offiziell abgebrochen hatte.

Doch aus irgendeinem Grund schien Caleb ihre Begeisterung nicht zu teilen.

»Freust du dich denn nicht darüber?«

»Doch, sehr sogar. Es ist nur …«

»Tut mir leid, wenn ich störe.« David steckte den Kopf durch die Tür. »Rynn ist aus dem OP raus. Ich dachte, du würdest es gern wissen.«

Der Druck auf Mellies Brust ließ ein wenig nach, so dass sie wieder leichter atmen konnte. *Aus dem OP raus* klang nicht nach *tot*, also konnte sie sich nicht verhört haben. Und mal davon abgesehen würde David ihr schlechte Nachrichten niemals mit einem so gelassenen Gesichtsausdruck überbringen. So gemein war er nicht.

»Ist er … Wird er wieder gesund?« Sie musste es genauer wissen.

»Es ist zu früh, um das zu sagen, aber es sieht nicht schlecht aus. Würdest du ihn gern sehen?«

Ihn sehen? Mellie konnte David nur ungläubig anblinzeln. Nach Stunden qualvollen Wartens, in denen sie immer nur mit dem Schlimmsten gerechnet hatte, durfte sie ihn tatsächlich *sehen*?

»Ähm … Scout?« Caleb stupste sie leicht mit der Schulter an. »Ich bin mir ziemlich sicher, dass er dich meint.«

»Klar, ja.« Sie schluckte schwer. »Macht es dir etwas aus, wenn ich …?«

»Kein bisschen«, erwiderte er. Und er meinte es ernst, das konnte Mellie sehen. »Wirklich, es ist okay. Ich habe sowieso noch ein radioaktiv heißes Date mit einem CT.«

»Das stimmt«, bestätigte David. »Es sollte jeden Moment eine Schwester bei dir sein, um dich abzuholen. Bis dahin entspann dich bitte. Gebrochene Rippen sind nicht zu unterschätzen. Du bist nicht unbesiegbar. Keiner von euch ist das.«

Mellie folgte David quer durch das Krankenhaus und drei Stockwerke nach oben zur *Intensivstation* ... zumindest stand das auf dem Schild über der Tür. Hier oben ging es wesentlich weniger hektisch und geschäftig zu als unten. Nur ein paar Landbewohner, die zum Personal gehörten, liefen zwischen den Zimmern mit Glastüren herum. Nach dem Lärm der Notaufnahme erschien Mellie die Stille sogar bedrückend, als wäre der ganze Ort in Trauer oder bereite sich schon auf den nächsten Schicksalsschlag vor.

»Alles okay, Kleines?«, fragte David. Vielleicht war ihm ihr Zögern aufgefallen oder die Tatsache, dass sie sich zwingen musste, überhaupt weiterzugehen. Vor wenigen Monaten hatte sie am Seeufer gestanden und vom Captain zu hören bekommen, dass sie immer nur Ärger machte, genau wie ihre Verrätermutter. Nun ja, heute wurde Mellie das Gefühl einfach nicht los, dass er recht gehabt hatte. Hätte sie Calebs Anrufe nicht ignoriert, Rynn nicht erlaubt, sie zum Wald zu begleiten, oder selbst die Pistole gesehen, dann wäre Rynn nie angeschossen worden. Und wenn ihre Anwesenheit an seinem Krankenbett ihm nur wieder Pech brachte? Wenn er am Ende deswegen sterben musste?

»Mir geht's gut.« Wieder traten ihr Tränen in die Augen, doch Mellie machte sich nicht die Mühe, dagegen anzugehen; da hätte sie auch gleich versuchen können, die Brandung zurückzuhalten. Stattdessen versteckte sie das Gesicht hinter ihren Haaren, während David eine der Glastüren öffnete und sie zuerst hindurchgehen ließ. Rynn hatte es nicht verdient, gerade jetzt allein zu sein.

Der Raum war wie eine weiße Leinwand; eine sterile weiße Zelle mit nichts als einem Bett, einem Stuhl und ein paar medizinischen Geräten. Die Maschinen piepten und blinkten unaufhörlich. Piep, piep … brumm … blink. Piep, piep … brumm … blink. Ein steter Rhythmus, der mit Rynns Atem einherging.

Er sah in dem großen Bett viel zu klein aus und wirkte schwach und leichenblass. Die Ärzte hatten ihm die Decke nur bis zum Bauch hochgezogen, so dass seine Brust mit den fürchterlichen Schläuchen und Bandagen freigelegt war. Mellie wäre beinahe zurückgeschreckt, als sie ihn so sah. Einer der Schläuche steckte in seinem Mund; sie hatten ihm das verdammte Ding in den Hals geschoben.

»Lass dich von den Geräten nicht einschüchtern.« David drückte leicht ihre Schulter. »Sie tun ihm nicht weh, sie helfen ihm nur beim Atmen und lindern die Schmerzen.«

Das sah für sie zwar nicht danach aus, ebenso wenig wie die anderen Schläuche, die teilweise in seltsamen Winkeln aus seinem Körper hervorragten. Es wirkte eher, als würden ihn die Maschinen zerreißen.

»Kann ich bei ihm bleiben?«

»Natürlich. Aber wenn eine der Krankenschwestern fragt, bist du seine Schwester, okay?«

Mellie machte sich nicht die Mühe, nach dem Grund dafür zu fragen. Sie durchquerte den Raum und schob den Stuhl so nah ans Bett, wie sie sich traute, ehe sie auf dem unbequemen Plastiksitz Platz nahm.

»Du darfst nicht sterben, hörst du?«, sagte sie zu Rynn. Falls er immer noch gehen wollte, wenn er aufwachte, würde sie damit leben müssen. Falls er sich entschied, *ihr* nicht zu verzeihen, nun, damit musste sie genauso klarkommen. Aber sie konnte ihn nicht auf diese Weise verlieren. Nicht so. Das würde sie ebenfalls nicht überleben. »Bitte, Rynn. Ich bin auch nicht mehr wütend, ich verspreche es dir. Bei den Göttern, bitte stirb einfach nicht.« Mellie legte ihre Hände auf seine. Ein langer Tag voller Sorge und Erschöpfung zehrte allmählich an ihren Kräften und drohte, sie an den gleichen Ort zu bringen, an dem er sich aufhielt: ins Reich der Träume. Doch Mellie zwang sich, die Augen offen zu halten, und beobachtete das leise Heben und Senken seiner Brust. Sie wollte auf keinen Fall weiter wegschauen.

Kapitel neunzehn

Caleb Greene

Montag, 5.46 Uhr: *Wie geht es dir?*

Mellie, die Meerjungfrau

Montag, 5.50 Uhr: *Wie kannst du mir auf einmal doch wieder schreiben?*

Caleb Greene

Montag, 5.51 Uhr: *Hab meine Eltern gebeten, mir mein Ladegerät mitzubringen. Alles okay bei dir?*

Mellie, die Meerjungfrau

Montag, 5.52 Uhr: *Bei mir? Ich hab doch nichts. Was haben die Ärzte bei der Untersuchung gesagt?*

Caleb Greene

Montag, 5.54 Uhr: *Versprichst du, dich nicht aufzuregen?*

Mellie, die Meerjungfrau

Montag, 5.55 Uhr: *Nö.*

Caleb Greene

Montag, 5.56 Uhr: *Hör zu, du musst dir echt keine Sorgen machen. Ich habe nur ein paar gebrochene Rippen und jede Menge Prellungen. Klingt schlimmer, als es ist.*

Caleb Greene

Montag, 5.58 Uhr: *Du machst dir doch Sorgen, oder?*

Mellie, die Meerjungfrau

Montag, 5.59 Uhr: *Bisschen.*

Caleb Greene

Montag, 6.01 Uhr: *Ehrlich, Scout, mir geht es gut. Die Ärzte haben mich mit Schmerzmitteln vollgepumpt und vor ein paar Minuten aus der Klinik entlassen. Ich würde gern hochkommen und Tschüss sagen, bevor ich nach Hause gehe, aber meine Mum ist ziemlich ausgeflippt wegen dieser Überfallsache. Wäre vielleicht besser, wenn ich gleich mit ihr gehe.*

Caleb Greene

Montag, 20.21 Uhr: *Sag mir, dass du das Krankenhaus zwischendurch verlassen hast, um ein bisschen Schlaf zu bekommen.*

Mellie, die Meerjungfrau

Montag, 20.25 Uhr: *Ich habe das Krankenhaus zwischendurch verlassen, um ein bisschen Schlaf zu bekommen.*

Caleb Greene

Montag, 20.26 Uhr: *Stimmt das?*

Mellie, die Meerjungfrau

Montag, 20.28 Uhr: *Nein. Wie geht es deinen Rippen?*

Caleb Greene

Montag, 20.30 Uhr: *Nichts Neues. Und hör auf, dir Sorgen um mich zu machen. Das Einzige, was mir gerade passieren könnte, ist, dass ich einen meiner bescheuerten Brüder umbringen muss. Wie geht es Rynn?*

Mellie, die Meerjungfrau

Montag, 20.31 Uhr: *Bisher unverändert.*

Caleb Greene

Montag, 20.32 Uhr: *Und dir?*

Mellie, die Meerjungfrau

Montag, 20.35 Uhr: *Keine Ahnung. Ich komme mir so hilflos vor.*

Caleb Greene

Montag, 20.38 Uhr: *Du kannst nichts tun, Scout. Außer für ihn da zu sein.*

Caleb Greene

Montag, 20.41 Uhr: *Versuch mal, ein bisschen zu schlafen, okay?*

Es dauerte zwei ganze Tage, bis Rynn wieder zu Bewusstsein kam. Zwei lange, nervenaufreibende Tage voller Ärzte, Tests und allen möglichen Sorgen. Als er sich schließlich doch rührte, beugte sich Mellie auf ihrem Stuhl vor, den sie die ganze Zeit kaum verlassen hatte, und suchte nach Veränderungen in seinem Gesicht.

Zuerst bemerkte sie das leise Flattern der Wimpern kaum. Doch dann, ganz langsam, öffnete er die Augen und blinzelte ins grelle Krankenhauslicht. Für einen kurzen Moment lag Rynn stocksteif da, während er seine Umgebung zur Kenntnis nahm, und dann – wie vorherzusehen war – bekam er Panik, biss auf den Schlauch in seinem Mund und würgte. Mellie sprang gerade noch rechtzeitig auf, um ihn daran zu hindern, ihn herauszuziehen.

»Tu das nicht.« Sie packte seinen Arm und legte ihn sanft wieder auf der Bettdecke ab. »Du bist in einem Landbewohnerkrankenhaus. Ich weiß, das klingt schlimm, aber du bist hier in Sicherheit. Das kannst du mir glauben.«

Rynn schaute sie mit klarem, wachem Blick an, obwohl er die Augen gerade erst aufgeschlagen hatte. Er wollte sprechen, doch die Worte konnten nicht an dem Plastik in seinem Hals vorbei.

»Sag nichts«, ordnete Mellie an. »Die Ärzte haben dir einen Schlauch in den Hals gesteckt, der dir beim Atmen helfen soll. Vielleicht können sie ihn jetzt herausziehen, wo du wieder wach bist. Ich gehe schnell jemanden holen.«

Rynn stöhnte und griff nach ihrer Hand.

»Ich komme wieder«, versprach sie. »Dauert nur eine Sekunde.«

Er sah verängstigt aus. Mellie konnte sich seine Verwirrung und sein Entsetzen nur zu gut vorstellen. An diesem seltsamen Ort aufzuwachen, Schmerzen zu haben und noch dazu an diese grausam aussehenden Maschinen angeschlossen zu sein. An seiner Stelle würde sie sicher auch nicht allein gelassen werden wollen.

»Ach, egal.« Mellie beugte sich über ihn. »Bekomm jetzt keinen Schreck, okay? Es wird gleich ziemlich laut hier drinnen«, sagte sie und drückte auf den roten Notfallknopf an der Wand. Sofort ertönten piepende und heulende Alarmsignale. Kurz darauf kamen zwei Krankenschwestern in Rynns Zimmer gestürmt, ein Wägelchen mit medizinischen Gerätschaften hinter sich herziehend. Eine der Schwestern, eine untersetzte Frau mit strengem Haarschnitt und Sauertopfmiene, starrte auf die Monitore, ehe sie mit der Zunge schnalzte und den Alarm ausschaltete.

»Dieser Knopf ist nur für den Notfall gedacht.«

»Ich weiß, tut mir leid«, erwiderte Mellie reumütig. »Es ist nur … Rynn ist aufgewacht, und ich wollte ihn nicht allein lassen.«

Der Blick der Schwester wurde weicher. »Schon gut, Kleine, aber beim nächsten Mal kommst du zu uns ins Schwesternzimmer, okay?«

Mellie nickte eifrig.

»Anita …« Die Schwester drehte sich zu ihrer Kollegin um, »… würdest du bitte schnell Dr. Andrews holen?«

Die jüngere Frau eilte aus der Tür und nahm das Wägelchen mit. Ein paar Minuten später kehrte sie mit Rynns Arzt im Schlepptau zurück.

Egal, wie spät es war, der Mann wirkte immer wie frisch aus dem Ei gepellt und schien stets bester Laune zu sein. Mellie hatte das schon am ersten Abend bemerkt, als er mit seinem ermutigenden Lächeln und seinen unverbindlichen Allgemeinplätzen in Rynns Zimmer geplatzt kam. Sie war in diesem Moment sehr irritiert gewesen – niemand sollte die Worte *kritischer, aber stabiler Zustand* mit einem solchen Enthusiasmus verkünden dürfen –, aber jetzt gerade fand sie ihn gar nicht mehr so übel. Vielleicht hing der Grad seiner Nervigkeit mit ihrer Laune zusammen.

»Wie ich sehe, bist du immer noch hier, Mellie?« Dr. Andrews lächelte sie an. »Wenn du nicht aufpasst, berechnet dir das Krankenhaus noch Miete. Und was dich angeht, Mr. Staghorn, willkommen zurück«, sagte er an Rynn gewandt. »Du hast uns einen ganz schönen Schreck eingejagt, junger Mann. Und uns alle auf Trab gehalten.« Er angelte eine stiftförmige Taschenlampe aus der Brusttasche seines Kittels und leuchtete Rynn damit in die Augen. »Die gute Nachricht ist, es sieht so aus, als hätten sich die Vitalzeichen endlich stabilisiert, weshalb wir diesen Schlauch loswerden können. Wie wäre das? Sandra, können Sie mir bitte behilflich sein?« Er winkte die strenge Schwester zu sich und zog ein paar Gummihandschuhe an. Das Geräusch ließ Rynn zusammenzucken.

»Mellie, würde es dir etwas ausmachen, draußen zu warten?«, fragte Dr. Andrews, obwohl klar war, dass sie keine Wahl hatte. Rynn schüttelte so heftig den Kopf, dass er vor Schmerz das Gesicht verzog und das stete Piepen auf dem Monitor neben ihm sich verstärkte.

»Mein Junge, du musst jetzt ruhig bleiben. Deine Schwester kann sofort wieder reinkommen, aber sie muss das Zimmer verlassen, während wir den Schlauch rausziehen, okay?«

Rynns Panik schien sich bei dem Wort *Schwester* nur zu verschlimmern.

»Ich warte direkt vor der Tür, okay?«, flüsterte Mellie ihm zu. »Und ich erkläre dir alles, versprochen, aber Rynn, bitte … bitte lass mich das nicht mit ansehen.«

In den vergangenen Tagen hatte Mellie einen widerwilligen Respekt vor der Landbewohnermedizin entwickelt. Sie konnte nicht behaupten, dass sie irgendetwas davon verstand – Körper aufzuschneiden und sie mit Schläuchen zu stopfen, ergab keinerlei Sinn –, aber die Tatsache, dass Rynn sie jetzt so entsetzt anstarren konnte, bedeutete doch, dass die Landbewohner etwas richtig gemacht hatten, wie barbarisch die Methoden auch sein mochten. Dennoch war sich Mellie nicht sicher, ob sie es ertrug, dem Vorgang live beizuwohnen.

Widerwillig ließ Rynn ihre Hand los.

»Wir sagen Bescheid, wenn wir fertig sind.« Die Schwester namens Anita führte sie nach draußen auf den Flur.

In dem Moment, als sich die Tür hinter ihr schloss, ließ sich Mellie mit dem Rücken gegen die Wand sinken und nach unten rutschen, so dass sie auf dem abgewetzten Linoleumboden zu sitzen kam. Sie musste ihre gesamte Willenskraft aufbringen, um nicht dort vor aller Augen in Tränen auszubrechen. Rynn war wach. Wach und am Leben. Sie würde eine neue Chance bekommen, die Sache zwischen ihnen geradezubiegen. Eine Chance, die sie gar nicht verdient hatte, wenn sie es sich recht überlegte.

Mit zitternden Fingern angelte sie ihr Handy aus der Hosentasche und schrieb eine Textnachricht an David und ihre Mum. »Rynn ist wach« war alles, was sie zustande brachte, denn sie war zu überwältigt von ihrer Erleichterung, um weitere Sätze zu formulieren.

»Mellie.« Dr. Andrews kam ein paar Minuten später aus Rynns Zimmer gerauscht.

Bei den Göttern, konnte dieser Mann denn nichts in Ruhe machen?

»Du bist ja nicht weit weggegangen. Ich wünschte, meine Kinder würden sich so gut verstehen.« Er lachte leise in sich hinein. »Ist deine Mutter in der Nähe? Oder David? Ich würde gern kurz mit ihnen sprechen.«

»Nein. Mum ist nach Hause gefahren, um irgendwas zu holen, und David hat Dienst. Aber ich habe ihnen eine Nachricht geschickt«, antwortete Mellie und ließ zu, dass er ihr wieder auf die Beine half.

»Alles klar, dann schaue ich später noch einmal vorbei. Du kannst wieder reingehen, aber sieh zu, dass dein Bruder sich nicht aufregt, ja? Es wird eine Weile dauern, bis er wieder ganz bei Kräften ist.«

Mellie nickte und warf einen verstohlenen Blick durch die Glasscheibe. Sie hatten den Schlauch entfernt und durch einen dünneren ersetzt, der in seine Nase führte. Rynn saß auch ein wenig aufrechter, so dass er sich besser umschauen konnte, ohne sich den Hals zu verrenken.

»Hi«, sagte Mellie leise und blieb unsicher im Türrahmen stehen. Sie hatte Rynn jetzt so lange auf Abstand gehalten und zugelassen, dass ihre Wut jedes bisschen Raum zwischen ihnen besetzte, dass sie gar nicht mehr wusste, was sie ihm sagen sollte. *Es tut mir leid*, fühlte sich zu schwach an. *Ich war eine Idiotin*, war eine Untertreibung. *Du hattest recht, ich habe mich trotzig und stur aufgeführt und hätte dir schon vor Wochen verzeihen sollen* – nun, das traf es am besten, aber Mellie würde es kaum über sich bringen, *das* auszusprechen.

»Wie lange bist du schon meine Schwester?« Rynn brach das Schweigen an ihrer Stelle. Seine Stimme klang heiser, wahrscheinlich war sein Hals von dem dicken Schlauch ganz wund. Und er schien verunsichert zu sein, als wäre er sich nicht sicher, ob sie schon wieder normal miteinander sprachen.

»Seit ein paar Tagen.« Mellie betrat das Zimmer und schloss die Tür hinter sich. Es war schon lange an der Zeit, dass sie diesen Streit begruben. Rynn hatte ihre Vergebung mehr als verdient, jetzt war es an ihr, ihn um Verzeihung zu bitten. »David hat ihnen gesagt, dass wir verwandt sind, damit ich im Zimmer bleiben durfte. Wenn jemand fragt, er ist unser Stiefvater, aber du trägst den Nachnamen unseres leiblichen Vaters.«

»Super«, erwiderte Rynn. »Muss ich mit einer Art Test rechnen?«

»Klar, einem ziemlich schwierigen sogar. Ich würde an deiner Stelle schon mal anfangen zu lernen.« Mellie hätte fast gelächelt, doch dann biss sie sich auf die Unterlippe und senkte den Blick. Es fühlte sich falsch an, so mit ihm zu reden und zu scherzen – so unbeschwert nach all dieser Zeit. Nachdem er sein Leben für sie riskiert hatte, obwohl sie seit Wochen nur gemein zu ihm gewesen war.

»Mellie? Was ist los?«

»Was los ist?« Sie hob ruckartig den Kopf. »Fragst du mich das ernsthaft?« Er konnte manchmal wirklich etwas schwer von Begriff sein. »Du wurdest angeschossen, Rynn. Meinetwegen.«

»Komisch, ich erinnere mich gar nicht daran, dass du geschossen hast.«

»Du wärst fast gestorben.« Mellie sank schuldbewusst auf den Stuhl neben seinem Bett. Zweimal hatten die Ärzte in den letzten Tagen ins Zimmer rennen und ihn reanimieren müssen. Das zweite Mal mussten sie ihn sogar noch einmal in den OP bringen, um irgendeine »unerwartete Blutung« zu stillen. Und beide Male war sie davon überzeugt gewesen, dass es das Ende war, dass die Ärzte ihr nur Hoffnung gemacht hatten, um sie ihr kurz darauf wieder zu nehmen. Das war genau die Art von Grausamkeit, die sie immer von Landbewohnern erwartet hatte. So hatte man es ihr beigebracht.

»Mel?« Rynn strich ihr über die Haare.

»Ich habe dich vermisst«, sagte sie. »Es tut mir leid, dass du erst angeschossen werden musstest, damit ich das erkenne. Entschuldige, dass ich so furchtbar zu dir gewesen bin. Es tut mir alles so leid, Rynn, so furchtbar leid.« Mellie konnte die Tränen nicht mehr zurückhalten. Alle aufgestauten Emotionen der vergangenen Tage stiegen auf einmal in ihr auf, was eine regelrechte Tränenflut verursachte. Der qualvolle Gedanke, ihn verlieren zu können; die Angst, dass sie keine Gelegenheit mehr bekommen würde, sich mit ihm auszusprechen; dass Rynn sterben könnte in der Annahme, sie wären keine Freunde mehr.

»Mellie ...« Rynn versuchte, sich aufzusetzen, stöhnte aber sofort mit schmerzverzerrtem Gesicht auf.

»Was tust du da?« Sie drückte ihn zurück ins Kissen. »Hör auf damit, bevor du dir weh tust.«

»Dann hör auf zu weinen.« Er grinste. Der Idiot schaffte es tatsächlich, trotz der Schmerzen zu grinsen.

Hastig wischte sie sich mit dem Ärmel übers Gesicht. »So. Bist du jetzt glücklich?«

»Natürlich nicht, ich wurde angeschossen, schon vergessen?«

»Bei den Göttern, ich hatte vergessen, wie nervig du bist.« Mellie nahm seine Hand, wobei sie darauf achtete, die Nadel, die aus seinem Handrücken ragte, nicht zu berühren. Wenn Rynn bereit war, ihr so schnell zu verzeihen, dann würde sie sicher nichts dagegen sagen. Sie hatten sich schon mehr gestritten, als ihr lieb war.

»Und, wie ist es so, wenn einem ein Plastikschlauch aus dem Hals gezogen wird?«, fragte sie.

Rynn schauderte sichtlich. »Nicht schön. Ich kann es nicht empfehlen.«

»Hat es weh getan?«

»Der Schlauch?«

»Angeschossen zu werden.«

»Keine Ahnung, ich kann mich an kaum etwas erinnern.« Er zog die Schultern hoch, doch schon die kleine Bewegung ließ ihn zusammenzucken. »Nur daran, dass mir kalt war, obwohl meine Brust in Flammen stand. Ich weiß noch, dass du die ganze Zeit bei mir geblieben bist.«

Mellie errötete unwillkürlich. »Tut es jetzt noch weh?«

»Nicht wirklich. Der Landbewohner im weißen Kittel hat gesagt, sie hätten mir etwas gegeben. Hier gibt es ganz schön viele Landbewohner«, fügte er mit gesenkter Stimme hinzu und warf einen nervösen Blick in den Gang.

»Es ist eben ein Landbewohnerkrankenhaus.«

»Das gefällt mir gar nicht.«

»Das hättest du dir überlegen sollen, ehe du dir eine Kugel eingefangen hast.«

»Das ist alles? Mehr Mitleid bekomme ich nicht von dir?« Rynn lachte auf, verzog jedoch schnell das Gesicht vor Schmerzen. Mellie drückte seine Hand und zuckte zusammen, als würde es ihr ebenfalls weh tun.

»Ich bin nicht so gut, wenn es um Mitleid geht. Kann ich dir stattdessen vielleicht einen sarkastischen Kommentar anbieten? Oder noch ein paar Schmerzmittel? David hat mir gezeigt, wie die Maschine funktioniert.«

»Schon okay.« Rynn rang sich ein weiteres Lächeln ab. »Es ist gar nicht so schlimm, solange ich mich nicht bewege. Oder atme. Bitte … bleib einfach bei mir.« Hinter seiner tapferen Fassade blitzte wieder die Angst auf. »Dieser Ort ist irgendwie …«

»Ich gehe nirgendwohin.« Mellie ließ ihn den Satz nicht beenden. Es wirkte nicht so, als könnte er es überhaupt, seine Lider wurden sichtlich schwer, als hätte ihn ihr Gespräch erschöpft.

»Mel?« Er schaute sie durch die Wimpern an.

»Ja?«

»Ändere nicht deine Meinung, okay? Das möchte ich auf gar keinen Fall.«

Die Worte saßen. Hier lag er in einem Krankenhausbett, und anstatt sich Sorgen um sein Leben zu machen, hatte er Angst, sie zu verlieren. Bei den Göttern, Mellie zog die Beine an den Körper und legte den Kopf auf die Knie. Sie wusste, dass sie ihn in den letzten Monaten verletzt hatte. Doch sie war so mit ihrem eigenen Schmerz beschäftigt gewesen – ihrem eigenen Verlust –, dass sie alle Gedanken an seinen verdrängt hatte. Sie hatte ihn sich der Oberfläche allein stellen lassen.

Rynn war bereits eingeschlafen, als sie der Gefühlsausbruch überkam, und dafür war Mellie dankbar. Niemand sollte mit ansehen, wie einem das Herz brach. Nicht einmal der beste Freund.

Vielleicht waren es diese Worte, die sie auch die nächsten Tage an sein Krankenbett fesselten, oder die Freude darüber, sich wieder ganz zu fühlen, das fehlende Stück ihrer Seele zurückzuhaben. So oder so, Mellie weigerte sich jedenfalls, das Krankenhaus zu verlassen. Eine Entscheidung, die etwa am fünften Tag ein ganz anderes Problem mit sich brachte.

Der Entzug begann schleichend: Zuerst war da nur ein bisschen Juckreiz auf der Haut, ein leichter Ausschlag überall dort, wo sie normalerweise Schuppen hatte. Es war so schwach, dass sie es dadurch eindämmen konnte, dass sie sich ab und zu Salzwasser auf die Arme und Beine spritzte. Doch noch ehe die Woche vorbei war, hatte sich der Ausschlag zu Geschwüren entwickelt, und Mellie litt unter heftigen Hustenanfällen, bei denen sie schon bald Blut spucken würde. Allein mit Salzwasserspritzern konnte man dem Entzug nicht beikommen; das einzig wahre Heilmittel war die Rückkehr zum Meer und eine Verwandlung. Doch Mellie weigerte sich, das ohne Rynn zu tun. Wenn er nicht gehen konnte, würde sie auch bleiben.

Es brauchte ihre Mum, die schließlich ein Machtwort sprach, das keinen Raum für Diskussionen ließ. »Ein Kind liegt bereits im Krankenhaus, und ich habe nicht vor, auch das zweite einliefern zu lassen«, erklärte sie. »Es ist mir egal, wann wir gehen, meinetwegen, wenn Rynn schläft, falls dir das lieber ist. Aber du wirst mich begleiten, Mellie, auch wenn ich dich den ganzen Weg hinter mir herschleifen muss.« Diesen strengen Gesichtsausdruck kannte Mellie noch aus ihrer Kindheit. Das *Nein, Rynn kann nicht noch länger bleiben*-Gesicht. Das *Doch, du musst zur Schule gehen, bis du dich das erste Mal verwandelt hast*-Gesicht. Und wäre ihre Mutter noch in Astria gewesen, als sie sich mit Rynn das erste Mal so richtig betrunken hatte, wäre es ihr *Ich hätte mehr von dir erwartet*-Gesicht gewesen.

Es war das erste Mal seit ihrer Rückkehr, dass ihre Mum die Beherrschung verlor, und das erste Mal, dass ihr Mellie ohne

Widerworte gehorchte. Verschwunden war die Frau, die sie mit Samthandschuhen anfasste. Endlich verhielt sie sich wieder wie eine richtige Mutter. Und sie hatte recht, was das Meer anging; allein der Geruch der Brandung weckte Mellies Lebensgeister, und sobald sie erst einmal im Wasser war, wollte sie gar nicht mehr raus.

»Sieht aus, als hätte dir das Schwimmen gutgetan«, bemerkte David, als sie ihn wieder auf der Intensivstation traf. Er trug heute keinen weißen Kittel, was bedeutete, dass er nicht im Dienst war. Mellie fragte sich, ob es ihm etwas ausmachte, seine Freizeit im Krankenhaus zu verbringen und sich um ein fremdes Kind zu kümmern. Falls dem so war, zeigte er es nicht.

»Es ist immer gut, sich zu verwandeln.« Sie zuckte mit den Schultern. »Glaubst du, Rynn ist stark genug, das nächste Mal mitzukommen? Der Entzug wird bald schlimmer werden.«

»Das wollte ich mit euch beiden besprechen«, sagte er, als sie um die Ecke bogen und vor Rynns Zimmer ankamen. »Ich mache mir Sorgen, weil er schon so lange ...«

»Hey!«, rief Rynn durch die geöffnete Tür. »Wenn ihr über mich reden wollt, könnt ihr das dann bitte hier drinnen tun, wo ich euch hören kann?« Obwohl er sich jetzt ein bisschen bewegen konnte, kosteten ihn Ausflüge aus dem Bett viel Schmerz und Kraft. Schreien dagegen schien schon wieder gut zu funktionieren.

»Entschuldigung.« David schloss die Tür hinter sich, während Mellie sich schon auf den gewohnten Stuhl sinken ließ. Rynn sah jeden Tag ein wenig besser aus. Heute saß er bereits aufrecht und trug ein lockeres T-Shirt und Jeans. Endlich hatte er wieder etwas Farbe im Gesicht, und abgesehen von der Nadel in seinem Handrücken waren alle Schläuche und Geräte verschwunden. Sogar der Monitor, der seinen Herzschlag anzeigte, war in die Zimmerecke verbannt worden, wo er still seiner Aufgabe nachkam. Nur die dunklen Augenringe waren neu. Und sie wurden größer.

»Ich habe heute Morgen mit deinem Arzt geredet, und er macht sich Sorgen wegen deines Hustens«, erklärte David.

»Na ja, es ist ja auch Tage her, seit ich das letzte Mal im Wasser war.« Rynn kratzte sich geistesabwesend an der rechten Schulter, wobei er genauso gereizt klang, wie seine Haut an dieser Stelle sicherlich war.

»Das ist es, was mir Sorgen bereitet«, meinte David. »Mit unserer Medizin brauchen Wunden wie deine Monate, um ganz zu heilen. Ich bin zwar kein Experte, was die Physiologie von Wandlern angeht, aber wenn ich mich nicht täusche, ist die Kugel genau dort eingetreten, wo deine Kiemen sein müssten, was bedeutet, dass die Verwandlung die inneren Nähte aufreißen könnte.«

Rynn setzte sich ruckartig im Bett auf. »Soll das heißen, ich darf mich nicht verwandeln?« Es gab nur wenig, was Rynn schocken konnte, doch das gehörte offenbar dazu. Mellie hatte ihn erst einmal so erschrocken erlebt, und das war, als sie das erste Mal gestrandet war und er ihr zugeschaut hatte, wie sie in den See hineinwatete, ohne sich zurückverwandeln zu können. Das war der Albtraum eines jeden Wandlers.

»Ich weiß es natürlich nicht mit Sicherheit«, erwiderte David. »Aber ich befürchte, es könnte dich umbringen.«

»Und wie lange dauert es, bis die Nähte verheilt sind?«, fragte Rynn.

»Mindestens ein paar Wochen.«

»Ein paar *Wochen?*«, wiederholten Rynn und Mellie wie aus einem Mund. Seine Angst war nun endgültig auf sie übergegangen.

»Nein. So lange kann er nicht warten. Der Entzug wird ihn nach der Hälfte der Zeit schon töten«, sagte Mellie. Sie hatte vierzehn Tage ausgehalten, allerdings hätte es nicht einer mehr sein dürfen.

»Das ist mir bewusst.« David wandte sich wieder an Rynn. »Und um ehrlich zu sein bezweifle ich, dass wir dich so lange hier drinnen behalten könnten, mein Junge.« Er hielt inne, als die Tür aufging und ihre Mum eintrat. Dann fuhr er fort, ohne ihr zu erklären, worüber er redete, was nur bedeuten konnte, dass sie Bescheid wusste. »Die Ärzte werden die Hautgeschwüre bald bemerken, und wenn dein Husten schlimmer wird, werden sie mehr Schaden anrichten, als Gutes bewirken, indem sie versuchen, etwas zu heilen, das sie nicht verstehen.«

»Was ist mit einem Salzwasserbad?«, schlug Mellie vor. Sie hatte ihren Entzug dadurch hinausgezögert, wenn auch nur kurzzeitig.

»Das können wir sicher versuchen, sobald Rynn nach Hause entlassen worden ist«, schaltete sich ihre Mutter ein, »aber es ist kein Ersatz für die richtige Verwandlung. Es würde uns höchstens ein paar zusätzliche Tage verschaffen.«

Was nicht annähernd genug war.

»Wie wäre es dann mit einem Heiler?«

»Sorry, Mel, aber ich fürchte, die sind dem Krankenhaus gerade ausgegangen.« Rynn lächelte, allerdings ohne den geringsten Funken Humor.

»Ja, ich weiß.« Sie widerstand dem Drang, ihm einen Ellenbogenstoß zu verpassen. Gerade so. »Ich meinte aus Kintara. Können wir nicht hinfliegen?«

»Ich fürchte nicht.« David schüttelte den Kopf. »Fliegen ist mit einer solchen Verletzung zu riskant, mal davon abgesehen, dass sie ihn in seinem Zustand vermutlich gar nicht erst an Bord lassen. Ich nehme an, in Simmia befinden sich keine Heiler? Dorthin könnten wir fahren.«

»In Simmia gibt es keine Natürlichen«, antwortete ihre Mum. »Nirgendwo hier in der Nähe.«

Das stimmt nicht ganz. Mellie setzte sich aufrecht hin. Es gab Heiler in der Nähe. Eine ganze Gilde sogar. Knapp eine Autostunde entfernt. »Dann gehen wir eben zum See«, sagte sie. »Wir gehen nach Astria.«

»Du musst vernünftig bleiben, Schatz. Unerlaubt in die Stadt einzudringen war schon vorher gefährlich. Jetzt, wo Rynn verletzt ist, wäre es Selbstmord.«

»Was schlägst du dann vor?«, fuhr Mellie sie an. »Denn irgendetwas *müssen* wir tun.« Nach allem, was sie auf sich genommen hatten, um sein Leben zu retten, konnten sie jetzt nicht einfach so dabei zusehen, wie er starb.

»Wir gehen zum Wildwasser«, sagte Rynn.

»Was?«

»Denk doch mal drüber nach, Mel … Auf dieser Seite des Sees gibt es kaum Sicherheitspatrouillen, ein Soldatenschwadron, vielleicht maximal zwei. Aber ein Heiler ist auch dort vor Ort, ebenso wie Jay.«

»Denkst du, er würde uns helfen?«

»Er hat an dem Tag, als du gestrandet bist, einen Scout verloren, dann hat der Captain ihm seine Einheit weggenommen und ihn quasi ins Exil geschickt. Wenn es eine Person im Korps gibt, die genauso einen Hass auf Ferrick hat wie wir, dann ist er es.«

»Selbst, wenn dem so ist …« Ihre Mum räusperte sich, ehe sie fortfuhr. »Das Risiko wäre zu groß, dort aufzutauchen.«

»Können wir mit diesem Jay nicht vielleicht erst einmal an der

Oberfläche sprechen?«, fragte David. »Um abzuschätzen, wie er dazu steht, uns zu helfen?«

»Wenn du ihn findest«, erwiderte Rynn. »Wir wissen nicht, welche Patrouille er jetzt leitet, und das Gebiet, das in Frage kommt, ist riesig. Davon abgesehen, wenn er hier oben Nein sagt, verspielen wir unsere Chance, in diesen Annex zu gelangen.«

»Also überrumpeln wir ihn einfach im Wasser und hoffen das Beste?« Der Plan klang selbst in Mellies Ohren ziemlich verwegen.

»Wenn wir bei ihm auftauchen und ich blute, wird er uns bestimmt nicht wegschicken.«

»Du vergisst den Schutzzauber um den See.« Ihre Mum schien völlig entsetzt von der Idee zu sein. »Um überhaupt in den See zu gelangen, müssen wir Schutzanker zerstören und riskieren, entdeckt zu werden.«

»Und selbst, wenn dem nicht so wäre, bleibt da immer noch die Verwandlung«, pflichtete David ihr bei.

»Mit der Verwandlung komme ich klar«, erklärte Rynn.

»Du wurdest angeschossen, Rynn. Du hattest zwei große Operationen, das ist nichts, was man so einfach wegsteckt.«

»Was soll ich denn sonst tun? Du hast doch selbst gesagt, dass ich nicht warten kann, bis die Nähte verheilt sind.«

»Ja, aber im Wasser wirst du noch schneller verbluten. Es muss einen anderen Weg geben ...«

»Was, wenn ich die Blutung verlangsamen kann?« Die Worte waren aus ihrem Mund, ehe Mellie sie aufhalten konnte.

David, Rynn und ihre Mum starrten sie überrascht an.

»Ich weiß nicht, ob ich es wirklich kann, aber es ist Wandlern möglich, kleinere Verletzungen zu heilen. Das hat Echo mir in Simmia gezeigt ... und sie hat in Simmia deine Schwanzflosse geheilt, weißt du noch?« Sie schaute Rynn an in der Hoffnung, in seinem Gesicht irgendeinen Hinweis darauf zu entdecken, dass die Idee nicht ganz so lächerlich war, wie sie klang. »Ich habe es beim ersten Versuch nicht hinbekommen, aber wenn ich es noch einmal probiere …« Mellie brach ab. Was bei allen Höllen dachte sie sich nur dabei, so etwas überhaupt vorzuschlagen? Sie hatte in Simmia hoffnungslos versagt, als es ums Heilen ging, und hier ging es nicht um einen Piekser von einer Seepocke … Hier ging es um eine Schusswunde und chirurgische Nähte.

»Ist das etwas, das wir erst einmal hier ausprobieren können?« Zumindest David schien von der Möglichkeit angetan zu sein. »Dass du versuchst, den Heilungsprozess zu beschleunigen?«

Wenn es nur so einfach wäre.

»Nein. Echo hat gesagt, es funktioniert nur im Wasser«, erklärte Mellie. »Das hat irgendetwas mit dem magischen Austausch zu tun, glaube ich.« Was Sinn ergab, wenn sie darüber nachdachte. Die Magie von Wandlern war unter Wasser wesentlich stärker und einfacher zu kontrollieren, weshalb es nur logisch war, dass etwas so Komplexes wie das Heilen nur in ihrer natürlichen Umgebung möglich war.

»Na gut.« David rieb sich die Schläfen. »Der Entzug ist noch nicht ganz so schlimm, also lasst uns noch ein paar Tage warten, dann können wir dich hier auschecken«, meinte er zu Rynn. »In der Zwischenzeit kann Mellie an ihren Heilkräften arbeiten, und ich kümmere mich darum, dir Schmerzmittel für den Weg zu besorgen.«

»Und ich setze mich mit Quinn und den anderen in Verbindung«, sagte Mellies Mutter. »Um zu sehen, ob irgendjemand bereit ist, noch einmal herzufliegen und uns zu helfen. Wenn wir schon etwas so Dummes unternehmen, dann können wir es zumindest möglichst clever angehen.«

Erst als die Erwachsenen das Zimmer verlassen hatten, um sich um alles zu kümmern, wandte sich Rynn an Mellie. »Du bist jetzt also Heilerin?«

»Vielleicht. Wenn ich nächste Woche fleißig übe. Aber selbst dann kann ich für nichts garantieren.« Sie meinte es nur halb im Scherz.

»Hab ich dir jemals gesagt, wie gut du darin bist, einem Mut zu machen?« Rynn verdrehte die Augen und ließ sich in sein Kissen sinken. Er war immer noch sehr schnell erschöpft.

»Eigentlich nicht.«

»Hast du dich je gefragt, woran das liegt?« Immerhin konnte er noch lächeln.

»Ich gebe mein Bestes, okay?« Mellie senkte den Blick. Es erschien ihr nicht fair, dass sein Leben von ihren begrenzten magischen Fähigkeiten abhängen sollte. Er hatte mehr verdient. Er verdiente Sicherheit.

»Das weiß ich doch, Mel.« Rynn griff nach ihrer Hand und verschränkte seine Finger mit ihren. »Wenn es eine Person gibt, der ich das zutraue, dann bist du das.«

Kapitel zwanzig

Wenigstens hatte Mellie nun etwas, auf das sie sich konzentrieren konnte und das nichts mit dem ständigen Kreislauf aus Angst und Zweifeln zu tun hatte, in dem sie seit Tagen feststeckte. Auch wenn ihr erster Tag im Wasser nicht gerade ermutigend war. Obwohl sie den gesamten Nachmittag mit ihrer Mum geübt hatte, konnte sie noch nicht einmal einen einfachen Schnitt heilen.

Heute wird es besser laufen, sprach sich Mellie selbst Mut zu, während sie zielstrebig durch die Krankenhausflure steuerte.

Inzwischen kannte sie sich in diesen Gängen fast genauso gut aus wie im Wald. Sie kannte den besten Weg zur Cafeteria und zu den Süßigkeitenautomaten, zu den Toiletten, zu Davids Büro, zum Parkplatz. Jede Krankenschwester und jeder Arzt auf der Station kannten sie nicht nur vom Sehen, sondern auch ihren Namen. Sie ließen sie kommen und gehen, wie sie wollte.

»Morgen, Prinzessin.«

Diese besondere Anrede ließ sie in der Bewegung erstarren. Es gab nur eine einzige Person auf der Welt, die sie so nannte und die verrückt genug war, das auch noch in einem Krankenhaus voller Landbewohner zu tun.

»Echo?« Sie fuhr herum. Quinns Tochter stand neben den Aufzügen. Irgendwie schaffte es dieses Mädchen immer, so auszusehen, als würde sie etwas im Schilde führen, auch wenn sie wie jetzt nur an einer Wand lehnte, die Hände in den Taschen einer absichtlich zerrissenen Jeans vergraben. Bei den Göttern, Echo spielte die Rolle der Landbewohnerin wirklich besser als jeder andere Wandler, dem Mellie je begegnet war. Bei Mellie stutzten die meisten erst einmal, entweder wegen ihrer auffälligen Haarfarbe oder ihrer Augen. Echo dagegen passte sich perfekt an jede Situation an. Sogar jetzt noch, wo sie ihre Haare in grellem Pink gefärbt hatte.

»Was tust du denn hier?«

»Ich bin mit Mum und Dad zusammen hergeflogen, als ich die Neuigkeiten gehört habe.« Echo drückte sich von der Wand ab. »Offenbar hast du angeboten, eine *Schusswunde* zu heilen?«

»Nein, das ist nicht ...« Mellie warf einen verstohlenen Blick über die Schulter, um sicherzugehen, dass sie niemand belauschte. »Das ist nicht wirklich das, was ich ...«

»Was schon ein wenig extrem ist, findest du nicht?«, unterbrach Echo sie und betrat den nächsten Aufzug, als sich die Tür öffnete. »Ich meine, wenn du mich so unbedingt wiedersehen wolltest, hättest du auch einfach anrufen können. Du musstest doch nicht gleich auf deinen Freund schießen.«

»Ich habe nicht auf ihn geschossen. Moment mal ... Du bist hier, um Rynn zu heilen?« Mellie fiel ein Stein vom Herzen, als sie ihr in die Aufzugkabine folgte. Natürlich war Echo wegen Rynn gekommen, sie war die perfekte Wahl für den Job, und zudem die offensichtliche.

»Um ehrlich zu sein, bin ich hier, um dir zu helfen, Rynn zu heilen.«

Der Stein rollte wieder an seinen Platz. »Du bleibst nicht?«

»Sorry, Prinzessin, aber in ihrer überfürsorglichen Art haben meine Eltern mir den Landgang nur gestattet, bis du dich auf diese nächste Selbstmordmission begibst, dann muss ich mich wieder in einen Meeresschwamm verwandeln.« Echo drückte auf den Knopf für das Erdgeschoss, und die Türen schlossen sich.

»Aber …«

»Spar dir die Mühe, Mellie. Ich weiß schon, was du sagen willst.« Echos Gesichtsausdruck war ausnahmsweise mal ernst. »Aber ich musste ihnen versprechen, nicht einmal in die Nähe des Sees zu gehen. Sie haben sogar die ›Denk an Aery, sie braucht dich, sollte uns etwas zustoßen‹-Karte gezogen.«

»Solche Sorgen machen sie sich?« Mellie konnte es ihnen nicht verübeln. Quinn hatte sich die Zeit genommen, ihren letzten Angriff bis ins kleinste Detail zu planen, damit jedes Puzzleteil an seinem Platz lag, ehe er sie für einsatzbereit erklärte. Dieses Mal waren sie verzweifelt, unter Zeitdruck und hatten wesentlich mehr zu verlieren.

»Angesichts deiner Geschichte? Ja, sie sind schon ein bisschen besorgt.« Echos Stimme war ungewohnt besorgt. »Dad meint, deine Mum lässt dich das alles nur tun, weil sie dich nicht verärgern will.«

Da lag Quinn sicherlich nicht falsch. Mellie hatte mal mitbekommen, wie ihre Mum zu David gesagt hatte, dass sie Mellie die Rückkehr einfach hätte verbieten sollen, besonders nachdem das Quorum sie abgewiesen hatte. »Ich weiß, dass Ferrick ein Monster ist – bei den Göttern, das weiß ich besser als jeder andere«, hatte sie gesagt, »und glaub mir, ich würde ihn genauso gern seines Amtes enthoben sehen – sie beide, verdammt nochmal. Aber fünfzehn von uns gegen das ganze Korps, das kann nur schlecht ausgehen.

Ich hätte schon vor Monaten ein Machtwort sprechen sollen, anstatt mich von meinen Schuldgefühlen zum Mitmachen bewegen zu lassen. Ich hätte mich wie ihre Mutter verhalten sollen, wie wütend ich sie damit auch mache.«

Jetzt hatte sie keine andere Wahl mehr, außer sie wollte, dass ihr erstes offizielles Durchgreifen als Mutter Rynns Todesurteil bedeutete.

»Aber nimm es nicht persönlich, Prinzessin«, sagte Echo, als der Aufzug im Erdgeschoss hielt. »Sie sind eben Soldaten, die bereiten sich immer auf jeden möglichen Ausgang vor. Jetzt komm, wir haben viel Arbeit vor uns.«

Der bittere Geschmack von Blut im Wasser ließ Mellies Kopf schwirren.

»Du gibst dir nicht genug Mühe.« Echo zog ihre Hand weg und drückte sie sich fest gegen die Schwanzflosse.

»Tue ich doch«, entgegnete Mellie genervt. Genau genommen versuchte sie seit Stunden, diese eine Wunde zu heilen, doch bisher hatte sich der Schnitt auf Echos Handfläche nur ein klein wenig an den Enden geschlossen.

»Nein, das tust du nicht«, behauptete Echo hartnäckig. »Du bist mit dem Kopf nicht hier, sondern im Krankenhaus bei Rynn.«

»Tja, tut mir leid, aber für den Fall, dass du es vergessen hast, der Entzug bringt ihn gerade um.«

»Er wird noch viel schneller sterben, wenn die Verwandlung seine Operationsnähte wieder aufreißt, also konzentrier dich endlich! Das wird sonst nie funktionieren.«

Konzentrieren, visualisieren, fokussieren … Mellie konnte diese verdammten Worte nicht mehr hören.

Am Anfang lief es noch ganz gut. Mit Echos Hilfe hatte Mellie die Technik schnell rausgehabt. Sie lernte, wie sie nach der Magie des anderen Mädchens suchte und sie herauszog, während sie gleichzeitig ihre eigene kontrollierte. Es war nicht einmal eine Stunde vergangen, da hatte sie schon ihren ersten Nadelstich geheilt, indem sie Echos Haut befahl, sich wieder zu schließen.

Echo hatte diesen ersten Erfolg damit gefeiert, dass sie mit der Hand über einen rauen Felsen kratzte, damit Mellie die entstandene Schürfwunde heilen konnte. Und auch wenn es doppelt so lange dauerte, gelang es ihr schließlich.

Danach wurde es schwieriger.

Stichwunden waren tiefer als Schürfwunden und bedurften noch mehr Konzentration und eines größeren magischen Austausches. Und Echo hatte sie gewarnt, dass das Heilen nur noch schwieriger werden würde, wenn sie erst einmal bei echten Schnittwunden angekommen waren.

»Je größer die Wunde, desto komplizierter wird es«, erklärte sie. »Und du solltest dir darüber im Klaren sein, dass du nicht in der Lage sein wirst, den Schaden gänzlich zu beheben, egal, wie gut du jetzt darin wirst. Selbst wenn wir beide unserer Kräfte vereinen, könnten wir das nicht erreichen. Alles, worauf du hoffen kannst, ist, die Blutung zu verlangsamen und Rynn etwas Zeit zu verschaffen, um ihn zu einem Natürlichenheiler zu bringen.«

In Anbetracht der Tatsache, dass Mellie nun schon den Großteil des Nachmittags erfolglos versuchte, den zwei Zentimeter langen Schnitt zu heilen, erschien ihr selbst das noch unerreichbar.

»Weißt du was, ich brauche mal eine Pause«, sagte sie.

»Nein, was du brauchst, ist ein ordentlicher Motivationsschub.« Echo angelte ein Messer aus der Tasche.

Mellie zog die Augenbrauen hoch. »Und du glaubst, mich mit dem Messer zu bedrohen, würde mich motivieren?«

»Wer sagt denn, dass das Messer für dich gedacht ist?« Echo grinste verschmitzt, und bis Mellie dämmerte, was dieses verrückte Mädchen vorhatte, war es bereits zu spät.

Blitzschnell stach sich Echo die Klinge in die Seite, genau an der Stelle, wo ihre Kiemen ansetzten. Blut sprudelte aus der Wunde, so dickflüssig und schnell, dass sich das Wasser um sie herum rot färbte wie die Algenblüte nach einem Sturm.

»Hast du den Verstand verloren?« Mellie stürzte auf sie zu und entriss ihr das Messer.

»Ich ...« Echo taumelte und hielt sich an Mellies Armen fest. In ihrer Stimme schwang jetzt ein Hauch von Angst mit. »Mist ... Ich wollte nicht so tief stechen.«

»Oh, du wolltest dich also nur ein bisschen erstechen? Na, das ist ja viel besser.«

»Mellie ...«

»Halt einfach die Klappe, okay? Und nicht bewegen.«

Mit geschlossenen Augen legte Mellie die Hände auf die Wunde und konzentrierte sich auf die Magie. *Bei den Göttern, bitte lass es funktionieren*, dachte sie immer und immer wieder, als sie nach Echos Magie suchte. Und verdammt, vielleicht half Wunschdenken doch, denn allmählich normalisierte sich Echos Atmung wieder, und das Wasser um sie herum verlor die dunkelrote Farbe.

»Siehst du? Das war doch nicht so schwer, oder, Prinzessin?« Echo grinste sie breit an. Zu breit für jemanden, der gerade mit dem scharfen Ende eines Messers Bekanntschaft gemacht hatte.

»Habe ich … Hat es funktioniert?« Mellie zog die Hände weg. Vom Schnitt war nur eine kleine, blasse Narbe auf Echos Haut geblieben. Eine *winzige* Narbe. Zu klein, um so stark geblutet zu haben.

»Was zum …?«

»Jetzt werd nicht gleich sauer.« Echo suchte mit den Augen den Meeresboden nach etwas ab. »Aber ich habe vielleicht … ein bisschen übertrieben, was meine Verletzung angeht.« Sie streckte ihr ein durchsichtiges Fläschchen entgegen, das innen rot gefärbt war.

»Ist das etwa …?«

»Theaterblut?« Echo verkniff sich ein Grinsen. »Vielleicht.«

»Bei den Göttern, was ist nur los mit dir?« Mellie schubste sie weg.

»Du hast einen kleinen Kick gebraucht, um in Gang zu kommen.«

»Jetzt würde ich dir gerade am liebsten einen Kick verpassen, und zwar einen heftigen.«

»Es war nötig.«

»Du bist eine blöde Kuh.«

»Na ja. Aber so habe ich es auch beim ersten Mal gelernt.«

»Ach, echt?«, zischte Mellie ungläubig. »Irgendein Vollidiot hat zufällig Theaterblut zu deinem Heilerunterricht mitgebracht?«

»Quatsch. Aery ist mit dem Kopf voran gegen einen Felsen geschwommen … Es war nichts Ernstes, aber Kopfwunden bluten im Wasser wie verrückt, und ich habe Panik gekriegt. Da habe ich die Technik das erste Mal richtig hinbekommen, obwohl ich sie schon ewig ohne Erfolg geübt hatte.

Du hast es auch gespürt, oder? Wie sich meine Magie mit deiner verbunden hat?«, fragte Echo, obwohl sie die Antwort bestimmt schon kannte. Sie musste es ebenfalls fühlen, wenn es funktionierte und sich ihre Energien austauschten. Mellie hatte ihre Magie in Echos Körper geschickt, und Echo hatte etwas erwidert. Nicht nur ein bisschen wie zuvor – bisher hatte sich Mellie am kleinsten Magiefunken festgeklammert, den sie unter Echos Haut spüren konnte. Dieses Mal war es, als würde Echos Magie nach ihr rufen, sie fühlte, wie sie durch ihre Venen pulsierte wie eine Welle, die sie sehen, hören und berühren konnte.

»Die Tatsache, dass es geklappt hat, macht dich nicht weniger zu einer blöden Kuh.«

»O doch«, widersprach Echo mit einem ekelhaft selbstzufriedenen Lächeln auf den Lippen. »Los, machen wir weiter. Dieses Mal ohne Tricks, versprochen.«

Sie übten noch stundenlang. An diesem Tag, am nächsten und übernächsten, bis Mellie sogar nachts von Blut und Magie träumte, so sehr konzentrierte sie sich die ganze Zeit darauf, wie Echos Haut sich wieder verschloss, wenn sie ihre Magie wirken ließ. Bis zum Ende der Woche hatte sie Dutzende Schnitte geheilt, allerdings war keiner länger als ein paar Zentimeter und nur halb so tief. Und sowohl Echo als auch sie wussten, dass das nicht ausreichte.

»Soll ich aussprechen, was wir beide denken, oder willst du es tun?«, fragte Echo, als sie zum Strand zurückschwammen.

»Dass ich eine miese Heilerin bin?«

»Dass du dabei bist, etwas wirklich Dummes zu tun, das dich vermutlich umbringen wird. Und alles für irgendeinen *Kerl*.«

Mellie hielt den Blick auf den Meeresboden gerichtet, der zunehmend sandiger wurde, während sie sich dem Strand näherten. Dieser Plan war gefährlicher als alles, was sie bisher versucht hatten, und sie würden ihn angehen, weil sie es tun mussten, nicht, weil sie sich gut vorbereitet fühlten. Sie würden Schutzanker zerstören, den Zorn des Captains auf sich ziehen und ihre Hoffnungen einzig und allein auf einen Mann setzen, von dem sie hofften, dass sie ihm vertrauen konnten, ohne es mit Sicherheit zu wissen.

Keine von ihnen wusste, wie viele Tage ihnen noch blieben.

»Solltest du dir nicht um deine Eltern Sorgen machen anstatt um mich?«

»Nö, meine Sorge ist völlig eigennützig«, erwiderte Echo. »Die Chancen stehen immerhin gut, dass du eines Tages aufwachst und feststellst, dass du die ganze Zeit in mich verliebt gewesen bist.«

Bei den Göttern. Mellie wurde rot. »Passiert dir das öfter?«

»Nicht selten.«

Das glaubte ihr Mellie sofort. »Es ist das Risiko wert, weißt du. *Er* ist das Risiko wert.« Sie wünschte nur, dass ihr das früher aufgefallen und nicht so viel Zeit für Wut und Trotz draufgegangen wäre.

»Pfff …« Echo winkte theatralisch ab. »Ein Typ wirft sich für dich in eine winzige Kugel, und schon bekommst du weiche Flossen? Komm schon, Prinzessin, *als wäre das so etwas Besonderes.*«

»Na ja, er hat mir auch geholfen, ein Auto zu stehlen und eine Hütte voller Soldaten auszuheben …« Mellie beschloss, einfach mitzuspielen. Echo hatte es perfektioniert, die Stimme bis zur Pointe völlig neutral zu halten, doch das schelmische Funkeln in ihren Augen verriet sie jedes Mal.

»O nein, er bekommt keine Punkte dafür, dass er dich zu einer

Verbrecherin gemacht hat. Mal davon abgesehen, wette ich, dass er sich nie die Mühe gemacht hat, dir ein Ich-hoffe-du-gehst-bei-deiner-wahnsinnigen-Selbstmordmission-nicht-drauf-Geschenk zu machen, stimmt's?« Echo vollführte eine dramatische Drehung und zog ein Armband aus der Tasche, an das Silbermünzen aufgefädelt waren.

»Hast du die selbst gemacht?« Mellie ließ die magischen Verstärker durch ihre Finger gleiten. Sie ähnelten den Münzen, die sie aus Kintara hatte, auch wenn die Runen, die in das Metall geritzt waren, sich rauer anfühlten und teilweise scharfe Kanten aufwiesen, als wären sie mit einem ungeeigneten Werkzeug eingekerbt worden. »Wie denn?« Obwohl sie jetzt eine Woche damit verbracht hatte, die Grenzen ihrer magischen Kräfte auszuloten, konnte Mellie immer noch nicht richtig glauben, was Wandlermagie zu bewirken vermochte.

»Ich habe den Magiern zugesehen, wie sie sie hergestellt haben, weißt du noch?« Echo befestigte das Armband an Mellies Handgelenk. »Habe ein paar passende Fragen gestellt, ein paar neue Tricks gelernt, ein bisschen geübt … Ach, sieh mich doch nicht so besorgt an, Prinzessin«, sagte sie, weil sie ihr Erstaunen offenbar für Misstrauen hielt. »Ich probiere meine Zaubersprüche immer aus. Sie funktionieren. Ich habe sogar deinem hübschen Kugelmagneten eine gegeben, um meine Liebe wirklich unter Beweis zu stellen.«

»Du hast Rynn dazu gebracht, eine anzunehmen?« Mellie überkam eine Welle der Dankbarkeit. Das war wahre Magie.

»Lass es mich mal so ausdrücken, ich habe ihm nicht wirklich eine Wahl gelassen.«

»Mal angenommen, wir sterben keines furchtbaren Todes«, fing Mellie an, »glaubst du, wir könnten vielleicht …« Leider wusste sie nicht, wie sie den Satz beenden sollte. *Mal was zusammen unternehmen? Freunde werden? Auch wenn ich keinen Unterricht in Magie mehr brauche?* Es war so lange her, dass sie ein Mädchen gekannt hatte, welches sie mochte und das auch sie mochte – oder zumindest so tat –, dass Mellie die richtigen Worte fehlten.

»Bei meinen Göttern.« Echo machte einen Satz zurück und schlug sich die Hände vors Gesicht. »Ist es schon so weit? Bittest du mich um eine Verabredung?«

Wären Mellies Wangen nicht schon heiß gewesen, spätestens jetzt hätten sie das Wasser zum Kochen bringen können. »Weißt du was, vergiss es.«

»O nein. Du hast es gesagt, jetzt ist es raus.« Echo legte ihr einen Arm um die Schultern. »Und keine Sorge, Prinzessin, angenommen, du stirbst keines furchtbaren Todes, wirst du mich auf jeden Fall wiedersehen. Mich wird man genauso schlecht wieder los wie Schuppenfäule.«

»Du siehst ganz schön fertig aus«, stellte Rynn fest, als Mellie sich völlig erledigt von den Magie-Übungen wieder ins Krankenhaus geschleppt hatte.

»Du kannst so charmant sein.« Sie fuhr sich mit beiden Händen durch die Haare und band sie zu einem losen Dutt. Bei den Göttern, konnten Haare weh tun? Denn im Moment tat ihr alles weh … selbst ihre Haare.

»Wie lief es mit dem Heilen?«

»Super. Wenn du dir auf dem Weg zum Wasser das Knie aufschürfst, haben wir kein Problem.«

»So schlimm, was?«, entgegnete Rynn leichthin. Er warf ihr sogar ein verschmitztes Lächeln zu, wie er es früher oft getan hatte. Trotzdem merkte Mellie, wie Scham in ihr aufstieg und sie am liebsten davongelaufen wäre. Sie hatte angeboten, diese eine Sache für ihn zu tun, vielleicht die einzige Sache, die sein Leben retten konnte, und dann versagte sie so kläglich.

»Ich weiß nicht, ob ich es schaffe, Rynn. Nicht gut genug jedenfalls und nicht rechtzeitig. Vielleicht auch nie.«

»Dann werde ich die Verwandlung ganz einfach durchlaufen müssen, ohne die Nähte aufzureißen.« Er rutschte im Bett zur Seite, um ihr Platz zu machen, damit sie sich neben ihn setzen konnte.

»Ach ja, ganz einfach?« Mellie musterte ihn. In seinem Blick entdeckte sie wieder etwas von dem vertrauten Feuer, doch von Nahem waren die dunklen Augenringe das Auffälligere. Vorsichtig schob sie den Ärmel seines Shirts hoch. Die Haut war vom Bizeps bis zum Halsansatz von großen roten Geschwüren übersät und sah blasig, rissig und schuppig aus. Der Haut an seinen Beinen erging es vermutlich nicht besser.

»Alles ist einfach, wenn man nur eine Möglichkeit hat.« Rynn zog den Ärmel wieder runter. Selbst wenn den Worten kein heftiger Hustenanfall gefolgt wäre, hätte Mellie gesagt: »Wir haben keine Zeit mehr.«

Der Entzug raffte ihn genauso sicher dahin wie jede Kugel.

»Ja.« Rynn wischte das Blut, das er sich in die Hand gehustet hatte, an der Jeans ab. »Quinn ist noch einmal vorbeigekommen, als du nicht da warst. Die anderen Simmianer sind beim Bungalow angekommen, und Ayanas Team fliegt morgen ein, also sollten wir bis zum Nachmittag bereit sein, wenn du es auch bist.«

»Bist du es denn?«, gab Mellie die Frage zurück. Er war immerhin derjenige, der Gefahr lief, auseinandergerissen zu werden.

»Das ist ein guter Plan, Mel. Jay wird uns helfen, da bin ich mir sicher.«

»Es ist nicht Jay, um den ich mir Sorgen mache.«

Ihr alter Truppenführer würde keinen seiner Scouts verbluten lassen, das konnte sich Mellie nicht vorstellen. Die Frage war vielmehr, was er danach tun würde. Obwohl sie natürlich auch dafür einen Plan hatten. Quinn war stets auf alles vorbereitet.

»Was den Rest angeht, vertraue ich auf dich.« Rynn senkte die Stimme, so dass sein Flüstern an ihrem Ohr kitzelte.

Bei den Göttern, wann war er so nah an sie herangerückt? Mellie hätte das nicht zulassen sollen, nicht nur, weil jederzeit eine Schwester oder ein Arzt reinkommen und sie so sehen konnte, wie es vielleicht nicht mehr ganz angebracht war zwischen Bruder und Schwester. Außerdem hatten sie über diesen Aspekt ihrer Beziehung noch nicht gesprochen. Mellie war sich nicht sicher, ob sie das überhaupt wollte. Fürs Erste war es schön, zu dem Stand ohne Komplikationen oder irgendwelche Erwartungen zurückzukehren, auf dem sie gewesen waren, bevor sie gestrandet war, so dass ihre Freundschaft heilen und sich wieder in den normalen Rhythmus einfinden konnte.

»Kann ich dich mal was fragen?« Sie lehnte sich nach vorn und schlang die Arme um die Knie, womit sie jede dumme Idee, auf die einer von ihnen hätte kommen können, im Keim erstickte.

Rynn seufzte hörbar.

»Ja.«

»Warum hast du es getan?« Sie warf ihm einen verstohlenen Blick zu. »Warum hast du Caleb zur Seite gezogen?«

»Ich habe dich zur Seite gezogen. Er stand nur zufällig zwischen uns.«

»Ich weiß, was ich gesehen habe, Rynn.« Obwohl vieles von ihrer Flucht in ihrer Erinnerung verschwamm, war ihr diese eine Sache noch ganz klar im Gedächtnis. Wie sie die Pistole eine Sekunde zu spät entdeckt hatte. Wie ihr klargeworden war, auf wen sie zielte und dass die Männer des Captains Calebs Leben doch noch ein Ende setzen würden. Rynn hätte ihn ganz einfach seinem Schicksal überlassen können und sie allein zu Boden ziehen können. Stattdessen hatte er sich vor sie beide geworfen.

»Mel …«

»Es ergibt einfach keinen Sinn. Du hasst ihn. Du hast ihn von Anfang an gehasst.«

»Das stimmt.« Rynn versuchte gar nicht erst, es abzustreiten. »Aber nur, weil ich gesehen habe, wie sehr er dich mag. Und weil ich erkennen konnte, dass du vielleicht auch anfängst … ihn zu mögen.« Er senkte den Blick auf seine Hände und zupfte an der Nagelhaut herum.

Mellie spürte Schuldgefühle in sich aufsteigen. Sie konnte sich gut vorstellen, was ihn dieses Eingeständnis an Überwindung gekostet hatte. Rynn war nicht gerade oft eifersüchtig; normalerweise stand er auf der anderen Seite, und die Mädchen rissen sich um ihn.

»Du verdienst es, glücklich zu sein, Mel.« Rynn hob den Blick, was ihm offensichtlich nicht ganz leichtfiel. »Wenn du ihn willst, werde ich dir nicht im Weg stehen.«

Ich werde dich nicht zwingen, dich zu entscheiden, war das, was er eigentlich sagen wollte, und es verstärkte ihre Schuldgefühle nur noch mehr. Ihre Unentschlossenheit war nicht fair – weder ihm noch Caleb gegenüber. Sie schuldete ihnen beiden die Wahrheit, und die Wahrheit war, dass sie ganz genau wusste, was sie wollte. Das hatte sie schon gewusst, als sie den ersten Fuß in die Notaufnahme gesetzt hatte.

»Bei den Göttern, ich … hast du auch Hunger?« Mellie sprang vom Bett auf und zerstörte die Spannung, die sich zwischen ihnen aufgebaut hatte. »Ich werde mal etwas zu essen suchen.«

»Mellie …«

»Ernsthaft, ich bin am Verhungern.« Sie setzte ein Lächeln auf. »Willst du auch etwas?«

»Nein, danke.« Rynn ließ sich in sein Kissen zurücksinken. Er war mit dem Essen der Landbewohner nie warm geworden, nicht einmal mit den schokoladenüberzogenen Leckereien. Sie schmuggelten ihm seit Tagen lebendige Austern und Garnelen ins Krankenhaus.

Mellie hatte nicht gelogen, was ihre Suche nach etwas Essbarem anging, zumindest nicht gänzlich. Sie ging tatsächlich zum Automaten, um sich den dringend benötigten Zuckerschock zu verpassen. Doch Rynn hatte sie daran erinnert, dass es etwas gab, das sie dringend erledigen musste, und das wollte sie nicht vor ihm tun.

Kann ich morgen vorbeikommen? Mellie drückte »Senden«, nachdem sie die Worte hastig in ihr Handy getippt hatte. Ehe sie wieder an sich selbst zweifeln und ihre Meinung ändern konnte.

Unbedingt! Calebs Antwort leuchtete nur eine Minute später auf dem Display auf. *Komm bitte vorbei, ich sterbe vor Langeweile.*

Und einfach so war es geschafft. Die Tür war geschlossen, und sie hatte sich entschieden.

Kapitel einundzwanzig

Calebs Haus – das echte, in dem seine Eltern lebten – war ganz anders, als Mellie es sich vorgestellt hatte. Wahrscheinlich, weil sie nicht gewusst hatte, wie sie es sich vorstellen sollte, vielleicht wie eine größere, weniger abgeschiedene Version seiner Hütte? Sie konnte sich kaum ausmalen, dass er überhaupt irgendwo anders wohnte, am wenigsten in einem Haus, das so groß war, dass es eine eigene, mit einem Tor verschlossene Auffahrt besaß und Säulen, die die Eingangstür flankierten.

»Du hast mir nie erzählt, dass du in einer Luxusvilla aufgewachsen bist.« Mellie verrenkte sich den Hals, um alles sehen zu können. Das Haus, das locker doppelt so groß war wie Davids, beherrschte das Grundstück und war ein imposanter und doch eleganter Bau aus grauem Backstein.

»Das ist keine Luxusvilla.« Caleb verdrehte die Augen. »Es ist einfach ein schönes Haus. Meine Eltern mögen schöne Dinge.«

Offensichtlich, dachte Mellie, während sie die Autos bewunderte, die in der Einfahrt parkten. Zwei schnittig aussehende Cabrios, die geradezu strahlten im Vergleich zu Calebs abgewracktem Pick-up-Truck.

»Dasselbe gilt für meine Brüder«, fügte er hinzu, als er ihren

Blick bemerkte. »Ich bin da eher der praktische Typ. Jetzt komm, Meerjungfrauenmädchen, ich führe dich in unserer bescheidenen Hütte ein bisschen herum.«

Hütte war wirklich das Letzte, was ihr zu diesem Haus eingefallen wäre, und obwohl Caleb voller Selbstverständlichkeit über die glänzenden Marmorböden ging, konnte Mellie den Jungen, den sie in der winzigen Hütte im Wald kennengelernt hatte, nicht mit dem unter einen Hut bringen, der in diesem Haus lebte, das nicht weniger als zwei Wohnzimmer, einen *Salon* und einen beheizten Pool im Garten besaß, da – in seinen Worten – *nicht jeder eine mythische Kreatur mit einem Kaltwasserfetisch sein konnte.*

»Ducken!«, rief eine Stimme, als sie den Flur überquerten. Mellie fuhr herum, doch nicht schnell genug, um dem ovalen Ball auszuweichen, der auf sie zu geschossen kam.

»Verdammt nochmal, Adam.« Caleb fing den Ball in letzter Sekunde, zuckte dann aber zusammen und krümmte sich vor Schmerzen. Die Hand in die Seite gedrückt ließ er sich auf einen Stuhl sinken. »Sorry, Scout. Ich habe wohl vergessen zu erwähnen, dass du in diesem Haus Gefahr läufst, von einem Football enthauptet zu werden.«

»Möglich«, erwiderte Mellie. »Wie geht es deinen Rippen?«

»Die sind das geringste Übel, wenn man mit einem solchen Clown zusammenleben muss.« Caleb stöhnte, als er den Ball zu dem Jungen zurückwarf, der sein Bruder sein musste. Die beiden sahen sich auf schon fast gruselige Art ähnlich – die gleiche seltsame Kombination aus hellblauen Augen und zerzausten dunkelbraunen Haaren. Adams Gesichtszüge waren allerdings etwas grober, als wäre seine Nase schon öfter gebrochen worden, und er war auch stämmiger, breitschultrig und muskelbepackt.

»Du musst Mellie sein.« Adam musterte sie eingehend, wobei ein breites Grinsen auf seinem Gesicht erschien. Sein Blick wanderte von ihren Haaren über ihre Augen und tiefer. Er war nicht wirklich diskret, was sein Starren anging.

Caleb räusperte sich lautstark. »Sag Bescheid, wenn du mit dem Gaffen fertig bist.«

Adam grinste nur noch breiter. »Calo hat uns schon von dir erzählt. Wenn ich ehrlich bin, habe ich nicht mehr daran geglaubt, dass du wirklich existierst.«

Seltsam.

»Warum sollte ich denn nicht existieren?«, fragte Mellie. Da sie Caleb nicht zutraute, ihre wahre Identität ausgeplaudert zu haben, ergab es keinen Sinn, dass er sie erfunden haben sollte.

Adam warf seinem Bruder einen neckenden Blick zu. »Calo bringt nicht oft Mädchen mit nach Hause.«

»Na, das war doch nett.« Caleb rappelte sich wieder auf, und sein Kopf war so hochrot, wie sich Mellies anfühlte. »Aber wir gehen jetzt mal besser. Komm, Scout, mein Zimmer ist der einzige Ort in diesem Haus, wo man zumindest ein bisschen Privatsphäre erwarten kann.« Er führte sie über ein riesiges Treppenhaus nicht ein, sondern gleich zwei Stockwerke nach oben. »Ich muss mich für ihn entschuldigen.« Caleb musste den Aufstieg langsam angehen, wobei er eine Hand an die Rippen gepresst hielt. »Ich würde ja gern behaupten, er wäre auf einer Farm aufgewachsen, aber in Wahrheit ist er einfach ein Vollidiot.«

»Und er nennt dich *Calo*?«

»Du wirst so tun, als hättest du das nie gehört, oder ich werde anfangen müssen, viel schlimmere Worte als Meerjungfrau für dich zu suchen, verstanden?« Er öffnete eine Zimmertür.

Calebs Zimmer sah genauso aus, wie Mellie es erwartet hatte: durcheinander, aber auf diese Er-weiß-genau-wo-er-etwas-findet-Art und Weise. Der Boden war mit Kisten übersät, in denen sich Bücher, Kleidung und Papier stapelte, und abgesehen von wenigen Fotos waren die Wände komplett mit Filmpostern zugekleistert, und zwar genauso, wie die DVDs in der Hütte sortiert waren. Eine Zeitleiste der Horrorfilme, angefangen bei körnigen Schwarz-Weiß-Postern bis hin zu den modernen, brutalen Farbpostern. Es war der einzige Raum, in den er hineinzupassen schien. Und das machte es nicht leichter.

»Nicht, dass ich mich je über die Gesellschaft beschweren würde«, sagte Caleb und lehnte sich an den Türrahmen, »aber ich nehme an, es gibt einen Grund, dass du hergekommen bist?«

Natürlich wusste er, dass es einen Grund gab. Caleb entging nie etwas.

Mellie senkte den Blick. Sie hatte das alles genau geplant. Sie war die Worte wieder und wieder im Kopf durchgegangen, hatte sie so gut wie möglich glatt geschliffen. Doch jetzt, da sie hier in seinem Zimmer stand, das so ganz und gar er war, fühlten sie sich falsch an, und sie wollte sie am liebsten gar nicht aussprechen, denn sie bedeuteten auch, die Tür zu dieser wunderbaren, unmöglichen Möglichkeit zu schließen.

»Es tut mir leid.« Sie nahm auf der Bettkante Platz. Vier Worte. Vier kleine, gepresste Worte, die alles sagten und auch wieder nichts. Sie verrieten ihm nicht, wie verzweifelt sie sich danach sehnte, mehr für ihn zu empfinden, oder dass die Erinnerung an diesen Kuss sie für immer begleiten würde. Sie verrieten ihm auch nicht, wie sehr sie sich wünschte, sie könnte ihre beiden Leben voneinander trennen und eines mit ihm an der Oberfläche führen.

Sie gaben ihm nicht einmal zu verstehen, wie dankbar sie war, dass er ihr das Leben gerettet hatte, ein ums andere Mal und vor allem auch dort, wo sie es nicht erwartet hatte. Und ihre Worte schienen auch keinerlei Einleitung oder Erklärung zu bedürfen, denn Caleb verstand sofort, was sie damit meinte.

»Ich weiß, Scout.« Er setzte sich neben sie. »Ich glaube, ich wusste das jetzt schon seit einer ganzen Weile, aber die Hoffnung stirbt zuletzt, stimmt's?« Sein Lächeln konnte den Schmerz kaum überspielen. Er fragte allerdings nicht nach Rynn, und dafür war Mellie ihm dankbar.

»Es tut mir leid, wenn ich … Ich hatte nie vor, dir das Gefühl zu geben …«

»Das weiß ich auch. Das ist weder deine Schuld noch die von jemand anderem. Außer vielleicht Disneys«, fügte er hinzu. »Dieser Film hat in mir unrealistische Erwartungen geweckt, was das Zusammentreffen von Meerjungfrauen und Landbewohnern angeht.«

»Dir ist schon klar, dass ich keine Ahnung habe, wovon du redest.« Mellie zwang sich zu einem lockeren Tonfall. Wenn Caleb Scherze machen und den Schmerz abschütteln wollte, konnte sie wenigstens mitspielen und alles tun, was dabei half, es ihm leichter zu machen.

»Na, dann solltest du vielleicht aufhören, unseren verdammten Meerjungfrauenfilmabend aufzuschieben.« Dieses Mal war sein Lächeln echt, obwohl es ihre Schuldgefühle trotzdem nicht dämpfen konnte. Mellie hatte immer gedacht, Liebe und Begehren wären einfach, ein binärer Zustand, wie die erste Verwandlung – entweder man war es oder nicht; man fühlte es, oder man empfand es nicht. Sie hätte nie gedacht, dass Liebe so verwirrend sein konnte, und sich nicht vorstellen können, dass es schmerzhafter war, jemanden zurückzuweisen, als zurückgewiesen zu werden.

»Was hat es mit den Kisten auf sich?«, fragte sie eigentlich nur, um das Thema zu wechseln und über etwas Neutraleres zu reden.

»Oh, die sind dir aufgefallen?« Caleb zupfte nervös an seinem Ärmel. »Sorry, es war so viel los, dass ich gar nicht dazu gekommen bin, es dir zu erzählen.«

»Was denn?«

Er verlagerte das Gewicht, und sein Blick huschte vom Boden zur Wand und zurück zum Boden, als wollte er ihrem Blick um jeden Preis ausweichen.

»Komm schon, Caleb, raus mit der Sprache.«

»Erinnerst du dich an den Schriftstellerkurs, in den ich aufgenommen wurde?«, setzte er schließlich an.

»Ja …«

»Na ja, der findet nicht hier statt, Scout, sondern in New York.«

Und obwohl Mellie keine Ahnung hatte, wo das war, verstand sie trotzdem sofort, was er ihr damit sagen wollte.

»Du gehst weg.« Es war keine Frage. Denn natürlich ging Caleb weg. Mellie hätte die Zeichen früher erkannt, wenn sie sich die Mühe gemacht hätte, hinzuschauen. Die Hütte war immer nur als Übergangslösung gedacht gewesen, und bei allem, was sie über seine Familie und seine Träume wusste, hätte sie sich denken können, dass er nicht für immer bei seinen Eltern bleiben würde, vor allem, da ihre Vorstellungen über seine Zukunft so sehr von seiner eigenen abwichen.

Dennoch schmerzte es, von diesem völlig neuen Teil seines Lebens zu erfahren, der ihn schon bald von ihr wegführen würde, obwohl Mellie nicht so naiv war, es für unfair zu halten. Sie konnte nicht alles haben. Diese Geschichte konnte nicht so enden, wie sie es sich vielleicht wünschte, dass sie mit Caleb und Rynn gemeinsam in seiner Hütte Horrorfilme schaute und Popcorn aß. Diese Geschichte hatte schon immer mit einer Entscheidung enden müssen. Mellie war nur bisher nicht klar gewesen, dass Caleb seine eigene Entscheidung hatte treffen müssen, während sie mit ihrer so beschäftigt gewesen war, dass sie es gar nicht bemerkt hatte. Und so sehr sie den Gedanken hasste, dass er sie verlassen würde, wusste sie doch, dass er sich richtig entschieden hatte.

»Ja, ich gehe weg.« Caleb schaffte es endlich, ihr in die Augen zu sehen.

»Das war es, was du mir im Krankenhaus nicht sagen wolltest.«

»Es erschien mir nicht gerade der richtige Moment dafür zu sein. Aber ich würde das …« Er wedelte mit der Hand zwischen ihnen hin und her, »… gern behalten, wenn du es auch willst.«

Wenn. Bei den Göttern, als ob das eine Frage wäre.

»Mehr als alles andere.« Mellie hoffte, er würde erkennen, wie ernst sie das meinte, denn trotz all der schlimmen Dinge, die passiert waren, seit sie gestrandet war, würde sie rein gar nichts daran ändern wollen, wenn es bedeutete, dass sie die Freundschaft zu ihm behalten konnte.

»Gut.« Caleb ließ sich auf das Bett sinken und stützte sich auf einem Ellenbogen ab. »Denn du wirst es lieben, mich in New York zu besuchen. Die Stadt liegt direkt am Wasser und ist vollgestopft mit Landbewohnern – dort gibt es die höchste Bevölkerungsdichte im ganzen Land.«

»Igitt.« Mellie stöhnte übertrieben und streckte sich neben ihm aus. »Muss ich dann etwa wieder in ein Flugzeug steigen?«

»O ja.« Caleb lächelte breit, doch er wurde schnell wieder ernst.

»Gehe ich recht in der Annahme, dass ihr euren nächsten Schritt geplant habt? Geht es bei deinem Besuch in Wahrheit darum? Willst du dich verabschieden, bevor du wieder irgendetwas Dummes tust, wie in diesen verdammten See zurückzukehren?« Natürlich hatte er das auch schon wieder erraten.

»Ich habe keine andere Wahl.«

»Wann geht es los?«

»Bei Sonnenuntergang.«

»Bei Sonnenuntergang?« Er drehte sich auf den Rücken und verschränkte die Hände hinter dem Kopf. »Ich schätze, du sagst mir deshalb erst so spät Bescheid, weil du nicht vorhast, mich mitzunehmen?« Dieses Mal hörte sie seiner Stimme an, dass er nicht nur verletzt, sondern auch wütend war.

Bei den Göttern, deswegen regte er sich jetzt auf?

»Ich will nicht, dass du mitkommst«, erwiderte Mellie. »Bitte, Caleb, ich kann das nicht tun, wenn du da draußen bist.«

»Aber ich soll dich da rausgehen lassen?«

»Ich *muss* es tun.«

»Na, dann muss ich es eben auch«, knurrte er mindestens genauso stur, wie sie es seinen Worten zufolge immer war.

»Caleb, du hast zwei gebrochene Rippen. Du kannst weder rennen noch schießen oder …«

»Meinen Rippen geht es super.«

»Das stimmt nicht.« Sie drückte ihm die Handfläche an die Seite, als er sich aufsetzen wollte. Es war nur eine leichte Berührung, doch fest genug, um ihr Argument zu unterstreichen. Er sank stöhnend auf die Matratze zurück.

»Okay, vielleicht nicht super.« Caleb atmete durch die Zähne aus. »Das heißt nicht, dass ich nicht helfen kann.«

»Es gibt wirklich nichts, bei dem du uns helfen könntest«, entgegnete Mellie. Bei Einbruch der Dämmerung würden sie und Rynn ins Wasser gehen, und sie würden es entweder wieder lebendig herausschaffen oder nicht. Caleb auch noch in Gefahr zu bringen, würde daran nichts ändern. »Es ist einfach Zeit für mich, nach Hause zu gehen.«

»Ach, um Himmels willen ... Dir ist schon klar, dass die Erdoberfläche zu etwa neunzig Prozent von Wasser bedeckt ist? Du könntest überall hingehen.«

Nein, das konnte sie nicht. Nicht dieses Mal. Nicht, wenn sie Rynn retten wollte. »Ja, aber wo bliebe denn dann der Spaß?« Mellie bemühte sich um einen unbeschwerten Tonfall. »Was ist jetzt, willst du einen Film aussuchen, oder darf ich?«

Caleb seufzte, und sie sah, wie ihn der Kampfgeist verließ. »Du bleibst noch für einen Film?«

Sie hätte gern etwas Lustiges, Lockeres erwidert, etwas wie: *Du hast doch nicht geglaubt, dass ich nur für ein bisschen Geplauder den ganzen Weg hierhergekommen bin, oder?* Aber als sie den Mund öffnete, kamen nur zwei Worte heraus: »Darf ich?« Sie wollte so gern noch ein letztes Mal mit ihm irgendeinen dummen Film ansehen und den Nachmittag so verbringen, wie sie auch ihren ersten gemeinsamen Abend und jeden darauffolgenden verbracht hatten.

Denn das war vielleicht das letzte Mal, dass sie ihn sah.

Und obwohl er es nicht sagte, war Caleb das offenbar auch bewusst geworden, denn als ihre Mum sie ein paar Stunden später abholte, brachte er sie zur Tür und sagte: »Was auch immer du vorhast, Scout, stirb nicht dabei, okay? Ich kenne nur eine Meerjungfrau.«

»Was? Das stimmt doch gar nicht.« Mellie sah ihn verwirrt an.

»Du hast mindestens sieben kennengelernt.« Und sie wusste zufällig auch, dass er und Echo Telefonnummern ausgetauscht hatten.

»Herrje, Scout.« Caleb ließ den Kopf an die Wand sinken und lachte gequält. »Du weißt, dass ich in schwierigen Situationen nie das Richtige sagen kann, aber du – und nichts für ungut, okay? – bist echt noch viel schlimmer.«

»Was habe ich denn gesagt?«

»Nichts, es ist nur … Du hast nicht verstanden, was ich sagen wollte.« Er nahm sie in die Arme und hielt sie so fest, wie es seine verletzten Rippen erlaubten. »Es ist egal, wie viele Meerjungfrauen ich kenne. Nur die erste bedeutet mir etwas. Also … bleib einfach am Leben, ja?«

Mellie versprach es ihm und betete dann zu allen drei Göttern, dass ihre letzten an ihn gewandten Worte keine Lüge waren.

Kapitel zweiundzwanzig

Zehn Tage, nachdem er angeschossen worden war, wurde Rynn aus dem Krankenhaus entlassen. Dr. Andrews war nicht gerade begeistert, aber David versprach ihm, dass Rynn zu Hause gut versorgt werden würde, was genau genommen nicht gelogen war – zumindest nicht, wenn ihr Plan aufging –, und trotz der Misserfolge in der Vergangenheit musste Mellie einfach daran glauben, dass alles funktionieren würde. Denn sie brauchten mehr Zeit. Echte Zeit. Nicht nur gestohlene Momente zwischen Magie-Unterricht und Arztvisiten.

In dieser vergangenen Woche hatte Mellie jede freie Minute mit Rynn verbracht, war bis spät in die Nacht mit ihm aufgeblieben, bis er der Erschöpfung nachgeben musste oder die Nachtschwester reinkam und Mellie zum Gehen drängte. Sie hatten so miteinander geredet wie damals, als sie noch beide Scouts und keine Verräter gewesen waren. Ehe Mellie gestrandet war und ihnen damit die Welt eröffnet, aber gleichzeitig auch ihr Zuhause genommen hatte.

Und es war nicht genug.

Mellie wollte mehr Zeit.

Die Fahrt zum See kam ihr quälend lang vor. Obwohl David so

langsam und vorsichtig wie möglich fuhr, war Rynn kreidebleich im Gesicht, hatte Schweißperlen auf der Stirn und presste die Kiefer vor Schmerz aufeinander. Er hatte sich heute geweigert, seine Tabletten zu nehmen, weil ihm davon angeblich schummerig wurde und er einen klaren Kopf behalten wollte. Doch als David endlich das Auto anhielt, sprang Rynn viel zu schnell vom Rücksitz auf, so dass er draußen fast kollabiert wäre.

So viel zu einem klaren Kopf.

»Langsam, langsam.« David eilte zu ihm. »Das ist doch kein Wettlauf.«

»Ich dachte, wir hätten einen Zeitplan«, murmelte Rynn, doch er ließ zu, dass David ihm einen Arm um die Schultern legte. So blöd war er nicht, die Hilfe abzulehnen. Er wollte zurück in den See, das erkannte Mellie daran, wie sein Blick den Wald absuchte, als witterte er bereits das Wasser, das hinter den Bäumen lag. Nach anderthalb Wochen im Krankenhaus reichte der Salzgeruch in der Luft vermutlich aus, um ihn jegliche Vorsicht vergessen zu lassen. Rynn wollte das Wasser spüren, es schmecken, es atmen, egal, zu welchem Preis. Selbst, wenn es ihn buchstäblich zerriss.

»Wir haben genug Zeit, also mach langsam«, ermahnte David ihn. »Es bringt nichts, wenn du dich schon umbringst, ehe wir dort ankommen.«

Mellie warf einen hastigen Blick auf ihr Handy. Sie hatten noch dreißig Minuten bis Sonnenuntergang und weitere zehn, ehe sie und Rynn ins Wasser gehen sollten. Im Moment befanden sich Ayana und ihr Team auf der anderen Seite des Sees, wo sie die Schutzanker außer Gefecht setzten und ihre Positionen einnahmen. Sobald die Sonne untergegangen war, würden sie mit Hilfe von Leuchtpistolen und Alarmsignalen die Männer des Captains vom wahren Ziel weglocken und sie beschäftigen, während alle anderen den eigentlichen Plan verfolgten.

Eine Gelegenheit hatte Quinn es genannt. Nicht nur, um Rynn zu einem Heiler zu bringen, den er so dringend brauchte, sondern auch, um ihre Zahl um ein Zehnfaches zu erhöhen und den Weg für einen richtigen Angriff zu ebnen – eine Idee, von der ihre Mutter schlichtweg *begeistert* gewesen war.

»Wenn wir die Ranger auf unsere Seite bekommen, haben wir vielleicht eine richtige Rebellion am Start«, hatte er gesagt. »Aber wir müssen das clever angehen, wenn wir eine Chance haben wollen, sie zu überzeugen. Es sind die alten Hunde, die Ferrick ins Wildwasser schickt, und alte Hunde sind in der Regel besonders loyal. Viele von ihnen werden seit etwa dreißig Jahre dem Korps angehören, und es sind keine einfachen Wahrheiten, die wir ihnen vorsetzen werden, deshalb lässt sich nicht sagen, ob sie sie schlucken. Aber wenn die Toten reden, hören die Lebenden in der Regel zu. Wenn ihr Jay dazu bringt, euch zuzuhören, haben wir vielleicht eine Chance, die anderen auch zu überzeugen.«

»Und wenn wir es nicht schaffen?«, hatte Mellie gefragt.

»Dann halten wir den Annex mit Gewalt unter unserer Kontrolle, bis Rynn von ihrem Heiler geheilt wurde, und sehen dann zu, dass wir da wegkommen.«

So war dieser neue Plan entstanden. Jetzt mussten sie ihn nur noch durchziehen.

Mit Davids Hilfe schaffte es Rynn pünktlich und einigermaßen heil zum Wasser, obwohl er ziemlich erledigt aussah, als David ihn am matschigen Seeufer absetzte. *Wir hätten uns eine Stelle aussuchen sollen, die näher an der Straße liegt*, stellte Mellie zähneknirschend fest. Nur hätten sie dann eine längere Strecke schwimmen müssen, nachdem die Verwandlung die Nähte aufgerissen hatte. Keine Option war wirklich gut. Doch in Ermangelung guter Optionen musste eben eine schlechte ausreichen.

In der Ferne verschwand der letzte Streifen Tageslicht hinter den Bergen, und die Dämmerung brach herein. *Jetzt gibt es kein Zurück mehr*, dachte Mellie, als sie durchs Blätterdach ein Dutzend bunter Lichtstreifen erblickte. Die Soldaten hatten ihre Leuchtpistolen abgefeuert.

»Das ist mein Signal.« David wandte sich zum Gehen. »Ich bin an unserem Treffpunkt, wenn irgendetwas schiefgeht, aber versuch bitte, keine Dummheiten zu machen, ja, mein Junge? Je weniger du dich anstrengst, umso besser«, sagte er zu Rynn, ehe er zwischen den Bäumen verschwand.

»Mann, muss er mich wirklich so nennen?«, grummelte Rynn.

»Hey, mich nennt er Kleines, das ist ja wohl viel schlimmer.« Mellie entledigte sich ihrer Stiefel und ihrer Jacke und legte das Handy neben sich auf dem Boden ab. Auf dem Display lief die Stoppuhr rückwärts.

»Er wird sich ganz schön blöd vorkommen, wenn die Verwandlung doch keinen Schaden anrichtet.« Rynn rang sich ein Lächeln ab, womit er eindeutig seine Furcht runterspielte. Wie immer tat er so, als könnte ihm nichts etwas anhaben.

»Und enttäuscht wird er bestimmt auch sein«, fügte Mellie grinsend hinzu, während sie ihr Shirt auf den Kleiderstapel legte und sich aus ihren Jeans schälte, so dass sie nur noch Echos Armband ums Handgelenk trug.

»Ach, dabei enttäusche ich so ungern jemanden.« Rynn setzte an, sein Shirt auszuziehen, krümmte sich aber sofort mit schmerzverzerrtem Gesicht.

»Idiot.« Mellie ging vor ihm in die Hocke. »David hat dir gerade erst gesagt, dass du keine Dummheiten machen sollst.«

»Mir war nicht bewusst, dass das auch das Ausziehen betrifft.«

»Sturer Idiot.« Vorsichtig zog sie ihm das Shirt über den Kopf. Ihre Kette, die er um den Hals trug, verfing sich kurz im Kragen, und die Silbermünze daran blitzte im Dämmerlicht auf. Mellie griff danach, ohne nachzudenken. Nach all dieser Zeit hatte Rynn sie nicht abgelegt.

»Du kannst sie jederzeit zurückhaben, weißt du.« Er nahm ihre Hand. Seine Haut fühlte sich heißer an als normalerweise, erhitzt vom Fieber des Entzugs.

»Gib sie mir zurück, wenn das alles vorbei ist.« Mellie machte sich daran, seine Verbände zu entfernen. Selbst nach zehn Tagen sahen seine Verletzungen noch ziemlich schlimm aus. Die Ärzte hatten die ursprüngliche Schusswunde zu einer ordentlichen Naht vernäht, während die chirurgischen Schnitte sich quer über seinen ganzen Bauch zogen. Die angrenzende Haut war immer noch dunkellila und wund. Es sah aus, als hätte jemand versucht, ihn in der Mitte durchzusägen.

»Cool, was?«

Mellie wandte den Blick ab. »Der Heiler kann sich darum kümmern.«

»Vielleicht sollte er es lieber lassen.«

»Bei den Göttern, was redest du denn da?« Sie schleuderte den Verband zu Boden.

»Nur, dass … ich dachte, ich sollte die Narbe vielleicht behalten. Als Erinnerung.«

»Du hast einen Fehler gemacht, Rynn«, erwiderte Mellie und mühte sich mit den Knöpfen seiner Jeans ab. »Ich habe auch schon mehr als genug gemacht.« Viel zu viele, um genau zu sein. Einer davon hatte überhaupt erst zu seiner Verletzung geführt.

»Mellie.« Rynn nahm ihre Hand. »Habe ich dir schon gesagt, wie leid es mir tut?«

»Ein- oder zweimal.« Mellie schauderte unter seiner Berührung. Sie konnte nicht erklären, warum sie sich plötzlich so unter Strom fühlte. Vielleicht, weil sie das erste Mal richtig allein waren, seit sie wieder miteinander sprachen. Im Krankenhaus war es etwas anderes gewesen, wo ein Dutzend Schwestern Rynn jede Minute im Auge hatte, eine ganze Horde Landbewohner, die sie für Geschwister hielten.

»Ich meine es jedenfalls ernst, Mel«, fügte Rynn hinzu. »Mir tut das alles sehr leid.«

Seine Stimme klang so aufrichtig, dass sie plötzlich einen Kloß im Hals hatte. »Dann mach es wieder gut, indem du heute nicht verblutest.« Sie wandte ihre Aufmerksamkeit erneut der Aufgabe zu, die vor ihr lag. Das war nicht der richtige Moment für diese Art von Gespräch. Sie wollte es gern führen, sie war endlich bereit dafür, aber nicht so. Nicht, wenn das Damoklesschwert so über seinem Kopf hing.

»Mel, würdest du meine Jeans bitte für einen Sekunde in Ruhe lassen und mich ansehen?«

»Wir haben keine Zeit, um …«

»*Mellie.*«

In dem Moment, als sich ihre Blicke trafen, beugte er sich vor und küsste sie. Sanft und zögernd, als wäre er nicht sicher, ob er es tun sollte. Und vielleicht war es auch nicht besonders klug. Möglicherweise war es zu früh und zu kompliziert und einfach eine unpassende Zeit, um sich überhaupt zu küssen. Trotzdem hinderte

Mellie ihn nicht daran. Ihr Körper reagierte auf den Kuss, noch ehe ihr Verstand handeln konnte. Die Schmetterlinge im Bauch, das Begehren, die Lust; ein berauschender Mix aus Emotionen, den sie seit Monaten nicht zugelassen hatte.

Sie hatte das vermisst. Nicht nur das Gefühl seiner Lippen auf ihren – obwohl Rynn es einem sicher leicht machte, *das* zu vermissen –, sondern die Intimität, die sie miteinander geteilt hatten, lange bevor sie überhaupt an mehr denken konnten.

Es fühlte sich an, wie nach Hause zu kommen.

Als Rynn die Arme um sie legte, musste Mellie sich beherrschen, um sich nicht zu fest an ihn zu drücken oder die Finger über seine Brust gleiten zu lassen, wie sie es am liebsten getan hätte. Rynn musste bei ihr hingegen keine Vorsicht walten lassen. Er zog sie auf seinen Schoß und fuhr mit den Händen über ihre Schulterblätter und durch ihre Haare. Er stöhnte leise und tief, so voller Begierde und Lust, dass es ihr durch Mark und Bein ging.

Mellie drückte ihn an sich. Plötzlich wollte sie keinen Abstand mehr zu ihm, und zu den Höllen mit seinen Verletzungen, ihrem Plan oder der Vorsicht. Dieses Gefühl – dieser Moment hier und jetzt – war alles, was zählte.

Zumindest bis das Klingeln ihres Handys die Stille zerriss.

»Und das ist unser Stichwort.« Rynn löste sich von ihr.

»Ja.« Mellie atmete zittrig ein und verfluchte den Wecker. Wenn das alles vorbei war, würde sie einen normalen Kuss verlangen, vorzugsweise wenn keiner von ihnen blutete, betrunken war oder gerade dem Tod ins Auge schaute.

»Zu schade.« Rynn zuckte zusammen, als sie ihm beim Aufstehen half und ihm dann Stiefel und Jeans auszog. »Ich war gerade dabei, am Leben Gefallen zu finden.«

Mellie ging es genauso.

»Wir müssen das nicht tun, weißt du«, sagte sie. »Wir können auch noch warten, bis es absolut notwendig ist.« Vielleicht hätten sie das sowieso besser tun sollen, damit seine Wunden mehr Zeit zu heilen hatten, wie unangenehm der Entzug auch geworden wäre.

»Ich sage es dir nur ungern, Mel, aber es ist schon absolut notwendig. Wenn ich mich nicht bald verwandeln kann, kratze ich mir sämtliche Haut vom Körper. Keine Ahnung, wie du das so lange ausgehalten hast.«

»Ich hatte nicht wirklich eine Wahl, erinnerst du dich?« Sie legte sich seinen Arm über die Schulter und fasste ihn um die Taille. »Bist du bereit?«

»Bereit.« Rynn nickte, und bevor einer von ihnen die Nerven verlieren konnte, stürzte sich Mellie mit ihm in den See.

Sein Schmerzensschrei wurde in ihren Kopf projiziert, sobald sie die Wasseroberfläche durchbrochen hatten. Rynn krümmte sich und hielt sich die Seite, als wollte er versuchen, seinen Körper mit den Händen vor dem Auseinanderbrechen zu bewahren.

Doch die Verwandlung hatte bereits eingesetzt, es gab nun kein Zurück mehr.

Zwischen seinem schmerzerfüllten Stöhnen und dem panischen Schlagen seiner Schwanzflosse meinte Mellie, das Geräusch von zerreißendem Gewebe zu hören. Das Blut war jedenfalls real, das unter Rynns Fingern hervorquoll und eine dunkelrote Wolke im Wasser bildete, die sich noch weiter vergrößerte, als die Hohlräume zwischen seinen Rippen sich zu Kiemen weiteten.

Bei der Verwandlung waren die Nähte gerissen, genau wie David befürchtet hatte.

»Bei den Göttern, halte durch«, flehte Mellie ihn an. »Ich bekomme das wieder hin, bitte halte einfach nur durch.« Sie drückte die Handflächen auf die Wunde und schickte ihre ganze Energie in seinen Körper. Ihre Magie verband sich leichter mit Rynns, als es bei Echo jemals der Fall gewesen war, wahrscheinlich verstärkt durch ihre Versöhnung und dadurch, dass sie sich in- und auswendig kannten und blind vertrauten. Mellie spürte, wie sich die Magie unter Rynns Haut aufbaute und immer stärker wurde, bis die Blutung allmählich nachließ. Es war noch nicht annähernd so gut, dass man ihn als geheilt bezeichnen konnte, aber mehr konnte sie nicht bewerkstelligen.

»Rynn?« Mellie schüttelte ihn. »*Rynn!*«

»Es geht mir gut«, brachte er schließlich mit schwacher Stimme hervor. Seine Atmung ging flach, die Kiemen an seiner linken Seite saugten verzweifelt das Wasser ein, während die auf der rechten Seite in blutigen Fetzen hingen.

»Lügner.« Mellie drückte seine Hände auf die Wunde. »Immer schön den Druck halten, ich kümmere mich um das Schwimmen.«

An einem guten Tag hätte der Ausflug zum Wildwasser kaum Zeit gekostet, doch mit Rynns Gewicht, das sie runterzog, fühlte sich jeder Zentimeter, den sie hinter sich brachten, wie ein ganzer Kilometer an. Mellie peitschte mit der Schwanzflosse vor und zurück, um sich den Weg durchs Wasser zu bahnen. Sie war noch nie zuvor im zweiten Annex gewesen, doch Zanna und Zet waren während ihrer Dienstzeit im Korps eine Weile dort stationiert gewesen. Sie hatten ihr eine genaue Wegbeschreibung gegeben, und so die Götter wollten, sorgten die beiden gemeinsam mit Quinn, ihrer Mum und den anderen dafür, dass ihnen keine Sicherheitspatrouille in die Quere kam. Andernfalls würde Rynns blutige Spur die Männer des Captains direkt zu ihnen führen.

Als der Annex in Sicht kam, brannten die Muskeln in Mellies Schwanzflosse und in ihrem Rücken wie Feuer. Das schnelle Schwimmen und die Magie hatten sie völlig erschöpft. Sie würdigte das Gebäude kaum eines Blickes, aber es schien seinem Zwilling in Astria zu gleichen. Ein schlichter, hässlicher Bau, völlig charakterlos und nur für den praktischen Zweck geschaffen.

Keine Wachen hielten sie auf, was bedeutete, dass die Soldaten die Männer bereits abgezogen hatten, die den Eingang bewachten. Vielleicht hatte der Captain es gar nicht erst für nötig erachtet, Wachen abzustellen. Immerhin schickte er seine erfahrensten Scouts ins Wildwasser.

»Jay!« Mellie stürmte durch das Schilf im Türrahmen und projizierte seinen Namen wieder und wieder, so weit und so laut sie konnte. Rynn hatte schon längst das Bewusstsein verloren, entweder vor Schmerzen oder weil er zu viel Blut verloren hatte, und obwohl Mellie spürte, wie sich seine Kiemen bewegten, wusste sie, dass ihm nicht mehr viel Zeit blieb.

»Jay!« Mellie würde sich die Seele aus dem Leib schreien, wenn es sein musste. »Ich suche Jaylin Craw!« Sie suchte Koje um Koje ab und schaute hinter jeden Schilfvorhang. Köpfe drehten sich zu ihr um, und überall erhoben sich die Wandler im Wasser, um den Grund für die Unruhe ausfindig zu machen.

Die Ranger erkannten weder sie noch Rynn auf den ersten Blick, doch die Verwunderung darüber, dass sich so junge Wandler in ihren Annex verirrt hatten, war ihnen deutlich ins Gesicht geschrieben. Gemurmel kam auf, Mellie schnappte Sätze wie »Was haben die hier zu suchen?« und »Ist das Blut?« auf, gefolgt von ein paar an sie gerichtete Fragen, die Mellie ignorierte. Es gab nur eine Person, die sie gern sehen wollte, und die musste sie finden, ehe irgendjemand anders herausfand, dass sich zwei Verräter in ihre Mitte gewagt hatten.

Nach einer gefühlten Ewigkeit erblickte sie Jay, der aus der Kantine kam und ebenso verwirrt aussah wie die anderen Ranger. Es wirkte älter als bei ihrer letzten Begegnung, die Haare um seine Schläfen waren mit Grau durchzogen, seine goldenen Schuppen hatten ihren üblichen Glanz verloren. Er hatte auch abgenommen, war drahtiger geworden, jetzt, da er selbst an der Oberfläche Patrouille lief, anstatt seine Truppe zu führen. Doch sein Gesicht hatte sich nicht verändert, es zeigte noch immer die gleiche Güte, die sie an ihm gekannt und geschätzt hatte.

»Jay!« Mellie stürzte auf ihn zu. »Wir brauchen deine Hilfe!«

Jay erstarrte, offenbar zu überwältigt von der Szene, die sich ihm bot. Wie konnten zwei Scouts, die für tot gehalten wurden, plötzlich wieder auftauchen, noch dazu ausgerechnet im Wildwasser und Monate nach ihrem Stranden?

»Mellie?« Sein fragender Blick verlangte eine Erklärung. »Du …? Wie kommt es, dass du am Leben bist?«

»Das ist eine lange Geschichte, und ich verspreche, dir alles zu erklären, aber Rynn braucht zuerst einen Heiler. *Schnell.*«

Jay schaute ihn zum ersten Mal richtig an und bemerkte nun auch die klaffende Wunde an seiner Seite. Und endlich, *endlich*, setzte er sich in Bewegung.

»Kommt mit. Aber sprecht mit niemandem«, wies er sie an und legte sich den bewusstlosen Rynn über die Schulter. Mellie folgte ihm durch das Labyrinth aus algenbedeckten Gängen. Es wäre schlau gewesen, sich den Weg einzuprägen, falls sie später schnell verschwinden mussten, aber Mellie war wie gelähmt von dem Geschmack nach Blut im Wasser. Rynns Blut. Viel zu viel davon. Trotz ihrer Bemühungen, ihm zu helfen.

Sie fanden den Heiler – einen hageren, kahlköpfigen Natürlichen namens Prior – in seiner privaten Koje, weit entfernt von der Geschäftigkeit der Riffschlafsäle. Da alle Ranger rechtzeitig zur Sperrstunde heimgekehrt waren, hatte er sich bereits für die Nacht zurückgezogen, da er vermutlich nicht damit rechnete, dass seine Fähigkeiten noch gebraucht wurden.

In dem Moment, als sie durch seine Tür schwammen, erhob er sich ruckartig von der weichen Bankkoralle in der Ecke. Sein Blick war sofort auf Rynn gerichtet.

»Wie ist das passiert?«

»Ein Unfall an der Oberfläche«, log Jay aalglatt. »Er hat eine Weile gebraucht, um es hierher zu schaffen.«

Glücklicherweise war Prior nicht der Typ, der viele Fragen stellte. »Dorthin«, wies er Jay an und half ihm, Rynn auf das Seegrasbett zu legen.

»Können Sie ihn retten?« Mellie konnte einfach nicht länger schweigen. Ihrer Meinung nach bewegte sich keiner der Männer schnell genug oder mit der angebrachten Dringlichkeit.

»Ich habe schon schlimmere Wunden gesehen«, erwiderte Prior, der sich neben Rynn niedergelassen hatte. »Obwohl sie ein wenig ungewöhnlich aussieht. Als hätte sich schon jemand daran zu schaffen gemacht.«

»Ich versichere dir, dass dem nicht so ist«, log Jay und warf Mellie einen warnenden Blick zu.

»Das wird eine Weile dauern.« Prior entließ sie höflich, aber bestimmt. Er schloss die Augen und legte die Hände auf Rynns verletzte Seite. Die statische Aufladung der Magie um ihn herum war regelrecht sichtbar, eine tiefere, wesentlich mächtigere Kraft, als Mellie sie jemals aufbringen konnte.

»Danke, Prior. Wir lassen dich mal arbeiten«, sagte Jay und packte Mellie am Arm, um sie hinauszuziehen, wobei er nicht allzu sanft mit ihr umging.

»Was in Titans Namen ist hier los, Mellie?«, fragte er, als sie den Gang überquert und sich in eine verlassene Ecke zurückgezogen hatten. »Du bist gestorben. Vor Monaten schon. Rynn ist ein paar Wochen später absichtlich gestrandet.«

Das war also die Lüge, für die der Captain sich entschieden hatte. Natürlich hatte er sich wie immer etwas Negatives ausgedacht. Mellie spürte, wie heiße Wut in ihr aufstieg. Ihren Ruf in den Dreck zu ziehen, war eine Sache, die anderen Wandler hatten ohnehin noch nie viel von ihr gehalten. Aber Rynn hatte es nicht verdient, da mit hineingezogen zu werden. Er hatte dem Captain treu gedient, alles getan, was von ihm verlangt wurde, große persönliche Verluste in Kauf genommen – und er hatte eine Familie, die ihn liebte und zu Hause auf ihn wartete. Seine Angehörigen sollten nicht glauben müssen, dass er sie auf diese Weise verlassen hatte. Das sollte niemand tun müssen.

»Rynn ist nicht absichtlich gestrandet«, entgegnete sie vehement.

»Dann solltest du mir vielleicht mal erklären, was ihm zugestoßen ist.«

»Er wurde angeschossen.«

»Angeschossen?« Jay zog die Augenbrauen so hoch, dass sie schon fast seinen Haaransatz erreichten. »Von wem denn? Von Landbewohnern?«

»Nein. Es waren keine Landbewohner.«

»Stell meine Geduld nicht auf die Probe, Mellie. Ich will die Wahrheit wissen.« Sein Tonfall hatte sich verändert, und das Poltern, zu dem er fähig war, wie Mellie genau wusste, das er aber nur selten bei seinen Scouts eingesetzt hatte, schwang in jedem Wort mit. »Ich meine es ernst, Mayreed, raus mit der Sprache.«

Also fing Mellie ganz von vorne an und hörte nicht auf, bis sie ihm alles erzählt hatte. Die Geschichte wurde mit jedem Erzählen länger und Jays Gesichtsausdruck zufolge auch nicht unbedingt glaubwürdiger.

»Mellie«, sagte er, als sie geendet hatte, und hob langsam die Hände, als wollte er einen nervösen Tintenfisch am Abhauen hindern. »Ich glaube, es wäre das Beste, wenn wir dieses Gespräch erst weiterführen, wenn du bei Prior warst. Er kann dir sicher helfen.«

»Du hältst mich für verrückt.« Mellie musste ein Lächeln unterdrücken. Jay reagierte genau so, wie Quinn es vorhergesagt hatte. Nicht, dass sie es ihm verübeln konnte. Wahnsinn war tatsächlich die plausibelste Erklärung.

»Du hast eine Menge durchgemacht. Niemand würde es dir verübeln, dass du dir Hilfe suchst.«

Wenigstens das stimmte. Die anderen Wandler konnten kaum noch weniger von ihr halten.

»Schon okay, ich habe mir schon gedacht, dass du mir nicht glaubst.« Genau genommen hatte sie damit gerechnet, und dem lauter werdenden Stimmengewirr im Wasser zufolge lief alles nach Plan.

»Was passiert da draußen?« Jay war die Unruhe nun auch aufgefallen. Er steckte den Kopf durch das Seegras, und seine Körperhaltung zeugte von Kampfbereitschaft.

»Tut mir leid, Jay, aber wir waren uns nicht sicher, ob du uns helfen würdest. Wir konnten es nicht riskieren, allein zu kommen.«

»Was soll das, Mellie?« Jay wich zurück, als Quinn, Niya, Cirra und Mellies Mutter auf sie zuschwammen. Alle vier sahen etwas mitgenommen aus, ihre Haut und ihre Schuppen waren von Schnitten und Kratzern übersät, als wären sie auf Widerstand getroffen. Quinns Fingerknöchel schienen besonders viel abbekommen – oder eher besonders viel ausgeteilt zu haben.

»Hallo, Jaylin«, grüßte Quinn. »Es ist lange her.«

Jay wurde bleich. Er war alt genug, um sie noch aus der Zeit vor dem Krieg und vor dem Stranden ihrer Mutter zu kennen, und obwohl die Jahre nicht spurlos an ihnen vorübergegangen waren, musste er sie erkennen. Vier Geister, die zurückgekehrt waren, um ihn heimzusuchen.

»Das kann nicht … Das ist unmöglich.«

»Tja, im Augenblick passiert eine Menge Unmögliches. Du solltest wissen, dass wir nicht allein sind und dass wir den Annex unter unsere Kontrolle gebracht haben«, erklärte Quinn, und in seiner Stimme schwang nur eine leise Drohung mit. Gerade genug, um Ärger zu verhindern, aber nicht genug, um welchen zu provozieren. »Wir wollen keinem der Ranger etwas tun. Wir bitten nur darum, dass Rynn die Hilfe bekommt, die er braucht, und dass du und die anderen uns anhört. Danach gehen wir wieder, wenn ihr das wollt. Aber ich bezweifle, dass dem so sein wird«, fügte er so selbstbewusst hinzu, dass Mellie fast vergaß, in welch gefährlicher Situation sie sich befanden. Sie steckten in feindlichen Gewässern fest, waren hoffnungslos in der Unterzahl und hatten all ihre Hoffnungen darauf gesetzt, dass die Ranger ihnen zuhörten, anstatt sie anzugreifen. Wenn nur einer von ihnen fliehen und den Alarm auslösen sollte oder bemerkte, wie klein die Gruppe, die sie überfallen hatte, in Wahrheit war, waren sie geliefert.

Und einen Moment lang sah es so aus, als würde Jay tatsächlich diskutieren oder vielleicht auch auf Quinn losgehen wollen. Sein Blick huschte zwischen den Soldaten hin und her, blieb erst an den Messern hängen, die sie an die Hüfte gebunden hatten, und wanderte dann zu ihren Gesichtern, in denen er offenbar nach der Lüge suchte, die sie ihm aufzutischen versuchten. Doch als er nur Stahl und Entschlossenheit fand, knickte er sichtlich ein.

»Wenn ich bereit bin, die anderen zusammenzutrommeln, versprecht ihr mir, dass ihnen nichts passieren wird?«

»Ich gebe dir mein Ehrenwort«, erwiderte Quinn. »Wir sind nicht hier, um den Unseren zu schaden.«

Jay brauchte eine ganze Weile, um die Ranger so weit zur Ruhe zu bringen, dass sie bereit waren, ihnen zuzuhören, doch als sie es taten, war es nicht schwer, sie zu überzeugen. Die Wahrheit ließ sich schnell abtun, wenn sie von einem siebzehnjährigen Mädchen kam, das noch dazu eine berüchtigte Familiengeschichte aufzuweisen hatte, doch wenn zwei Scouts, eine Läuferin und ein halbes Schwadron Soldaten von den Toten auferstehen und die gleiche Geschichte erzählen, ist das doch noch mal eine andere Nummer.

Ausnahmsweise wirkten sich die Lügen des Captains zu ihrem Vorteil aus. Seine Entscheidung, die desertierten Soldaten als Helden zu feiern, anstatt sie zu verteufeln, hatte dafür gesorgt, dass sich jeder an sie erinnerte. Selbst nach zwanzig Jahren hatte keiner die Gesichter der Kriegshelden vergessen. Es schadete auch nicht, dass die Ranger teilweise mit den Soldaten zur Schule gegangen waren oder gemeinsam die Ausbildung absolviert hatten. In Anbetracht der gesamten Situation fand Mellie, dass sie die Neuigkeiten ziemlich gut aufnahmen.

Zunächst waren sie verwirrt und misstrauisch, darauf folgten Schock, Anschuldigungen und dann sogar regelrechte Wutausbrüche. Die meisten Ranger arbeiteten seit Jahrzehnten an der Oberfläche und hielten sich pflichtbewusst an die Ausgangssperre, somit waren sie wie alle anderen vom Zauber der Schutzanker eingesperrt. Es gefiel ihnen natürlich genauso wenig wie Mellie damals, dass sie angelogen worden waren, doch mit solch unerschütterlichen Beweisen konfrontiert, war die Wahrheit kaum abzustreiten.

Laut Captain Ferrick hatte noch nie ein Wandler eine Nacht an der Oberfläche überlebt, und doch standen sie alle hier vor ihnen, Monate, *Jahre*, nachdem sie gestrandet waren.

Laut Captain Ferrick konnten Wandler nach Sonnenuntergang die Verwandlung nicht mehr vollziehen, und doch hatten sie das Wildwasser lange nach der Ausgangssperre eingenommen.

Captain Ferrick war ein Lügner.

Als ihr Teil beendet war, schlüpfte Mellie unbemerkt aus dem Saal, in dem sich alle versammelt hatten. Zum ersten Mal seit fünf Jahren war sie nicht mehr die Hauptattraktion, und die Soldaten brauchten sie nicht dazu, ihre nächsten Schritte zu koordinieren. Und natürlich hatte Quinn schon einen Plan. Er hatte jetzt seine eigene Armee, eine echte, einen ganzen Annex voller Wandler, die jederzeit in Astria einfallen konnten. Also ließ Mellie sie weiter ihre Schlachtpläne schmieden, da sie von der Sorge um Rynn sowieso zu abgelenkt war, um etwas zur Diskussion beizutragen. Sie musste mit eigenen Augen sehen, dass er am Leben und gesund

und munter war, erst dann konnte sie sich auf den nächsten Kampf konzentrieren.

Um sie herum wurde es still im Wasser; die Gänge lagen verlassen vor ihr, nur hin und wieder begegnete ihr ein kleiner Fischschwarm, und sie dachte darüber nach, was alles hätte passieren können. Wenn sie nicht so ein Pech gehabt hätte und drei betrunkenen Landbewohnern in die Arme gelaufen wäre, hätte das ein Teil ihres Lebenswegs sein können. Mellie wäre Scout geblieben, hätte in diesem Job hart gearbeitet und wäre zusammen mit Rynn vielleicht eines Tages hier stationiert worden. Vielleicht wären sie sogar als Paar hergekommen. Diese Art der Unvermeidbarkeit fand in der Regel einen Weg.

Ein völlig normales Leben. Genau das hatte Mellie an dem Tag verloren, als sie das oberste Gebot des Captains gebrochen hatte. Und zu ihrer großen Erleichterung stellte sie jetzt fest, dass sie es gar nicht zurückhaben wollte.

Mellie hatte nicht mit Ärger gerechnet, doch vermutlich hätte sie es tun sollen. Sie hätte wissen müssen, dass es nicht so einfach war. Wenn sie in den vergangenen Monaten irgendetwas gelernt hatte, dann, dass jederzeit irgendetwas schiefgehen konnte.

Blut waberte ihr entgegen, als sie um die letzte Ecke bog, nicht nur der kupferartige Geschmack, sondern ein dunkler Nebel, der durch die Schilfblätter in Priors Türrahmen drang.

»Rynn?« Mellie stürzte hinein. Sie konnte vor lauter Blut kaum etwas erkennen. »Rynn!« Sie schoss auf die leblose Form auf dem Seegras zu.

Doch es war nicht Rynn, der da lag.

Prior. Sie wich zurück und presste eine Hand auf den Mund. Die Haut des Heilers fühlte sich kalt an, seine Miene wirkte ausdruckslos, seine Augen leblos. Jemand hatte ihm mit einem Messer die Kehle durchgeschnitten.

Sie wissen, dass wir hier sind. Mellie stolperte zurück in den Gang und versuchte verzweifelt, das grausame Bild wieder loszuwerden. Es mussten die Männer des Captains gewesen sein, eine andere Erklärung gab es nicht. Quinns Team musste beim Sichern des Annex ein paar Wachen übersehen haben, und diese Soldaten, sie … *o Götter, sie haben Rynn.* Mellie schwamm los, so schnell sie konnte.

Prior hatten sie vermutlich nur deshalb getötet, weil er wusste, dass Rynn am Leben war – er war immerhin der totgeglaubte Sohn eines Ratsmitglieds. Wenn der Heiler ihn erkannt oder auf andere Weise von seiner Identität erfahren hätte, wäre er in der Lage gewesen, die Lügen des Captains aufzudecken. Doch Rynn verfügte über Informationen, die Ferrick haben wollte. Informationen, für die er Schlimmeres tun würde, als zu töten. Bei den Göttern, Mellie musste ihn finden.

Der Arm tauchte aus dem Nichts auf und hakte sich um ihren Hals, als sie den Gang entlangsauste.

»Ein Ton, und das war's für dich.« Die Stimme war männlich. Definitiv ein Soldat, auch angesichts seiner Größe und des Messers, das er ihr an die Rippen drückte. Er zog sie mit dem Rücken an seine Brust und zerrte sie nach draußen in ein abgelegenes Riff.

Mellie holte tief Luft und versuchte, trotz der Schmerzen in ihrer Seite klar zu denken. Drinnen wartete ein weiterer Soldat auf sie, ein Berg von einem Mann mit grauen Schuppen. Aus dem Augenwinkel sah sie, wie sich weitere Männer näherten, eine zweite Gruppe Soldaten mit Messern und Knochenanhängern um den Hals. Verstärkung, die geschickt worden war, um das Wildwasser zurückzuerobern.

Zu spät fing Mellie an zu schreien und sich verzweifelt gegen den Griff des Angreifers zu wehren. Während sie die Ranger aufgeklärt hatten, mussten die Loyalisten ihre Truppen zusammengezogen haben. Sie musste die anderen unbedingt warnen.

»Ich habe gesagt, du sollst die Klappe halten.« Das Messer des Soldaten durchbohrte ihre Haut. Mellie schnappte nach Luft und hielt lange genug still, dass sein grau geschuppter Komplize sich auf sie stürzen und ihr Kinn festhalten konnte. Sie biss ihm in die Finger, als er versuchte, ihr einen Batzen brauner Blätter in den Mund zu schieben – fest genug, dass es blutete und er einen wütenden Fluch ausstieß. Als er sie losließ, griff Mellie nach Echos Armband und riss eine Münze ab. Wenn sie schon den Schlägern des Captains nicht entkommen konnte, würde sie wenigstens dafür sorgen, dass sie zu bewusstlos – oder zu tot – waren, um jemand anderem zu schaden. Und wenn sie dabei selbst draufging, dann war das eben so.

Doch ehe sie ihre Magie richtig abrufen konnte, bekam sie einen Ellenbogen in die Seite, der ihre Konzentration auf die Rune brach und den Zauber zerstörte. Die Silbermünze entglitt ihr und verschwand im Schilf.

»Das brauchst du da nicht, wo wir hingehen.« Grauschuppe grinste spöttisch, als er ihr das Armband abriss und in seinen Gürtel steckte. »Meiner Tochter gefällt es vielleicht.« Er zog Mellies Kopf an den Haaren zurück, während sein Partner ihre Arme fixierte. Gemeinsam zwangen sie Mellie, die Blätter zu schlucken, und rieben ihr noch ein paar in die Kiemen.

Es schmeckte bitter, irgendwie scharf und ätzend, und ihr wurde ganz schwindelig. *Schlafgras.* Mellie krümmte sich und versuchte, die betäubenden Kräuter wieder hochzuwürgen. Sie wollte schreien, sich befreien und Alarm schlagen, doch in ihrem Kopf drehte sich alles, und ein bleischweres Gefühl machte sich in ihren Gliedern breit.

Ihre Stimme gehorchte ihr nicht mehr, ihre Schwanzflosse war erschlafft, obwohl sie verzweifelt versuchte, sie zu bewegen. Mellie versank. Im Wasser und in der Dunkelheit. Und vielleicht traf sie auf dem Boden auf, oder die Soldaten entschieden, ihren Fall mit ihren Messern zu bremsen. Mellie konnte es nicht sagen; die Dunkelheit hatte bereits von ihr Besitz ergriffen.

Kapitel dreiundzwanzig

Ihr Bewusstsein kehrte nur ganz allmählich zurück, und angesichts der absoluten Dunkelheit um sie herum konnte Mellie sich nicht sicher sein, ob sie wirklich wieder wach war. Vielleicht trieb sie auch noch in diesem leeren Raum zwischen Wachen und Schlaf. Möglicherweise war sie auch gestorben und in Simmia aufgewacht; der echten Nachwelt, nicht in ihrem kanadischen Gegenstück.

Allerdings tat ihr zu viel weh, als dass es ein Traum sein konnte. Ihr Kopf, ihre Rippen, ihre Flosse; ihr ganzer Körper fühlte sich an, als wäre er mit Blei beschwert und dann verprügelt worden. Mellie versuchte, den Nebel abzuschütteln, und wollte von dem bemoosten Stein in ihrem Rücken wegrutschen, nur um festzustellen, dass sie das nicht konnte. Sie warf sich wieder nach vorne, um ihre Bewegungsfreiheit zu testen. Doch sie kam nicht weit, denn ihre Handgelenke und Schwanzflosse waren mit verrosteten Eisenketten an die Wand gefesselt.

Eine Zelle. Mellie befand sich in einer Zelle.

Was überhaupt keinen Sinn ergab. Der Captain war zwar grausam, doch abgesehen davon dachte er vor allem praktisch. Und sie hätte niemals lange genug leben sollen, um das Innere eines

Gefängnisses zu sehen. Es sei denn, er hatte etwas mit ihr vor. Etwas viel Schlimmeres.

Angst stieg in ihr auf und half ihr dabei, den restlichen Nebel zu vertreiben. Der Captain hielt keine Gefangenen im Wildwasser, also mussten seine Gefolgsmänner sie nach Astria zum Gefängnis des Titans unter seinem Palast geschmuggelt haben. Das würde den Lichtmangel erklären oder warum das Wasser so abgestanden und muffig schmeckte. Und wenn sie Zeit gehabt hatten, das zu tun, dann …

O *Götter*. Mellie schmeckte Galle, als ihre Erinnerungen langsam zurückkehrten. Ein muskulöser Arm, der sich um ihren Hals legte. Priors lebloser Blick und die klaffende Schnittwunde an seinem Hals. Der Geschmack nach Blut im Wasser, so übermächtig, dass ihr schon fast schlecht geworden war.

Rynn war weg. Entführt von den Männern, die Prior auf dem Gewissen hatten.

Die gleichen Männer, die auch sie entführt hatten.

Und sie waren nicht allein. Mellie erinnerte sich, wie weitere Männer das Riff betreten hatten, genug Soldaten, um den Annex unter ihre Kontrolle zu bringen. Vielleicht war ihnen das bereits gelungen. Wie lange sie wohl schon vom Gift benebelt in dieser finsteren Hölle feststeckte?

Mellie warf sich wieder gegen das Metall, das sie gefangen hielt, auf der Suche nach einer Schwachstelle in den Ketten oder den Schrauben, mit denen die Ketten an der Wand befestigt waren. In der Zellentür versperrten ihr keine Gitterstäbe den Weg, nur ein dichter Vorhang aus Schilfblättern, durch den ein sehr schwacher Lichtstrahl fiel. Wenn sie es irgendwie schaffte, sich zu befreien, konnte sie vielleicht fliehen.

Doch egal, wie sehr sich Mellie bemühte, die Ketten schnitten ihr in die Haut, ohne auch nur einen Millimeter nachzugeben.

»Rynn? Mum?«, projizierte sie ihre Stimme, so laut sie konnte. Waren die beiden auch hier, eingesperrt in anderen Zellen in der Dunkelheit? »Cirra? Quinn? Irgendjemand?« Mellies Rufe verhallten in der Stille. Der Captain musste sie isoliert haben, irgendwo in einem tiefen, abgeschiedenen Loch, damit sie die anderen Gefangenen nicht mit ihren verräterischen Gedanken infizierte.

Dennoch versuchte es Mellie unermüdlich weiter, schrie ihre Namen, bis sie außer Atem war und ihre Tränen das Wasser salzig werden ließen. Sie musste wissen, dass sie sich auch hier befanden, denn das würde bedeuten, dass sie gefangen waren und nicht … *nein*, Mellie weigerte sich, diesen Gedanken überhaupt zuzulassen. Quinn hatte sie bestimmt in Sicherheit gebracht. Und Rynn … Sie hatte natürlich nicht *gesehen*, wie er entführt worden war. Er war schon immer ein guter Kämpfer gewesen, stark, gewandt und einfallsreich. Wenn Prior es noch vor dem Angriff geschafft hatte, seine Wunden zu heilen, dann standen die Chancen nicht schlecht, dass er rechtzeitig entkommen war, um die anderen zu warnen. Sie waren am Leben. Alle. Das mussten sie einfach sein.

»Das reicht jetzt, Mayreed.« Die Stimme des Captains unterbrach ihre Schreie. Er band die Schilfblätter im Türrahmen zurück, so dass der fluoreszierende Schimmer aus dem Gang in die Zelle drang. Im Dämmerlicht konnte Mellie gerade so seine Gesichtszüge erkennen. Die tiefliegenden Augen, die breite Nase, das Kinn, an dem man sich die Faust brechen konnte – alles in eine ruhige, berechnende Maske eingefasst. Und als er sich langsam näherte, bemerkte Mellie noch etwas: ein Messer, dessen Klinge in seiner Hand funkelte.

Mellie wich an die Wand zurück und brachte so viel Distanz wie möglich zwischen sich und ihn. Sie wusste, was kommen würde. Quinn hatte sie und Rynn gewarnt, was sie zu erwarten hatten, sollten sie gefangen genommen werden. Er war mit mehr als nur ein paar Genesungswünschen ins Krankenhaus gekommen, wobei er die Zeit für seinen Besuch sorgfältig gewählt hatte, so dass Mellies Mum nicht zugegen war und mithören konnte. Er hatte es »Notfallplan« genannt. Quinn verließ vermutlich nie ohne einen solchen das Haus.

»Ihr habt genau gesehen, wie weit Ferrick zu gehen bereit ist, um Simmia zu finden«, hatte er gesagt, »und wir dürfen einfach nicht zulassen, dass es ihm gelingt, besonders da er jetzt weiß, auf welcher Seite der Grenze er suchen muss.«

»Es gibt nicht viel, was wir ihm erzählen könnten«, hatte Mellie erwidert. Gut, sie und Rynn waren in der Stadt gewesen, doch sie würden den Weg dorthin niemals allein finden. Der Captain hatte vielleicht genug Gefolgsmänner, um einen koordinierten Angriff durchzuführen, doch Mellie bezweifelte, dass er über die Ressourcen verfügte, um die gesamte kanadische Küste abzusuchen. Wäre das der Fall, hätte er seine verschollenen Kriegshelden schon vor Jahren gefunden.

»Ihr könnt ihm genug sagen, weshalb ihr euch jetzt beide die folgende Geschichte einprägen werdet.« Quinn reichte ihnen eine Liste, auf der Ortsnamen zu stehen schienen. »Das sind genügend Informationen, um ihn davon zu überzeugen, dass ihr die Wahrheit sagt, und sie werden ihn auf eine falsche Fährte locken. Ihr dürft die Informationen aber nicht einfach so preisgeben, er muss euch schon verhören.«

Schon seltsam, dass *verhören* in diesem Zusammenhang wie *fol-*

tern klang. Obwohl Mellie es Quinn kaum verübeln konnte, dass er beschützen wollte, was er zwanzig Jahre lang aufgebaut hatte. Sie konnte sich gut vorstellen, welche Verwüstung Ferrick anrichten würde, sollte er die Siedlung tatsächlich finden. Alles, was man brauchte, war eine Truppe seiner treuesten Soldaten, die Simmia in die Hölle verwandelten, nach der die Stadt benannt war. Da es nur einen Tunnel gab, der in die Stadt hinein und hinaus führte, wären ihre Bewohner leichte Beute, und Ferrick würde nicht zögern, jeden Mann, jede Frau und jedes Kind umbringen zu lassen. Er würde die Höhle in eine Gruft verwandeln.

»Aber ihr solltet auch wissen, dass Ferrick euch töten wird, sobald er bekommt, was er will«, hatte Quinn hinzugefügt, der noch nie für seine sensible Wortwahl bekannt gewesen war. »Falls es tatsächlich dazu kommen sollte, haltet ihn so lange wie möglich hin. Wir werden euch retten, verstanden? Das ist ein Versprechen.«

Damit ließ Quinn sie mit ihren Gedanken und der Namensliste allein.

»Wir müssen das nicht tun, Mel«, hatte Rynn gesagt, nachdem er gegangen war.

»Mach dich nicht lächerlich; wenn wir das nicht tun, stirbst du.«

»Mellie …« Er hatte ihre Hand genommen, »… wir *müssen* das nicht tun.« Er hatte es ernst gemeint. Dieser götterverdammte Idiot.

»Halt die Klappe, oder ich schieße noch mal auf dich.« Sie hatte ihm gegen die Schulter geboxt, absichtlich so fest, dass er vor Schmerz zusammenzuckte. Und das war das Ende dieses blöden Gesprächs gewesen.

Mellie fühlte sich jetzt nicht mehr so mutig.

Doch anstatt ihr das Messer gegen die Schuppen zu drücken,

verharrte der Captain eine Schwanzflossenlänge von ihr entfernt und musterte sie, als wäre er ein Aal und sie ein Goldfisch. »Bringt ihn herein«, bellte er den Befehl, und eine Minute später kamen zwei seiner Soldaten in die Zelle geschwommen und zerrten einen zappelnden Rynn zwischen sich her. Rynns Handgelenke lagen in Ketten.

Mellies letzte Hoffnung zerplatzte wie eine Seifenblase. Also war er dem Hinterhalt nicht entkommen, auch wenn er sich seinem Zustand zufolge ziemlich gewehrt haben musste, als sie ihn aus dem Wildwasser entführt hatten. Oder sie hatten ihn irgendwann danach verprügelt. Neue Prellungen zierten sein Gesicht, seine Brust und seine Arme, so viele, dass Mellie einen Moment brauchte, um zu bemerken, welche Verletzung fehlte.

Seine Schusswunde war weg.

»Mellie!« Rynn warf sich mit seinem ganzen Gewicht gegen seine Bewacher, um zu ihr zu gelangen. »Lasst sie gehen! Wenn ihr sie anrührt, schwöre ich euch, dass ich …«

Ein Schlag in die Rippen verwandelte seine Drohung in ein Ächzen, ein zweiter brachte ihn zum Verstummen.

»Hört auf! Tut ihm nicht weh!«, kreischte Mellie, als er sich krümmte.

»Was ich ihm antue, hängt einzig und allein von dir ab, Mayreed.« Der Captain brachte Rynn dazu, sich aufzurichten, und fuhr ihm mit dem Messer über die Hüfte. »Wenn Sie meine Fragen richtig beantworten, werde ich nicht gezwungen sein, das hier zu benutzen. Ansonsten …« Er drehte blitzschnell das Handgelenk, und diese kleine Bewegung reichte aus, um höchst effektiv durch Schuppen und Haut zu schneiden. Mellie und Rynn schrien gleichzeitig auf, auch wenn nur er die Klinge des Captains zu spüren bekam. Er drückte den Rücken durch und biss sich auf die Unterlippe.

»Aufhören. *Bitte!*«, flehte Mellie.

»Sag mir, wo sie sind.« Der Captain drückte Rynn das Messer in die Seite, und seine ruhige, eiskalte Stimme war bedrohlicher, als wenn er die Worte geschrien hätte.

»Tu es nicht, Mellie! Sag ihm gar nichts!« Rynn sah ihr tief in die Augen, und sein trotziger Blick, den sie nur zu gut kannte, gab ihr zu verstehen: *Egal, was er tut.* Doch sein Körper verriet seine Angst, seine Bauchmuskeln bebten unter dem Metall, sein Atem kam stoßweise.

»Bring mich nicht dazu, meine Frage zu wiederholen, Mayreed.«

»Bitte, ich weiß doch gar nicht, wer gemeint ist.« Mellie machte sich erst gar nicht die Mühe, ihre Angst zu verhehlen, was ihr vermutlich sowieso nicht gelungen wäre, so wie sich die Klinge in Rynns Haut drückte.

»Die Deserteure, mit denen ihr euch verbündet habt, Mayreed. Wo habt ihr sie gefunden?«

Als immer noch keine Antwort kam, drehte der Captain abermals das Handgelenk, was Rynn erneut gequält aufstöhnen ließ.

»Bei den Göttern, *bitte* … Ich weiß nicht, wo sie sind!«, schrie Mellie, obwohl sie genau wusste, dass Betteln nichts brachte. Im Blick des Captains lagen so viel Hass und Bösartigkeit, dass er in ihnen mit Sicherheit weder die beiden siebzehnjährigen Scouts sah noch die Tochter des Titans und ihren besten Freund, den Sohn des berühmten Ratsmitglieds. Heute waren sie bloß der Feind. Das Mädchen mit der Macht, sein sorgsam ausgearbeitetes Lügengespinst zusammenbrechen zu lassen, und der Junge, den er benutzen konnte, um ihren Willen zu brechen.

»Bitte … sie sind zu uns gekommen, das schwöre ich. Wir haben nie …«

Das Messer blitzte auf, als es durch die Schuppen an Rynns Schulter schnitt. Dieses Mal bog sich sein ganzer Körper vor Schmerz, als würde er in sich zusammensacken. Der kehlige Laut, den er von sich gab, ging Mellie durch Mark und Bein.

Es tut mir leid. Sie dachte die Worte wieder und wieder. *Es tut mir leid, Rynn. Es tut mir leid.*

»Lüg mich nicht an, Mayreed.« Noch eine grausame Bewegung mit dem Handgelenk. Ein weiterer Aufschrei. Und wieder die Frage: »Wo sind sie?«

Und so ging es weiter. Der Captain musste gar nicht kreativ werden. Er wusste genau, wie er mit den kleinsten Bewegungen Schmerz verursachen und in jeden Messerstich noch mehr Hass legen konnte. Anfangs schaffte es Mellie noch, den Mund zu halten, weil sie sich absolut bewusst war, dass nicht nur ihr Leben, sondern auch Rynns von ihrem Schweigen abhing. Sie beantwortete seine Fragen tapfer mit Lügen und flehte um Gnade. Sie bettelte und bettelte, dass er aufhörte; flehte ihn an, Rynn gehen zu lassen und stattdessen sie zu verletzen.

Wir werden *euch retten.* Quinns Versprechen ging ihr nicht aus dem Kopf, obwohl es jetzt leer klang, weil ein Toter es unmöglich halten konnte. Er hatte sie gewarnt, dass es schmerzhaft werden würde, doch bei den Göttern, das hier war so viel schlimmer. Mellie hätte vielleicht den Mund halten können, wenn der Captain sie gefoltert hätte, doch mit anzusehen, wie er Rynn ganz langsam häutete … das ertrug sie nicht. Er hatte einen Weg gefunden, sie zu verletzen, der wesentlich besser funktionierte, als es der reine körperliche Schmerz je vermocht hätte. Auf diese

Weise war es ihm gelungen, ihr das Messer direkt ins Herz zu rammen.

Am Ende zerbrach Mellie unter seiner Klinge, so sicher, wie die Sonne über den Bergen aufging, und sie wusste, dass sie dem Captain auch ohne Quinns Liste und seine Erlaubnis alles erzählt hätte, was er wissen wollte.

Mellie atmete noch, obwohl sie sich nicht erklären konnte, warum. Die Folter des Captains hatte noch gefühlte Stunden angedauert; er hatte die Antworten aus ihnen herausgepresst, bis das Wasser in der Zelle nach Blut und Schweiß und Tränen schmeckte und Fetzen aus Schuppen und Haut darin herumtrieben. Und doch blieb das Messer an der Kehle aus, mit dem Mellie gerechnet hatte. Seit siebzehn Jahren wollte der Captain ihren Tod, daher ergab es keinen Sinn, dass er jetzt zögerte.

»Warum tötet ihr mich nicht einfach?«, fragte sie. Was auch immer er für sie vorgesehen hatte, sie bezweifelte, dass eine Frage es schlimmer machen konnte.

Bei den Göttern, wie viel schlimmer kann es überhaupt noch werden? Sie zuckte zusammen, als Rynn neben ihr stöhnte. Ihre Schmerzen waren nichts im Vergleich zu dem, was er aushalten musste, gegen die schiere Brutalität, mit der er gefoltert wurde. Doch bis zum Ende, als er immer wieder das Bewusstsein verlor – als die Soldaten ihn vom Boden aufheben und dem Messer des Captains entgegenstrecken mussten –, ermutigte er sie weiter, zu schweigen, und war bereit, den Schmerz so lange zu ertragen, bis Rettung kam.

Er war schon immer der Stärkere von ihnen gewesen. Und der Optimistischere.

»Ich töte, um Probleme zu lösen, Mayreed.« Der Captain seufzte, als hätte man ihn gebeten, dem begriffsstutzigen Kind die einfachste Sache der Welt zu erklären. »Und deine Hinrichtung wird jedes Problem, das du mir bereitet hast, beseitigen.«

Hinrichtung. Das Wort schnitt tiefer in Mellies Gedanken, als sich sein Messer in ihr Fleisch gebohrt hatte. Dieses Wort wurde in Astria nicht oft gebraucht; der Titan behielt sich diese Strafe für die schlimmsten Verbrecher von allen vor, diejenigen, an denen er ein Exempel statuieren wollte. Und er vollstreckte das Todesurteil persönlich.

Der Captain wollte, dass sie durch die Hand ihres eigenen Vaters starb.

»Weißt du, nachdem sein Sohn gestrandet war, hat Ratsmitglied Staghorn für einigen Ärger gesorgt«, fuhr der Captain fort. »Er hat versucht, neue Gesetze und neue Sicherheitsvorkehrungen durchzusetzen, und für mehr Aufsicht plädiert ... Der kurzsichtige Narr hat sich sogar für meine Absetzung stark gemacht, und all das nur, weil sein werter Sohn an der Oberfläche gestorben war. Daher werde ich ihm morgen das geben, was er sich wünscht – nämlich das Mädchen, das für den *Tod* seines Sohnes verantwortlich ist.«

Mellie zuckte zusammen, als hätte er sie geschlagen. Er sagte es so, als wäre es bereits Geschichte. Als würde Rynn nicht vor ihm liegen, bewusstlos zwar, aber noch am Leben.

»Er wird dir nicht glauben.« Sie schüttelte unwillkürlich den Kopf. »Nicht nach all der Zeit.« Man konnte den Leuten nicht Jahrhunderte lang erzählen, dass niemand auch nur eine einzige Nacht außerhalb des Wassers überlebte, und ihnen dann das Mädchen vorsetzen, das gleich etliche Monate an der Oberfläche verbracht hatte. Das würde nicht funktionieren. Sie würden die Lüge durchschauen.

»Oh, ich denke doch.« Der Captain säuberte sein Messer an einem der Schilfblätter, ehe er es zurück in das Seil steckte, das er als Gürtel um die Hüfte trug. »Die Leute glauben immer gern die Wahrheit, die sie sich wünschen, und es gibt nichts, was diese Familie sich mehr wünscht, als deinen Kopf. Du hast nicht nur ihren Sohn auf dem Gewissen, du bist auch die größtmögliche Bedrohung für Astrias Sicherheit. Du hast dich mit den Landbewohnern verbündet.« Er schnalzte abfällig mit der Zunge. »Hast ihnen verraten, wo sie unsere Schutzanker finden, ihnen *gezeigt*, wie man sie außer Betrieb nimmt, und dann deinen Tod vorgetäuscht, um deinen Verrat zu vertuschen. Ich habe die Staghorns über dein Treiben genauestens informiert, Mayreed, und du kannst mir glauben, dass sie es kaum erwarten können, dich für deine Verbrechen zur Rechenschaft zu ziehen.«

»Dann lasst Rynn gehen, und ich gestehe alles«, bot sie ihm das Letzte an, was sie noch zu geben hatte: ihre Würde. Mellie konnte damit leben, dass Rynns Eltern sie für eine Mörderin hielten, verdammt, sie hatte jahrelang damit gelebt, dass das gesamte Korps sie als Verräterin ansah. Was machte ein weiteres Verbrechen da noch aus? »Ich werde ihnen alles erzählen, was ihr wollt. Ich werde sehr überzeugend sein … und er wird mir versprechen, dass er nie wieder zurückkehrt, das schwöre ich. Lasst ihn einfach gehen.«

»Ich brauche kein Geständnis von dir, Mayreed. Das Einzige, was ich will, ist dein Schweigen.« Der Captain griff in die Tasche an seinem Gürtel und zog etwas heraus, das Mellie nicht gleich erkannte. Instinktiv wich sie vor ihm zurück.

»Du wirst Folgendes für mich tun: Du wirst dein Schicksal akzeptieren, und wenn du zu deiner Hinrichtung geführt wirst, leistest du keinen Widerstand, legst keine Szene hin oder zerreißt dir vor den Staghorns nicht dein verräterisches Maul. Dafür werde ich sorgen.« Er band ihr etwas ums Handgelenk und zog es so fest, dass das verzauberte Knochenstück daran gegen ihre Haut gedrückt wurde. Mellie starrte ihn verwirrt an. Die Rune, die in die Scheibe graviert war, ähnelte nichts, was sie je gesehen hatte, und sie spürte zwar die Magie, die davon ausging, fühlte sich aber nicht anders.

Vielleicht funktionierte es nicht.

»Sollen wir es testen?« Der Captain zerrte Rynn an den Haaren hoch, so dass er unsanft geweckt wurde.

»Mel?« Er öffnete die Augen einen Spalt weit. »Geht es dir …«

Ehe er den Satz beenden konnte, stieß Ferrick ihm das Messer in die Brust.

»*Nein!*« Mellie warf sich mit ganzer Kraft gegen ihre Fesseln und spuckte Gift und Galle. Sie schrie und schrie und warf ihm jedes Schimpfwort an den Kopf, das ihr einfiel, inklusive ein paar der Landbewohnerschimpfworte, die sie von Caleb gelernt hatte. Doch egal, wie sehr sie sich bemühte, sie zu projizieren, die Worte blieben in ihren Kopf eingesperrt.

Der Zauber hinderte sie am Sprechen.

So wollte er also dafür sorgen, dass sie seine Geheimnisse nicht verriet.

Die Wahrheit war Mellies letzte Waffe, und die hatte er ihr gerade genommen.

Auch Rynn schrie nicht. Selbst als der Captain die Klinge drehte, gab er keinen Laut von sich und sog nur überrascht die Luft ein. Blut blubberte zwischen seinen Lippen hervor. Er unternahm einen geschwächten Versuch, nach dem Messer zu greifen, aber der Captain schlug seine Hand weg und drückte die Klinge noch tiefer hinein. Und immer noch blieb das Klappern von Mellies Ketten das einzige Geräusch.

Es tut mir so leid, wollte sie Rynn sagen. *Dass ich nicht vorsichtig genug gewesen bin. Dass ich gestrandet bin. Dass ich diesen Krieg angezettelt habe. Dass ich dich da hineingezogen habe. Dass ich nicht länger durchgehalten habe. Es tut mir leid, so schrecklich leid.*

Und vielleicht musste er gar nicht hören, wie sie die Worte aussprach. Vielleicht konnte er sie ihr nach zwölf Jahren enger Freundschaft von den Augen ablesen, denn sein Blick hielt ihren fest, bis zu dem Moment, als sein Kopf zur Seite kippte und er in sich zusammensackte.

Er bewegte sich nicht mehr.

»Bringt seine Leiche an die Oberfläche, und entsorgt sie mit der ihrer Mutter und der anderen Verräter, die wir gefunden haben«, befahl der Captain seinen Männern und bestätigte Mellie ganz nebenbei, was sie die ganze Zeit befürchtet hatte. Die Rettung, die Quinn ihnen versprochen hatte, konnte nicht kommen, weil niemand mehr übrig war. Sie war allein.

Die Soldaten packten Rynn unsanft an den Armen und zerrten seinen leblosen Körper zur Tür.

»Einen Moment noch.« Der Captain gebot ihnen mit erhobener Hand Einhalt und beugte sich dann über Rynn, um den Silberdollar zu betrachten, der um seinen Hals hing. Ein boshaftes Lächeln umspielte seine Lippen, als er die Kette löste. *Nein.* Mellie warf sich nach vorne und stemmte sich mit neuer Kraft gegen ihre Fesseln. Die durfte er nicht haben. Nicht, wo er ihr schon alles andere genommen hatte.

»Ich schlage vor, dass du deinen Frieden mit den Göttern machst«, sagte der Captain, »denn sobald es Morgen wird, wirst du sie persönlich kennenlernen.« Und plötzlich wünschte sich Mellie, er hätte den Silberdollar doch genommen. Stattdessen legte er ihr in aller Seelenruhe die blutbefleckte Kette um den Hals. Und nicht als Zeichen seines Respekts, sondern als grausame Erinnerung daran, was sie getan hatte. Wie eine Schlinge, die sich noch weiter zuzog, als er schon lange gegangen war.

Kapitel Vierundzwanzig

Wie konnte eine Nacht nur so schnell und gleichzeitig so quälend langsam vergehen? Jede weitere Minute, die Mellie in ihrer Zelle verbrachte, war die reinste Hölle, weil sie ihr die Gelegenheit gab, jede schlechte Entscheidung noch einmal zu durchleben, die zu dieser Situation geführt hatte. Und, Mann, die Liste war wirklich lang. So oft hatte sie die falsche Entscheidung getroffen und war unnötig nachtragend gewesen, so viele Leute waren durch ihren dickköpfigen Wunsch verletzt worden, einen Weg nach Hause zu finden, zu welchem Preis auch immer.

Sie hätte Rynn niemals in dieses Chaos aus Mord und Lügen hineinziehen dürfen. Sie hätte ihrer Mutter verzeihen sollen, so lange sie noch die Gelegenheit dazu gehabt hatte. Sie hätte die Chance auf ein Leben an der Oberfläche nutzen sollen.

Die Liste ging endlos weiter, so dass Mellie sich nur noch wünschte, die Zeit würde schneller vergehen, wenn auch nur, damit diese rachsüchtigen Geister durch ihre Hinrichtung zum Verstummen gebracht wurden. Vielleicht waren sie so großmütig, ihr zu verzeihen, sobald sie in Atlantis auf sie traf. Möglicherweise kam es aber auch gar nicht dazu. Der Weg zu jeder der dreizehn Höllen war mit falschen Entscheidungen gepflastert.

Zum ersten Mal verstand Mellie, was Quinn, Niya und die anderen Soldaten in diesen vergangenen zwanzig Jahren davon abgehalten hatte, hierher zurückzukehren. Dadurch waren sie und ihre Familien in Sicherheit. Zugegeben, auf Kosten der anderen Wandler, aber wenigstens hatte ihre Inaktivität die Gefahr nicht vergrößert. Was jetzt anders war … Bei den Göttern, was würde aus den Rangern werden? Würde der Captain es riskieren, sie nicht zum Schweigen zu bringen? Das Korps konnte es sich eigentlich nicht leisten, eine so große Zahl an Wandlern zu verlieren, aber wie gefährlich war es für Ferrick, die Gerüchte, die einmal gesät waren, in Umlauf geraten zu lassen? Und die Ranger waren älter, hatten nicht mehr so viele Dienstjahre vor sich, was bedeutete, dass die Stadt ihren Verlust vielleicht verschmerzen konnte, wenn sie die restlichen Scouts dafür härter rannahm.

Ihr Blut klebt an deinen Händen. Mellie biss sich auf die Unterlippe, um nicht loszuschreien. Sie war das Mädchen, das mit dem Feuer gespielt hatte, obwohl sie es nicht kontrollieren konnte. Ihr Versuch, die Welt besser zu machen, hatte darin geendet, sie in Schutt und Asche zu legen.

Das Gewicht des Silberdollars drückte gegen ihr Schlüsselbein, das Metall schabte über ihre Haut wie nie zuvor, als wollte es über sie urteilen.

Rynn war tot.

Tot.

Und in diesem Moment, als sie da allein in der Dunkelheit verharrte, zermürbt vom Geschmack des Blutes und der erdrückenden Last ihrer Fehler, wünschte Mellie sich, ebenfalls tot zu sein. Sie wünschte sich, dass der Schmerz endlich vorbei wäre.

Doch als die Wachen kamen, um sie abzuholen, wich sie an die

Wand zurück, und das Herz klopfte ihr bis zum Hals. Wie beim ersten Mal, als sie dem Tod ins Auge geschaut hatte, stellte Mellie auch dieses Mal fest, dass sie noch nicht bereit dazu war. Das Ertrinken erschien ihr fast eine gnädige Art zu sterben zu sein im Vergleich zu dem Schicksal, das ihr jetzt drohte.

Die stämmigere der beiden Wachen hielt ihr ein Messer an die Kehle, während der andere Wandler ihr die Ketten abnahm, ihre Hände aber sofort wieder vor dem Körper fesselte, wobei er mit einer geübten Effizienz vorging, die keinen Zweifel daran ließ, dass er das nicht zum ersten Mal machte. Um die Schwanzflosse legten sie ihr eine Kette aus Stacheldraht, die sich in ihre Schuppen bohrte, wenn sie sich bewegte, und die wohl verhindern sollte, dass sie sich wehrte. Dann zerrten sie sie durch eine Reihe schmuckloser Korridore, die sich allmählich nach oben in Richtung Palast schlängelten. Die Wände waren grob behauen und wimmelten nur so von kleinen Tierchen. *Nur für Verbrecher*, nahm Mellie an. Der Titan würde nicht wollen, dass Abschaum wie sie offen durch die königlichen Gänge geführt wurde.

Wenigstens schmeckte das Wasser hier frischer, kühler und salziger und rief in ihr das unverkennbare Gefühl von zu Hause wach. *Zu Hause.* Dieser Gedanke war ihr in den schleimigen Tiefen ihrer Zelle gar nicht gekommen, doch nach Monaten der erfolglosen Versuche war Mellie endlich zu Hause.

Auch wenn das kaum die triumphale Heimkehr war, die sie sich erhofft hatte.

Der Captain wartete am Ende des letzten Tunnels auf sie, halb verborgen von einem dichten Schilfvorhang in der gleichen Farbe wie das Wasser. Er sagte nicht viel zu seinen Männern und kein Wort zu ihr und warf nur kurz einen Blick auf ihr Handgelenk, um sicherzugehen, dass der verzauberte Knochen noch dort hing und ihr Schweigen garantierte. Erst als sie ihm in den Saal des Titanen folgten, zeigte sich die wahre Pracht des Palasts.

Trotz der Aussichtslosigkeit ihrer Situation konnte Mellie nicht anders, als bei dem Anblick zu staunen. Als Kind hatte sie den Palast immer besuchen wollen, fasziniert von den leuchtend weißen Spitztürmen und der Art, wie der Palast über der Stadt thronte und genauso magisch aussah, wie seine Entstehung gewesen war. Und im Inneren enttäuschte er die Erwartungen nicht.

Der gesamte Saal war in Marmor gekleidet, ein Stein, der nicht natürlich im See vorkam; er musste von den Alchemisten hergestellt werden, auch wenn es vermutlich die Macht der Magier war, die ihn so schön sauber und frei von Moos und Getier hielt. In die Wand eingebettete Perlen schlängelten sich schimmernd bis an die fein gearbeitete Decke, die von einer dünnen Schicht fluoreszierender Algen bedeckt war. Nicht in einem Wirbel, wie in Simmias Quorumskammer, sondern in einer anderen, unverkennbaren Form. Sie bildeten den weiten Nachthimmel nach, an dem ein Sternenmeer funkelte. Dem Titan war ein Anblick vergönnt, den seine Wandler nicht erleben durften.

Mellie brauchte einen Moment, um den Blick von dem faszinierenden Raum abzuwenden und auf den Mann zu richten, der ihn beherrschte. Arion Samphire, der Titan Astrias – ihr Vater –, saß auf einem verzierten Korallenthron und hatte eine Krone aus poliertem, abgeschliffenem Glas auf dem Kopf. Er sah genauso aus, wie sie ihn von den jährlichen Paraden und seinen Besuchen im Annex in Erinnerung hatte. Goldene Schuppen wie die ihren, nur dass sie heller glänzten, ohne den Kupferschimmer, den sie von ihrer Mutter geerbt hatte. Sein Haar war ebenfalls golden, ein sattes

Blond im Gegensatz zu ihren fast weißen Haaren. Seine Augen hatten ebenfalls nicht ihre kupferne Farbe, sondern waren steingrau.

Du hast Glück gehabt, Laura, das Mädchen kommt definitiv mehr nach dir als nach ihm.

Heute war Mellie jedenfalls sehr dankbar für die Unterschiede zwischen ihnen. Sie konnte nichts daran finden, mit diesem Mann verwandt zu sein, der zwei Jahrhunderte damit verbracht hatte, ihre Art zu ermorden, der sie jetzt so anschaute, als wäre sie nichts weiter als eine Unannehmlichkeit, etwas, mit dem man nur Ärger hatte und das man dringend loswerden musste.

Hinrichtung war das Wort, das der Captain benutzt hatte, nicht *Verhandlung*, obwohl es eine geben musste, oder zumindest eine Scheinverhandlung, sonst hätten sie nicht verhindern müssen, dass sie zu ihrer Verteidigung das Wort erhob. Ihr Tod war wichtiger als Gerechtigkeit, also musste an diesem Tag wohl die Illusion von Gerechtigkeit ausreichen.

Die Wachen, die den Saal flankierten, waren Wandler – das erkannte Mellie an ihren verzauberten Anhängern –, doch ob sie extra für sie ausgewählt worden waren oder ob der Titan sich immer auf die Loyalität der Wandler verließ, konnte sie nicht sagen. So oder so befanden sich keine Soldaten im Raum, die zu den Natürlichen zählten. Der Captain musste jeden entfernt haben, dem er nicht vertraute, um das, was sie heute vorhatten, geheim zu halten. Abgesehen von den beiden Natürlichen, die neben dem Thron schwebten.

Ayer Staghorns schneeweiße Schuppen bildeten einen auffälligen Kontrast zu den schwarzen seiner Frau. Er sah wesentlich älter aus, als Mellie ihn in Erinnerung hatte, um Jahre gealtert, obwohl es nur ein paar Monate gewesen waren. Veera wirkte ebenfalls weniger gepflegt, als man es von ihr gewohnt war. Ein paar Haare lösten sich aus ihrem engen Dutt, ihr Gesicht war mager, die Augen lagen tief in den Höhlen. Lange bevor der Captain ihn wirklich getötet hatte, war sie von Rynns Verlust schwer gebeutelt worden.

Mellie konnte sich gerade noch zusammenreißen, um nicht zurückzuweichen und damit ihre Schwanzflosse zu zerfetzen. Sie würde sich hundertmal lieber dem ungerechten Urteil ihres Vaters stellen, als Rynns Eltern gegenüberzutreten.

»Du!«, zischte Veera, als sie Mellie erblickte. »Du hast unseren Sohn in den Tod gelockt, du Hexe.« In ihrer Stimme lag eine Boshaftigkeit, wie ihn nur jahrelang aufgestauter Hass erzeugen konnte. »Du hast ihn getötet. *Du hast meinen Sohn auf dem Gewissen.*«

Die Worte rissen ein dunkles Loch in Mellies Seele, das sie zu verschlingen drohte. *Du hast meinen Sohn auf dem Gewissen.* Selbst wenn sie nicht am Sprechen gehindert worden wäre, hätte sie nicht widersprochen. Sie hatte Rynn vielleicht nicht auf die Art getötet, wie es ihnen der Captain erzählt hatte, aber Schuld an seinem Tod war sie trotz allem. Wäre sie weggeblieben, wäre Rynn jetzt noch am Leben. Er hätte sie irgendwann vergessen, sich in ein anderes Mädchen verliebt, ein erfülltes Leben geführt – so erfüllt, wie man es sich als Wandler in Astria eben erhoffen konnte. Er hätte nie die Wahrheit erfahren und nicht die Welt gesehen, aber er hätte sein Happy End bekommen. Stattdessen hatte er nur sein Ende gefunden. Außerdem genügte Mellie ein Blick auf Veera, um zu wissen, dass der Captain recht hatte; sie würde ihm alles abkaufen, wenn es bedeutete, dass sie die Schuld an Rynns Tod auf Mellies Schultern abladen konnte.

Nach einer gefühlten Ewigkeit blieben die Wachen am Fuß des Thrones mit ihr stehen und fixierten die Kette um ihre Schwanzflosse an einem geschickt im Boden verborgenen Haken. Da hatte Mellie das erste Mal seit siebzehn Jahren die Gelegenheit, ihrem Vater in die kieselgrauen Augen zu sehen.

Sie hatte gehofft, dass vielleicht, nur ganz vielleicht, der Titan seine Meinung ändern würde, wenn er sie in Fleisch und Blut vor sich sah, doch in dem Moment, als sich ihre Blicke trafen, wusste Mellie, dass ihr Schicksal besiegelt war. Denn es war egal, wie viele Lügen sie in diese Situation gebracht hatten oder dass sie für keines der Verbrechen, die ihr vorgeworfen wurden, verantwortlich war. Es tat nichts zur Sache, dass sie die gleichen Gene hatte wie derjenige, der die Hinrichtung ausführen würde. Alles, was zählte, war die Tatsache, dass durch ihren Tod die Bedrohung seiner Herrschaft beseitigt wurde. Das war es, was Mellie im Blick ihres Vaters sah: Erleichterung darüber, dass der Albtraum vorbei war.

Doch vielleicht war das Überraschendste an der Sache, dass Mellie überhaupt noch überrascht war. Bei den Göttern, was hatte sie denn erwartet? Vertrautheit? Mitgefühl? *Liebe*? In siebzehn Jahren hatte dieser Mann ihre Existenz nicht einmal anerkannt. Warum in Nalastias Namen sollte er das gerade heute ändern? Wenn es für ihn um alles ging?

»Mellie Mayreed«, donnerte die tiefe Stimme des Titans durch ihren Kopf.

Hatte er damals auch so geklungen, als er mit ihrer Mutter zusammen gewesen war? So kalt und distanziert? Oder war er früher netter gewesen? War er überhaupt dazu in der Lage, freundlich zu sein?

»Du bist des Verrats gegen den Thron, der Konspiration mit Landbewohnern und des Mordes an Rynn Staghorn angeklagt. Hast du etwas zu deiner Verteidigung zu sagen?«

So sollte ihr *Prozess* also ablaufen. Man stellte ihr Fragen, die sie nicht beantworten konnte und die so sorgfältig formuliert waren, dass ein Nicken oder Kopfschütteln nicht ausreichte, um Zweifel zu schüren. Zudem wäre jede Kopfbewegung ohnehin zwecklos gewesen, da die nächste Frage nur mit Worten zu beantworten war und ihr Schweigen nur noch belastender wirkte.

»Wenn du nicht den Mund aufmachst, muss ich daraus schließen, dass du nichts zu sagen hast, Mädchen.«

Eine weitere Aussage, der sie nicht so einfach widersprechen konnte. Ein Kopfschütteln hätte ein *Nein, das habe ich nicht* vermittelt, ebenso wäre ein Nicken als Zustimmung zu deuten gewesen. Mellie hätte die Worte nur laut hinausschreien können, was ihr jedoch nicht möglich war, da das Geräusch vom Wasser verschluckt worden wäre.

»Sprich es aus, du verräterische Hexe!« Veera löste sich von ihrem Ehemann. Sie hätte Mellie vermutlich eigenhändig getötet, wenn die Wachen nicht dazwischengegangen wären, um Rynns Mutter sanft zurückzuhalten. »Erzähl ihm, wie du unseren Sohn ermordet hast«, kreischte sie und versuchte, sich zu befreien. »Ich will es von dir hören!«

Aber Mellie konnte es nicht sagen. Sie konnte sich nicht einmal bei Veera entschuldigen. Nicht für die Verbrechen, die sie nicht begangen hatte, und auch nicht für jene, für die sie verantwortlich war.

»Mellie Mayreed, du wirst des Mordes und des Hochverrats für schuldig befunden, worauf die Todesstrafe steht.« Der Titan erhob sich von seinem Thron und ragte bedrohlich über ihr auf. Unwillkürlich wich Mellie zurück, was dazu führte, dass frisches Blut das Wasser um sie färbte, als die Kette sich tiefer in ihre Flosse bohrte.

In Calebs Filmen hatten die mutigen Helden nie Angst. Sie schauten dem Tod bereitwillig ins Auge, ohne mit der Wimper zu zucken oder es für unfair zu halten. Andererseits hatten sie in den Filmen auch immer irgendein einprägsames Motto für ihre Rebellion, und das Mellie ebenfalls abging.

Ihr Tod war auf keine Weise eine Tragödie; da gab sie sich keinerlei Illusionen hin. Er war vielleicht unausweichlich und lange überfällig, aber keine Tragödie, da alle, die sie vermisst haben könnten, sie eh schon für tot hielten.

Mit Ausnahme von Caleb. Reue überkam sie wie eine Welle. Sie hatte ihm ein Versprechen gegeben. Ein Versprechen, das sie um jeden Preis hatte halten wollen. *Was auch immer du vorhast, Scout, stirb nicht dabei, okay?*

Als ob sie die Wahl hätte, ob sie sterben oder leben wollte.

Grobe Hände legten sich um ihre Arme, ein Soldat an jeder Seite, damit sie sich nicht wehren konnte. Die Stille im Saal war schon fast greifbar, als der Titan vor ihr herabsank, eine beeindruckende Erscheinung aus Bosheit und goldenen Schuppen. Ganz der König. Als er sich ihr näherte, trat eine seiner Wachen vor und reichte ihm ein Messer oder besser ein Knochenstück, das wie ein Messer geformt und sicherlich scharf genug war, um jeden Dolch zu ersetzen.

Mellie hatte noch nie eine Hinrichtung miterlebt – sie kamen auch extrem selten vor –, doch sie hatte genug darüber gehört, um die mit Runen verzierte Klinge zu erkennen. Der Titan benutzte Magie, um zu töten, genauer gesagt einen eigenen Zauberspruch, der das Blut in den Adern zum Kochen brachte. *Viel Qual, wenig Dreck*, hatte ihr Rynn einmal erklärt. Mellies Mum hatte ihr verboten, bei der letzten öffentlichen Hinrichtung zuzuschauen, seine

Eltern hingegen hatten es als wichtige Erfahrung für ihn angesehen.

Da der Zauber des Captains noch wirkte, konnte Mellie nicht schreien, und sie würde nicht weinen, allerdings konnte sie ihr Zittern nicht unterdrücken.

»Ich hoffe, du verrottest in der tiefsten aller Höllen«, rief Veera ihr noch zu. Das sollten die letzten Worte sein, die sie jemals zu hören bekam. Grausame, rachsüchtige Worte voller Trauer und Hass. Passend für eine Verräterin.

Wie kannst du das tun? Du bist doch mein Vater. Zauber hin oder her, Mellie bezweifelte, dass sie die Frage herausgebracht hätte. Es lag nicht an ihrem Stolz, sie hätte liebend gern um ihr Leben gefleht, wenn sie geglaubt hätte, damit etwas erreichen zu können. Doch im Blick des Titans erkannte sie nichts als Kälte und Gleichgültigkeit.

Dieser Mann war nicht ihr Vater. Jay war mehr ein Vater für sie, als Arion Samphire es je gewesen war. Selbst David mit seiner sanften Aufrichtigkeit und seiner endlosen Geduld war ein besseres Elternteil gewesen. Und das Schlimmste war, Mellie meinte zu merken, dass der Titan etwas Ähnliches empfand. Sie war heute genauso wenig seine Tochter, wie sie es die letzten siebzehn Jahre gewesen war. Die einzige Verbindung zwischen ihnen war ihre Blutsverwandtschaft, doch unter der Wasseroberfläche war Blut eben doch nicht dicker als Wasser.

Zuerst traf sie der scharfe Schmerz der Klinge, als der Titan ihr das Messer unterhalb der Rippen tief in den Körper rammte. Mellie schnappte nach Luft, auch wenn jeglicher Laut in ihrem Kopf eingeschlossen blieb, gefangen von der Magie des Armbands.

Sie spürte den Hinrichtungszauber in dem Moment, als er zu wirken begann, als würde ein winziger Funke sich in eine Flamme verwandeln. Zauberspruchmagie war schon immer eine Spezialität der Samphires gewesen. Bei den Höllen, vielleicht stammte daher sogar ihre magische Begabung – die einzige Gabe, die sie je von ihrem Vater erhalten hatte. Und was hatte sie ihr gebracht?

Hitze breitete sich in Mellies Körper aus, nicht die Art, die mit der Benutzung ihrer Magie einherging, sondern etwas viel Mächtigeres und Intensiveres. Etwas Bösartiges. Es strahlte von der Klinge aus, sickerte unter ihre Haut und durch ihre Adern in jede Zelle – so heiß, dass Mellie nicht mehr atmen konnte. Das Wasser brannte in ihren Kiemen und brachte keine Abkühlung.

Trotz der Stacheldrahtkette um ihre Schwanzflosse peitschte sie damit durchs Wasser, auch wenn die Wachen sie fest im Griff hatten. Ihr Vater sah auch nicht so aus, als hätte er vor, Gnade walten zu lassen und es schneller zu beenden. Blut tropfte Mellie aus der Nase, und als sie blinzelte, sammelte sich das Blut unter ihren Augenlidern, so dass die Welt vor ihr dunkelrot wurde. Sie würgte, als der Geschmack nach Eisen ihren Mund füllte.

»*Aufhören!*«

Mellie nahm die Stimme, die durch den Saal hallte, kaum wahr.

»Wenn sie stirbt, stirbt die Prinzessin mit ihr.«

Wer auch immer das war, er brachte den Titan so aus der Fassung, dass der Zauber endete.

Mellie sackte im Griff ihrer Wächter zusammen und holte schmerzhaft Luft. Die Hitze ließ bereits nach, doch sie spürte auch sofort den Schaden, den sie angerichtet hatte. Auch als die Klinge aus ihrem Brustkorb gezogen wurde, fühlte sie die Verletzung, obwohl die Wunde nicht so stark blutete, wie sie erwartet hätte, da die Magie sie offenbar verschloss.

»Lass das Messer fallen, Arion.«

Jetzt endlich erkannte Mellie die Stimme.

Aber es war so unmöglich, dass sie nur davon ausgehen konnte, ihre Phantasie würde ihr einen Streich spielen. Ein letztes Wunschdenken, ehe der Tod eintrat.

Oder konnte er es doch sein? Ohne große Hoffnung reckte Mellie den Hals, um zur Tür sehen zu können.

Obwohl jede Waffe im Saal auf ihn gerichtet war, schwebte Quinn herein, als gehöre ihm der Palast. *Quinn.* Jetzt regte sich in Mellie doch wieder ein leiser Hoffnungsschimmer.

Wenn Quinn am Leben war, bedeutete das, dass der Captain gelogen und ihn nicht getötet hatte.

Wenn Quinn am Leben war, galt das vielleicht auch für die anderen. Ihre Mum … Sie konnte immer noch …

Diese dumme Hoffnung verpuffte so schnell, wie sie aufgekommen war. Wäre ihre Mum am Leben, hätten sie keine zehn Pferde davon abhalten können, jetzt hier zu sein.

»Was hat das zu bedeuten?«, brüllte der Captain und erhob sich im Wasser. Er erkannte Quinn sofort, das sah Mellie an seinem veränderten Gesichtsausdruck. Die selbstgefällige Zufriedenheit war Wut und Angst gewichen. »Wie sind Sie an den Wachen vorbeigekommen?«

»Ach, die haben mich sofort durchgelassen, als sie die hier gesehen haben.« Quinn hielt zwei Knochenanhänger in die Höhe. »Die gehörten Gren und Larsen, wenn ich mir die Namen richtig gemerkt habe. Die Wandler, die Sie damit beauftragt haben, Prinzessin Kira an die Oberfläche zu bringen.«

Der Titan wurde blass, und ihm fiel das Messer aus der Hand.

Was bedeutete, dass es kein Bluff war. So viel begriff Mellie, auch wenn alles andere keinerlei Sinn ergab.

»Es war ziemlich clever, sie aus der Stadt zu schaffen«, fuhr Quinn fort. »Wir wären nie darauf gekommen, im Wald nach ihr zu suchen. Allerdings haben es Ihre Männer vergeigt, indem sie genau dort aufgetaucht sind, wo sie es immer tun. Ich schätze, Sie haben nicht damit gerechnet, dass es da draußen noch mehr von uns gibt, was?

Es war ein glücklicher Zufall, dass wir dort waren, wie ich offen zugeben muss, und wir haben am Ufer nach Soldaten Ausschau gehalten, nicht nach Königskindern. Doch dann *lief*«, Quinn betonte das Wort extra, »Kira uns direkt in die Arme. Was ziemlich seltsam ist, da ich zwei Scouts kenne, die hoch und heilig auf alle drei Götter schwören, dass Kira keine Wandlerin ist.« Er machte eine bedeutungsvolle Pause und genoss den Effekt, den seine Geschichte auf die Zuhörer hatte.

»Zudem haben wir das bei ihr gefunden.« Quinn öffnete die andere Hand und präsentierte eine zierliche Halskette aus Schildpatt. »Es ist wirklich unglaublich, was passiert, wenn die Kette außerhalb des Wassers die Haut berührt. Soll ich verraten, was dann geschieht?« Er warf Rynns Eltern einen vielsagenden Blick zu. Das Gespräch konnte für sie bisher kaum Sinn ergeben haben. Selbst Mellie fiel es schwer, ihm zu folgen. Sie hatte die Landprüfung der Prinzessin mit eigenen Augen gesehen; Kira hatte sich nicht verwandelt. Wenn Mellie sich recht erinnerte, hatte das Mädchen das Ganze auch ziemlich locker genommen. Sie hatte weder geweint noch Panik bekommen oder geschrien, sondern einfach dagesessen, den Schmutz von ihrer goldenen Schwanzflosse gezupft und mit ihrer Halskette gespielt.

Plötzlich fiel es ihr wie Schuppen von den Augen.

Wenn ein Zauberspruch dich stranden lassen kann, liegt es doch nahe, dass es auch einen Zauberspruch gibt, der dich wieder ent-strandet, denkst du nicht?

In diesem Fall gab es vielleicht auch einen Zauberspruch, der die Verwandlung verhinderte.

Vielleicht war Prinzessin Kira doch eine Wandlerin, und ihre Landprüfung war nur wieder eine der Intrigen des Captains, eine Scharade, um das Geheimnis, das Mellies Mum vor fünf Jahren belauscht hatte, zu wahren. Das Geheimnis, das alles ins Rollen gebracht hatte. Das die Herrschaft der Samphires ins Wanken bringen konnte.

»Das reicht«, bellte der Captain. »Wo ist Kira?«

»Sie ist fürs Erste in Sicherheit«, antwortete Quinn und wandte sich direkt an den Titan. »Eure alte Freundin Ayana leistet ihr an der Oberfläche Gesellschaft. Als ich gegangen bin, hat sie die Prinzessin noch mit wesentlich mehr Respekt behandelt, als sie von Euch jemals erfahren hat. Aber ich würde an Eurer Stelle nicht zu lange zögern. Ich bin mir nicht sicher, wie lange es dauert, bis ihr Geduldsfaden reißt.«

Die Warnung ließ den Titan weiter erbleichen. Selbst Mellie, die wusste, dass Ayana niemals so tief sinken würde, ein Kind zu verletzen, spürte, wie die Worte sie nervös machten.

»Was wollen Sie?« Der Stimme des Titans war die Panik deutlich anzuhören.

»Dazu kommen wir gleich. Zuerst würde ich gern mit Miss Mayreed sprechen.«

Keine der Wachen machte Anstalten, ihn aufzuhalten. Vielmehr blieb der ganze Saal um sie herum still, als warteten alle gespannt, was er als Nächstes sagen oder tun würde.

»Alles okay bei dir?« Quinn musterte sie von oben bis unten, und er registrierte die Wunde an ihrem Oberkörper, die Verbrennungen auf ihrer Haut, all die Schnitte und Kratzer von den Ketten. Seine Kiefermuskeln zuckten. »Hat Ferrick dir weh getan?«

Frische Tränen brannten in Mellies Augen. *Nicht mir*, wollte sie sagen. *Er hat nicht* mir *weh getan.*

Aber das konnte sie natürlich nicht. Sie konnte überhaupt nichts sagen.

»Sprich mit mir, Kleine.« Quinn packte sie an den Schultern. Und trotz der Erleichterung, ihn zu sehen – zu wissen, dass sie nicht ganz allein war –, hätte sie ihm am liebsten mit den Fäusten gegen die Brust gehämmert und geschrien: *Wo warst du, als wir dich gebraucht haben? Als Rynn dich gebraucht hat? Was nützt uns dein Versprechen jetzt, wo er tot ist?*

Ich kann nicht, formte Mellie stattdessen lautlos mit den Lippen, die einzige Antwort, die der Zauber des Captains ihr erlaubte.

»Was habt ihr mit ihr gemacht?« Quinn fuhr herum und fixierte Ferrick mit drohendem Blick. »Warum kann sie nicht reden?«

Die Wut, die dem Captain ins Gesicht geschrieben stand, verstärkte sich, und die Vene über seinem Auge sah aus, als könnte sie jeden Augenblick explodieren. Doch er schwamm zu ihr rüber und riss ihr das Band vom Handgelenk.

»Überleg dir genau, was du sagst, Mayreed«, raunte er ihr zu, so leise, dass sie sich nicht sicher war, ob sie es sich nicht nur eingebildet hatte. »Sonst lasse ich sie für deinen Verrat bezahlen.« Er warf einen Blick zu Rynns Eltern hinüber, und sie wusste sofort, was er meinte. *Die Wahrheit wird sie das Leben kosten.* Wenn sie sich dazu entschied, seine Geheimnisse zu verraten, würde er dafür sorgen, dass Veera und Ayer es nicht lebend aus dem Saal herausschafften.

»Mellie?«, fragte Quinn wieder. Und bei den Göttern, sie musste tatsächlich ein erbärmliches Bild abgeben, wenn er so besorgt klang und sogar ihren richtigen Namen benutzte.

»Mir geht's gut«, antwortete Mellie, obwohl es ihr in Wahrheit alles andere als gutging. Ihr ganzer Körper schmerzte noch von der Magie, die ihr durch Mark und Bein gegangen war. Und noch viel tiefer. Denn es war nicht nur ein körperlicher Schmerz; Mellies Seele tat so weh. Die Trauer hatte ihr seelische Verletzungen zugefügt.

Aber wenn sie das jetzt zugab, würde sie völlig zusammenbrechen.

»Ich bringe dich hier raus, Kleine, aber du musst noch ein bisschen länger durchhalten, okay?« Quinns Blick blieb an ihrer Halskette hängen, und ein Schatten huschte über sein Gesicht. Erkannte er den Silberdollar wieder? War ihm bewusst, was es bedeutete, dass sie ihn jetzt trug und nicht mehr Rynn? Ahnte er, dass sie kurz davor gewesen war, ganz aufzugeben?

»Du kannst den Kampf noch zu unseren Gunsten wenden«, flüsterte er so leise, dass nur sie es hören konnte. »Wenn die Zeit reif ist, wirst du wissen, was zu tun ist.«

Doch bevor Mellie die Gelegenheit hatte, ihn zu fragen, was um alles in der Welt er damit meinte, wandte sich Quinn wieder an den Captain.

»Mellie kommt jetzt mit mir«, erklärte er bestimmt. »Sobald wir uns in sicherer Entfernung zum See befinden, schicken wir Kira zurück. Ihre Männer können sie dort abholen, wo wir sie gefunden haben.«

»Nein!«, schrie Veera durch den Saal. »Sie können sie nicht gehen lassen. Sie hat meinen Sohn getötet. Sie hat meinen Sohn *ermordet.*«

Ayer drückte sie fest an sich und versuchte, sie zu beruhigen, obwohl auch er ziemlich wütend aussah und vor Zorn einen hochroten Kopf bekommen hatte. Mellie hätte ihnen die Wahrheit nur zu gern zugerufen, solange sie noch die Gelegenheit dazu hatte, damit sie verstanden, dass sie das, was der Captain behauptete, niemals – *niemals* – getan hätte. Doch sie konnte es nicht. Nicht, ohne sie zum Tode zu verurteilen. Und andernfalls war sich Mellie nicht sicher, dass sie den Mut gefunden hätte, die Worte auszusprechen. Der Silberdollar um ihren Hals garantierte ihr Schweigen fast genauso gut wie das verzauberte Armband. Ihr Sohn war immer noch tot, und dafür war sie verantwortlich. Das mindeste, was sie tun konnte, war, die Schuld auf sich zu nehmen.

»Nein«, entgegnete Ferrick. »Das Mädchen bleibt hier.«

»*Krill*«, warnte der Titan ihn.

Mellie hatte es schon immer seltsam gefunden, den Vornamen des Captains zu hören.

Die beiden Männer wechselten einen Blick, ein stummer Kampf der Giganten, doch dann nickte ihr Vater nur und überließ seinem Schießhund die Führung.

»Sie werden allein gehen und die Prinzessin holen«, sagte der Captain zu Quinn. »Sobald wir sie haben, garantieren wir Ihnen und dem Mädchen freies Geleit aus der Stadt. Keiner muss sterben, solange Sie uns garantieren, niemals zurückzukehren.«

»Und die Wandler im Wildwasser, die uns gesehen haben?«

»Ihnen wird nichts geschehen.«

»Ich muss mich wohl auf Ihr Wort verlassen?«

»Seien Sie vernünftig, Quinn. Ohne meine Anweisung kommt keiner von Ihnen lebend aus der Stadt.«

Die Anspannung im Wasser stieg ins Unermessliche, die Wut

des Captains stand gegen Quinns wilde Entschlossenheit, dazu noch die Angst des Titans um seine Tochter – das alles ergab eine elektrische Spannung, die Mellie auf der Haut zu spüren glaubte.

»Abgemacht.«

Was? Sie hob ruckartig den Kopf. Wie konnte Quinn nur zustimmen? Wie konnte er so dumm sein? Der Captain würde sein Wort niemals halten. Sobald Kira sicher zurück bei ihrem Vater war, würde er sie alle umbringen lassen.

»*Quinn …*«, zischte Mellie und versuchte, seinen Blick aufzufangen und ihm zu widersprechen. Ihr Leben war ihr zwar lieb, doch es war nicht so wertvoll, dass dafür das Leben Hunderter anderer Wandler geopfert werden sollte.

Doch plötzlich schien Quinn alles daran zu setzen, ihrem Blick auszuweichen. »Wenn ich mit Kira zurückkomme, wird sie mein Messer an der Kehle haben, daher würde ich es mir an Ihrer Stelle gut überlegen, bevor ich irgendwas versuche«, warnte er. »Bis Sie mich überwältigt haben, kann kein Heiler der Welt mehr etwas für Ihr kleines Mädchen tun. Haben wir uns verstanden?«

In diesem Moment erhaschte Mellie einen Blick auf den Soldaten, der Quinn mal gewesen war. Den Mann, der Befehle ohne Widerworte ausführte, bis zu dem Tag, als der Captain es zu weit getrieben hatte.

»In der Zwischenzeit nehmen Sie Mellie die Fesseln ab«, befahl er. »Und lassen Sie einen Heiler kommen. Sie haben dem Mädchen mehr als genug Schaden zugefügt.« Damit machte Quinn kehrt und rauschte aus dem Saal. Niemand hob auch nur eine Flosse, um ihn aufzuhalten.

Kapitel fünfundzwanzig

Die Eisengewichte fielen von Mellies Handgelenken und sanken auf den Marmor hinab. Die Kette um ihre Schwanzflosse stellte ein größeres Problem dar, weil sich der Stacheldraht tief in ihre Schuppen gebohrt hatte. Die Männer des Captains mussten sie mit Gewalt herausreißen.

Auch wenn er nicht begeistert aussah, tat Ferrick, was Quinn verlangt hatte, und ließ eine Heilerin kommen, eine etwas verwahrloste, hagere Natürliche, bei der Mellie nicht einmal schätzen konnte, ob sie nun fünfzig oder hundertfünfzig Jahre alt war. Die Frau sprach nicht viel, sondern hielt den Blick während der Arbeit gesenkt. Mit geübten Händen nahm sie sich nacheinander Mellies Wunden vor und gab ihre Magie an sie ab. Der Schmerz ließ allmählich nach, während sich die Stichwunden und Schnitte schlossen und nicht länger im Salzwasser brannten.

Wenn die Zeit reif ist, wirst du wissen, was zu tun ist. Quinns Worte gingen Mellie immer wieder durch den Kopf. Bei den Göttern, sie wünschte, er hätte sich getraut, ein wenig mehr zu verraten, zum Beispiel, worauf genau sie achten sollte.

Er hatte gewollt, dass sie ihr die Fesseln abnahmen, was bedeutete, dass sie mobil sein sollte. Er hatte nach einem Heiler verlangt, damit sie gesund und kampfbereit war. Doch wie sie die Sache auch drehte und wendete, sie hatte keine Ahnung, wie es ihnen beiden gelingen sollte, mit dem Leben davonzukommen.

Wenn er nur daran gedacht hätte, ihr irgendeine Art Waffe unterzuschieben. Ein kleines Messer oder eine verzauberte Münze, irgendetwas, das sie benutzen konnte, um …

Plötzlich fiel es Mellie wie Schuppen von den Augen.

Du kannst den Kampf noch zu unseren Gunsten wenden, hatte Quinn gesagt. Kurz nachdem er den Silberdollar an ihrer Halskette entdeckt hatte. Es war kein Blick voller Mitleid gewesen, wie sie zunächst angenommen hatte – weil er wusste, wer ihn zuletzt getragen hatte –, sondern vielmehr eine Anweisung, weil er wusste, woraus er gemacht war.

So unauffällig wie möglich fasste Mellie in ihren Nacken, um die Kette zu lösen. Bitte lass es das sein, wofür ich es halte. Sie ließ die Münze durch die Finger gleiten. Die Vorderseite fühlte sich so glatt wie immer an, doch als sie mit dem Daumen über die Rückseite fuhr, blieb er an einer scharfen Kante hängen.

So hast du Rynn also dazu gebracht, sie mitzunehmen. Mellie biss sich auf die Lippe, um sich ein Lächeln zu verkneifen. Mochten die Götter Quinns clevere, nervige, wundervolle Tochter segnen. Echo hatte die Rune einfach in den einzigen Gegenstand geritzt, von dem sie wusste, dass er ihn nicht zurücklassen würde. Und der Captain hatte aus demselben Grund keinen Verdacht geschöpft, aus dem der Titan ein Messer aus Knochen und nicht aus Metall für seine Hinrichtungen benutzte: Diese Theorie der Magie war ihnen fremd. So etwas passierte, wenn man sich von der Welt abschottete; man hielt zwar die schlechten Dinge draußen, aber es konnte auch nichts Gutes hereinkommen.

Doch selbst mit einer magischen Handgranate verstand Mellie noch nicht, wie Quinn vorhatte, aus dem Palast zu entkommen. Es waren einfach zu viele Soldaten im Saal, und sie waren zu weit verteilt, als dass die Magie Wirkung zeigen konnte. Und draußen warteten noch weitere Soldaten – selbst wenn es ihnen gelingen sollte, aus dem Saal zu fliehen, würden sie die Stadt niemals verlassen können. Im besten Fall konnten sie ein paar Männer des Captains mitnehmen, ehe sie getötet wurden.

Mellie sah nur eine Möglichkeit, zumindest noch einen Teil dessen zu erreichen, was sie vorgehabt hatten. Doch ohne die Ranger und ohne den Hauptteil ihrer Armee würde das sicherlich nicht gut für sie ausgehen.

Während die Minuten verstrichen, drehte der Titan Runden im Saal, wobei seine Anspannung zusehends stieg. Ihn so besorgt zu sehen, ließ einen gewissen Missmut bei Mellie entstehen. Sie war auch seine Tochter, und er hätte sie um ein Haar eigenhändig getötet. Doch für Kira würde der Mann einen Ozean versetzen.

Sie wüsste zu gern, was die Prinzessin so anders machte. Immerhin waren sie beide Wandlerinnen. Wieso war nur Kira seines Schutzes würdig? Lag es daran, dass ihre Mutter eine Natürliche war wie der Titan? Hatte er seine eigene Familiengeschichte vergessen? Dass seine Vorfahren ebenfalls Wandler waren? Dass Wandler nichts *Geringeres* waren als Natürliche, selbst wenn die Gilden und der Rat das hinter ihrem Rücken behaupteten?

Doch für ihn sind wir das. Mellie musste wieder an die Schildpatthalskette denken, die Kira bei ihrer Landprüfung getragen hatte. Das war der Unterschied zwischen ihnen. Was den Rest der Stadt anging, war Kira in jeder Hinsicht seine legitime Tochter. Eine Natürliche. Die Thronfolgerin. *Wie viel seiner Liebe wohl davon abhängt, dass sie ihre Rolle spielt?*, fragte sich Mellie. Wie das wohl war, zu wissen, dass die Zuneigung des Vaters von einer Lüge abhing?

Es musste mindestens eine Stunde vergangen sein, bis die Stille im Saal von einem tiefen Donnern durchbrochen wurde, das sich im Wasser aufbaute und von Schreien und Rufen vor der Tür begleitet wurde. Der Titan zog sich sofort zurück, um sich mit dem Captain zu beraten.

In diesem Moment wusste Mellie, was zu tun war, obwohl es vermutlich genau das Gegenteil von dem war, was Quinn vorgehabt hatte. Sie konnte nicht wissen, ob der Aufruhr ein gutes oder ein schlechtes Zeichen für sie war, wie viele der Deserteure den Angriff des Captains auf das Wildwasser überlebt hatten, ob sie es überhaupt waren, die vor den Stadttoren kämpften, oder ob die Stadtwachen Quinn schon längst überwältigt und seinem Plan ein Ende gesetzt hatten. Sie wusste nur, dass sie nicht zulassen durfte, dass noch jemand sein Leben ließ, um sie zu befreien. Das war ihr Krieg, und der Feind befand sich direkt hinter ihr und war ahnungslos und verletzlich.

Endlich besaß sie die Macht, ihnen weh zu tun, vermutlich sogar Schlimmeres, wenn man bedachte, dass der Zauber im Wasser weitaus stärker wirkte als an Land. Mellie konnte der Tyrannei des Titans hier und jetzt ein Ende setzen oder zumindest Quinns Überlebenschancen bei seiner Rückkehr verbessern. Sie konnte den letzten grausamen Akt des Captains gegen ihn verwenden und dafür sorgen, dass ihr Vater Quinns Töchtern nicht den Vater nahm.

Das Problem war nur, dass sie ihre Magie nicht aktivieren konnte, ohne damit auch Rynns Eltern in Gefahr zu bringen. Veera und Ayer schwammen zu nah an der Wand; die Druckwelle würde sie gegen den Marmor schleudern. Warnen konnte Mellie sie auch nicht, da sie ihr wohl kaum zuhören würden, und die Wachen, die zwischen ihnen postiert waren, würden sie davon abhalten, sie in Sicherheit zu bringen. Sie musste eine Möglichkeit finden, sie dort wegzuschaffen, und zwar schnell. Vor dem Saal wurden die gedämpften Rufe bereits lauter, und drinnen bezogen die Männer des Titans an der Tür Stellung. Jetzt kam es darauf an. Entweder handelte sie, oder sie ging bei dem Versuch drauf.

Die Lösung fiel ihr ganz plötzlich ein, und Mellie ließ sich nicht die Zeit, Zweifel aufkommen zu lassen. »Ich bin bereit zu reden«, rief sie und stellte damit Veera eine Falle.

Alle Blicke im Saal waren auf sie gerichtet, wobei der des Captains geradezu vernichtend wirkte.

»Ich werde alles erzählen.« Mellie legte dieselbe Härte in ihren Blick und fuhr schnell fort, ehe er sie unterbrechen konnte. »Wie ich ihn getötet habe. Wo seine Leiche zu finden ist.« Sollte der Captain doch seine letzten Momente damit verbringen, sich zu fragen, welche Lügen sie sich ausdenken würde, um ihn zu ärgern. Sollte er doch daran ersticken.

Sie wusste, dass ihr Plan aufgehen würde, da keine Armee der Welt Veera davon abhalten konnte, die Wachen über den Haufen zu rennen, sobald sie das hörte. Sie würde alles tun, um ihren Sohn nach Hause zu bringen, wenn auch nur, um sich zu verabschieden. Obwohl Mellie sie ungern mit dieser falschen Hoffnung köderte, hatte sie einfach keine anderen Optionen und keine Zeit mehr.

In dem Augenblick, als Veera und Ayer sich in Bewegung setzten, griff sie mit beiden Händen an die Silbermünze und aktivierte ihre Magie und den Zauberspruch, ehe sie den Dollar fallen ließ.

»Wo ist mein Sohn?«, schrie Rynns Mutter. »Was hast du mit ihm gemacht?«

Anstelle einer Antwort schoss Mellie vor, schlang die Arme um die beiden, als wollte sie sie umarmen, und zog sie in die Mitte des Saals. Ihr blieben vielleicht fünf, maximal zehn Sekunden. Zehn Sekunden, in denen sie mit aller Kraft schwimmen musste, ehe die verzauberte Münze auf dem Marmorboden auftraf, um Rynns Eltern so weit wie möglich von der Wand wegzubringen, während Veera sich mit aller Kraft zur Wehr setzte.

Die Wachen hatten gerade erst zur Verfolgung angesetzt, als die Explosion das Wasser erschütterte und den Saal wie der Zorn eines rachsüchtigen Gottes ins Wanken brachte. Die Welle ließ Mellie umhertaumeln und gegen die Decke krachen, was ihr einen stechenden Schmerz durch den Körper jagte, doch glücklicherweise hielt er nicht lange an. Sie schien sich nichts gebrochen oder sich schwer verletzt zu haben und konnte nur hoffen, dass Rynns Eltern ähnliches Glück gehabt hatten.

Mellie stöhnte auf und versuchte, den Blick zu fokussieren. Der Lärm außerhalb des Saals hatte sich weiter gesteigert und mischte sich nun mit den Schmerzensschreien der von der Explosion Verletzten. Sie blendete den Tumult aus und suchte den Raum nach dem eigentlichen Ziel ihrer Attacke ab. Der Captain schien gegen die Wand geprallt zu sein und sank in einer Wolke aus Blut zu Boden. Tot oder bewusstlos, das war Mellie im Moment egal, denn neben ihm bewegte sich ihr Vater.

Sie sauste auf die beiden zu und tauchte auf dem Weg nach einer Klinge, die eine der Wachen fallengelassen haben musste. Was sie damit vorhatte, wusste Mellie selbst nicht genau. Sie lernte gerade, dass die Grenze zwischen Gerechtigkeit und Rache oftmals verschwamm und eher einer Welle glich, die anschwoll und brach, während man das, was man wollte, gegen das, was richtig war, abwog. Und im Moment wollte Mellie dem Vater, der ihr bereitwillig ein Messer in die Brust gerammt hatte, ins Auge sehen und ihn das fühlen lassen, was sie empfunden hatte. Selbst, wenn sie das zu einem ähnlichen Monster machte.

Doch ehe sie bei ihm ankam, flogen die Türen des Saals auf. Der Kampf, der im Palast tobte, hatte sich einen Weg zu ihnen gebahnt. Mellie wandte sich dem Geschehen zu und hielt das Messer fest in der Hand. Ein Mädchen mit einer Klinge war kein wirklicher Gegner für eine Armee.

Was auch nicht nötig war, wenn es sich um ihre eigene Armee handelte.

Hundert bekannte Gesichter erschienen im Saal. Ranger, Läufer, Soldaten, Scouts, einige, die Mellie aus ihrer Ausbildung kannte, und andere, die ihr nur flüchtig bekannt waren, und allen voran Quinn, der ihnen Befehle zuschrie.

Der Anblick verschlug ihr fast den Atem. Das war also das fehlende Puzzleteil seines Plans, des Plans, den sie sich nie hätte träumen lassen. Er war nicht gekommen, um ihr Leben gegen das der Prinzessin einzutauschen, sondern wollte sich genug Zeit verschaffen, um den Plan in die Tat umzusetzen, den sie sich vor Monaten schon ausgedacht hatten: den anderen Wandlern im Annex reinen Wein einzuschenken.

Mellie wollte voller neuer Hoffnung auf sie zuschwimmen.

»Nicht so schnell.« Eine Hand packte sie an den Haaren und zerrte sie durchs Wasser zurück. Sie wehrte sich gegen den Griff des Soldaten und stach mit dem Messer wild um sich, bis sie seine Schwanzflosse erwischte. Mit einem Ächzen ließ er sie los, doch sofort waren weitere Getreue des Captains hinter ihr her, die sich inzwischen erholt hatten.

Mellie stürzte sich ins Getümmel und versuchte, sich im Chaos zu orientieren. Immer noch strömten Wandler in den Saal und gingen auf die Männer des Captains los. Doch auch die Anhänger des Titans kämpften weiter und schwangen unerbittlich die Klingen.

»Mayreed … hinter dir!«

Die projizierte Warnung tauchte einen Moment zu spät in Mellies Kopf auf. Eine plötzliche Hitze durchströmte ihre Schwanzflosse, als sie sich einen Messerstich einfing. Fluchend geriet sie ins Taumeln, und ihr Körper bereitete sich bereits auf den nächsten Stoß vor, doch als der Angreifer erneut zustach, traf seine Klinge auf Metall anstatt auf Schuppen. Ein anderer Wandler hatte sich zwischen sie geschoben. Es war ein Soldat, aber keiner von Ferricks Getreuen; Mellie erinnerte sich von der Sicherheitspatrouille an der Oberfläche an ihn.

»Sieh zu, dass du hier wegkommst!«, rief er und fertigte den Angreifer mit einem gut platzierten Schlag ab.

Mellie nickte zum Dank und machte im Wasser kehrt. Sie steuerte durch die Menge auf das andere Ende des Saals zu, wo ihr Vater neben seinem Thron schwamm und den Kampf aus der Ferne beobachtete. Das war der entscheidende Moment. Diesen Mann durfte sie auf keinen Fall davonkommen lassen.

Er wirkte sichtlich beunruhigt. Nicht nur, weil die Wandler seinen Männern zahlenmäßig überlegen waren, sondern auch, weil er vermutlich begriffen hatte, was ihre Anwesenheit bedeutete. Eine offene Rebellion. Die Wahrheit über sein Lügengeflecht war ans Licht gekommen.

»Es ist vorbei, Arion.« Quinn tauchte aus der Menge auf und sprach Mellies Gedanken aus. »Es wird keine Hilfe kommen. Das

Korps, die Gilden, der Rat … Wir haben ihnen alles gesagt. Es ist vorbei.«

Der Titan bewegte sich schneller, als Mellie es einem Mann seines Alters zugetraut hätte, und schlang einer jungen Wandlerin, die in seiner Nähe gekämpft hatte, einen Arm um den Hals, so dass sie einen lebenden Schutzschild gegen die Feinde um ihn herum bildete.

»Wo ist meine Tochter?«, fragte er mit Donnerstimme und verstärkte den Griff um das arme Mädchen.

»Sie ist in Sicherheit«, antwortete Quinn. »Befehlt Euren Männern, sich zurückzuziehen, und wir werden sie zu Euch bringen. Heute muss niemand mehr sterben.«

»Ich will mit eigenen Augen sehen, dass sie am Leben ist.« Der Titan wich mit seiner Geisel in Richtung der versteckten Schilftür in der Ecke zurück.

Er schindet nur Zeit, begriff Mellie. Er musste gewusst haben, dass Quinn die Prinzessin nicht hierherbringen würde. Eine Rebellion war kein Ort für ein zehnjähriges Mädchen, schon gar nicht für ein so wertvolles.

Und genau, wie sie befürchtet hatte, schleuderte der Titan seine Geisel von sich, als er beim Schilf angekommen war, und wollte sich durch die Geheimtür aus dem Staub machen. Mellie sauste hinter ihm her und hielt den Dolch fest umklammert, während ihr das Herz bis zum Hals schlug.

»Das ist nicht dein Kampf.«

Sie erkannte die Stimme, noch bevor Ayana wie ein silberner Pfeil an ihr vorbeischoss. Mellie bremste abrupt ab und ließ der Exgeliebten ihres Vaters den Vortritt, die ihm an ihrer Stelle in die Tunnel folgte. Vor ein paar Wochen war sie zu dieser Frau gegangen und hatte ihr die Gelegenheit zur Rache versprochen. Mellie hatte vor, dieses Versprechen zu halten, selbst wenn es bedeutete, dass sie auf ihre Rache verzichten musste.

Im Saal neigte sich der Kampf allmählich dem Ende zu, die Wachen des Titans hielten der Übermacht von Quinns Armee nicht stand. *Sie haben garantiert nicht damit gerechnet, von uns gestürzt zu werden*, dachte Mellie mit einem Lächeln. Das Korps und die Getreuen des Captains hatten das ganze Volk jahrhundertelang gefangen gehalten, indem sie mit Lügen Ängste schürten. Aber es hatte nicht ausgereicht, sie willenlos und zahnlos zu machen.

Mellie stürzte sich wieder in die Menge und machte sich auf die Suche nach den Gesichtern, die sie unbedingt sehen wollte. Nacheinander entdeckte sie die Soldaten, die sie zu dem Verrat angestachelt hatte, und schließlich fand sie auch ihre Mum, die verzweifelt das Wasser nach ihr durchkämmte.

Bei den Göttern, der Captain hatte tatsächlich gelogen. Mellie hätte sich in den Hintern beißen können, dass sie ihm so bereitwillig geglaubt hatte. Dabei hätte sie es doch inzwischen besser wissen müssen.

»Mellie!«, rief ihre Mum, als sie sie eine Sekunde später ebenfalls erblickte. »Oh, den Göttern sei Dank!« Sie schwamm zu ihr und fiel ihrer Tochter um den Hals. »Geht es dir gut? Hat Arion dich verletzt?«

»Mir geht es gut.« Mellie dankte Quinn stumm für die Heilerin, denn sonst wäre ihre Mum vermutlich völlig ausgeflippt.

»Ich dachte, wir wären zu spät. Ich dachte, ich hätte dich verloren.«

»Das hast du aber nicht«, sagte Mellie, und es war das erste Mal, dass sie es wirklich so meinte. Sie hatte ihre Mutter die vergangenen Stunden für tot gehalten. Wieder einmal. Dabei hatten sie gerade erst damit angefangen, erneut eine Beziehung zueinander aufzubauen. Dieser Möglichkeit beraubt zu werden – diese zweite Chance zu verlieren –, hatte Mellie mehr verletzt, als sie sich je hätte vorstellen können. Und jetzt, da sie ihr zurückgegeben worden war, hatte sie nicht vor, sie sich noch einmal durch die Finger gleiten zu lassen.

Der Captain hatte ihnen schon fünf Jahre gestohlen – fünf lange Jahre, die sie nicht zurückholen konnten und die einen Schmerz hinterlassen hatten, der vielleicht nie wieder ganz verschwinden würde, denn die Trauer um einen geliebten Menschen hinterließ eine Narbe, die kein Heiler der Welt zum Verblassen bringen konnte. Aber vor ihnen lagen noch so viele weitere Jahre, von denen Mellie keine einzige Sekunde mehr mit ihrer Wut verschwenden wollte.

»Bei den Göttern, es tut mir so leid, dass ich nicht selbst gekommen bin, um dich zu retten.« In der Stimme ihrer Mum schwangen unzählige Emotionen mit. »Ich wollte ja, aber …«

»Sie haben dich im Annex gebraucht«, vermutete Mellie. »Schon okay, Mum.«

Dieses letzte Puzzleteil von Quinns Plan war ihr in dem Moment klargeworden, als sie gesehen hatte, dass ihre Mutter noch am Leben war. Als das bekannteste Gesicht der Rebellion war Laura – oder besser, Learra – Mayreed die naheliegende Wahl für diese Aufgabe. Sie war diejenige, die die anderen Wandler am schnellsten überzeugen konnte. Besonders jetzt, da Rynn nicht mehr …

Mellie begann am ganzen Körper zu zittern, als die Trauer von ihr Besitz ergriff.

Sie mochten den Krieg zwar gewonnen haben, doch der Sieg kam zu spät.

Rynn war tot.

»Was ist denn, Schatz?« Ihre Mum strich ihr über die Haare.

»Nichts, es ist nur …« Mellie schluckte schwer und verdrängte die Gefühle, so gut es ging. Sie konnte sich ihnen hier im Saal voller Leute nicht hingeben. Diese Art von Schmerz war zu explosiv, sobald sie ihn zuließ, war nicht abzusehen, was daraus entstand. »Ich bin einfach froh, dich zu sehen«, sagte sie schnell und umarmte ihre Mum fester. Sie würde ihr früher oder später sowieso von Rynn erzählen müssen und auch von ihrer Rolle dabei. Doch nicht jetzt. Nicht hier. Es in Worte zu fassen, würde alles erst real machen.

»Wie ich sehe, hast du rausgefunden, was du mit dem Dollar anfangen konntest.« Quinn schwamm zu ihnen, als auch der letzte Mann des Captains überwältigt war. »Gut gemacht, Kleine. Dieser Kampf wäre um einiges blutiger ausgegangen, wenn du nicht den Weg freigemacht hättest.«

Obwohl die Worte als Lob gemeint waren, machten sie ihren Schmerz nur noch unerträglicher. Mellie war so von der Trauer um Rynn und ihre Mum geblendet gewesen, dass sie noch keinen Moment über die wahren Konsequenzen ihrer Rebellion nachgedacht hatte oder auch darüber, welchen Schaden sie angerichtet hatte. Wenn sie sich jetzt umschaute, konnte sie jedoch nichts anderes sehen. Überall im Saal lagen Leichen; hauptsächlich die Wachen des Titans, Männer, die gestorben waren, weil sie Befehle ausgeführt hatten. Grausame Befehle zwar, aber sie hatten sie für das notwendige Übel gehalten, um Astrias Sicherheit zu garantieren. Ihr einziges Verbrechen hatte darin bestanden, einem Mann zu folgen, der es nicht verdiente.

Hinter dem Thron lag Captain Ferrick zusammengesunken auf dem Boden, nicht weit von der Stelle entfernt, an der sie ihn hatte fallen sehen, umgeben von einem wütenden Mob. Das Wasser um ihn herum war rosa verfärbt.

»War es die Magie …? Hat sie …? Habe ich …?« *Ihn getötet?* Mellie brachte die Frage nicht über die Lippen. In jenem Moment war es ihr egal gewesen, da der Hass und das Adrenalin ihr Denken bestimmt hatten. Doch jetzt, da sie gewonnen hatten, sah die Sache anders aus. Es fühlte sich größer an, irgendwie endgültiger. Und es half auch nicht, den Schmerz in ihrer Brust zu lindern.

Quinn folgte ihrem Blick, und auf seinem Gesicht zeigte sich Mitgefühl. »Schwer zu sagen. Es könnte die Wucht der Explosion gewesen sein oder eine Verletzung im darauffolgenden Kampf.« Er drückte ihr ermutigend die Schulter. »Du hast getan, was du tun musstest. Das ist alles, was zählt.«

Eine derart ausweichende Antwort hätte sie von jedem anderen als Quinn als Ja gewertet. Fürs Erste zwang sie sich, nicht weiter darüber nachzudenken, und vergrub die Schuldgefühle gemeinsam mit ihrer Trauer. Der Tod eines Monsters verblasste im Vergleich zu den Verlusten, die sie erlitten hatten. Überall um sie herum waren die Schreie der Wandler zu hören, die Hilfe oder einen Heiler verlangten oder gefallene Freunde betrauerten. Sie sah etliche blutende Verletzte und einige, die eindeutig zu schwer verletzt waren, um noch gerettet zu werden. Zwei von Ayanas Leuten kümmerten sich um die Verwundeten, und auf der anderen Seite schwebte eine ziemlich zugerichtete Nomi neben Cirra, die auf dem Marmor ausgestreckt dalag, während zwei Natürliche sich bemühten, die Blutung an ihrer Schwanzflosse zu stoppen.

Captain Ferricks Tod war hier nicht die wahre Tragödie.

»Bei dem Handel, den du mit ihm ausgemacht hast, ging es nie darum, mich rauszuholen, oder?«, fragte sie. »Du wusstest, dass er mich nicht gehen lassen würde.«

»Wir hatten ehrlich gesagt damit gerechnet«, gestand Quinn. »Wir brauchten mehr Leute, um dich zu befreien, und deshalb mussten wir Zeit schinden, damit wir den Annex besetzen konnten.«

»Und was ist mit der Prinzessin?«

»Das war nur ein glücklicher Zufall. Wir hatten eigentlich einen anderen Plan und genügend Ranger, um uns gewaltsam Zugang zur Stadt zu verschaffen. Doch dann ist Kira einfach so in unserem Schoß gelandet. Selbstverständlich haben wir diesen Umstand ausgenutzt. Sobald sich das Chaos hier gelichtet hat, bringen wir sie von der Oberfläche zurück. Bis dahin passt Caleb in seiner Hütte auf sie auf.«

Moment mal. Caleb? Mellie starrte Quinn fragend an. Caleb sollte gar nicht in der Nähe sein.

»Er ist aufgetaucht, als wir uns gerade an der Oberfläche neu sortiert haben«, schaltete sich ihre Mutter ein, die Mellies verwirrten Gesichtsausdruck offenbar bemerkt hatte. »Er hat sich Sorgen gemacht, als er nichts von dir gehört hat.«

War ja klar. Natürlich war er in den Wald zurückgekehrt, obwohl sie ihn *angefleht* hatte, es nicht zu tun. Auch wenn Mellie zugeben musste, dass die Vorstellung, wie Caleb eine verwöhnte Meerjungfrauenprinzessin babysittete und sie zwang, Tee zu trinken und Horrorfilme zu schauen, überaus amüsant war. Das hätte sie zu gern gesehen.

»Ist er …« in Sicherheit, hatte Mellie eigentlich fragen wollen, doch in diesem Moment jagte ein Blitz aus schwarzen Schuppen in ihrem Augenwinkel vorbei. Hoffnungsvoll fuhr sie herum, ehe die Realität sie einholte.

Diese Schuppen gehörten nicht Rynn.

Sie würden nie wieder Rynn gehören.

Denn Rynn war tot.

»Sorry, ich … ich muss los.« Mellie winkte ihrer Mum und Quinn eilig zu und schwamm davon. Sie befürchtete, nicht mehr lange die Fassung bewahren zu können, und ehe das passierte – ehe die Dunkelheit sie umfangen konnte –, gab es noch etwas Wichtiges zu tun, wozu sie vielleicht sonst nicht mehr die Gelegenheit bekommen würde.

Jetzt, wo der Kampf vorbei war, füllte sich der Saal gleichermaßen mit Wandlern und Natürlichen. Die Sache mit der Rebellion musste sich herumgesprochen haben, und dass Astrias lange totgeglaubte Kriegshelden sich aus ihren Gräbern erhoben hatten. Jetzt strömten ihre Familien in Scharen in den Palast, gemeinsam mit den Familienangehörigen der anderen Korpsmitglieder. Mellie entdeckte Zanna und Zet in einer Ecke, die gerade einer stolz aussehenden Natürlichen um den Hals fielen, bei der es sich vermutlich um ihre Mutter handelte. Lendon und Gaius befanden sich ebenfalls in der Menge, umarmten die Eltern, die sie seit Jahrzehnten nicht mehr gesehen hatten, und lernten endlich ihre Geschwister kennen. Selbst Niya hatte Quinns Seite für eine Familienzusammenführung verlassen; sie war umringt von Mitgliedern der Rose-Familie.

Mellies Widerwille wuchs, während sie sich einen Weg durch das Getümmel bahnte. Sie kam sich vor wie eine Schlange, die ihrer Beute ganz allmählich die Luft abschnürte. *Du musst das tun*, ermahnte sie sich und schwamm auf die beiden Natürlichen zu, die sie wohl am meisten hassten. *Rynn würde es so wollen.* Es tat nichts zur Sache, wie unangenehm seine Eltern ihr das Gespräch machen würden oder dass sie vermutlich Mellie für seinen Tod verantwortlich machten. Sie hatten es verdient zu erfahren, was wirklich mit ihrem Sohn passiert war. Und sie sollten es von ihr hören.

»Mellie?« Die Stimme tauchte plötzlich neben ihr auf und schwemmte den Schmerz wieder an die Oberfläche. *Das bildest du dir nur ein.* Mellie kniff die Augen zusammen und presste die Fingernägel in die Handflächen, während sie mit aller Macht versuchte, die Gefühle wieder zu verdrängen. *Na los, sieh schon nach. Da ist sowieso niemand.*

Ganz langsam drehte sie sich um und rechnete felsenfest damit, nur wieder enttäuscht zu werden.

Stattdessen stand sie ihm gegenüber.

Die Welt schien stillzustehen, ebenso wie ihr Herz. Und trotz des Lärms und der Aufregung um sie herum herrschte im Wasser auf einmal Schweigen, als gäbe es nur noch sie beide.

Rynn.

Er schwebte vor ihr, die dunklen Haare – die immer noch dringend geschnitten werden mussten – umgaben sein Gesicht, ein sanftes Lächeln umspielte seine Lippen. *Nein, das kann nicht sein.* Mellie versuchte, die Halluzination abzuschütteln. Rynn war *tot.* Sie hatte gesehen, wie der Captain ihm das Messer in die Brust gerammt hatte und wie in einer Zelle tief unter dem Palast das Leben aus ihm gewichen war. Sie hatte zugesehen, wie die Soldaten seinen leblosen Körper davongeschleppt hatten. Doch wie sehr sie auch blinzelte, dieser Geist weigerte sich, wieder zu verschwinden.

»Bei den Göttern, Mel, ich habe dich überall gesucht.« Er wollte auf sie zukommen, doch Mellie wich zurück und streckte ihm beide Handflächen entgegen.

»Du bist nicht echt.« Vielleicht hatte der Gedanke daran, seinen Eltern die schlechte Nachricht zu überbringen, ihr den Rest gegeben. Anscheinend war sie vor Trauer endgültig übergeschnappt. »Du kannst nicht echt sein.«

»Fühle ich mich echt an?« Er griff nach ihrer Hand und fuhr mit den Fingerspitzen über ihre Handfläche. »Fühlt sich das echt an?«

Und mit einem Mal war alles zu viel für sie. Mellie brach in Tränen aus.

Sofort legte Rynn die Arme um sie und drückte sie fest an sich. »Früher hast du nicht so viel geweint, Mel.«

»Du warst aber immer schon so ein Idiot.« Mellie vergrub das Gesicht an seiner Brust und atmete seinen vertrauten Geruch ein. Salz und Wasserminze, heute gemischt mit dem Geruch nach Magie. Wenn das eine Halluzination war, dann eine verdammt gute. »Ich dachte, du seist tot.«

»Tja, das bin ich nicht.« Und immer – *immer* – dieses dämliche Grinsen in seiner Stimme.

»Ich habe *gesehen*, wie du gestorben bist.«

»Du hast gesehen, wie auf mich eingestochen wurde. Das ist ein Unterschied.«

»Mann, manchmal hasse ich dich wirklich«, entgegnete sie und drückte ihn trotzdem noch fester an sich. »Erzähl mir, was passiert ist.«

»Ich hatte Glück.« Endlich wurde Rynn wieder ernst. »Die anderen haben die Tore bewacht, als die Soldaten mich nach draußen schmuggeln wollten. Sie konnten mich rechtzeitig zur Heilergilde bringen.«

Irgendwie bezweifelte Mellie, dass es bloßes Glück gewesen war, das ihn gerettet hatte. Es musste einer unglaublichen Anstrengung bedurft haben, diese Verletzung lange genug zu überleben, bis er Hilfe bekam. Aber Rynn hatte es geschafft. Es war ihm gelungen, weiter am Leben festzuhalten, nachdem sie selbst schon den Glauben verloren hatte. Als es eigentlich keine Hoffnung mehr gab. Keine Anzeichen dafür, dass Rettung im Anmarsch war.

»Um dich haben wir uns alle Sorgen gemacht«, flüsterte Rynn in ihre Haare. Er zog sich ein klein wenig zurück, um sie ein paarmal eingehend zu mustern, als würde er nach Verletzungen Ausschau halten. »Geht es dir gut? Nachdem sie mich weggebracht hatten, wusste ich nicht, was Ferrick mit dir vorhatte.«

»Mir geht es gut«, versicherte Mellie ihm. »Er hat sich nicht die Mühe gemacht, mich zu foltern.« Sie betrachtete nun Rynn im Gegenzug. Alles, was von seinen Verletzungen geblieben zu sein schien, war der Hauch einer Narbe an seiner Seite, die trotz des hellen Lichts im Saal kaum zu sehen war. Und sie stammte nicht von irgendeiner der Wunden, die der Captain ihm zugefügt hatte, sondern von der Schusswunde. Mellie konnte nicht anders, sie musste die blasse Linie einfach mit den Fingern nachfahren.

Rynns Bauchmuskeln bebten unter ihrer Berührung. »Hab dir doch gesagt, dass ich die Verwandlung überstehen kann«, sagte er, als ob seither nichts anderes passiert wäre.

»Seltsam, ich erinnere mich nur zu gut daran, wie du bewusstlos geworden bist und dann fast verblutet wärst.«

»War das vor oder nachdem du dich hast entführen lassen?«

»Du bist doch zuerst entführt worden!«

»Ja, aber ich war bewusstlos und habe stark geblutet, erinnerst du dich? Das ist ja wohl eine gute Ausrede.« Rynn fasste sie um die Taille und stützte die Stirn an ihre.

»Deine Eltern können uns sehen«, stellte Mellie fest und warf einen nervösen Blick über seine Schulter.

»Ist mir egal«, flüsterte er, als seine Lippen die ihren fanden.

»Sie halten mich für eine Hexe, die dich in den Tod gelockt hat.«

»Ich bin mir ziemlich sicher, dass sie das jetzt nicht mehr denken. Zumindest nicht den zweiten Teil.«

»Rynn …«

»Weißt du, Mel«, er seufzte, »nur weil du gleichzeitig projizieren und küssen kannst, heißt das noch lange nicht, dass du es auch tun solltest.« Dieses Mal küsste er sie richtig. Und trotz des Chaos und der Hektik um sie herum, trotz des regelrechten Skandals, dass der Staghorn-Sohn das Mayreed-Mädchen in aller Öffentlichkeit küsste, wagte es niemand, sie zu stören. Vielleicht wollte auch keiner zwei Geistern in die Quere kommen.

Kapitel sechsundzwanzig

Die Tage nach der Rebellion verflogen voller Geschäftigkeit. Arion Samphire, der Vater, den Mellie so schnell wie möglich vergessen wollte, wurde gefasst, als er gerade versuchte, aus dem Palast zu fliehen, obwohl niemand wusste, wohin er denn eigentlich hätte flüchten wollen. Nur wenige waren ihm treu geblieben, nachdem die ganze Wahrheit ans Licht gekommen war, am wenigsten die einflussreichen Natürlichenfamilien. Sein verzweifelter Versuch, an der Macht zu bleiben, hatte ihr Leben aufs Spiel gesetzt, sobald er damit angefangen hatte, Wandler zu töten. Einige erkannten es nicht sofort, doch es dauerte nicht lange, bis ihnen klarwurde, wie eine Zukunft mit Samphire an der Macht aussehen würde. *Dieser See wird zuerst ein Schlachtfeld und dann ein Friedhof werden.* Jetzt, da jeder Natürliche in Astria das volle Ausmaß der Versorgungskrise der Stadt kannte, konnte nicht mal der standhafteste Verbündete des Titans weiter die Fakten ignorieren.

Sehr zu Mellies Überraschung hatte Ayana sich entschieden, den Mann, dem sie so lange schon Rache geschworen hatte, nicht zu töten.

»Der Tod ist keine Strafe, sondern eine Zuflucht«, hatte sie erklärt, ehe sie ihn dem Rat übergeben hatte, der dann über sein weiteres Schicksal bestimmen sollte. »Ich will, dass er lebt, um eine Welt zu sehen, in der er derjenige ist, der sich hilflos fühlt.« *Er soll sich genauso hilflos fühlen, wie ich mich damals seinetwegen gefühlt habe,* war das, was sie eigentlich meinte. Von allen Verbrechen des Titans hatten nur wenige einen so bitteren Beigeschmack wie der Schmerz, den er den vermeintlich von ihm geliebten Frauen zugefügt hatte.

Was den Captain anging … Bisher hatte noch niemand Mellie in die Augen gesehen und ihr gesagt, wie er wirklich gestorben war. Wahrscheinlich wollte keiner der Erste sein, der die Worte aussprach: *Du hast ihn getötet.* Nicht, dass Mellie es hätte hören müssen, um die Wahrheit zu kennen. Ferrick war an den Folgen der Explosion gestorben, die ihr Zauber ausgelöst hatte. Ein Zauber, von dem sie sehr wohl gewusst hatte, welche Zerstörungskraft er besaß.

Doch es war ihr Krieg, und sie würde diese Bürde tragen müssen. Mellie konnte mit den Albträumen leben, wenn das bedeutete, dass sie die letzte Wandlerin war, die dieser Mann dazu zwang, einen anderen zu töten.

Vielleicht war die größte Überraschung dieser Tage, wie schnell die Stadt sich an die neue Realität anpasste. Mellie war immer davon ausgegangen, dass Astria ohne den Titan – oder einen gleichwertigen Nachfolger – im Chaos versinken würde, allein schon, weil die mächtigen Natürlichenfamilien sich um die Macht zanken würden. Doch wie sich herausstellte, hatte die Wahrheit ihren Ambitionen einen Dämpfer versetzt.

Kira zu krönen stand dagegen überhaupt nicht zur Debatte, und das nicht nur, weil sie eine Wandlerin war – auch wenn dieses Vorurteil bei den meisten tatsächlich noch tief verankert war –, sondern weil sie die Tochter eines Tyrannen war. Mellie konnte nicht umhin, Mitleid mit ihrer Halbschwester zu empfinden, auch wenn sie sich kaum kannten. Sie war nicht viel älter gewesen als Kira, als sie zur Tochter der Verrätermutter wurde, und sie hatte fünf lange Jahre und eine Rebellion gebraucht, um diesen Ruf abzuschütteln. Die Prinzessin hatte es nicht verdient, die Sünden ihres Vaters ausbaden zu müssen. Kein Kind hatte das verdient.

Davon abgesehen musste den Natürlichenclans aufgefallen sein, dass sie die Unterstützung der Wandler, die sie brauchten, um den Thron auch zu halten, kaum dadurch gewinnen konnten, dass sie sich gewaltsam des Throns bemächtigten. *Am längeren Hebel*, hatte Quinn es genannt. Jetzt, da jedem einzelnen Bewohner Astrias bewusst war, wie einfach die Wandler den See verlassen konnten und wie sehr die Stadt sie brauchte, konnten ihre Bedürfnisse nicht länger ignoriert werden. Selbst der Rat wusste es besser und versuchte erst gar nicht, sie noch an ihre Dienstzeiten und -bedingungen binden zu wollen, wonach sie den Befehlen blind folgen mussten und keinerlei Kontrolle über ihr Leben hatten. Daher blieben die zerstörten Schutzanker fürs Erste, wie sie waren, und der zerbrechliche Frieden, für den der Rat gesorgt hatte, hielt. Würde er für immer halten? Mellie war noch nicht bereit, an ein solches Wunder zu glauben, doch immerhin bemühten sich beide Seiten.

Und das tat sie auch, besonders, was ihre Mum anging. Wenn es eine Sache gab, die sie in den vergangenen Monaten gelernt hatte, dann, dass es keine Garantie für ein Morgen gab. Sie musste aufhören, das Heute zu verschwenden. Und man musste ihrer Mutter zugutehalten, dass sie sich auch Mühe gab, trotz allem, was Mellie ihr zugemutet hatte. Sie hatte ihr sogar als vorgezogenes Geburtstagsgeschenk ein kleines Auto gekauft, das Caleb als *Fließheck* bezeichnete. Er nannte es auch *praktisch* und *langweilig*, aber Mellie fand es weniger einschüchternd als seinen Pick-up-Truck, und sie bekam dazu auch noch einen vollen Satz Fahrstunden.

Manch einer hätte vielleicht behauptet, ihre Mutter wollte mit einem solch ausgefallenen Geschenk die Liebe ihrer schwierigen, entfremdeten Tochter zurückkaufen. Doch Mellie sah die Geste nur als das, was sie war: Ihre Mum schenkte ihr Freiheit. Die Freiheit, kommen und gehen zu können, wie sie wollte. Dass sie aus freien Stücken zu ihr zurückkehren konnte und nicht, weil sie es musste.

Freiheit. Mann, das war ein Problem, mit dem Mellie nie gerechnet hatte. Das Korps hatte sie auf ein Leben ohne jegliche Wahlmöglichkeiten vorbereitet, und jetzt, da das plötzlich anders war, wusste Mellie nicht, was sie tun sollte.

Die Zeit direkt nach der Rebellion war noch einfach. Es gab Anhörungen, Ratssitzungen, endlose Diskussionen und Verhandlungen, bei denen sie und Rynn oft gemeinsam mit ihrer Mutter und den anderen als Sprecher geladen waren. Abends tauchten sie mit den Wandlern in Gruppen zur Oberfläche auf und zeigten ihnen, wie leicht es war, sich bei Dunkelheit zu verwandeln. Dann machten sie im Wald ordentlich Lärm, um zu beweisen, dass die vermeintlichen Landungeheuer genauso mythisch waren wie die Riesenkraken, die angeblich in den Tiefen des Ozeans hausten. Wie nicht anders zu erwarten, waren es die jüngeren Wandler, die sich als Erstes trauten, bei Nacht einen Fuß an Land zu setzen. Die älteren schauten erst einmal nur zu, als könnten sie die Jahrzehnte tiefverwurzelten Glaubens nicht einfach abschütteln. Diese Art des Wandels brauchte Zeit.

Dann kam der Tag des Abschieds. Mellie hatte nie darüber nachgedacht, was Astrias heimgekehrte Helden tun würden, wenn ihr Zuhause wieder frei und für sie zugänglich wäre, weshalb es sie völlig unvorbereitet traf, als die Mehrheit sich entschied, ins Meer zurückzukehren. Sobald sie sich von ihren Verletzungen erholt hatte, gab es für Cirra keinen Grund mehr, zu bleiben. Ihr Zuhause war der Ort, den sie zwanzig Jahre lang mit aufgebaut hatte. Ayanas Erinnerungen an den See waren zu negativ, als dass sie länger verweilen wollte, und die meisten ihrer Soldaten hatten ihr neues Leben in Kintara sowie Freunde und Familie, die sie nicht verlassen wollten. Alle anderen hatten vor, ihre Zeit zwischen den beiden Welten aufzuteilen. Alles, was sie sich je gewünscht hatten, war die Möglichkeit, ihre Familien ohne Angst besuchen zu können.

Quinn und Niya waren die Einzigen, die blieben, um Astrias Übergangsphase zu begleiten. Bisher weigerten sie sich, dem Rat zu offenbaren, wo genau sich Simmia befand, und weder Echo noch Aery hatten bisher einen Fuß oder eine Flosse in den See gesetzt. Das war der wahre Test, erkannte Mellie. Erst, wenn Quinn seinen Töchtern erlaubte, hierherzukommen, konnte sie sich sicher sein, dass sie gewonnen hatten.

Doch bis dahin hatte Mellie so viel Freizeit, dass sie gar nicht wusste, was sie damit anfangen sollte. Nachdem sie Monate damit verbracht hatte, einen Weg nach Hause zu finden, schien sie jetzt keinen Platz mehr zu haben. Sie hatte es geschafft, das Geheimnis um ihren Vater zu bewahren, weshalb sie das erste Mal in ihrem Leben eine Berühmtheit genießen konnte, die nichts mit dem Wort *Verräter* zu tun hatte. Aber trotzdem wurde Mellie das Gefühl nicht los, dass dieses Zuhause nicht mehr genug war. In den vergangenen Wochen hatte sie sich an der Oberfläche ein völlig neues Leben aufgebaut, und was auch immer als Nächstes anstand, sie war sich ziemlich sicher, dass das Land eine Rolle darin spielen würde. Bei den Göttern, vielleicht würde sie sogar das Angebot ihrer Mum annehmen und mit ihr eine Weltreise machen.

Und bis sie sich entschieden hatte … Es hatte auch gewisse Vorzüge, zurück im See zu sein, und das ganz ohne Patrouillendienste, Einsatzpläne und Regeln. Auf Rynn zum Beispiel war immer Verlass, wenn es darum ging, sie zu unterhalten. Er war in letzter Zeit äußerst *kreativ* geworden in Bezug auf das, was er mit den Händen anstellen konnte, und heute, wo sie sich in den Stalagmiten der versunkenen Höhlen vor neugierigen Blicken versteckten, hielt Mellie ihn auch nicht auf. Rynn unter Wasser zu küssen und es tun zu können, wann immer sie wollte und wie es ihr gefiel, hatte etwas Berauschendes.

Das Beste daran war, dass man nicht mal Luftholen musste.

Außer natürlich, wenn man wie Mellie heute schon andere Abendpläne hatte. Pläne, auf die sie sich mindestens genauso sehr freute.

»Ich muss los.« Sie löste sich von Rynn.

»Du *musst* gar nichts mehr«, flüsterte er, und sein Mund fand wieder ihre Lippen. Er schlang die Schwanzflosse um ihre, so dass schwarze und goldene Schuppen sich verbanden und sich ihre Körper aneinanderschmiegten. Seine Finger tanzten über ihre Hüfte und bewegten sich gleichzeitig über ihre Rippen nach oben. Immer weiter hoch, bis …

»Das schon …« Mellie schob ihn neckend von sich.

Rynn seufzte übertrieben, und seine Kiemen weiteten sich enttäuscht. »Du bist echt die schlechteste Freundin, die ich je hatte.«

»Das liegt daran, dass ich mich von deinem Charme nicht einwickeln lasse.«

»Also gibst du zu, dass ich charmant bin?«

»Habe ich charmant gesagt? Ich meinte nervig.«

»Nervig charmant.« Er grinste sie selbstgefällig an.

Mellie verdrehte die Augen, doch sie ließ zu, dass er ihr den Arm um die Schulter legte. Seine Berührung jagte ihr jedes Mal einen wohligen Schauder durch den Körper – vor allem jetzt, da sie mehr bedeutete. Selbst die harmloseste Geste fühlte sich irgendwie bedeutsamer an, als könnte sie ganz leicht zu allem führen, sobald sie es nur zuließ.

»Weißt du, Mel.« Rynn wurde ernster, als sie sich dem Höhlenausgang näherten. »Ich habe mir das hier nie vorgestellt.« Er hielt ihre ineinander verschlungenen Hände hoch. »Uns zusammen, meine ich.«

Und das war es dann mit dem besonderen Moment.

»Das ist echt, was du mir sagen willst?« Mellie löste sich von ihm. »Solltest du nicht gut sein in diesem Mit-Mädchen-Reden?«

In einer flinken Bewegung packte Rynn sie um die Taille und drehte sie so, dass er sie an die Höhlenwand presste. »Ich bin sogar sehr gut in dieser Mit-Mädchen-Reden-Sache.« Er küsste sie auf den Hals, so dass sie unwillkürlich schauderte. »Du musst mich nur ausreden lassen.«

»Ich höre dir zu.« Oder zumindest halb. Sie war zu abgelenkt von der Art und Weise, wie seine Lippen über ihren Hals nach unten glitten. Es war so einfach, sich in seinen Liebkosungen, dem Wasser und der Freiheit, für die sie so hart gekämpft hatten, zu verlieren. Darin, nicht länger ein Scout zu sein, eine Rebellin, die Tochter einer Verräterin und die eines Königs. Einfach nur zu *leben*. Ohne dass irgendeine Art von Bedrohung über ihnen schwebte.

»Als Ferrick mir mitgeteilt hat, dass du gestrandet bist«, fing

Rynn an, und seine Daumen kreisten sanft über ihre Haut, »war mein erster Gedanke, dass du nicht tot sein darfst, weil ich dir noch nicht gesagt habe, wie ich für dich empfinde.«

»Lügner.« Mellie schüttelte den Kopf, wenn auch nicht so heftig, dass er aufhören musste, sie zu küssen. Sie und Rynn waren vieles gewesen, bevor sie gestrandet war, doch nicht *das*. Seit er mit elf angefangen hatte, Mädchen toll zu finden, hatte er nicht einmal Interesse an ihr gezeigt, das über Freundschaft hinausging, und das war auch okay für sie gewesen, weil sie ebenfalls nicht mehr von ihm gewollt hatte.

Seltsam, wie man oft erst merkte, was man will, wenn man es nicht mehr haben konnte.

»Ich lüge nicht«, erwiderte Rynn lächelnd. »Es fiel mir nur erst in diesem Augenblick auf, weil ich mir uns vorher nie als Paar vorgestellt habe, aber eine Zukunft ohne dich war für mich undenkbar.« Seine Lippen tanzten weiter über ihre Haut, über ihr Schlüsselbein und weiter nach unten.

Aaaah.

Bei den Göttern.

»Du konntest dir nicht vorstellen, dass deine Freundinnen mich ewig tolerieren würden, stimmt's?« Mellie fiel es immer schwerer, ordentliche Sätze zu formulieren.

»Ich habe dabei überhaupt nicht an meine Freundinnen gedacht. Das ist ja der Punkt.« Rynn zog sich zurück, um sie ansehen zu können. »Was ich dir zu sagen versuche, ist, dass mir das hier gefällt.« Das war so offen, wie es Rynn möglich war. So viel Erfahrung er mit den Händen und Lippen auch hatte, das war neu für ihn.

»Mir gefällt es auch.« Mellie war auch nicht gerade gut darin, ihre Gefühle zu offenbaren. »Aber …« Sie schob ihn wieder von sich, ehe sie der unwiderstehlichen Spannung zwischen ihnen endgültig verfallen würde. »Ich muss wirklich los.«

»Und ich will dich gar nicht aufhalten.« Doch seine Hände, die weiterhin auf ihrer Haut lagen, sagten etwas anderes. »Aber ich hätte auch nichts dagegen, wenn du ein paar Minuten zu spät kommst.« Und bei den Göttern, so wie er sie dann küsste, hätte das mit Sicherheit die Zeit anhalten können.

Mellie ließ ihn am Ufer bei den Felsen zurück, wo sie immer noch ihre Kleidung ablegten, auch wenn diese heute viel besser passte und sie mehr zur Auswahl hatten. Die Abenddämmerung hatte gerade erst eingesetzt, was ihr noch genug Zeit ließ, zur Hütte zu laufen, ehe es ganz dunkel wurde. Doch selbst, wenn es anders gewesen wäre, hätte es Mellie nichts ausgemacht. Sie hatte keine Angst mehr vor der Dunkelheit.

Da er Caleb noch nie wirklich gemocht hatte, missfielen Rynn ihre nächtlichen Ausflüge, auch wenn er keinen Grund zur Beunruhigung haben musste. Nach ihrer gelungenen Rebellion hatte Mellie ihm alles erzählt. Von ihrem Date mit Caleb im Kino, dem Kuss im Krankenhaus, der Entscheidung, die sie daraufhin getroffen hatte, und dem Gespräch bei Caleb zu Hause. Und dann hatte sie ihn gebeten, ihr zu vertrauen. Denn Mellie hatte sich längst entschieden, was sie aufzugeben bereit war und was nicht, damit diese … *Beziehung* – sie nahm an, es war an der Zeit, das Kind beim Namen zu nennen – funktionieren konnte. Caleb stand eindeutig auf der Liste der Dinge, die sie behalten wollte. Er hatte sie gefragt, ob sie weiter Freunde bleiben konnten, und so lange er das wollte, war Mellie mehr als glücklich darüber. Genau genommen war sie sich nur allzu deutlich bewusst, dass ihre gemeinsame Zeit ohnehin bald ein Ende finden würde.

Nachdem er sich den ganzen Winter im Wald versteckt hatte, ging Caleb jetzt fort. Nicht, dass man das seiner Hütte angesehen hätte. Auf dem Boden standen zwar ein paar verstreute Kisten, die scheinbar wahllos mit Kleidung und irgendwelchem Zeug gefüllt waren, doch die Hütte sah trotzdem noch so unordentlich und vollgestopft aus wie immer.

Caleb hatte die Fenster gleich repariert, sobald es für ihn wieder sicher war, zur Hütte zurückzukehren – immerhin verschaffte ihm das endlich eine Ausrede, seinen Brüdern zu entkommen –, und seitdem hatten die beiden fast jeden Abend dort verbracht und zusammen Filme angeschaut, die Caleb noch einpacken musste.

»Willst du nicht mal deine Lieblingsfilme mitnehmen?«, fragte Mellie und fuhr mit der Hand über die Reihe ordentlich sortierter DVDs.

Bei den Göttern, sie war noch nicht bereit dazu, ihn gehen zu lassen.

»Das ist unnötig.« Caleb angelte mit spitzen Fingern eine heiße Tüte frisches Popcorn aus der Mikrowelle. »In der Stadt kann ich die alle online anschauen. Außerdem hat außerhalb einer Hütte im Wald niemand mehr einen DVD-Player.«

»Ich mag DVDs«, sagte Mellie. Und nicht nur, weil sie diese ganze Internetgeschichte noch nicht mal ansatzweise durchblickt hatte. Es hatte auch etwas mit Ritualen zu tun. Das Auswählen, das Auslegen der verschiedenen Optionen auf dem Tisch, das animierte Menü, das einen begrüßte, sobald man die DVD in das Gerät eingelegt hatte … Das alles gehörte für sie zum Filmschauen dazu.

»Deshalb lasse ich sie auch für dich hier. Nur, weil ich wegziehe, heißt das noch nicht, dass du nachlässig werden musst«, meinte Caleb. »Du hast immer noch zwei Jahrzehnte aufzuholen. Wir haben es kaum über die Vampirfilme der 90er Jahre hinausgeschafft.«

»Du willst, dass ich ohne dich weiterschaue? Hier?« Die Vorstellung erschien ihr nicht richtig. Die Hütte gehörte nicht nur ihm, sondern sie war auch irgendwie *er*. Alleine hier zu sein würde sich falsch anfühlen. Genauso falsch wie Rynn mit hierherzubringen, wobei er das sowieso nicht wollen würde. Er war immer noch nicht so von den Wundern der Oberfläche fasziniert wie sie.

»Klar. Oder wenn das für dein empfindliches Meerjungfrauengemüt zu seltsam ist, kannst du auch einfach ab und zu reinkommen, um dein Handy aufzuladen«, sagte Caleb, als hätte er ihre Gedanken gelesen. »Und während du wartest, bis es geladen ist, kannst du die Zeit damit totschlagen, Van Helsing zuzuschauen, wie er ein paar Vampire umbringt. Dabei gewinnen alle.« Er ließ sich grinsend auf die Couch sinken und behielt die Popcornschüssel in der Hand.

»Außer den Vampiren.« Mellie setzte sich neben ihn.

»Hey, wenn es dir lieber wäre, dass die Monster gewinnen, da hätte ich auch ein paar Filme.«

Das bezweifelte Mellie keine Sekunde lang. Caleb hatte Filme über alles. Ein Wort für alles. Und ein Lächeln für alles.

»Ich habe etwas für dich.« Das Lächeln, das er ihr jetzt zuwarf, wirkte zaghaft und nervös. »Ein Abschiedsgeschenk.«

»Aber du bist doch derjenige, der geht.« Das musste wieder eine dieser Landbewohnertraditionen sein, die sie nicht verstand.

»Es ist ein Geschenk, Scout, also hör auf, es zu hinterfragen.« Caleb zog einen dicken Umschlag hinter der Couch hervor und reichte ihn ihr. »Allerdings gibt es auch eine Bedingung.« Die Nervosität war nun auch seiner Stimme anzumerken.

»Dann ist es ja wohl kaum ein Geschenk«, neckte sie ihn.

Caleb verengte die Augen zu Schlitzen. »Du bist die undankbarste Meerjungfrau, die ich je kennengelernt habe.«

»Du hast recht, tut mir leid.« Mellie bemühte sich um einen ernsthaften Gesichtsausdruck, der eher für eine Beerdigung geeignet war. »Wie lautet denn die Bedingung?«

»Du darfst ihn erst öffnen, wenn ich weg bin.«

»Aber wie soll ich mich dann bei dir bedanken?«

»Uns die Gummibärchen zu holen wäre schon mal ein guter Anfang«, sagte er und legte die Füße auf den Couchtisch, das universelle Zeichen für: *Ich bin zu faul, sie selbst zu holen.* »Die habe ich in der Küche vergessen.«

Caleb fuhr am nächsten Vormittag weg, nachdem er sie bis zum frühen Morgen wachgehalten und mit ihr alles Mögliche angeschaut hatte, bis sie beide zu müde waren, um sich zu bewegen, und so voller Popcorn, dass sie nicht daran denken konnten, je wieder etwas zu essen.

Mellie hielt sich an ihr Versprechen und wartete, bis sein alter Pick-up zwischen den Bäumen verschwunden war, ehe sie den Umschlag öffnete und den Inhalt auf die Couch leerte. Es handelte sich um einen ordentlichen Stapel Papier, der an einer Seite zusammengebunden war. Auf der ersten Seite fand sich seine krakelige Handschrift.

Bitte flipp nicht aus, wenn du siehst, was auf der nächsten Seite steht, okay? Ich habe alle Namen und alle Orte geändert und mir eine Menge … sagen wir künstlerische Freiheit herausgenommen. Davon abgesehen wird sowieso absolut niemand irgendetwas davon glauben, denn – und ich weiß nicht, ob du das wusstest – Meerjungfrauen gibt es in Wahrheit gar nicht.
Caleb

Mellie konnte bildlich vor sich sehen, wie er beim Schreiben gegrinst hatte, und sie vertraute ihm, dass er niemals irgendetwas tun würde, um diese geheime Welt bloßzustellen, die er entdeckt hatte. Also schob Mellie, ohne zu zögern, die handgeschriebene Notiz beiseite, und als sie die Seite darunter sah, lächelte sie noch breiter. Denn natürlich, *natürlich* hatte er es getan.

In ihren Händen lag der Beginn einer Geschichte, wo ein Ende hätte sein sollen.

Es war ihre Geschichte, mit seinen Worten erzählt.

»Gestrandet«
Ein Drehbuch von Caleb Greene

Danksagung

Das Geräusch, das ihr jetzt hört, geschätzte Leser, ist mein Schrei, denn irgendwie – weiß der Teufel, *wie* – habe ich es geschafft, dieses Buch zu beenden. Und, Mann, hat es viele Leute gebraucht, die mir dabei geholfen haben.

Zuerst muss ich mich bei der ewig geduldigen Danielle Zigner und ihrem Team bei LBA Books bedanken. Wenn es einen Nobelpreis dafür gäbe, sich mit meiner Verrücktheit auseinanderzusetzen … Das wäre wohl ein ziemlicher Abstieg für das Nobelpreiskomitee, aber ihr würdet einen solchen Preis auf jeden Fall gewinnen.

Danke auch an meine Lieblingsliteraturagenten Clemmie und Alice von ILA, dass sie mir für dieses Buch das beste Zuhause gefunden haben, das ich mir hätte wünschen können – und für die Pfannkuchenfrühstückstreffen und die Team-Jess-oder-Team-Logan-Diskussionen (Team Logan gewinnt!).

Als Nächstes geht ein großes Dankeschön an Lexa Rost vom S. Fischer Verlag, nicht nur, weil sie an dieses Buch geglaubt hat, sondern auch dafür, dass sie mich stets im besten Sinn gepusht hat. Deine Anmerkungen, deine Geduld und deine Ratschläge haben dieses Buch so viel besser gemacht, dass ich am liebsten meine Testleser zusammentrommeln und verschwinden lassen wollte, damit sie nie wieder von dieser ersten Fassung sprechen können.

Aber das wäre natürlich unhöflich, deshalb bedanke ich mich lieber ganz herzlich bei ihnen.

Naomi, Liam, Jaime, Mark, Alex, Darren, Jocelyn, Leanne, Marianna und Peter; ohne euch wäre ich immer noch das komische Mädchen in der Ecke, das Chips isst und über Fische schreibt. Danke, dass ihr es mit Mellie und den anderen von Anfang bis Ende ausgehalten habt. Es war ein langer Weg, und ihr habt mich auf jedem Schritt begleitet. Oh, und ein besonderes Dankeschön geht an Alex, dass er den Arbeitstitel für dieses Buch beigesteuert hat. In meinem Herzen wird es immer *Still Pretty Stranded* heißen. Und nächstes Jahr kommt dann der Nachfolger raus *Too fast: too stranded.*

Kevin Lim, mein Sodakumpel, und Tim Negal, mein Käsekomplize: Danke euch beiden, dass ihr mich so endlos über dieses Buch habt reden lassen. Und ein ganz großer Dank geht auch an meine Familie für die Unterstützung und dass ich mich während der Party in meinem Zimmer verkriechen durfte, damit es die Meerjungfrauen rechtzeitig in die Druckerpresse schaffen.

Und danke an Pieter, meinen leidgeprüften Freund; ein Buch zu schreiben gehört zu den Dingen, die einen für die Außenwelt supercool machen, aber die ein Albtraum für diejenigen sind, die es jeden Tag mit einem aushalten müssen. Danke, dass du meinen Traum unterstützt hast. Du bist bestimmt froh, wenn ich jetzt endlich aufhöre, über Fische zu reden!

Und zu guter Letzt geht mein wichtigster Dank an alle Leser, die sich mit mir auf diese wundersame Reise begeben haben. Ich hoffe, ihr habt sie genauso genossen und dass wir uns eines Tages am Ende eines anderen Buches wiedertreffen.

Bis dahin: Macht's gut, und danke für den Fisch.

Britta Sabbag
Blackwood
Briefe an mich

Stell dir vor, du bekommst einen Brief von deinem zukünftigen Ich. Würdest du ihn lesen?

Für Gesine ist das keine Frage. Natürlich würde sie. Denn nach dem Tod ihrer Mutter muss sie alleine zu einer Verwandten nach Irland ziehen. In Blackwood hat sie niemanden, mit dem sie über ihren Kummer sprechen kann. Auch nicht über Arian Mary, den unverschämt gutaussehenden Sohn der örtlichen Butterdynastie. Noch dazu machen sie die Dorfbewohner mit Geschichten über allerlei übernatürliches Zeug verrückt. Alles Quatsch, denkt sich Gesine. Bis sie einen Brief von ihrem zukünftigen Ich findet …

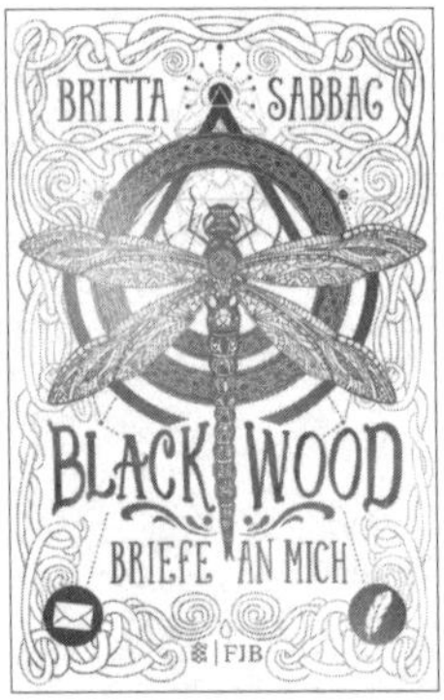

445 Seiten, gebunden

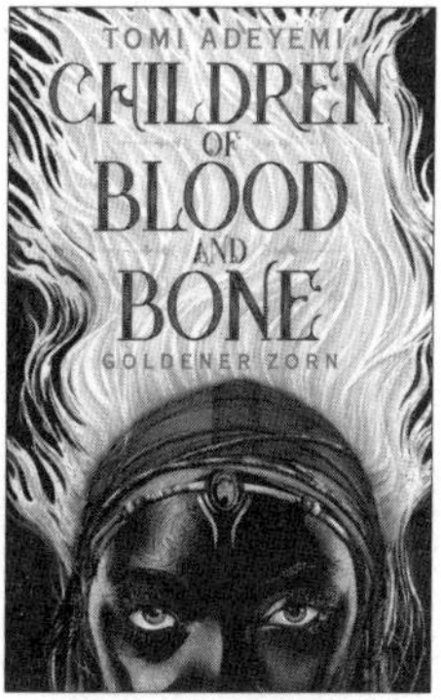
TOMI ADEYEMI
CHILDREN
OF
BLOOD
AND
BONE
GOLDENER ZORN